谜托邦
MYSTOPIA

华文推理新大陆
推理迷的乌托邦

岳勇 著

凛冬之罪

北京联合出版公司
Beijing United Publishing Co.,Ltd.

目录

第一章	冷夜暗流	001
第二章	莫名失踪	015
第三章	河边少女	026
第四章	操场疑云	036
第五章	两点血迹	048
第六章	图穷匕见	059
第七章	陈年秘密	070
第八章	血染危墙	081
第九章	废柴刑警	090
第十章	神秘纸条	106
第十一章	恐怖阴婚	124
第十二章	沉默校园	137
第十三章	人格担保	148
第十四章	浴室血案	159
第十五章	暗中行动	171
第十六章	投案自首	182
第十七章	男扮女装	202

第十八章	真假警察	213
第十九章	定时邮件	224
第二十章	操场掘尸	235
第二十一章	惊现白骨	247
第二十二章	化验报告	260
第二十三章	收网行动	274
第二十四章	隐秘杀机	287

第一章　冷夜暗流

年关将至，天冷得厉害，一阵北风刮过，路边的电线杆子都冻得直哆嗦。时至中午，太阳像个煮熟的咸蛋黄，刚露出脸来，又被铅灰色的云层挡住了。老天爷阴沉着脸，好像在跟什么人赌气似的。

下午三点多，许敬元推着摩托车从自家二层小楼里走出来，妻子周小艺正踮着脚尖在门口晾晒腊鱼。长长的晾衣绳上还挂着一串一串圆溜溜的小萝卜头，都是她从楼后菜地里挖来的，准备晒干后做丈夫最爱吃的腌萝卜。

"怎么，今天还要去学校啊？"看见丈夫裹紧身上的毛领皮夹克，跨上摩托车，她不由得问。许敬元是光明市光明高级中学的历史老师，现在正是寒假期间，而他又不是高三毕业班的老师，按理不用去学校上班。"是啊，学校有点事情，得过去处理一下。"许敬元回答。

即将发动摩托车时，他听到二楼电视机里传出唱歌的声音："开封有个包青天，铁面无私辨忠奸，江湖豪杰来相助，王朝和马汉在身边……"估计是儿子又在看电视剧《包青天》了，就冲着楼上喊一声"星阳！"。九岁的儿子许星阳立即从屋里跑出来，趴在二楼阳台朝下看。

许敬元故意绷着脸说："别老看电视，寒假都放这么久了，你的寒假作业还没做多少，赶紧关掉电视做作业。""看完这集就去做！"儿子歪着头，跟他讨价还价。这小子最近迷上了包青天探案的故事，还说自己长大要当警察，像包青天一样帮别人申冤破案抓坏人。许敬元拗不过他，只好点头说："行，晚上我回来检查。"

"哦，对了，"跟儿子交代完作业的事，他又转脸对妻子说，"雯雯中午给我打电话说，她和同学一起做田野调查，寒假要迟点回家。"许雯雯是他们的女儿，今年十九岁，在天津读大学二年级。

周小艺有点不高兴地说:"这孩子,放假也不知道早点回来,家里不是有田吗?怎么还要在学校种田。"许敬元忍不住笑起来:"不是种田,是搞田野调查,学校布置的作业。"

他们家住在光明市城郊的安福里,村子后面紧挨着一条省道,距离热闹的市区还有十多公里远。许敬元骑着摩托车,从村道上驶出来,沿着春水河的河堤,往城区方向开去。

河堤有十多米宽,河堤外边零散地分布着几个村庄,村民将河堤内侧的平缓区域开垦出来,种上了蔬菜和果树,菜地里绿油油一片,被霜打过的白菜和萝卜长势特别好,几个菜农正在河滩旁的土垄里收菜。两个少年正在河堤边玩耍,看见他们跟自己打招呼,许敬元才认出来他们都是光明高中的学生,自己应该教过他们历史课,但具体是哪个班的孩子,则一时分不清楚。

再往前走,河堤两边渐渐变得陡峭。时值冬天,本该是枯水的季节,但因为上游接连下了好几天大雨,河水陡涨,水流也变得湍急起来,把许多枯树枝、烂菜叶都冲刷到了堤岸边。天冷风寒,大家都不出门,河堤上看不到几个行人。

二十分钟后,许敬元的摩托车拐下河堤,从河滨中路进入热闹的市区。沿着学业大道前行不远,就到了光明高级中学。学校门口两根高大的石雕门柱,像士兵一样挺立在寒风里,门柱中间悬挂着四盏大红灯笼,给学校增添了些许年味。旁边墙壁上镶嵌着一块大理石,上面阴刻着"光明高级中学"几个涂金隶书大字,显得庄重古朴,让人肃然起敬。半边大门打开着,因为是寒假期间,高一、高二的师生都放假了,而高三年级不是天天补课,他们今天也休息,所以学校里显得异常安静。门边的保安亭里空无一人,估计是做门卫的保安老蔡扛不住冻,早早离岗回家烤火去了。

进到学校,大门里面是一片被花坛包围着的草坪,正对着大门的是综合办公大楼,左右两边是两栋六层高的教学楼,几座大楼中间围起来的是一个面积将近一万平方米的"回"字形操场。

这时的学校操场,就像一个被剖开肚子躺在手术床上的病人,地面被挖开,露出里面坑洼不平的泥沙。今年是光明市撤县设市三十周年,市委市政府准备在七月举办一系列庆典活动,其中一项大型文艺晚会,要在光明市最高学府光明高中操场搭台举行。为了承办好这次高规格的活动，经上级部门批准，光明高中决定将学校的老旧操场重新规划，翻新扩建，把原本已经废弃的篮球场也合并进来，建成一个大型风雨操场，以崭新面貌迎接届时参与盛会的市内外领导嘉宾。

操场翻新工程于去年十月开工，到今年一月，土建工程已经基本完成，待天气晴好，太阳把地面翻出来的湿土晒干后铺上鹅卵石、水泥、人工草皮等，再在四周修建环形跑道，整个操场的升级改造工程就算是竣工了。只因为最近天冷，一直没怎么见着太阳，地面没有晒干，所以后续工作无法展开，工地好多天没有开工了，工程车和施工人员已经撤离，只有操场东北角的侧柏树下还停着一台挖土机。

操场翻新扩建工程的质量监督工作，本是学校总务处主任杨明轩负责的事。但是杨老师年纪大，身体不好，去年年初就已经休了长期病假，所以在其他老师的推举下，这个担子就落到学校历史老师兼总务处副主任许敬元的头上，理论上说，整个工程质量都由他把关，未经他验收合格签名同意，整个工程就不能完结，施工方也就无法收到全部工程款。

大家原本以为他这个质量监督员只是挂个虚名，走走过场，谁知这位许老师性情耿直，原则性非常强，经常亲自坐镇工程指挥部值班，对施工方的每一项工作都认真监督，严格把关，再加上他年轻时曾在乡镇学校主抓过基建工程项目，对这里面的门道摸得比较清楚，所以施工方对这位工程质量监督员许老师是又怕又恨。

许敬元刚在操场边停好摩托车，就听见有人在身后叫他："许老师，许老师！"回头一瞧，只见一个三十来岁的精瘦汉子从教学楼旁边闪出来，跟他热情地打招呼。

许敬元认得，他是学校操场升级改造工程承包方的负责人雷大铭。"有事吗？"他问。

雷大铭把手揣在风衣口袋里，一边左右瞧瞧，一边慢慢朝他靠近过来。眼见周围没人，他忽然从口袋里掏出一个鼓鼓囊囊的信封，塞到许敬元手里。许敬元疑惑地接过一看，信封里装着厚厚一沓百元大钞。"这是什么意思？"许敬元抬头直视着他。

"没、没什么意思……章局正在工程指挥部等你呢，就是想请你在章局面前汇报工作时嘴下留情……"雷大铭搓着手,嘿嘿一笑。

许敬元明白过来,脸色一沉,把信封扔回给他:"你放心,待会儿见到章局,我会实事求是,实话实说,绝不会冤枉你半个字!"雷大铭脸上的笑容,一下就僵住了。

许敬元没再看他一眼,转身径直往工程指挥部走去。

雷大铭盯着他的背影,恨得直咬牙,手一抖,手里的信封掉到地上,里面的百元大钞都散落出来,被风一吹,天女散花般在空中打着转转儿。"哎哟,我的钱哪!"他手忙脚乱地抓起被风吹落一地的钞票。

"看来这个老许,是铁了心要跟咱们过不去啊!"说这句话的,是从墙后转出的一个戴近视眼镜、留着灰白板寸头的四十多岁的中年男人。显然,雷大铭刚才塞红包被拒的经过,都被他躲在墙后看得清清楚楚。这人正是光明高中的校长孔伟德。

"这可怎么办?如果他在章副局长面前告咱们一状,那咱们岂不就完了?"雷大铭有点乱了方寸。

孔伟德看着许敬元渐渐远去的背影冷笑道:"别着急,章局那边我已经打点过,他未必会听许敬元的话。"

"姜是老的辣,"雷大铭朝他竖起大拇指,"还是舅舅厉害!"

孔伟德瞪他一眼:"跟你说过多少回了,在学校不要叫我舅舅,你是生怕别人不知道咱俩的关系是吧?"

"是,是,孔校长!"雷大铭赶紧改口。

工程指挥部设在食堂旁边那间小屋里。那本是一个杂物间,里面堆满了缺胳膊少腿的课桌、废弃的乒乓球桌等杂物,后来因为工作需要,才把里面的东西清理出来,稍加收拾,放上两张旧办公桌,改造成为一个临时办公室。

许敬元走到指挥部门口,一阵冷风吹来,他不由得缩缩脖子,再次裹紧身上的皮夹克。对于雷大铭在施工过程中暗藏的一些猫腻,自然没有逃过他这个工程质量监督员的火眼金睛。

首先,施工方存在大量偷工减料、蒙混过关的情况。比如,按承包合同约定,工程承包方挖开旧操场后,要在地表下重新规划、铺排和安装新的符合国家标准的下水道管网和污水排放系统,但是雷大铭为省钱,并没有重新铺设下水道，而是直接沿用旧的下水道管网，只是让工人把旧下水道稍加修整，就草草了事。

二是工程质量不过关。作为操场扩建的附属工程，需要对学校后山通往操场的一条道路进行修缮和加固。这条路的两边都是山坡，为防止山石滑落，施工队要在道路两侧用水泥砂浆砌起一道防护坡。谁知防护坡建好没几天，一场大雨过后，就坍塌好几十米，石头从山上滚落下来，差点砸到经由这条路回宿舍的学生。许敬元指出这是一个豆腐渣工程，要求雷大铭拆除后按施工标准重建。但雷大铭说服孔伟德校长点头同意，只把防护坡坍塌的部分修补了一下蒙混过关。

第三是经济问题。操场扩建项目招标后，学校跟雷大铭签订的承包合同上写明的总承包价格为二百四十万元，但是现在工程还没有做完，雷大铭就以各种理由要求学校追加工程款，经孔校长签字同意，已经向承包方支付三百多万元。

最主要的是，许敬元对雷大铭做过一些调查，发现他根本就不具备承揽这么大工程项目的资质。雷大铭原本是国营化油厂的一名普通车工，八年前下岗，后来又自己开过五金店、小超市，现在是一家桑拿城的老板。在此之前，他并没有承揽过任何建筑工程，也没有自己的施工队，现在给他干活的工人，都是他临时拉起来的队伍。许敬元对他这样的"三无"人员竟然能在学校操场扩建工程招标过程中中标产生了疑虑，再一打听，才知道这个雷大铭竟然是光明高级中学校长孔伟德的亲外甥，他这才恍然大悟。

本着对工程负责，对学校和学生负责的精神，许老师曾多次向教育局和上级有关部门反映这个情况，但都没有收到任何反馈。今天他接到通知，说是教育局副局长兼纪检组组长章玉书下午要到光明高中检查操场改扩建工程的进度和工程质量，要在工程指挥部听取学校、施工方和工程质量监督员的情况汇报。他想正好趁这个机会，当面跟领导反映一下学校操场改扩建工程施工质量不过关的情况，希望能引起上级领导及主管部门的重视，所以马上就从家里赶到学校。想不到刚进校园，就被雷大铭叫住，给他来这么一出。他在心里冷笑：想贿赂我，没门！

他定定神，推开指挥部的门，走了进去。屋里开着电暖器，一股暖流扑面而来。在两张办公桌中间的空地上，摆着一张象棋桌，一个戴金边眼镜、面皮白净的中年男人正在跟雷大铭手下的挖土车司机窦武下象棋，棋子在纵横交错的棋盘上砸得啪啪直响。

许敬元以前在教育系统开大会的时候，曾远远地在主席台上见过这个中年人，知道他就是教育局副局长章玉书。"章局！"他站在门口搓着手叫了一声。

章玉书的目光从棋盘上抬起来，看看他，很快就站起身，脸上的表情显得有点意外："敬元，原来是你啊！"孔伟德和雷大铭紧跟着从后面走进来，正要向章玉书介绍许敬元，见到章副局长竟然主动跟许老师打招呼，不由得愣住了。

孔伟德打着呵呵说："章局，原来你认识许老师啊？"

"认识认识。"章玉书欠过身来，一面跟许敬元握手，一面解释道，"我在育才中学读初中的时候，跟敬元是同级不同班的校友。你们一直跟我说工程质量监督员是许老师许老师，要是不见面，我哪知道原来是我的老同学许敬元许老师啊。"

"呵呵，那可真是太巧了！"孔伟德嘴里打着哈哈，心里头却暗暗叫苦。

"章局，对于学校操场改扩建工程，我有个情况想向您汇报一下……"许敬元站在章副局长面前，一句话还没说完，正在旁边抽烟的雷大铭像是被呛到似的，使劲咳嗽起来，许敬元说话的声音被他打断。雷大铭一边把烟屁股扔到地上，一边朝自己手下的挖土车司机窦武使眼色。

窦武坐在棋盘前，急忙出声催促道："章局，该你走棋了！您这局势看起来不妙啊，哈哈！"章玉书急忙坐回到自己的位子，埋头看棋，只见对方已经在自己将军旁边架上一个"炮"，另一个"炮"也准备沉底，对自己形成双炮绝杀之势。

章玉书不由得蹙紧眉头，一旦让对方双炮重将，自己将毫无转还余地，必输无疑。他略作思忖，为解全局之危，只好单车换炮，弃车保将。就在窦武暗自得意，以为自己占到便宜时，章玉书车马回师，围捕对方沉底炮。窦武想要退炮打车，谁知对方竟然虚晃一枪，弃炮掠相，紧接着又回车吃掉他一个马，一场双炮绝杀的危局，就此解开。

待棋局缓和下来，章玉书才松下一口气，头也不抬地对许敬元说："许老师少安毋躁，我平时没有别的爱好，就是棋瘾大，难得遇上一个好对手，你等我下完这一局，再谈工作上的事情。"

许敬元点点头，只好在旁边坐下，默默地等待着。屋里开着电暖器，他却忽然感觉身后一凉，有种芒刺在背的感觉，侧头一瞧，只见雷大铭侧身靠在门边，一边使劲吸着烟，一边直盯着他，好像要用目光把他刺穿一样。许敬元知道他心里在惧怕什么，转过头去，当作没看见。

章玉书棋风沉稳，杀伐有度，棋艺确实很不一般，窦武虽然是个司机，却也下得一手好棋，两人又在棋盘上缠斗半个多小时，章玉书渐渐占得上风，中卒渡河，一车双马步步紧逼，最终抓住对方一个破绽，破仕谋炮，终成绝杀。

窦武输了棋，显然不大服气，挽起衣袖说："这盘是我大意了，咱们再来一局！"

章玉书摇摇头："输了就是输了，再下三局你也不是我的对手。"眼见他就要从棋盘边起身，孔伟德忽然把许敬元推到他面前："章局，咱们许老师也想跟您下一局。他可是咱们学校的象棋高手，去年学生象棋比赛进了前十名的人跟他车轮战，他九胜一和，成绩不俗啊。"

"是吗？"章玉书顿时来了兴趣，朝着窦武空出的座位做一个请的手势，"那许老师，咱们战一局，如何？"

许敬元犹豫着，还想跟他反映操场的事，却已经被孔校长推到椅子上坐下。孔伟德说："许老师，难得章局邀请你下棋，你不会连这点面子也不给吧？章局好不容易来咱们学校一趟，咱们可得好好招待。对了，章局做事一向专心，下棋就是下棋，你心里不要想其他的事，嘴上也不要说跟下棋无关的话，要不然章局会不高兴的。"

章玉书似乎并不明白这位孔校长话中有话，也点头附和说："是啊，下棋最忌讳的是用心不专，心浮气躁，许老师你说是吧？"许敬元自然知道，孔校长这是要让自己在章局面前根本就没有时间和机会反映操场的事情，他脸上露出无奈的表情，只好坐下，一语不发地陪着这位下来检查工作的副局长下起象棋来。

战幕拉开，许敬元执红先行，以中炮横车盘头马开局，章玉书并非庸手，早已看出他是想集结重兵从中路进攻，意在速战速决，早点结束棋局。他微微一笑，不敢怠慢，遂以"三步虎"转屏风马迎战。所谓"三步虎"，即三步出车,状如虎爪揪地,因此叫作三步虎。棋谚有云:"三步不出车,棋在屋里输。"可见对战这位许老师,章玉书不敢掉以轻心。

两人棋逢对手,许敬元思维敏捷,攻杀凌厉,意欲短时间内解决战斗,章玉书棋风老练,算度准确,攻守兼备,棋至中盘,双方的战斗进入胶着状态。下了一个多小时,许敬元终于占得先机,抓住对方误走运炮窥车的错手,沉炮侧击,兑车扑马,俘获双相,然后再利用各攻子巧妙配合进攻,章玉书的黑将退无可退,只得弃子认输。

棋局结束,已经是下午五点多。章玉书推开棋盘站起身,一边活动筋骨,一边看看窗户外边。天色不早了,窗外灰蒙蒙一片。"时间过得真快啊,转眼一天又过去了!"他颇有感慨地说道。

许敬元坐了半晌,才从刚才激烈的棋局中回过神来,忽然想起自己还有重要事情要向章玉书汇报,张张嘴巴,正想出声,章玉书却拍拍肚子,把头转向孔伟德:"老孔,我这肚子可是已经在咕咕直叫,今天就借你们学校食堂吃顿工作餐,怎么样?"

孔伟德凑上来说:"当然没问题,我们早就准备好,知道章局要过来,我中午特意叫食堂的人去乡下买回一只三斤多重的甲鱼,再配上红参、枸杞、淮山,已经慢火炖了一下午,这个时候正好开锅。"

"嗯,甲鱼好,甲鱼配红参、枸杞、淮山,可以清热养阴,大补元气。老孔,你有心了!"章玉书好像对养生之道很在行。

"现在的野生甲鱼非常难得,有钱也不一定能买到,这次多亏雷老板托人到乡下打听,才好不容易搞到一只。"孔伟德趁机在章玉书面前表扬雷大铭。章副局长抬起眼皮看看雷大铭:"嗯,雷老板也是个有心人啊!"

"既然这样,那就请您移步到食堂就餐吧。"孔校长把头转向许敬元,"许老师,时间不早了,章局也到下班时间,准备吃晚饭了,你看你是不是可以回去了?"

许敬元一愣:"这就完了?我都还没来得及向章局汇报情况呢。"

"哦,对对对,我是下来检查工作了解情况的,不是到你们这儿下棋的,我差点把这事给忘了。"章玉书这才记起工作上的事来,拍拍许敬元的胳膊,"要不这样吧,许老师你也留下来一块儿吃饭,咱们就当是吃个工作餐,有什么事情边吃边聊,既不耽误工作,也不耽误吃饭。"

许敬元犹豫一下，他本不愿意跟孔伟德和雷大铭同桌吃饭，但想到如果不留下来，今天就没有机会跟章副局长反映学校操场暗藏猫腻的情况，只好点头说："那行，我先给我老婆打个电话，叫她不用等我回家开饭了。"

他走到屋外，掏出自己的摩托罗拉手机，拨通家里的座机，接电话的是儿子许星阳。

儿子在电话里问："爸爸，我作业做完了，你什么时候回来检查？"

许敬元说："等我晚上回去检查。你告诉妈妈，不用等我吃晚饭了，你们在家里先吃。"

"妈，爸爸说他不回家吃晚饭，叫我们先吃……"许星阳一边接电话，一边冲着他妈妈喊起来。周小艺显然有点不高兴："说好回家吃饭，都已经煮了你的饭，怎么又……"估计是她已经从儿子手里接过听筒，电话里传来她抱怨的声音。

许敬元小声解释说："教育局领导今天到学校来检查操场改扩建工程，我有些情况要向领导汇报，所以留在学校吃晚饭，要晚一点才回去。"周小艺说："那好吧，你吃完饭早点回家……哦，对了，下午大哥打电话过来说已经帮咱们熏好了过年吃的几十斤腊肉，你晚上回来的路上，拐到孩子他大伯家去拿一下吧。现在肉价可不便宜，你记得把肉钱给大哥。"

许敬元点头说："行，我记住了！"

打完电话，他再回到指挥部，才发现屋里已经没有人。他怔愣一下，听到食堂那边传来孔伟德招牌式的呵呵声，才知道大家都去吃饭了，他也转身往食堂方向走去。半路上，他看见章玉书落在众人后面，手里拿着印有光明高级中学抬头的横格稿纸低头看着，听见他从后面走近的脚步声，章局把两页稿纸塞进自己的公文包，跟他一起走进食堂。

光明高中的食堂很大，外面是学生用餐区，里面是教职工用餐区，再往里走，角落里有一间很隐蔽的房间，头顶安装着亮晶晶的吸顶水晶吊灯，四周摆着意大利真皮沙发，中间是一张可以容纳二十人吃饭的豪华转盘餐桌。这是孔校长特意设置的房中房，专门用来接待上级领导的。

进入房中房后，孔伟德热情地把章玉书让到主位，自己则和雷大铭分别坐在章副局长左右两边相陪，挖土车司机窦武也在自己老板身边坐下来。许敬元犹豫一下，跟他们隔开几个位子，默默地坐下。

第一章　冷夜暗流　009

章副局长抬眼打量着他，嘴角一撇，脸上带着似笑非笑的表情："许老师这些年，赚了不少钱吧？怎么还穿这么旧的皮夹克，你看袖子下面都掉皮了，是不是早该换一件了？"

许敬元怔住了，没想到这位老同学竟然会注意到自己的穿着，只是前面那句"这些年赚了不少钱吧"，让他感到有点唐突，不知其意所指，想来是在调侃自己的穷酸样吧。许敬元勉强一笑："我一介穷酸教书匠，每月就拿这点死工资，哪说得上什么赚钱不赚钱。倒是章局你，跟在初中上学的时候相比，像是换了个人似的，可真是意气风发啊！"章玉书听他提到"初中"这两个字，似乎暗含讥讽之意，脸上的表情不由得僵了一下。

孔伟德像是很了解这位章副局长似的："我只知道章局当年在育才中学参加中考，以优异成绩考上中师，毕业后先是分配到乡镇小学教书，后来调到教育局教育督导室上班，然后又一路高升，走上了领导岗位，真没有想到您竟然跟咱们许老师是初中同学啊。"

"你没想到的事情还多着呢，"章玉书在跟他说话，目光却瞟向坐在斜对面的许敬元，"那时候许敬元可是咱们年级里的学霸，一门心思想考名牌大学，中等师范学校他可看不上。"

"哦，原来是这样。"孔伟德恍然大悟似的问，"那许老师最后考上了哪所大学啊？"他明知道许敬元没有上过大学，却故意问这么一句，显然是想让许敬元当众难堪。

许敬元叹口气说："我哪所大学也没有考上，当年高考落榜，后来当了小学民办教师，'民转公'政策下来的时候，我才转为公办教师。"雷大铭冷不丁插一句嘴："早知如此，当年你就应该跟章局一起考中师，说不定现在你也当上副局长了呢。"说完他自觉幽默，哈哈一笑，转头却看见章玉书脸露愠色，这才觉出自己似乎说错了话，急忙闭上嘴巴。

正在大家尴尬之时，食堂厨工将这顿饭的主菜——热气腾腾的红参淮杞甲鱼汤端了上来。孔校长立即招呼章玉书："来，章局，您先起筷，尝尝味道！"

章玉书也不客气，拿起筷子夹起一块甲鱼裙边肉送进嘴里，品咂片刻，点头道："嗯，火候恰到好处，肉质鲜美可口，最难得的是完全没有腥味，确实不错！"

"章局都快赶上美食家了！"孔伟德朝他竖一下大拇指，"学校的厨师可做不出这个味道，这是我特意从外面星级酒店请来大厨做的。"

"那你有心了！"章玉书表扬了他一句，然后做出一个"请"的手势，"别光我一个人吃啊，大家一起吃吧！"大家这才拿起筷子来，只有许敬元心中装着操场的事，总想寻找机会跟章玉书反映情况，就算山珍海味摆在他面前，也很难让他提起胃口。

窦武拿出一瓶五粮液，殷勤地给大家倒上酒。孔校长端起酒杯说："章局是一个大忙人，到咱们学校来一趟可不容易，今天，让咱们一起敬章局一杯，感谢他一直以来对咱们学校的支持！"

许敬元本不善饮，而且等下还要骑摩托车回家，本来不想喝酒，但他们四个人都举起了酒杯，他也不好意思坐着不动，只好端杯站起，跟大家一起干了这一杯。这是五十多度的高度白酒，一杯下肚，呛得他喉咙火辣辣的直咳嗽。他的窘态，引来大家嘲弄的笑声。

菜肴上齐，酒过三巡，许敬元才明白孔伟德和雷大铭为什么要让窦武这个挖土车司机在酒桌上相陪了。因为他酒量好，特别能喝，而且还会插科打诨，善讲市井趣闻，几个黄色段子就把酒桌上的气氛搞起来了。看到领导高兴，他就开始端杯敬酒，章玉书有点招架不住，就说："我酒量有限，等下还要开车回去，你就别老敬我，我看许老师喝得最少，你先敬他三杯再说。"

窦武得到领导指令，转头就拎着酒瓶朝许敬元走来。许敬元急忙摆手："章局，我酒量浅，再喝就要醉了！"话未说完，窦武已经在他面前倒上满满三杯酒，喷着酒气不依不饶地说："章局发话，我不敢不从，难道许老师连章局的话也不听？"

许敬元面露难色："不是我不听章局的话，实在是不胜酒力，再说我还有工作要向章局汇报，总不能在领导面前喝得醉醺醺的吧？"孔伟德和雷大铭一听"汇报"这两个字，脸就沉下来，心里想，都到这个点了，这家伙还没忘记这件事，可真是个老顽固啊！

雷大铭朝窦武使个眼色，窦武心领神会，把目光转向章玉书："今天章局是这里最大的领导，章局您给发个话，许老师到底该不该喝这三杯？"

章玉书点头一笑："该喝，今天老同学久别重逢，哪有不喝之理？这样吧,许老师,你先把这三杯酒喝完,有什么工作要向我汇报,尽管说,我在这里洗耳恭听。"

"那你可得说话算数,等我喝完,给我二十分钟时间,不,十五分钟就够了,我得跟您详细汇报一下学校修操场的事情。"

"一言为定!"

许敬元为了争取到向上级领导汇报工作、反映工程黑幕的机会,只好硬着头皮,跟窦武连干三杯,把面前的三杯白酒都喝完了。但是他高估了自己的酒量,三杯烈酒下肚,他感觉到整个人腾的一下飘了起来,天旋地转,晕晕乎乎,脑子里一片模糊,他使劲甩甩头,但是想说的话,却一句也记不起来。

章玉书坐了片刻,见他光张嘴不说话,就有些不耐烦,起身问孔伟德:"厕所在哪儿?"孔伟德朝外面指一下:"在厨房后面。"章玉书朝窗户外看一眼:"外面走廊好像没有灯啊,乌漆麻黑的,要不你陪我去一趟吧。"孔伟德见他朝自己使眼色,忽然明白过来:"好的,我陪章局小个便,你们接着喝!"

从房中房出来,一条黑狗正伸着舌头蹲在门口,像是在等着屋里扔出几根骨头解馋。"死狗,给老子滚远点!"孔伟德一脚把黑狗踢开,领着章玉书穿过走廊,拐个弯,朝厕所方向走去。厕所就在食堂厨房后面,小便的时候,孔伟德问:"章局,您是不是有什么话要对我说?"

章玉书侧耳听一下,这边距离食堂有二十多米远,那边说话的声音传不过来,这边说话的声音也不可能传过去,这才拉起裤链,从夹在腋下的公文包里掏出两张纸递给他:"你自己看吧!"

孔伟德疑惑地接过来,凑到灯下一看,纸上印着光明高级中学的抬头,显然是他们学校的办公用纸,再一细看,只见纸上用钢笔写着:

尊敬的教育局领导:

在这里,我要向你们实名举报光明高级中学操场改扩建项目中存在的巨大黑幕。校长孔伟德与其亲外甥雷大铭两相勾结,狼狈为奸,大搞暗箱操作违法违规招标投标,在施工过程中偷工减料以次充好,制造豆腐渣工程,并且不按承包合同约定和学校相关财务制度,超预算给付工程款。其详细情况如下：

孔伟德看到这里，脸色就变了。抬起头心虚气短地看看章玉书，章玉书也正在看他，脸色冷得能拧出水来，他额头上的冷汗一下就冒了出来。再接着往下看，第一页纸上满满的字迹，写的全是学校操场改扩建工程在招投标及施工过程中的种种内幕。翻到第二页，最后写着两行字：

在此我恳请上级领导严厉彻查此事，揪出隐藏在教育队伍里的蛀虫，严惩涉事承包商，还光明高中师生一个安全的工作和学习环境，还光明市教育事业一片风清气正的蓝天！

孔伟德拿着信纸的手不由自主颤抖起来，看这举报信里的语气，不用猜也知道这封直接寄到教育局的举报信是谁写的了。他把目光往下移，看到信后的落款署名，果然是许敬元。

"章、章局，不是这样的，您听我解释，老许这完全是诬告……"

"这个还用解释吗？是不是诬告你自己心里没数？你觉得你外甥做的那些工程，真的经得起检验吗？"章玉书用恨铁不成钢的语气说，"你们是怎么办事的？幸好这封举报信落到我手里，要是被其他领导看到，可就没这么好说话了。"

孔伟德稍稍松下一口气，这才明白他其实是站在自己这边的："多谢章局提醒，您放心，这个事情我一定处理好，绝不会让他再给领导添麻烦。"

"处理？你怎么处理？"章玉书表情严肃地看着他，"这个许敬元，本就是一根筋，这封信被我扣下，谁知道他以后会不会继续给教育局，甚至是纪委、市政府写举报信？"

"那您的意思是？"

"你赶紧想个办法让他闭嘴呗！"章玉书有点不耐烦地说道，"这事要是被他捅到局长那里，或者市领导那里，你和你外甥还不得将牢底坐穿啊？"

"让他闭嘴？"孔伟德一时没有反应过来，"他一个大活人，性子又迂腐又固执，怎么才能让他闭嘴呢？"

"让我来处理吧！"身后忽然传来一个人说话的声音。两人都吃了一惊，扭头一看,只见雷大铭不知什么时候已经站在厕所门口,刚才二人在厕所里的对话,显然都被他听了去。

"你怎么处理?"章玉书和孔伟德一齐瞪着他。

雷大铭回头朝食堂方向看看,眼睛里闪过一丝狠毒之光:"这个许敬元,从我承包学校的工程起,就一直跟我作对,我早就看他不顺眼。干脆一不做二不休,要处理就彻底处理好。"

"怎么彻底处理好?"

"就是让他永远闭嘴呗!"雷大铭冷声一笑。

"永远闭嘴?你想……"孔伟德明白他的意思,不由得打了个冷战。

雷大铭不当回事地挥挥手:"这是我跟他的私人恩怨,你们当领导的就别瞎操心,总之你们放心,他以后再也不会给咱们添乱了!"

"行了行了,这点破事你们自己慢慢商量,我就是个报信的,千万别把我也搅和进去。"

章玉书生怕惹火烧身,不耐烦地挥挥手,走出了厕所。

回到房中房,正好遇上窦武用半边肩膀架着许敬元,搀扶着他从屋里走出来。许敬元脚步踉跄,连身体都站不直。

"他怎么了?"章玉书奇怪地问。

"许老师酒量不行,才喝几杯,就已经醉了,雷总让我扶他到指挥部休息一下,醒醒酒。"

章玉书"哦"了一声,说:"那行,你小心点,千万别把许老师给摔着。"

"放心吧,摔不死他!"窦武头也不回地说。

第二章　莫名失踪

　　第二天早上，周小艺起床的时候，发现枕边空空的，丈夫竟然一夜未归。

　　昨天傍晚，丈夫打来电话，说自己不回家吃晚饭，就在学校用餐，所以家里就只剩下周小艺和儿子两人一起吃晚饭。饭后，娘儿俩一边烤火一边等着许敬元回家，等了一阵不见他回来，因为天冷，就都早早地睡下了。周小艺怕天气寒冷丈夫不方便掏钥匙开门，还特意给他留了门。但是早上下楼一看，大门还是老样子，并没有被打开过。她又到儿子房间里看看，儿子还蜷缩在被窝里睡觉，昨天下午完成的作业正摊开摆在书桌上等他爸爸回来检查。

　　她感觉到有些意外，丈夫从来没有在不事先告诉她的情况下，在外面过夜。她有点不高兴地嘟囔两句，拿起电话，拨打丈夫的手机，却被提示对方已经关机。她虽然有点奇怪，但也没有感觉出有什么大不了的，也许他昨晚在学校有事情耽搁了，所以就在学校宿舍住了一晚，可能他夜里往家中打过电话，只是她睡着了没有听见。

　　她也没太当回事，走到厨房，把昨天没有晒干的腊鱼拿出来，重新晾在绳子上。又把小萝卜头收在一起，空出一段晾衣绳，等下丈夫从孩子他大伯家拿回来的熏腊肉，正好可以晒在这里。熏过的腊肉再晾晒一下，吃起来味道才更香。

　　可是一直等到上午十点多，儿子都已经起床，水泥村道上还没有看见丈夫骑摩托车的身影。儿子看见昨天的作业老爸还没有检查，有些不高兴，跑到周小艺跟前问："爸爸呢？"

　　周小艺说："你爸在学校有事，昨晚没有回家。"

"那他今天能回家吗？"

周小艺看见儿子眼珠滴溜溜直转，很快就明白了他那点小心思，如果老爸不在家，没有人管他做作业，他就可以放心大胆地看电视了。她轻轻揪一下他的耳朵："你别高兴太早，赶紧做作业去，我去学校找找你爸，等下他回家，昨天和今天的作业一起检查。"儿子朝她吐吐舌头，做个鬼脸，悻悻然上楼做作业去了。

周小艺又拨打了丈夫的手机，仍然是关机状态，打电话到他们学校办公室，一直无人接听，估计是老师们都放寒假了。她坐在电话机旁边，心里隐隐有些不安，丈夫向来办事周到，就算昨天夜里打电话回家家里没人接听，今天上午肯定也会打电话回来的，但他竟然无缘无故关掉了手机，这就更不对劲了。她跟儿子交代几句，就推出电动车，开上了春水河大堤。她要去学校找许敬元。

刮了一天一夜的冷风已经停了，但天色却阴沉下来，天空中飘起冰冷的雨丝。好在她出门前交代过儿子，如果下雨，就让他赶紧把晾在外面的腊鱼和萝卜收进屋。来到丈夫工作的光明高中，门口的保安老蔡认得她是学校许老师的家属，起身跟她打个招呼，又低下头去看电视机里的枪战片去了。

她走进学校，操场上居然是一片热火朝天的场面，几台推土机轰鸣着，正在冒雨作业，平整土地，压路机来回滚动压实地面，有工人在地面上均匀地铺盖砖渣石块，水泥搅拌车正把调和好的水泥往操场上倾倒。一个瘦男人戴着白色安全帽，手握对讲机，正在吆三喝四地指挥工人干活，看起来像是个包工头。

周小艺知道丈夫是学校操场翻新工程的质量监督员，也偶尔听丈夫在家里说起过一些学校的事情，既然有这么多工人在工地上开工，那他肯定就在工程指挥部里面。她没有多作停留，径直往操场角落里的工程指挥部走去。

指挥部里摆着两张办公桌，左边靠墙的一张桌子上放着写有许敬元名字的岗位牌，但是丈夫并不在办公桌前，屋子里空空如也，也没有看到其他人。房间像是被清洁工刚刚打扫过，收拾得十分干净，被拖把拖过的地板砖微微透着一股消毒水的味道。她到丈夫的办公桌边看一下，没有见到丈夫今天坐在这里上班的痕迹。

她满心疑惑，又在学校转一圈，仍然没有看到丈夫的踪影，因为放寒假，校园里看不到一个老师和学生，只有一些头戴安全帽、满身泥水在操场上冒雨干活的工人。经过综合办公大楼时，她看见校长室的门打开着，犹豫一下，走了进去，看见校长孔伟德正坐在沙发上打电话，便又退回走廊等了一会儿。

孔伟德一抬头，看见门口的人，像是吃了一惊，犹疑着放下电话问她："你是……"

周小艺叫一声"孔校长"，然后说："我是许敬元的老婆，去年学校开年会的时候咱们见过的。"

孔伟德这才记起来，一拍脑袋说："哦，原来是许老师的家属，来来来，快请坐！"

周小艺没有坐，只是站在门口说："孔校长，其实我是来找敬元的。"

"许老师吗？"孔伟德愣了一下，"今天没有看见他到学校来啊。"

"他是昨天下午回学校的。傍晚的时候在学校给我打电话，说是学校有领导下来检查操场改扩建工程，他有些情况要向上级领导汇报，所以留在学校用晚餐。"周小艺知道孔校长是丈夫的领导，说话的时候难免有点紧张，搓着手说，"可是昨天晚上他并没有回家，一直到今天上午，我都没有见到他，打他手机也是关机，我觉得有点不对劲，所以才到学校来找他。"

"哦，原来是这样啊。"孔校长告诉她说，"昨天晚上确实有教育局的领导到学校检查工作，学校也确实安排了许老师向领导汇报工作情况，因为时间有点晚，所以就留许老师一起在学校食堂用了晚餐。不过吃完饭，他就骑着摩托车离开学校回家去了呀。"

"是吗？"周小艺有些意外，"他是什么时候离开学校的？怎么到现在也没有回家呢？"

"这个嘛，"孔伟德端起保温杯吱吱地喝一口茶，"我当时也没有看表，估计是晚上七点多，不到八点的样子吧。"

"这就怪了，他昨晚七点多离开学校，怎么一晚上都没回家呢？"周小艺皱起眉头。

孔伟德想了一下说："昨天天冷，吃饭的时候，他喝了两杯白酒想暖暖身子……哦，对了，会不会是他晚上骑摩托车回家，路上风太大，他怕冷，所以就中途转到哪个亲戚熟人家过夜去了？而且因为喝了酒，所以今天醒得迟，一直都还没有回家。"

"这样啊……"周小艺犹豫一下，"难道是留在他大哥家里住了一宿？因为昨晚在电话里，我让他晚饭后先去他大哥家取腊肉，然后再回家。会不会因为天太冷，就直接留在他大哥家里过夜了？"

"这倒是很有可能。"孔伟德安慰她说，"你别着急，许老师一向稳重，肯定不会有什么事的，你赶紧问一下他大哥。"

周小艺点点头，背转身，拿出自己的小灵通电话，拨打了大哥家里的座机，但是打了两遍都没有人接听。她握着电话，在校长室门口徘徊着，有点六神无主。孔伟德说："要不你先去你大哥家看看，也许许老师正在他家里睡懒觉呢。"

"好的，那我这就去看看。孔校长，不好意思，打扰你了！"周小艺朝孔校长鞠了一躬。孔伟德忙说："没事没事，你先去看看，无论许老师在不在他大哥家，都给学校回个电话，告诉我一声，免得我也跟着着急。"

周小艺离开学校后，又骑着电动车往乡下赶。许敬元的大哥叫许长坤，住在龙湾乡龙湾村，距离市区还有好长一段路。好在她的电动车昨晚充满了电，开起来倒也不怎么吃力。来到乡下，已经是中午时分。

她找到大哥许长坤家，那是一幢老旧砖房，是她公公婆婆留下的老屋。许敬元就是在这个乡下老屋出生和长大的，后来参加工作，结婚之后，才在城郊安福里买了亲戚家的地，修建了新房，跟大哥分家。而他大哥，结婚之后一直住在这间乡下老屋里。兄弟俩的感情，一直很淡漠，尤其是父母过世之后，就来往得很少。

说起许敬元的这位大哥，日子过得也蛮坎坷的。大约四五年前，他老婆开着三轮车，带着儿子进城买化肥，半道上出车祸，孩子脑袋都被撞开了，当场死亡，他老婆被倒翻的三轮车压伤脊椎，瘫痪在床，成了半个废人。而肇事司机逃之夭夭，根本找不到人赔偿医药费。这个家一下子就垮了。幸好关键时候许敬元伸手帮了大哥一把，替大嫂垫付了一些医药费，又托关系给他家里办了低保和民政救济，使这个遭遇不幸的家庭勉强渡过难关。兄弟俩的感情也由此渐渐重新亲近起来。这两三年每逢临近年关，许长坤家杀了年猪，都会熏一些腊肉给弟弟，还说自己饲养的猪，肉质比从外面买的猪肉好，肉菜市场那些猪都是用人工饲料催大的，吃起来寡淡无味。

进屋后，周小艺发现大哥并不在家，大嫂在床上昏昏沉沉地睡着，她瘫痪在床好几年，整个人变得有点反应迟钝，问她什么，她也答不上来。周小艺心里有些着急，在大哥屋里转一圈，没有看见自己的丈夫。

出得门来，看见邻居正在外面晾衣服。这时冷冰冰的阴雨已经止住，天空露出一片红云，太阳将出未出。周小艺认得那个邻居姓张，就上前问："张婶，你知道我大哥去哪里了吗？"张婶说："你找长坤啊？今天村里林有财家嫁女儿，他过去做帮厨了。"

周小艺"哦"了一声。许长坤有一手好厨艺，被乡里一个专门上门办酒席的小老板看中，请他去做了帮厨。十里八乡哪家家里有红白喜事，需要办酒席，就去哪个家里干活，一般一天时间忙下来，也能挣个七八十块钱。对于这份工作，大哥很是满意，既能在乡下挣到钱，又不用出远门，方便在家照顾自己的老婆。

按照张婶的指点，她来到林有财家，看见他家门口已经搭起彩棚，宾客们进进出出，十分热闹。大路边架着五六口大锅，几个乡村厨师煮饭的煮饭，炒菜的炒菜，正忙得热火朝天，其中就有她的大伯哥许长坤。她走过去，把大哥叫出来，问他昨晚敬元有没有来他这里拿腊肉，是不是在他家里过夜。

许长坤一脸茫然，摇头说："没有啊，昨晚他根本没过来。怎么了？"周小艺不由得心里一沉，犹豫着，最后还是把昨晚丈夫从学校离开后，一个晚上都没有回家，直到现在仍然见不到人的情况，跟他说了。

许长坤一见她急得快要哭起来，一边忙着在身上的围裙上擦手一边说："你先别急，敬元他那么大一个人，难道还能出什么事不成？你刚刚不是说他昨晚在学校喝了点酒吗？可能是喝得有点晕乎，路上不敢骑摩托车，所以去学校附近哪个朋友家住了一晚。说不定这个点都已经到家了，你赶紧再打个电话回家问问。"

周小艺一想也对，说不定这时丈夫已经回家了呢，便急忙给家里打了个电话。接电话的是儿子许星阳，可他说爸爸还没有回家。挂断电话后，她再次拨打丈夫的手机,仍然是关机状态。

她再也忍不住,一下就哭起来:"这个老许,到底跑到哪儿去了,电话不开机,也不跟家里说一声,真是急死人了!"

许长坤说:"你别哭,你这一哭,弄得我也没了主意。"周小艺急忙止住哭声,她本是个没什么主见的家庭主妇,这时更是急得心慌意乱六神无主,睁着眼睛怔怔地望着他,等他拿主意。许长坤毕竟是男人,比她镇定得多,想了一下说:"莫不是他昨晚喝多了,骑着摩托车回去的时候,在半道上出什么事了吧?"周小艺不由得一呆:"这倒是有可能。"

"你刚刚还说,他晚上准备到我家拿腊肉,那也有可能是在来我家的路上出事的。"许长坤挠挠头,"要不这样吧,咱们兵分两路,我这就骑电动车沿着村里往学校这条路上找一找,你呢,沿着春水河大堤往城里看看,最后在他们学校会合。"

周小艺一想,也只有这样了,就说:"那就麻烦你了,大哥!"许长坤摆摆手:"一家人不说两家话,先找到敬元再说。"他脱掉身上的围裙,跟管事的说一声,就骑着自己的电动车,往城里走了。周小艺则掉转车头,把电动车往春水河大堤方向骑去。

上了大堤,她又把从家里到学校的这段路重新走一遍,沿途观察着道路两边,她是担心丈夫昨晚喝了酒,在路上出什么事故,连人带车翻倒在了路边,然后又在路上找人打听昨晚这一带有没有出过什么车祸,但是并没有什么收获。

一路来到学校,没过多久,许长坤也骑着电动车赶到,他也是沿途一路打听,并没有发现什么可疑情况。

正好这时周小艺的电动车没有电了,就在门卫老蔡那里借个电插座给车子充电,顺便问老蔡昨晚有没有看见许敬元离开学校。老蔡摇着头说这可不好说,现在学校放寒假,安保措施比较松弛,昨天天冷,他中午刚过不久,就提前下班回家了,直到今天早上施工队进场,他才到岗上班。所以昨晚学校的事情,他并不清楚。

周小艺又给附近几个亲戚和熟人家里打电话,一一询问他们昨晚有没有见到她丈夫,大家都回复说没有。手里的小灵通电话已经被她打得有些发烫。正在她和许长坤两个在学校门口急得团团转,不知道该如何是好的时候，孔伟德开着他那辆黑色本田雅阁从校园花坛边拐出来，看见周小艺，就停住小车，放下车窗，又看着许长坤问："这位就是许老师的大哥吧？乍一看，兄弟俩还长得有点像啊。怎么，许老师找到了吗？"

周小艺跑到车边说："没有呢，我去我大哥家看了，老许昨晚没去过大哥家。这位就是咱们大哥，也正在帮我一起找老许。"

孔伟德坐在车里，皱起眉头："这倒是有点奇怪了，许老师不声不响的，会去哪里呢？"

周小艺扒着他的车窗说："不行，一个大活人，不可能就这么不见了，一定是有什么事情，咱们得报警才行！"

"先别急着报警。"孔伟德摆摆手，"许老师昨晚离开学校到现在，还不足二十四小时呢，现在报警，警察也不会立案的。"

"那怎么办？"许长坤瓮声瓮气地道，"万一他真出什么事，你们学校负责啊？"

"我只说现在暂时不能报警，又没说这事学校不管。"孔伟德说，"你们莫慌，我来想想办法。"

他下了车，站在保安亭门口给学校负责安全生产的刘副校长打了个电话，刘副校长很快就赶过来，孔校长跟他把情况说了，两人稍一商量，都担心许老师会出什么意外，所以决定把全校老师紧急召集起来，发动大家分头寻找许老师的下落。无论如何，先找到人再说。

在刘副校长的组织下，学校很快就召集起几十名教职员工，两人一组，以学校为中心，分头向各个方向寻找许敬元的下落，就连学校后山，也派了几组人上去搜寻。周小艺见孔校长和学校的老师们都如此热心，心里十分感动，也把自己家里的亲戚熟人都发动起来，加入了寻人队伍。

整整找了三天，却没有找到许敬元的半点音讯。许敬元那天晚上骑着摩托车离开学校之后，就像从世界上消失了一样，没有任何人再见到他，更没有人知道他究竟去了哪里。到了第四天，孔伟德怕这件事对学校造成负面影响，仍然不愿意报警，但在周小艺和许长坤的强烈要求下，学校才让保卫科出面，到辖区派出所报人口失踪案。

派出所的民警到学校转一圈，问了一下情况，说许敬元是个成年人，而且最近几天整个光明市并没有什么特别的刑事案件发生，以他们的经验来看，应该不会有什么事，很可能是他临时有急事离开了光明市，或者说有什么烦心事想一个人躲起来清静清静，所以关掉手机断了跟大家的联系，说不定再过几天就安然回来了。不过既然家属和学校报案，他们还是会立案调查的，但派出所人手紧张，估计也很难投入过多警力寻找失踪人员下落，还请学校方面继续组织人员配合警方寻找线索。

果不其然，派出所给了一张报警回执，就没什么下文。学校老师和许家亲戚们又找了两天时间，就到了小年，大家都要回家过节，对寻找失踪者的事情也就不那么热心了。

周小艺没有办法，跟大哥商量一下，找出一张许敬元的照片，到街上一家电脑制作室制作一张印有许敬元头像和她联系电话的寻人启事，打印出三百份，然后两人到学校周边及家附近分头张贴。没想到这一招还真管用，寻人启事刚贴出的当天下午，就有人打电话给周小艺，说他看见了许敬元的摩托车。

这个打来电话提供线索的人，也是周小艺认识的一个熟人，他叫葛春秋，就住在安福里前面不远靠近春水河堤的下三里村。说起来，这个葛春秋还是周小艺的初中同学呢。周小艺娘家就在下三里村，念中学的时候，她常常跟葛春秋一起骑自行车上下学。初中毕业后，周小艺进城打工，后来认识许敬元，跟当时还是民办教师的他结了婚。葛春秋初中毕业后上了高中，但是高考落榜没有考上大学，只好回家务农，后来经人介绍讨了一个四川女人做老婆。十多年前他老婆跟婆婆吵架，怄气喝农药死了，葛春秋一直没有再娶，就成了一个鳏夫。周小艺回娘家的时候，偶尔见到过他，他没有孩子，一个人住在一间旧砖瓦房里，农忙时种田，农闲时就在附近河沟里放鱼笼渔网捕鱼，然后提到街上卖钱，生活倒也过得去。

接到葛春秋打来的电话，周小艺有点意外，问他是在哪里见到丈夫的摩托车的。葛春秋说："就在春水河边的芦苇丛里，现在摩托车还在那儿放着呢，你赶紧过来，我带你去看看，看看到底是不是敬元的车。"葛春秋也认识她丈夫许敬元。

"你在哪儿？"

"我就在河堤上等你，你一路过来就能看见我了。"

于是周小艺和大哥许长坤一起，又骑着电动车上了河堤，一路往市区方向骑去，大约骑了七八公里远，果然看见一个穿着黑乎乎的高领毛衣的男人缩着脖子站在大堤中间朝他们挥手。停车一看，正是葛春秋。论年纪葛春秋其实比周小艺还小一岁，但是因为一个人过日子辛苦，满脸褶皱，看上去显得比她苍老许多。

周小艺下车就问："你真的看见我老公的摩托车了？在哪里？"

"就在那里。"葛春秋往河边指一下。周小艺看过去，这一段的河堤比较陡峭，堤坡下长着几棵杂树和一小片白花花的芦苇，一眼望去，并没有看见什么摩托车。

"你们下去看看就知道了。"葛春秋一面带着他们往堤坡下的芦苇丛里走，一面告诉他们，"我是腊月十七那天早上，在这河边收鱼笼时，发现这里停着一辆摩托车的。当时以为是有人在这附近钓鱼，临时把摩托车停在这里，也没有多想。后来看到你们贴的寻人启事，才知道许老师不见了，寻人启事上说他是骑着摩托车失踪的，我一下就想起这事来了，再次跑过来一看，果然，那辆摩托车还在，我看一下车牌号，跟你在寻人启事上写的车牌号一模一样，我这才知道这辆车是许老师的，就赶紧给你打电话。"

"腊月十七。"周小艺在嘴里把这个日期重复一遍，丈夫是在阳历元月二十五日，也就是农历腊月十六晚上失踪的，葛春秋发现丈夫摩托车的时候，正是他失踪的第二天早上。

来到堤坡下，葛春秋走在前面，扒开一处芦苇，果然看见一辆摩托车靠着一棵杉树停在那里。周小艺一眼就认出那是丈夫的摩托车。许长坤弯下腰仔细看看，忽然摇头说："不对，摩托车不是有意停在这里的，你看这车把手上沾着这么多泥巴，杉树皮也被蹭掉一大块，摩托车明显是从河堤上冲下来或者直接摔下来的啊！"

"啊？"周小艺抬头一看，这河堤少说也有十来米高，如果摩托车真的是从上面失控摔下来的，那丈夫他……她沿着摩托车冲下来的方向往另一边看去，跨出芦苇丛，就是春水河的河道，这里是整个春水河最深的一段，就算是冬天，河水估计也有好几米深。丈夫酒后骑着摩托车从河堤上冲下来，车子被杉树挡住，但人却很可能已经摔到河里去了。

她三步两步跑出芦苇丛，差点一脚跨进河水里去，幸好葛春秋在后面拉住她。河面只有二三十米宽，但河水却深得看不见底，北风从河面吹来，让人感觉到刺骨的冷。水边是一丛丛枯草,很难看出有人从这里掉下去的痕迹。她对着白茫茫的河面叫一声:"敬元——"人就像一个泄了气的皮球,突然软瘫下去。许长坤和葛春秋两人急忙从后面扶住她,叫两声她的名字,却没有反应,仔细一看,她脸色苍白,浑身冰凉,已经晕厥过去。

葛春秋把她平放在地上,掐了半天人中,也没见她苏醒。许长坤说:"敬元失踪了,可别让她也急出什么毛病来,还是赶紧送医院吧。"葛春秋二话不说,背起周小艺就往附近的镇卫生院跑。

周小艺冲到河堤边,果然看见水面上漂着一个人,面朝河底背朝天,一动也不动,看起来已经被淹死了。但是这人身上穿的是一件黄色外套,她记得丈夫出门时穿的是一件黑色皮夹克,看来这人并不是她丈夫。她不由得松下一口气,谁知一阵大风吹来,河水荡起波浪,尸体忽然翻转过来,她看清了那张脸,竟然就是她丈夫许敬元。

"敬元——"她尖叫一声,猛然惊醒,才发现自己刚才做了一个噩梦,睁开双目,却被一片白晃晃的颜色刺得两眼生疼,又闭上眼睛,等了一会儿才缓缓睁开,这才发现自己原来是躺在病房里。病床边坐着许长坤和葛春秋两个人。"我这是怎么了?"她问。葛春秋说:"这里是镇卫生院,你在河边晕倒,是我和你大哥一起把你送过来的。"

"我睡多久了?"

"已经好几个小时了。"葛春秋指指窗户外边,"天都已经黑了好久。"

周小艺转头想朝窗外看看,却发现病床另一边正站着儿子许星阳和女儿许雯雯。她不由得一愣,挣扎着坐起来:"雯雯,你怎么回来了?"丈夫失踪之后,她心里虽然着急,但总觉得丈夫向来办事稳重,应该不会出什么大事,只要多找一找,肯定能找回来,怕女儿在学校担心,所以一直没有打电话把这个事情告诉远在天津的许雯雯。

许星阳懂事地说:"妈,是我给姐姐打电话的,你晕倒住进医院,家里没有大人,我不知道该怎么办,就给姐姐打电话了。"

许雯雯点点头:"我接到弟弟的电话,立即就买了机票往家里赶,回到家的时候,天都黑了。"

周小艺拉着女儿的手,眼泪止不住流下来:"雯雯,对不起,我把你爸给弄丢了！"

许雯雯毕竟是个大学生，颇有些主见，说："妈，你就安心在这里休息，爸爸的事情，我刚才已经听大伯说了，我觉得这里面有些蹊跷，无论如何我也要想办法把事情调查清楚，早日找到咱爸的下落。"她又对弟弟说，"小弟，你留在这里陪妈妈，有什么事情就给我打电话。"许星阳点点头，"嗯"了一声。

"大伯，你带我去我爸出事的地方看看吧！"许雯雯把目光转向伯父许长坤。

许长坤犹疑着看向弟媳，周小艺朝他点点头，丈夫失踪之后，她感觉就像自己的主心骨被抽走了一样，一直六神无主，像只无头苍蝇，东碰西撞，缺少一个帮她拿主意的人，现在女儿回来，她像是突然有了依靠。她知道女儿从小就遗传了她爸的性格，不但聪明好学，而且虑事周到，做事果决，只要她下定决心，肯定能把她爸的事情查个水落石出。

许长坤看到弟媳同意，才对侄女说："那行，我带你去春水河边你爸出事的地方去看看。"

葛春秋犹豫一下，对许雯雯说："要不我留下来照顾你妈吧，星阳这么小，如果有什么事，只怕顾不过来。"

许雯雯小时候去外婆家玩，也认识这位葛叔叔，知道他是一个热心肠的人，就点头说："那就谢谢你了，葛叔叔！"

第三章　河边少女

许雯雯坐着大伯的电动车开上春水河大堤时,已经是晚上八点多,夜风一阵紧似一阵地吹着,显得比白天更加寒冷。许长坤带她来到她爸骑摩托车出事的地点,却看见河堤上已经停了两辆警车,河堤下亮着几盏强光手电筒,有几个身穿警服的人影在晃动。

"大伯,这是怎么回事?"许雯雯从电动车上跳下来,奇怪地问。

"我、我也不知道呢。"许长坤在路边停好电动自行车,眯着眼睛看见光明高中的孔校长正站在警车前跟一个警官说话,似乎明白过来,"哦,今天傍晚孔校长打电话给我,问我找到你爸的下落没有,当时你妈还在镇卫生院昏迷着,我就跟他说了在春水河边芦苇丛里发现了你爸的摩托车的事,估计是他听说这个情况后就到派出所报警了。"

孔伟德看见他们两个,立即迎了上来:"哎哟,雯雯,你这是放寒假回家了?"许雯雯以前到学校去找她爸时见过孔校长两次,所以两人并不陌生。许雯雯点头说:"是呀,这个寒假导师布置了作业,本来想留在学校跟同学一起去做田野调查,听说我爸在家里出了事,所以才提前回家。孔校长,这是……"她用手指一下现场的警车和警察。

孔校长说:"我听你大伯说在这里发现了你爸的摩托车,觉得可以从这里入手查找你爸的下落,所以就向负责这片辖区的东城区派出所报了警。派出所很重视,这位是胡启亮胡所长,他亲自带人过来查看现场。"他指指刚刚跟他站在警车边说话的那位警官。那是一个四十多岁年纪,有点秃顶的中年警察。

许雯雯问道:"胡警官,警方在这里有什么发现吗?"

胡所长摇摇头:"暂时还没有什么特别的发现,不过从现场情况来分析，我们怀疑许敬元当天晚上喝醉酒，骑着摩托车行驶到这里时，突然失控连人带车一起冲下河堤，摩托车被树挡住，但人却因为巨大的惯性作用直接摔下了春水河。事发之时，上游已经连下几天大雨，这里河水流速很急，再加上天气寒冷，任何人摔进河里都很难再爬上来。"

"您的意思是，我爸因为醉酒开车出了车祸，自己摔进河里淹死了？"

胡所长点点头，但又解释说："当然，这只是警方现在的推测，并不是最终调查结论，具体情况还要根据现场痕迹进一步分析，这辆摩托车也得拉回去再检查。不过我实话实说，我刚才的推测是目前最合理的。"

许雯雯听他这么一说，眼神黯淡下来，抬头往河里看去，手电筒的灯光照不到河面，整条河道看上去黑乎乎的，像一个深不见底的大坑。再多看一眼，河面仿佛出现一个巨大的漩涡，能把整个人都吸进去似的。难道爸爸真的因为醉酒开车出了事故，被这条春水河吞噬掉了吗？

孔伟德见她眼圈发红，温言安慰她说："雯雯，你也不要太难过，现在你妈妈还在医院里躺着，你是家里的主心骨，一定要坚强起来，我们会想办法到河里打捞一下，看能不能找到遗体。你爸的后事，学校一定会协助办理，不会撒手不管的。"

"谢谢校长！"许雯雯朝他鞠了一躬，擦擦眼睛，又问胡所长，"胡警官，我可以下去看看我爸的摩托车吗？"

胡所长点头同意："你去吧，反正现场警方已经看过，也没有什么要注意的了，你下去看看，如果没有异议，我先把你爸的摩托车拉走进一步检查。"许雯雯礼数周全地朝他点头致谢，然后跟大伯许长坤走下堤坡。在警用手电筒光亮的照射下，她看见她爸的那辆嘉陵男装摩托车正斜靠在芦苇丛中的一棵杉树上。

"可以把手电筒借我用一下吗？"她问旁边的一名民警。民警顺手将手里的警用手电筒递给她。她拿着手电筒，近距离照着摩托车，弯下腰仔细看一下，忽然皱起了眉头。这时正好有两个警员戴着手套过来，准备将摩托车搬走。她挡在车前："不行，我爸的车现在还不能搬动！"

两个民警愣住了，问她："为啥？现场警方已经勘查完毕，案发当晚发生的事情已经基本调查清楚，许敬元是酒后驾车冲下河堤的，这辆摩托车是重要证据，必须拖回去检查。等结案了，会通知你们家属领回去的。"

许雯雯大声制止:"首先我要纠正你们一个说法,我爸是一个谨守本分之人,他平时很少喝酒,就算喝了酒,也不会冒着危险酒后骑车。第二,摩托车冲下堤坡时处于熄火状态,所以说他醉酒骑车冲下河堤掉进河里的推理,是不能够成立的。"

"你怎么知道摩托车是在熄火状态下冲下来的?"

"很简单啊,"许雯雯用手电筒照照摩托车车头,"因为摩托车的钥匙不在车上。你见过车钥匙被拔了还能开的车吗?"两个民警上前看看,摩托车点火开关的位置,还真没有钥匙,刚才竟然没有留意到这点。两人面面相觑。

"所以你们不能动这辆摩托车,我要报警!"许雯雯提高声音说道。

"你还要报什么警,我们不就是警察吗?"

许雯雯说:"你们是来查车祸案的,我要找光明市公安局刑警大队报警,报刑事案。"

正好这时孔伟德陪着胡所长从河堤上走下来,听她说要报刑事案,孔校长脸色大变:"雯雯,这话可不能乱说,学校可从来没有出过刑事案件,你这话要是被别有用心的人听到,传扬出去,对学校的负面影响可就大了。"

旁边的胡所长也点点头,跟着说:"是啊,这刑事案警情也不是说报就能报的,你得有合理的理由。现在派出所经过严密的现场勘查,已经认定这是一场酒驾造成的车祸,你非要说是刑事案件,理由仅仅是摩托车上没有车钥匙,这个判断未免太武断了一点。就算摩托车是在打着火行驶过程中翻下河堤,那也有可能在摔落过程中把车钥匙掉落下来。"

"如果真是摩托车冲下河堤时将车钥匙甩落,那钥匙应该就掉落在这附近啊。"

"是的,这也正是我想说的。"胡所长挥挥手说,"今晚咱们的民警同志就受点累,把这周围五十米范围内的堤坡和草地都仔细搜索一遍,看能不能找到掉落的摩托车钥匙。如果找到车钥匙,那就说明我胡所长的推测没有错,许敬元就是在这里酒后驾车掉进河里溺水死亡的。"

"那要是找不到车钥匙呢?"

"要是找不到,那就说明你的推断是有可能成立的。这样一来,案情就变得复杂了,到时候你再找刑警大队报案,也就合情合理了。"

"胡所长，"孔伟德在后面扯扯他的衣服，"许老师肯定是从这里摔下河的，你可不能听了一个小姑娘的几句瞎说，就把这事列为刑事大案，这会影响光明高中声誉的。"

胡所长回头瞪他一眼："这都什么时候了，你还在心里打着你那点小算盘，人命关天，你知道吗？这丫头其实说得没错，如果现场找不到摩托车钥匙，那就说明这摩托车掉下来的时候是熄了火的，就算许敬元真的喝多了，也不大可能把摩托车熄火后拔掉钥匙，再自己把车子推翻摔下河堤。"

"那你的意思是……"孔伟德似乎没太听明白。

胡所长说："我的意思是，如果真是这样，把摩托车扔下河堤的另有其人，而车主许敬元很可能在此之前就已经出事了……这会牵涉到人命大案，这么大的案子，我这个小派出所可办不了，必须得刑警大队出马才行。"他挥挥手，"现在说这么多都还为时过早，不管怎样，先找找车钥匙再说吧。"

许雯雯上前一步说："我也要留下来一起找。"

胡所长打量许雯雯一番，猜出了她的心思，估计是怕警察应付了事，或者干脆连夜配制出一把摩托车钥匙来，把许敬元的案子大事化小，以车祸案强行结案，所以想在这里监督警察干活。他不由得笑了笑，"你这丫头，是怕警察搞猫腻吗？"没待许雯雯回答，他脸上的笑容突然消失，一脸严肃地说，"这大冬天的，谁愿意在这河边野地吹冷风？马上就过年了，这时候遇上案子，我巴不得尽早结案，大家都可以过一个太平年。你呀，就放心吧，咱们毕竟是人民警察，如果真的发现你爸的案子里有疑点，绝不会草菅人命草草了事。我这些兄弟也就吹着冷风在嘴上发几句牢骚，要真干起活来，他们绝不会含糊。"

许雯雯说："胡所长，您误会我的意思了，我看你们人手也不是很够，我是真想留下来帮忙。"

"那行吧，咱们一起找钥匙。"胡所长把几个民警召集过来，布置在现场周围寻找摩托车钥匙的任务，每两人分为一组，都带着强光手电，在摩托车四周五十米范围以内的草地和芦苇丛里进行搜寻。许雯雯和许长坤也各由一名民警带领，加入了搜寻的队伍。

警民联手，在堤上堤下进行了地毯式的搜寻，但是并没有找到任何钥匙。后来又扩大范围，再寻找一遍，仍然一无所获。看看时间，这时候已经到了半夜时分。

胡所长一边往手心里哈着热气，一边对许雯雯说："雯雯姑娘，看来真的被你说中了，刚刚经过你那么一分析，我也觉得你爸这个事情不是一桩简单的交通事故案，至少不像表面看到的这么简单。今天太晚了，你先回去休息，我把现场这里拉起警戒线，派人值守，明天上午我带你一起去趟市局，到刑警大队报案。"

许雯雯看见大伯在一旁已经累得睁不开眼睛，就点头说："行，胡所长，谢谢您了，明天早上我去派出所找你。"

第二天，因为周小艺身体并无大碍，一早就从镇卫生院出院了。昨晚葛春秋在病房守护一夜，出院的时候，周小艺向他说了不少感谢的话。许雯雯把母亲接回家安顿好，又让弟弟赶紧上楼做作业。

许星阳见妈妈坐在屋里偷偷抹眼泪，就把姐姐拉到一边，问："姐，咱爸是不是不会回来了？"

许雯雯听他这么一问，不由得在心里叹一口气，弟弟虽然年幼，但这孩子从小就心思敏感，虽然大人没有告诉他具体情况，但估计他心里早已经明白家里发生了什么事情。她自己心里也清楚，父亲失踪这么多天没有一点音讯，再加上昨天又发现了他遗弃在河边的摩托车，就更加生死难测。但是她现在是家里的主心骨，她不能把自己的这种担心，甚至是恐惧表露出来，要不然这个家就真的垮了。

她摸摸弟弟的头说："大人的事，你不用操心，不管怎样，姐姐一定会想办法找到爸爸的下落。你用功做好寒假作业，等爸爸回来检查。"

许星阳虽然年纪小，但经历了这几天的变故，也渐渐变得懂事起来，知道家里发生这么大的事情，自己也帮不上忙，就点头说："行，我会好好做作业的，我要在过年前把寒假作业都做完，这样等爸爸回来过春节的时候，就可以叫爸爸陪我一起玩了。"

等弟弟上楼做作业之后，她又跟妈妈交代了一声。正准备到派出所找胡所长，然后一起去刑警大队，这时手机却响了，一接听，正是胡所长打来的。她以为是胡所长在催促她，忙说："胡所长，我早上去医院接我妈出院，耽误了一下，我现在马上去派出所找你。"

胡所长"嗯"了一声，用公事公办的语气说："那行，你赶紧过来，我在派出所等你。"

许雯雯骑着家里的电动车赶到派出所,所长胡启亮正在办公室等着她。她站在门口说:"胡所长,咱们赶紧走吧!"胡所长抬眼看着她:"走?走去哪里啊?"许雯雯一愣:"不是说好一起去公安局刑警大队报案吗?我爸的事情……"

胡所长摇摇头:"今天不去市局了。"

"为什么?昨晚不是说好……"

"今天情况有点变化,用不着再为你爸的事去市局刑警大队了。"

"情况有变化?"许雯雯一脸莫名其妙,"有什么变化?"

"今天收到你爸的消息了。"胡所长说这句话的时候,语气有些生冷。

"真的吗?"许雯雯一下就冲到他面前,隔着办公桌看着他,激动地问,"是不是警察找到我爸了?他在哪里?"

"人还没有找到,不过警方已经有了关于他去向的确切消息。"胡所长从办公桌后面站起来,踱到她跟前,指指旁边的沙发说,"你先坐下,这事儿一时半会说不完。"许雯雯立即在沙发上坐下来:"好的好的,您说您说!"胡所长在她对面坐下,抬起眼睛直视着她。

许雯雯被他看得有点浑身不舒服:"胡所长,到底发生什么事情了?我爸他……"

"哦,是这样的。"胡所长端起保温杯喝口茶,"本来我是想今天跟你一起去市局的,但是早上有人来报案,提供了一条跟你爸有关的线索。"

"是吗?这个人在哪里?提供的是什么线索?"许雯雯不由自主在沙发上坐直了身子。

胡所长脸上的表情渐渐变得严肃起来:"你先别激动,听我把话说完。"许雯雯从他的表情里发现了一些异样,心一下子悬起来,但又不敢多问,只好安静地坐着,等着他往下说。

来报案的人叫唐缨,是一个十七岁的女孩儿,在光明高中念高三,家住春水河边的上三里村,她父母是菜农,家里有好几亩菜地,在春水河河滩上也有一块菜地,种着一些青菜萝卜什么的。每天晚上,唐缨的父母都会把菜从地里采摘回来,收拾整齐,第二天早上再用电动三轮车拉到城里售卖。

一月二十五日晚上八点左右，唐缨父母在家里准备第二天要拿去摆卖的青菜，发现大白菜有点少，就叫女儿去河边菜地再砍小半筐大白菜回来。因为是自家菜地，距离也不远，翻过河堤就到了，以前她常常一个人到菜地干活，从没担心过安全问题，所以她提着一个小竹筐，带着一只手电筒就往河边去了。

菜地并不大，只有半亩多，但因为是种在河滩淤泥上，土地肥沃，所以青菜的长势非常好。她没花多少时间就采收到小半筐大白菜，正准备背起竹筐回家时，忽然听到身后脚步声响，刚一回头，就被一个男人从后面抱住，那人正是在她学校教历史的许敬元老师。许老师一边在后面亲她的脖颈，一边用两只手在她胸口乱摸，还喷着酒气说："唐缨，别害怕，我是许老师，我教过你们历史课的……"

唐缨毕竟是一个未成年的少女，突然遇上这样的事整个人吓傻了，手电筒立马掉进了泥土里，周遭变得一片黑暗。她还没有反应过来，就已经被许敬元从后面按倒在河边枯草地上。"不许叫，你要是敢叫我就掐死你！"许老师在她耳边威胁道。她的头被他按在草丛里，害怕得浑身直哆嗦。许敬元很快就扒掉她的裤子，把她压在身下……

等唐缨回过神来，许敬元已经心满意足地站在河边系着裤腰带。唐缨十分绝望，也不知道哪来的勇气，挣扎着从地上爬起来，黑暗中对准许敬元的屁股猛地踹了一脚。不知是她愤怒之下，这一脚用的力气太大，还是许敬元完全没有防备，总之他的身子晃一下，向前一个趔趄，"扑通"一声掉进河里。

唐缨自己也吓了一跳，怕他从河里爬起来变本加厉报复自己，连半筐白菜也不要了，转身就往家里跑。回到家后，她什么也不敢跟父母说，只是把自己关在卧室，靠着床坐在地上，抱着肩膀哆嗦了一个晚上。

第二天，父母见她把自己反锁在屋里不出门，就问她怎么了。她不敢把真相告诉父母，只说身体有点不舒服，要休息一下。她爸妈平时忙着下地干活上街卖菜，没有多余时间关心她，也就没再过问。

谁知过了几天，她听说许老师从学校回家的路上突然失踪了，没有人知道他去了哪里。她对着日历推算一下，一月二十五日晚上，可不就是她在菜地里被许老师欺负的那天？当时她以为许老师很快就会爬上岸，但从现在的情况来看，那晚他应该死在河里了，尸体要不就是沉入河底，要不就是被河水冲走，直到现在依然活不见人，死不见尸。

一想到自己竟然成了杀人犯，亲手杀死了许老师，她整个人就蒙了！虽然她当时并没有杀人之意，但许老师确实是被她踹下河后淹死的，无论如何，这个"杀人凶手"的罪名是逃不掉的。想明白事情的前因后果，她心里就更加害怕，不敢告诉别人自己被许老师强暴的事情，更不敢跟人家说许老师是因她而死。她把自己关在家里，一连好几天不敢出门。直到过完小年，班主任召集高三学生回校继续补课，她才不得不走出家门。

这时候许老师失踪的事已经在学校传得沸沸扬扬，她心里的恐惧又加深了一层。更没有想到的是，回校补课的第二天，她就听说警方在河堤边找到了许老师的摩托车，具体地点就在河堤下的芦苇丛里。那片芦苇丛距离她家菜地也就一百多米远，当天晚上许老师肯定是先把摩托车停在堤坡下，然后带着酒意走到那片菜地，对她实施性侵的。警方在菜地附近找到摩托车，估计很快就会查到她把许老师踹下河淹死的事实。到那时她就真的成了杀人犯，听说杀人犯是要被抓去枪毙的，不知道她会不会也……

唐缨害怕得一夜未眠，思来想去，还是决定去找警察自首，坦白罪行，电视剧里的那些警察不是经常说"坦白从宽，抗拒从严"吗？如果自己投案自首，争取从轻发落，应该就不会被枪毙了吧？

"所以今天早上，唐缨把这件事情告诉了父母，然后在她爸妈的陪同下来到派出所，把事情的前因后果原原本本告诉了警方。"胡所长说到这里，又抬起眼皮看着许雯雯，"既然这样，那你爸失踪的谜团就解开了，摩托车停在河堤下为什么没有车钥匙也解释得通了，因为被你爸自己拔掉了。你现在也就用不着再去市局麻烦刑警大队的人了！"

"不对！"许雯雯突然从沙发上站起来，把胡所长吓了一跳。胡所长问："有什么不对？"

"我爸的为人我很清楚，他绝不是这样的人。"许雯雯坚声道，"要么是那个唐缨诬陷我爸，要么就是她看错人了！"

"胡闹，人家一个十七岁的女高中生，会为了诬告别人赔上自己一生的清白吗？"胡所长撇一下嘴角，"再说当警察这么多年，人面兽心的家伙，我可是见得多了，有些人平日里一本正经为人师表，一旦喝了点酒，狐狸

第三章　河边少女　033

尾巴就露出来了，酒后乱性胡作非为，不是没有可能。"

"我可以保证，就算我爸喝了酒也绝不会做出这样的事！"许雯雯的情绪有些激动，"那个唐缨在哪里？我要找她当面对质。"

"她现在还在办案区做笔录，你不能见她。"

"那我凭什么相信你们？"

"就凭我们是警察！"胡所长挺起胸膛说道。

许雯雯上下打量他一眼，冷笑道："警察也有好警察和坏警察之分，谁知道你们是不是收了人家什么好处，故意捏造出一桩强奸案来诬陷我爸。"

"你、你怎么能这么说？"胡所长被她几句话撑得没了脾气，话锋一转，"这样吧，办案区有监控视频，今天我就破个例，让人带你过去看看警方的办案经过。"

他叫过来一个民警，是昨晚在芦苇丛里把手电筒借给许雯雯的那个警察。胡所长让刘警官带许雯雯去看监控视频，并叮嘱道："记住，只能让她在监控室待三分钟，时间一到，马上将她带离。"

刘警官带着许雯雯来到实时监控室，许雯雯看到警方正在给一个穿着光明高中校服的女生做笔录。"这个就是唐缨。"刘警官指了指电脑屏幕里的女生，"旁边那个是她爸，根据相关规定，未成年人接受警方问讯时，监护人必须在场。"

许雯雯点点头，从监控里听到坐在唐缨对面的那个女警员问："唐缨，你确认一月二十五日晚上强奸你的人，是教你的历史老师许敬元吗？"唐缨点头说："是的，这是他亲口对我说的，还警告我别出声。"

"不可能，我爸不是这样的人，她在诬陷我爸！"许雯雯想冲进里面的问讯室质问唐缨，却被刘警官拦住。刘警官说："现在带你到监控室来已经是违规了，按照办案程序，案子没查清楚之前，这些监控内容是不能随便让非警务人员看的。"

许雯雯看他一眼："这么说来，我还得多谢你了？"

"谢倒不用谢，胡所长说只能让你在这里待三分钟，"刘警官看看手表，"时间已经到了，咱们走吧，你可别让我为难。"许雯雯知道警方有警方的办案规矩，她也不好再强求，又朝监控看一眼，记住了那个女孩的相貌，然后跟刘警官一起离开监控室。

两人在走廊里迎面碰见了胡启亮，胡所长瞧着许雯雯道："这下你总该相信警方不是凭空捏造事实故意诬陷好人了吧？"

许雯雯转过脸去，"哼"了一声："眼见不一定为实，我爸绝不是这样的人，我不相信唐缨说的话！"

"你相不相信，都改变不了这个事实，也不会影响警方办案。"胡启亮说，"早上所里接到唐缨报警后，已经派出一组警员，在她妈妈的带领下到现场调查取证。刚刚前方警员发来消息说，他们找到了一些线索，你要不要也过去看看？"

许雯雯自然也想知道警方到底在河边发现了什么线索，是不是真的跟她爸爸有关，就点头说："好啊，我也去。"

她跟胡启亮离开派出所，来到了春水河大堤上。

第四章　操场疑云

这时已经是上午十点多,压抑在头顶好几天的阴云终于散去,橘红色的太阳探出头来,天气暖和了许多。

就在发现许敬元摩托车的芦苇丛旁边一百多米的河滩上,有一片绿油油的菜地,几个身穿制服的警察正在菜地里走来走去,一个穿着大红羽绒服的中年妇女正蹲在河边,看着缓缓流淌的河水发呆,想来她就是当事人唐缨的妈妈了。

胡所长走下河堤,跨进菜地,问道:"什么情况?"

一个民警迎住他说:"胡所,据唐缨所言,事发时间是在一月二十五日晚间,今天是二月四日,都已经过去十多天了,其间下过一场大雨,她父母亲又多次在这片菜地上收菜、翻土,现场已经遭到严重破坏,很难找到罪犯作案的痕迹。不过据受害人唐缨的母亲说,当时许敬元就是在这块白菜地边欺负她女儿的。你看看,这里正好靠近水边,黑暗中许敬元因唐缨的反抗而坠河,是非常有可能的。我刚刚在河边枯草丛里找到一只鞋子,是一只四十码的男士皮鞋,落在这里应该有一段时间了,至于是不是许敬元留下的,还有待调查。"

胡启亮点点头,蹲下身仔细查看,在河边草地上有一个警方用白粉圈出来的点,表示鞋子的发现位置,距离水面也就半尺多远的距离。他站起身,从警员手里接过物证袋,透明的塑料袋子里装着一只左脚皮鞋,黑色,鞋后跟外沿有明显的磨损,说明鞋子的主人走路带有外八字。

他把物证袋递到许雯雯跟前:"你看看,这是你爸的鞋子吗?"许雯雯认真看一下,说:"我爸确实是穿四十码的鞋子。不过我一直在外地读大学,没怎么见过他最近穿的鞋子,所以这鞋子到底是不是他的,我也不能确定。"

胡启亮点点头："你给你妈打个电话，叫她过来辨认一下，一定得把这个鞋子的来历搞清楚，这个对于警方来说十分重要，对你们寻找失踪者也很有帮助。"

许雯雯点点头，走到一边给妈妈打了个电话，没过多久，周小艺就赶到河堤边。

胡所长把那只皮鞋递给她："你看看，这是你丈夫穿的鞋子吗？"周小艺拿过鞋子看看，立马点头说："是的，这是我们家敬元那天出门时穿的皮鞋，你看里面鞋垫上有条龙，还是我给他绣上去的呢，他是属龙的。这双鞋他已经穿了两年，鞋跟都磨掉好多了，我一直想叫他买双新鞋……"她忽然想到什么，抬头看看眼前的警察，"你们是怎么找到这只鞋子的？是不是找到我老公的下落了？"

胡启亮与旁边的办案民警交换一记眼色，两人都暗自点头，已然心中有底。看来这只鞋子就是许敬元落水前被河边草根绊掉的，这样一来，唐缨向警方反映的情况就是真的了。

"警察同志，我老公在哪里？"周小艺看到丈夫的鞋子，情绪有些激动，上前扯住胡启亮的衣袖问。胡所长没有直接回答她，只是朝许雯雯看看。

许雯雯的心情有点复杂，把妈妈拉到一边，将今天胡所长在派出所告诉她的情况跟母亲说了一遍。"不，这不可能，一定是有人诬陷你爸。"周小艺神情激动，"你爸的为人我很清楚，他绝不是这样的人，也绝不会做这样的事，一定是有人捏造事实，陷害你爸！"

许雯雯抱着母亲说道："妈，你别激动，其实我心里也是这么想的，他们可以不相信咱爸，但我们都知道爸爸的为人，他肯定不会做这样的事，但是我爸的皮鞋为什么会掉在这里？他的摩托车为什么会停在附近的芦苇丛中？我觉得这里面一定大有蹊跷。你放心，不管别人怎么说，也不管警察怎么看，我一定会查出真相，还咱爸一个清白的。"

"对对对，你一定要还你爸一个清白。"周小艺咬着牙，"虽然你爸失踪了，到现在还没有找到人，但咱们也不能让别人往他身上泼脏水。"

"嗯，我知道！"许雯雯拍着母亲的肩背，轻声安慰着她。

上午十一点多，警方的现场调查取证工作已经基本结束，除了那只许敬元掉落在河边的皮鞋,并没有其他收获。胡启亮带着警员离开后,那个红衣女人——唐缨的妈妈,忽然冲过来,"呸"的一声,对着许雯雯母女吐了一口水。周小艺哪里受得了这个气,仰着头想把口水吐回去,却被许雯雯拉住。许雯雯掏出纸巾,默默地把自己和母亲身上的口水擦干。红衣女人一边在嘴里骂着恶毒的语言,一边离开了菜地。

许雯雯带着母亲回到家,一进家门,周小艺就再也忍不住,捶胸顿足地放声大哭:"敬元,你到底去了哪里?别人这样糟践你的名声,你怎么都不回来证明自己的清白?"

许雯雯一边给她擦眼泪,一边劝解道:"妈,您别哭了,要是让弟弟在楼上听见,他也要担心了。这不家里还有我嘛,您放心,我一定会把事情查个水落石出的。"这时她听到楼梯间传来一声轻响,探头看去,却见弟弟幼小的身影在楼梯拐角处闪一下就不见了。想来是他太关心爸爸的下落,所以看见妈妈和姐姐回来,就躲在楼梯间偷听她们说话。她不由得在心里哀哀地叹一口气。

周小艺抹着眼泪问:"雯雯,你又不是警察,你怎么去查?"

"妈,你不用担心,我自有办法。首先得找到这个唐缨,一定要当面问清楚,她为什么要平白无故诬陷我爸,是成心的,还是在黑暗中看错了人,把别人当成我爸了。只有先搞清楚这点,才好接着往下查。"

"对对对,还是你想得周到。"周小艺连连点头,"这个事情的关键人物,就是唐缨。你说咱们家与她近日无冤往日无仇,他们为什么要这么往你爸身上泼脏水呢?你爸是老师,为人师表,平日里为人正直,最爱惜自己的名声,他回来要是知道有人这样抹黑他,得多伤心啊!"

到了下午,许雯雯估计唐缨已经从派出所回来了。按照她在警察面前的说法,虽然她将那个施暴者踹下河,就算最后导致那人淹死在春水河里,肯定也不能算故意杀人,充其量算是正当防卫,加上她又是一个未满十八周岁的女高中生,警察肯定不会将她在派出所滞留太久。所以吃罢午饭,她就去往上三里村,很容易打听到了唐缨的家。

她走进去的时候,见到上午朝她吐口水的那个红衣女人,也就是唐缨的妈妈,正蹲在堂屋里择菜,地上摆放着一排排用草绳捆扎整齐的芹菜、萝卜和莴笋,应该是准备下午拿到街上去卖的。看见许雯雯,唐缨的妈妈脸色立马阴沉下来，起身将她拦在门外："你来做什么？"

许雯雯往屋里瞧一眼，说："阿姨您好，我来找唐缨，请问她在家吗？"

唐缨妈妈放下手里的菜，下意识地朝旁边一扇房门看看，显然唐缨就在屋里，只是房门紧闭着，看不到屋内情形。唐缨妈妈说："你就是许敬元那个畜生的女儿吧？你爸糟蹋了我女儿你还嫌不够，还要找上门往她伤口上撒盐是吧？"

"我不是这个意思，"许雯雯摆手道，"我爸不是这样的人，我来就是想问一下唐缨，会不会是那天晚上她看错人了。"

"我女儿从派出所回来后一直把自己关在屋里哭个不停，好好一个姑娘家，就这么让那个禽兽不如的家伙给糟蹋了。你还说什么看错人了，这么大的事，她能认错吗？"唐缨妈妈两手叉腰，面露凶相，"哦，你的意思是说，这事不是许敬元干的，我们是在故意冤枉他是吧？你可拉倒吧，警察都已经在河边找到那个畜生的鞋子了，你还想怎么抵赖？"

她对许敬元直呼其名，左一个畜生，右一个禽兽，让许雯雯心里很不舒服。她嗓子眼里几乎要冒出火苗来，真想直接把对方给骂回去，但是想到自己此行的目的，与这个女人相互对骂，把关系搞僵，对自己调查真相没有任何帮助。想到这里，她缓缓吁一口气，强压住心头火气："其实这件事情很容易搞清楚，只要把唐缨当天晚上穿的内裤拿去给警方做个遗留物DNA鉴定，就能够确定那晚强暴她的人是不是我爸了。"

唐缨妈妈朝她翻着白眼说："这个还用你说，警察早就想到了，可是那天晚上我女儿回家后洗了澡，早就把内裤洗干净，况且都过去十来天了，那件内衣穿穿洗洗好几遍，哪里还验得出什么DNA。"

"真的这么巧吗？"许雯雯有点难以置信，"你女儿被人强暴，居然没有想到要留下一丁点儿证据？"

"我说你这人是怎么回事？"唐缨妈妈气愤地说，"我女儿那么小，她懂什么证据不证据？被人欺侮回来都不敢跟我和她爸爸说，哪里还知道保留什么证据？"

许雯雯听她如此解释，自然无话可说，却忽然听到那扇房门后边有些细微动静，知道唐缨一定躲在门后偷听，就走到门口大声说："唐缨，我知道你在屋里，你把门打开，我绝不会为难你，只想当面问你两个问题。第一，你对警察说的到底是不是真话？第二，那个人真的是我爸爸吗？"屋里又传来一阵轻响，似乎有人在门后走动，但许雯雯等了一会儿，并没有等到唐缨的回答。

唐缨妈妈有些不耐烦，一边将她往屋外推一边说道："你们一家都不是什么好人，你赶紧走吧，以后不要再来打扰我女儿，我们相信警察一定会还咱们一个公道的！"

许雯雯只好从大门里边退出来，正要下台阶时，旁边屋子的窗户突然打开，少女唐缨露出半边脸来，她脸色苍白，眼睛红肿，头发也没有梳理，看上去显得有些憔悴。"我在派出所跟警察说的都是真话，"她在窗户里边对着许雯雯说道，"那个人就是许老师，他自己都承认了。我们学校没有第二个教历史的姓许的老师。还有，就算你爸掉进春水河淹死，也不能怪我，派出所的警察都说了，我这是正当防卫，最多也只能算防卫过当，不能算故意杀人。"

"听见我闺女的话了没有？"唐缨妈妈从后面追出来说，"咱们家唐缨出了这个事，我还没去找你们的麻烦呢！你爸死在春水河里，连警察都说了不能怪唐缨，你可别想着来讹诈咱们，咱们可不吃你这套！"

"我没有想过要讹诈你们，就是觉得这件事有些不合常理，想把真相调查清楚。"许雯雯朝窗户里看过去，本来还想再问唐缨几句，唐缨却"叭"地关上窗户，之后再没有传出半点动静。

许雯雯失望而归。回家的路上，她回想刚才唐缨的反应，没发现什么破绽，她在派出所里说的应该是真话，那天晚上她确实遇上了歹徒，但许雯雯笃定那个人不是自己爸爸。可为什么唐缨会一口咬定是我爸干的呢？还有，爸爸当然不会做这样的事情，可是他的一只皮鞋确实掉在了案发的河边，摩托车也停在附近，这个又怎么解释？如果那个强暴唐缨的人不是爸爸，又会是谁呢？失踪这么长时间没有音讯，他到底去了哪儿？他是不是……真的遭遇什么不测了呢？一直以来，她都对找回父亲抱有一丝希望，但是随着时间推移，事情变得越来越吊诡，她心里知道，父亲能活着回来的希望已经越来越渺茫。

回到家的时候，许长坤和葛春秋在陪周小艺说话，看样子是来打听事情进展情况的。许雯雯看着他们关切的眼神，觉得他们都不是外人，便把今天发生的事，还有她刚刚去找唐缨的结果，一股脑儿说了出来。

许长坤自然也十分气愤，以他对弟弟的了解，他知道弟弟肯定做不出这种事。"但是那个女高中生又一口咬定是敬元干的，这个到底是怎么回事呢？"他奇怪地问。许雯雯摇摇头："这也正是我搞不明白的地方。"

葛春秋皱起眉头问道："那个唐缨，在菜地里遇见歹徒的具体时间是几点啊？"

许雯雯说："是一月二十五日晚上八点多，她对警察说大约是八点二十分至八点半之间，她没有戴表，所以说不上来更具体的时间。"

葛春秋又问："地点就在他们家那片菜地里？"

"是的，那片菜地就在河滩上，距离上次发现我爸摩托车的地方才一百多米远。"

"哦——"葛春秋边听边点头，拖出一声尾音长长的叹息，没有再说话。

周小艺不由得担心地问道："这个唐缨，在警察面前一口咬定欺负她的人是你爸，我看那些警察也相信她的话了，这可如何是好？"

"是啊，眼下确实有点棘手。"许雯雯说道，"今天我去找唐缨，原本是想从她身上寻找突破口，看看能不能推翻她在警察面前的证言，但是她态度十分坚决，说自己没有说谎。这样一来，对咱们就十分不利了。"

周小艺看看女儿，见她才回来两天，一直在为家里的事情奔忙，晚上也没有睡个好觉，连黑眼圈都出来了，一脸倦容的模样着实令人心疼，便温言安慰道："雯雯，你也不用太着急，只要你爸是清白的，这个事情迟早都能解决。"

葛春秋点头附和："是啊，许老师是个好人，常言道吉人天相，他肯定会安然回来的。"他看看时间，起身说，"不早了，我先回去了，家里还有活要干，那个……雯雯，我给你们带了几条今早网到的活鱼，还在我的自行车上，你跟我出去拿一下吧。"许雯雯说："好的，谢谢葛叔叔。"

周小艺目送女儿跟着葛春秋出门，葛春秋走到停在路边的自行车旁，从鱼篓里取出几条鲜鱼拿给许雯雯，又低头跟她说了几句话，就骑着自行车走了。

许雯雯提着鱼回到屋里，周小艺问："雯雯，刚刚你葛叔叔跟你说什么了？"许雯雯勉强一笑："也没什么，他是比较担心你的身体，说你打小就身子骨弱,这回家里遇上这么大的事情,要我一定要照顾好你。"周小艺听罢,心里有些感动。

第二天,已经是腊月二十七,新年的脚步越来越近,村里家家户户都开始贴对联,挂灯笼,打年糕,有些调皮的孩子拿着零花钱去村头小卖部买了烟花爆竹来放,村道边不时噼啪作响,把几只土狗吓得惊慌乱跑。农历新年的气氛越来越浓。

趁着早上有太阳,周小艺把大哥送来的腊肉挂出来晾晒,还有前几天晒好的萝卜也给腌上了。不管怎样,过年该准备的东西还是要准备好,如果丈夫年前能回家,全家就能过一个团团圆圆热热闹闹的大年了。一边晒腊肉,一边想着丈夫,她的眼圈有点发红。

许雯雯下楼帮妈妈干活,周小艺往二楼望一眼,问:"你弟弟呢?没有躲在楼上看电视吧?你爸就是担心他电视看多了,会把眼睛看近视。"许雯雯说:"没有呢,他正在写作业。"周小艺叹息一声:"想不到星阳这几天也变得懂事了!"

帮妈妈晒完腊肉,许雯雯忽然说道:"妈,昨天我想了一个晚上,我怀疑爸爸的失踪很可能跟学校有关。你想啊,我爸平时待人和气,没有得罪过什么人,过的都是两点一线的生活,上班在学校,下班就待在家里,如果真有什么特殊情况能导致他出事,只能是发生在学校的事情。"

"其实我也是这么想的,可是你爸这个人很讲原则,学校工作上的事情很少拿回家里说,所以具体情况我也不知道。"

"那你再好好想想,尤其是在出事之前,他有没有跟你提起过学校的什么事情?"

周小艺摇头说:"好像没有呢,他那天骑摩托车出门时,只跟我说学校有些事情要去处理一下,没说具体是什么事。"许雯雯"哦"了一声,显然有些失望。但周小艺很快又说:"哦,对了,当天傍晚快要吃晚饭时,他打电话回家,说教育局领导正在学校检查操场改扩建工程,他有些情况要向领导汇报,所以就留在学校吃晚饭。当时我还叮嘱他吃完晚饭去你大伯家把腊肉带回来,他也答应了,想不到却再也没有回来……"说到这里,她心里一酸,又开始抹起眼泪来。

"他们学校操场要扩建吗?"

"是的，这个我倒是知道，好像是为了迎接光明市撤县设市三十周年，有个什么大型庆典活动要在他们那里举行，学校决定把旧操场扩建翻新，你爸被学校老师推举为工程质量监督员，据说没有他签字验收通过，这个工程就不能算完工。我当时还笑他，调到光明高中工作好几年，一点好处没捞着，重活累活容易得罪人的活，他倒是干了不少。"

"哦，原来我爸还在学校当上了工程质量监督员啊？"许雯雯这才知道老爸在学校居然接了这个工作。

"是啊，你爸倒是没怎么跟我说起过，我是在街上碰见你爸的同事，他们告诉我的，还说这个本来是学校总务主任杨老师的工作，可是杨老师身体出了毛病，已经请了长期病假，几时能回校上班还不确定，所以这个任务就落到了你爸这个总务处副主任头上。"

许雯雯若有所思地点点头："那关于学校操场工程的事情，爸爸还对你说过别的吗？"

"没有了。"

许雯雯见从妈妈这里问不出什么，也就没有再多问，把装腊肉的竹筐放进屋后，她推出电动车说："妈，我去爸的学校再问问情况，我总觉得这件事的源头是在学校里。等把这个源头找到，应该就能知道爸的下落了。"

"我正要做早餐呢，你吃完再去吧。"周小艺从厨房里探出头。

"不了，我在外面解决就行。"

周小艺望着女儿的背影说："行吧，那你要小心点，有什么事情记得给家里打电话。"

许雯雯骑着电动车来到父亲工作的光明高中，看见学校对面有间早餐店，就停车走进去，要了两个肉包、一杯热豆浆，准备坐下来吃完早餐再去学校。

吃到一半，忽然听到旁边有人叫她的名字，她扭头一看，只见旁边餐桌上有一个胖乎乎的男人正笑眯眯地看着她。她愣了几秒钟才认出对方："杨老师，您也在这里吃早餐啊？"这个人叫杨明轩，许雯雯在二中上学的时候，他是她高中一年级的语文老师兼班主任。杨老师文学功底深厚，曾将她的两篇课堂作文修改后推荐到中学生报上发表，所以她对这位杨老师印象深刻。她念高二的时候，杨老师调到光明高级中学任教，之后就很少见面。想不到以前瘦高个子、风度翩翩的杨老师，几年时间没见，竟然变成了肉乎乎的胖子。

杨老师见她一脸疑惑的表情，笑着解释说："我身体出了毛病，为了治病一直在吃西药，虽然病情控制住了，但西药的副作用也很明显，让我比原来胖了三四十斤，所以成了现在这个样子。"

"原来是这样啊。"许雯雯若有所思地点点头，朝他调皮一笑，"我觉得杨老师还是原来的样子更帅些。"

杨老师哈哈一笑："我去年从光明高中总务主任的岗位上办了病休，希望养好病之后还能回去上班。"

许雯雯听他提到"总务主任"这几个字，才知道妈妈说的那个病休的校总务主任，就是以前教过自己的杨老师。杨老师说："你爸的事情我也听说了，现在还没有消息吗？"

许雯雯表情忧郁地说道："是的，已经失联十多天了，一直找不到人，手机也处于关机状态。"

"报警了吗？"

"报了，派出所按一般人口失踪案处理，也没有什么进展。"

杨老师"哦"了一声，脸上露出难过的表情："你也别太担心，你爸是个好人，一定会平安回来的。"

许雯雯点点头，犹豫着问道："杨老师，我想向您打听点事情，可以吗？"

这位杨老师以前对学生就很亲切，见谁都是一副笑脸儿，现在变胖了，就更是笑得像个弥勒佛。他说："有什么事你尽管说。"

"我爸在学校兼着总务处副主任的职务，按字面意思来理解，他其实是您的下属，对吗？"

"这个不能这么理解，他这个副主任是兼的，教学之余会帮我分担一些工作，我俩是同事，严格来说不能算我的下属，但我比你爸痴长几岁，他很尊重我，工作上有什么事情，确实会找我商量，征求我的意见。"

"学校操场翻新的时候，您正在休病假，我爸就成了工程质量监督员。在这项工程进行的过程中，我爸有跟您说过工作上的事情吗？"

"说过的。他曾打电话跟我说，他发现这个工程存在诸多疑点，首先是工程承包方负责人雷大铭是校长孔伟德的亲外甥，且严格来说，雷大铭并没有承接这么大建筑工程的资质,之所以能在这个工程项目招投标中中标,你爸怀疑其中有暗箱操作。其次,你爸说雷大铭在施工过程中有偷工减料、以次充好的行为,担心造出来的操场会是个豆腐渣工程。另外你爸还说,工程还没有完工,孔校长就已经找各种理由给承包方,也就是雷大铭支付了三百多万元,比承包合同里约定的全部工程款还要多。"

"是吗?看来学校操场的翻新工程藏着不少猫腻啊。"许雯雯感到有点意外,"那您当时是怎么跟我爸说的?"

杨老师两手一摊:"对于这种事情,我也没有什么办法啊,我已经病休,很难插手学校的事,再说就算我想管,也管不到孔校长头上,毕竟他是学校一把手。我劝你爸谨慎行事,这么严重的事情不能空口无凭,一定要暗中搜集好证据,然后找上级部门反映或举报。其实学校还有其他老师也觉察到了操场翻新工程中的一些猫腻,也向我反映过,我都是这么对他们说的,让他们去找上级领导反映情况,或者干脆写举报信。"

许雯雯点点头,忽然沉默下来。一月二十五日下午,教育局领导到学校来检查操场翻新工程,爸爸赶到学校,肯定是想向上级领导反映工程质量问题,然而当天晚上他在学校吃完晚饭后就失踪了。这两件事之间肯定有着某种联系。

她坐在餐桌边发了一会儿呆,回过神来的时候,发现杨老师已经吃完早餐离开了,早餐店老板娘告诉她,杨老师已经帮她付了早餐费。许雯雯忍不住笑起来,"轩哥儿"还是那么可爱啊!"轩哥儿"是他们高中时同学们给杨老师起的外号。

吃完早餐,许雯雯穿过街道,走进光明高中的大门。一进入学校,就闻到一股刺鼻的橡胶味,到了操场才知道,原来学校操场翻新工程已经基本完工,一些工人正忙着在操场周围铺设环形塑胶跑道。高三年级的学生还在学校补课,几个男生掩着口鼻从操场上跑过。门卫老蔡穿着一件旧保安服,正背着双手站在暖和的太阳下眯着眼睛看工人们干活。

许雯雯走过去,叫了一声:"蔡伯伯!"老蔡是个象棋爱好者,尽管棋艺很臭,但棋瘾特别大,喜欢找许敬元下棋,有两次棋瘾犯了,居然在星期天拎着棋盘直接找到许敬元家里去了。一来二去,许雯雯就跟他熟络了。

老蔡转头看见她,不由得咧嘴一笑,高声道:"哎哟,闺女,你怎么来了？你爸有消息了吗？"

许雯雯摇摇头："还没有，我就是来学校看看能不能打听到什么消息。"

老蔡一脸惋惜的表情："这个老许真是的，也不知道躲哪儿去了，一点消息也没有，我还想找他下棋呢。他这失联怕有十多天了吧？我记得这施工队就是在他失联的第二天重新进场开工的，现在都差不多完工了，你爸还是没露面，也不知道是咋回事。"他一边说话，一边用手对着操场比画着。

言者无心，听者有意，许雯雯皱起眉头问："这操场是在我爸失踪第二天开始动工的？"

"哪儿呀，这里去年十月就已经开工了，先是把旧操场拆了，将旁边的篮球场合并进来，又翻开泥土安装排水工程和地下管网，再把泥土回填进去，不过到今年一月下旬就停工了。我听说是因为泥土太潮湿，不好做硬底，要先晒干才能接着往下做。当时施工队和工程车辆都撤走了，打算等过完年再接着施工。不承想一月二十六日早上，包工头雷大铭和施工队队长窦武突然又把工人召集起来，浩浩荡荡开进学校，平整完土地，就直接在上面铺石子和水泥了。当时我还问窦武，这底下的泥土还没有完全干燥就直接铺水泥，以后会不会往下陷啊？他说不会，经过压路机碾压夯实就没有问题了。"

"既然都已经撤离，准备年后动工，怎么又突然复工呢？"许雯雯问，"蔡伯伯，你知道是什么原因吗？"

老蔡摇头说："这我可不知道，我当时也问了窦武，他说是老板的意思。哦，对了，其实在工人进场施工的前一天晚上，操场上的一台挖土机就已经动工干活了。"

"你不是说工程机械都已经跟工人一起撤走了吗？怎么晚上还有挖土机干活？"

"我说错了，工地停工之后，工人和机械确实已经撤走，回家准备过年去了，但还有一台挖土机一直停在操场东北角的侧柏树下，估计这么大个家伙开到别处也没地方停放，所以一直放在这里吧。那天晚上，就是这台挖土机提前在操场里作业的。"

"一月二十六日的前一天晚上，那不就是我爸失踪的那个晚上吗？"

老蔡摸着下巴想一下："还真是哦！"

许雯雯拉着他问:"您再跟我详细说说,当天晚上那辆挖土车具体是在什么时间,在哪个方位挖土的?一共挖了多久?当时都是什么人在场?"

"这我可不知道。"老蔡搔搔头说,"那天风很大,气温特别低,中午刚过我就翘班回家烤火去了,所以你爸下午到学校和晚上骑摩托车离开,我都没有看见。学校晚上有挖土机动工挖土的事情,我也是后来听学校对面早餐店的红姐说的。"

许雯雯说:"那您能带我去见见红姐吗?"

老蔡看她一眼,不知她到底葫芦里卖什么药,犹豫一下,还是点头同意了。两人来到学校对面的早餐店,正是刚刚许雯雯吃包子的地方。老蔡所说的红姐,就是店里的老板娘。

"那天晚上啊,"红姐一边忙着收钱,一边回答许雯雯的问题,"大约是晚上八点钟吧,我关上店门正在准备第二天的包子馅,听到对面学校里传出挖土机启动的声音。那天天很冷,街道上也没有什么行人和车辆,很安静,我这里与学校操场虽然还隔着一幢办公楼和一道围墙,但里面的声音还是听得很清楚。"

"您怎么确认那是挖土机的声音呢?"

"嗐,那台挖土机已经在对面轰鸣了好几个月,我闭上眼睛都听得出来啊。"红姐边说边麻利地把打包好的早餐递给顾客,"当时我还感觉挺奇怪的,因为他们学校的那个工程并不赶工,施工队很少晚上干活的。"

"当天晚上挖土机响了多长时间?"

"不是很长,估计也就十来分钟吧。"

"那您还听到其他响动了吗?"

"这倒没有,毕竟学校操场到我这里也有一段距离,一般的声响估计也传不到我这边来。哎,来了来了,马上就好!"红姐说完,马上又忙着招呼客人去了。

许雯雯听了她的描述,脑海里立即闪现出寒冬冷夜里孤零零一台挖土机在操场上挖土施工的情景,再联想到第二天一早施工队突然提前进场平整土地,浇注水泥的异常举动,她忽然打了个冷战,心里升起一种不祥预感。

第五章　两点血迹

许雯雯离开早餐店，回到学校操场，正好看见孔伟德校长跟另外两个人一起，有说有笑地从一间挂着工程指挥部牌子的小屋里走出来。许雯雯犹豫一下，朝着三人走过去。

孔校长看见她，感觉有些意外："雯雯，你怎么来了？"

许雯雯说："我总觉得我爸失踪的事有些蹊跷，所以来学校看看能不能找到什么线索。"

"这位是……"孔校长旁边那个下巴尖尖的瘦男人看着她疑惑地问。孔校长忙从中介绍道："这姑娘就是许老师的闺女，叫许雯雯，现在在天津读大学。雯雯，这位是操场改扩建工程承包方负责人雷大铭雷总，这个是窦武，施工队队长。"许雯雯礼数周全地冲着两人点点头，看他们年纪应该比自己父亲小，就说："两位叔叔好！""这姑娘真有礼貌！"窦武嘿嘿一笑，也朝她点点头。

"孔校长，我想向您了解一下我爸失踪当晚在学校的一些情况。"

"行啊，你想了解哪方面的情况？"孔伟德爽快地答道。

"我听说事发当天，有上级领导来学校检查操场翻新工程，我爸是到学校来找领导汇报工作的，是吧？"

孔伟德点点头："那天确实有领导到学校检查工作，下来的是教育局副局长兼纪检组组长章玉书章局，你爸确实回校汇报了工作，只不过你刚才的表述有点不准确，并不是他要找领导汇报工作，而是学校安排他向领导汇报工作。按照工作要求，由我代表学校，雷总代表工程承包方，你爸代表工程质量监督方，还有这位窦队长代表工程施工方，一起向领导汇报工作情况。地点就在前面的工程指挥部里，我和雷总、窦队长，还有你爸，再加上章局，大家都在场。"

"我爸汇报工作时都说了些什么？"许雯雯问道，"可以向我透露一下吗？我想看看他出事是不是跟这次汇报工作有关。"

孔伟德点头说："当然可以，只是一些工作上的琐碎事情，也不是什么不可告人的秘密，你爸主要是代表监督方，说了一些工程质量上的情况，整体来说工程质量他是满意的，只是整个施工进度有点慢，未能达到合同上提出的时间要求，对于整个操场改扩建工程能否如期完工，他表示担忧。"

"就这么多吗？"

"大体就这些吧，"孔伟德面对她的质疑，显得有些不高兴，"当时雷总和窦队长也在场，不信你可以问问他们。"雷大铭和窦武闻言一齐点头。孔伟德说："你要是不相信，可以直接去教育局找章副局长，不过领导都是大忙人，你能不能找到他，我就不敢保证了。"

"孔校长言重了，我当然相信您的话，我就是想深入了解一下而已。"许雯雯很快就翻过这一页接着问，"这之后呢？"

"汇报完工作，时间已经不早了，学校准备了工作餐，我们和你爸一起都留在学校陪章局吃饭，饭桌上也继续聊了一下操场施工的改进计划。因为气氛比较轻松，大家都稍微喝了点酒，就这样大约吃到晚上七点多，章局先开车走了，然后你爸也骑着摩托车离开学校。这之后我就再没见过许老师。"

许雯雯又把目光转向雷大铭："操场工地本来已经停工，为什么第二天早上突然有施工队进场施工作业呢？"

"呵呵，你还打听得蛮清楚的嘛。"雷大铭好像是为了缓解尴尬气氛，呵呵笑了两声，"是这样的，本来地面的泥土没有晒干，要等到春节过后才能接着在上面铺水泥，但是章局检查之后说工程进展确实有点慢，因为操场铺好水泥，干燥硬化之后还有一系列工序要做，怕时间太紧，不能赶在撤县设市三十周年庆典之前完成，叫咱们无论如何也要赶在春节前铺完水泥，所以我才在第二天召集工人紧急入场施工。"

"确实是这样，"孔伟德在一边点头附和，"那些工人本来都已经准备回家过年，雷总花了好大力气，给他们加了一倍的工资，他们才同意年前进场赶工的。"

"哦，原来是这样。"许雯雯点点头，脸上一副恍然大悟的表情。她接着问："我还听说我爸失踪的当天晚上，学校竟然有一台挖土机在作业，这又是怎么回事？"

孔伟德他们三个人都愣了一下，显然没有料到她竟然连这个情况也掌握了。雷大铭朝窦武使个眼色，窦武咳嗽一声："这个问题我来回答吧。我是施工队长，也是一名挖土车司机，因为接到雷总的命令，第二天一早要开始赶工，我担心这台挖土机在学校空地上停久了会出什么故障，所以晚上提前启动试一下车，当时也没有启动多久，前后不到十分钟吧，就是在操场上随便开动一下，用铲斗挖了几下土，确认没有任何故障不会影响第二天赶工就停下来了。"

"当晚你挖动的地方在操场的什么位置？"许雯雯的目光渐渐变得犀利起来。窦武缩缩脖子，往后挪一步："这个……我也记不太清楚，大概就是这一片吧。"他看着操场，随手比画一下。

孔伟德感觉许雯雯来者不善，怕她接着问下去会出什么破绽，就往前迈一步主动出击："我听说学校有个叫唐缨的女生报警，说一月二十五号晚上八点多许老师在河边强奸了她。你爸当晚离开学校的时间是七点多将近八点，骑着摩托车来到河堤上是八点多。从时间点来说，跟唐缨的证词是对得上的。"

"孔校长，您相信我爸真的会干出那样的事吗？"

孔伟德叹口气说："以我对许老师的了解，他应该不是这样的人，可是人家唐缨说得斩钉截铁，有证有据，不由别人不信啊。再说人家一个花季少女，总不可能拿自己一生的清白来冤枉你爸吧？"

"也是也是。"雷大铭连忙点头，一脸惋惜的表情，"一个花季少女，就这么被人给糟蹋了，真是……唉！"

"不管你们怎么想，我知道我爸爸不是这样的人，他绝不会做出这样的事。"许雯雯说，"另外还有一个疑点，当天晚上我爸本打算吃完晚饭后去我大伯家拿腊肉的。我大伯家住在龙湾乡龙湾村，从学校去他家里根本不用经过这段大堤，所以按正常情况来看，当晚八点多的时候，我爸应该是在去我大伯家的路上，根本不可能去那个河边菜地对唐缨施暴。所以我觉得只有两个可能：一是唐缨被人利用，故意诬陷我爸，二是有人冒充我爸，先把他的摩托车扔下河堤，然后又装成我爸的样子对唐缨施暴，故意抹黑他。"

"啊？"孔伟德三人相互看一眼，一齐哈哈大笑。孔校长说："你这姑娘，想象力真是太丰富，都可以去写电视剧了。你这是毫无根据的臆想，没有人会相信你的。还有，你说别人冒充你爸，诬陷你爸，那人家这么做的动机是什么？你爸平时为人正直和善，也没有结下过什么仇家，别人为什么要诬陷他？"

"是的，这也正是我搞不明白的地方。"许雯雯语气坚定地说，"不过您放心，我一定会调查清楚的。"

"那你慢慢调查吧，我还得去检查一下操场跑道，先不陪你了。"孔伟德往前走几步，又回头说，"其实许老师被人说成强奸犯，我们也很痛心，学校方面也承受了相当大的压力，毕竟这事一旦被证实，学校可就名誉扫地了。虽然现在警方已经相信了唐缨的话，但我还真希望你能调查出一个不同的结论，毕竟这样对你爸和学校都是一件好事。如果需要什么帮助尽管跟我说，学校方面也不会放弃，一定会尽力查找你爸的下落。"

"谢谢孔校长。"许雯雯道谢后说，"那个工程指挥部就是我爸最后上班的地方吧？我想进去看看，可以吗？"孔伟德点头说："可以啊，门没锁，里面没有人，也没有什么特别的东西，你自己进去就行了。"

"好的。"等三人离开后，许雯雯才向工程指挥部走去。

看得出这个指挥部是专门为了应付工作需要而临时搭起的一个草台班子，里面的布置十分简陋，两张旧办公桌分别靠着两边墙壁摆放着，左边办公桌上放着写有许敬元名字和职务的名牌，右边桌子上扔着一张工程图纸和两本明星杂志，两张桌子之间有一张小茶桌，上面摆放着一套工夫茶茶具，壶里的茶水还冒着热气，估计是孔伟德三人刚刚在这里喝过茶。地上扔着几个烟头，还有一行脏兮兮的脚印，屋子里漫着一股烟味儿。

许雯雯用手在鼻子前扇扇，像是为了把这股呛鼻的味道赶走。站定后仔细看看，办公室里并没有什么特别之处。她走到父亲办公桌前，桌子上放着一个印有兰花图案白瓷茶杯，这个杯子还是她上次放暑假回家时给父亲买的。她坐在父亲的座位上，拿着父亲的杯子，想不到杯子用了这么久，还跟新的一样，但父亲却已经下落不明，生不见人死不见尸。想到这里，她不由得悲从心起，流下泪来。

她伸手去擦眼泪的时候，衣服碰到茶杯盖子，"叭"的一声，白色的杯盖掉到地上摔成几瓣。她心里一惊，愈发有一种不祥之感。急忙弯下腰去，将杯盖碎片一一捡起，却有一小块碎瓷片掉进了办公桌与墙壁之间的缝隙里，她伸进两根手指，想把瓷片捡出来，无意间却看见被办公桌挡住的白色墙壁上有两个小斑点。

她手指太短，还是捡不到那片藏在缝隙里的碎瓷片，只好起身拖开桌子，将瓷片捡起，又看了看墙壁上的两个斑点，斑点呈现不太规则的圆形，像是什么东西溅上去的一样，颜色深暗，约有小拇指指甲盖大小，难道是平时洒上去的茶水？但细看又不像，颜色暗红，倒是有点像干了的血迹。

一想到"血迹"这两个字，她的心猛地往下一沉，趴到地上，把鼻子凑到墙壁上使劲嗅一下，似乎隐隐闻到一丝血腥味儿。她的心突然剧烈跳动起来，一躬身，额头撞到办公桌上，却感受不到一丝疼痛。

她一下子瘫坐在地，也许是心理作用，她似乎真的闻到了飘荡在空气里的鲜血味道。如果这真是两点血迹，那说明了什么？她浑身上下像打摆子似的战栗起来，答案近在眼前。

一月二十五日晚上，父亲应该就是在这间小屋里遭人毒手，黑夜里开动的挖土机，就是在给爸爸挖坟。凶手直接把爸爸埋在学校操场里，然后把摩托车骑出去丢弃在河堤下，再买通唐缳做假证，说爸爸淹死在了春水河里，尸体被河水冲走。如此一来，可就死无对证了。紧接着雷大铭的施工队第二天一早进场赶工，用水泥封住整个操场，将她爸爸彻底深埋在学校操场下，再也不会暴露出来。

这间小屋，这个工程指挥部，应该就是杀人现场，他们肯定在事后清理过，所以现场已经找不到任何作案痕迹，只遗留下飞溅到办公桌与墙壁缝隙里的两点血迹，因为桌子挡着，没有被凶手看到，所以没被清理干净。

她脑子里刚理出一点头绪，忽然听到脚步声响，蓦然惊醒过来，急忙起身把父亲的办公桌移回原处，扯扯身上的衣服，长舒口气，强迫自己镇定下来。这个时候千万不能露出破绽，要不然非但这个隐藏的证据保不住，很可能连自己都会有危险。

她刚调整好脸上的表情，一个男人就从外面闯进来，正是窦武。窦武站在门口,用狐疑的目光上下打量她:"你怎么还没走?"许雯雯说:"哦,我只是想收拾几件我爸放在办公室的东西,马上就走。"她悄悄把捡到手里的杯盖碎片揣进口袋,又从办公桌抽屉里胡乱拿了几件爸爸留下的小物件,才在窦武监视犯人一样的目光下快步离开工程指挥部。

走出学校时,许雯雯听到后面跟上来一串脚步声,她心里一紧,以为是有人跟踪自己,回头一看,原来是一个戴着安全帽的工人,她这才松下一口气。在街边骑上电动车,她没有犹豫,直奔公安局找刑警大队报案。

她长这么大,是头一回进公安局,也不知道报案具体要找哪个部门,走上刑警大队的台阶,看见大厅里有一个值班室,里面坐着一个年轻警员,就走了过去。

值班警员倒是很有礼貌,站起来朝她敬个礼,问:"您有什么事?"

许雯雯犹豫一下,说:"我是来报案的。"

"您报什么案?"值班民警拿出登记簿准备记录。许雯雯凑到他近前说:"警察同志,我叫许雯雯,我爸叫许敬元,他是光明高级中学的老师,我怀疑他在被人合谋杀害,尸体就埋在他们学校操场……"

"什么?"值班民警睁大了眼睛,"你爸被人杀了,埋在了学校操场?"

"是的。"许雯雯怕他不相信,连忙翔实地阐述自己的怀疑。

刚开始值班民警还在记录簿上记几笔,到后来不知道是她说得太快,还是觉得她说的事情太过荒诞离奇,干脆把笔扔到一边懒得记了。好不容易等她说完,民警问:"就因为你爸几天没回家,而恰巧他失踪当晚学校有挖土机挖土,你就认为你爸被人谋杀,然后被挖土机挖坑埋在学校操场底下了?"

"不仅如此,我还在学校发现了凶手作案杀人的痕迹。"

"什么痕迹?"

"就是……"许雯雯张张嘴,正要把她在工程指挥部墙壁上发现血迹的事说出来,但话到嘴边,还是多留了一个心眼,改口说,"痕迹就是痕迹,你们跟我去现场看一下就知道了,这肯定是凶手杀人的证据,我不会骗你们的。"

值班民警一脸狐疑的表情,用笔头敲敲桌子说:"许敬元好几天没有回家,你要是说他已经死亡也许是事实,但是后面这些,我怎么感觉像是你臆想出来的？凶手杀了人，还用挖土机挖坑，直接将尸体埋在操场下面，你是不是恐怖片看多了？"

"这些确实是我推理出来的。"许雯雯点头承认。

"你有证据吗？"

"没有。"

"没有证据那叫推理吗？那叫瞎想！"值班警员有些恼火，朝她摆手道，"你这个不够立案标准，不能立案。"

"怎么就不够立案标准了？我都看见凶手杀害我爸时留下的血迹了，这还不算证据吗？"许雯雯心里一着急，还是把血迹的事情说了出来。

"你真的看见血迹了？"值班民警问，"在哪里？"

"在学校里。"许雯雯说，"具体位置，你们跟我到学校去看看就知道了。"

"这样啊……"值班民警显然也拿不太准，想了想说，"要不你先坐会儿，我打电话给队长汇报一下情况，看看他怎么说。"没多久，他放下电话又说："我们队长正好在一楼办事，他说他过来看看再决定是否立案。"

许雯雯在值班室门口坐了一会儿，看见一个身着便装腰身挺拔的中年男人带着一个身穿制服的年轻警察往这边走来。值班民警立即起立，叫了一声"队长"，说："就是这位女同志报警。"然后又对许雯雯说，"这就是刑警大队大队长吴锐。"

"到底什么情况啊？"吴大队长一边上下打量许雯雯，一边问。

许雯雯只好又把刚才报警时说的话重新说了一遍。吴锐听后说："你说你爸是光明高中的老师？"见到许雯雯点头之后，他又说，"那不是老孔的学校吗？你等等，我问问情况。"

他掏出手机，拨打了一个号码，粗声大气地说："喂，老孔，怎么搞的，这么久才接电话，对，是我，吴锐，你们学校最近是不是出什么事了？有个姓许的老师被杀了，而且还埋在你们学校里？……对，对，是有个女的来报警……哦，只是失联啊？……什么，东城区派出所还查出他涉嫌强奸未成年少女？……好的好的，明白了，再见……行行，有空一起吃饭……"

他放下手机，朝许雯雯挥挥手："行了，你先回去吧。"

许雯雯站起身："为什么，我这还没有立案呢？"

"我跟光明高中校长是老熟人，刚才打电话问他，他说根本没有你说的这回事，许老师目前来看只是失联，不能确定是否遭遇意外，还有，他说东城区派出所那边查实你爸在失踪当晚强奸未成年少女，你爸有可能因那女孩反抗而坠河淹死了，也有可能是犯案后畏罪潜逃了。派出所那边正在河道下游搜寻查找，看能不能找到尸体。所以你就别在这里给警方添乱了，好好回去等结果吧。"

"不，吴队长，我爸是被冤枉被陷害的，他不可能做出这样的事！"许雯雯伸出手来，一把扯住吴队长的衣袖，"从学校的种种反常行为来看，我怀疑我爸已经在学校遇害，而且被埋在了操场里。我已经在学校找到他被害的痕迹，我来这里就是想请你们去现场勘查一下，能不能通过技术手段找到更多的证据。"

"你发现了什么痕迹？"

"你们跟我去学校看看就知道了。"

"我怎么知道你说的是真是假，是不是报假警浪费警力？"吴锐瞧她一眼，有点不耐烦地说道，"你这个显然不够立案标准，你先回去吧，许敬元目前只是失联而已，说不定过几天就回来了呢。如果找到他已经遇害的确切证据，你再来报案也不迟，这里是刑警大队，一般鸡毛蒜皮的小事，去派出所就能解决，不用找到这里了。"

"不行，吴队长，如果你们今天不跟我去现场，那我就待在你们刑警大队不走了。"许雯雯表情坚定，一屁股坐下去，摆出一副死磕到底的样子。

那个一直跟在吴锐身后没有吭声的年轻警察凑上前提议："吴队，反正咱们这两天也没什么事，要不就去光明高中看看吧……我听说他们学校食堂的饭菜不比外面大酒店差！"最后一句，是贴着队长的耳朵说的。

吴锐扭头看他一眼，又看看许雯雯，佯装思索片刻，忽然眉头一展，点头道："那也行，小毛你叫几个人一起过去看看，顺便让老孔招待咱们一餐饭。"

许雯雯一直觉得吴锐身后那个年轻刑警有点眼熟，直到吴锐叫他小毛，她才认出来，原来是毛乂宁。

毛乂宁是以前许敬元在镇上初级中学教书时的学生，初中二年级时他家里出了变故，经济拮据，几乎连一日三餐的饭钱都掏不出，许敬元知道情况后,每个星期悄悄往他的饭卡里充五十块钱,差不多一个学期之后他家里的情况才好起来。后来毛乂宁考上大学后,逢年过节曾两次提着礼物到许敬元家里看望老师。再后来,听说他大学毕业考上了公务员,但不知道他竟然是当上了警察,还是刑警。

许雯雯只在家里见过毛乂宁两次,并不是特别熟悉,况且这次他穿着笔挺的警服,乍见之下没有认出来。她张张嘴,正要上前跟他打招呼,却看见毛乂宁暗暗朝她摇头。她看看吴锐,心里隐约明白过来,只朝他轻轻点一下头,并没有说话。

刑警大队大队长吴锐很快就召集了几个人,加上自己的助手毛乂宁,一行数人跟许雯雯一起去往光明高中。

这时候已经将近上午十一点,操场上塑胶跑道的铺设工作仍然在进行,施工队队长窦武双手叉腰,不断地指挥工人干这干那,显得很忙碌。

吴锐一走进操场,就被刺鼻的橡胶味熏得直皱眉头。"妈的,这都是些什么劣质产品,这么大味儿!"他嘟囔着骂了一句。窦武一抬头,看见许雯雯领着几个警察突然出现在校园里,顿时变了脸色,急忙躲到操场边的柱子后头,掏出手机给老板雷大铭打电话。

"你说的案发现场在哪里?"吴锐捂着鼻子问许雯雯。许雯雯用手朝前面指一下:"就在那间工程指挥部,我在里面发现了疑似血迹的痕迹。"她边说边在前面带路,几个警察跟着她往那间小屋走去。

就在这时,忽然听到后面有人呵呵笑着追上来:"吴大队长,今天什么风把你给吹来了?"回头一看时,孔校长和雷大铭两个人从后面快步走来。吴锐显然跟这位孔校长是老熟人,打个哈哈道:"还不是你们学校这点破事!"他用手朝许雯雯指一下,"有群众报警,说一位姓许的老师在你们学校被杀,一定要我过来看看。"

孔伟德说:"我不是已经在电话里解释清楚了吗?许老师现在只是失联,有没有出事还不能确认,而且就算他真的遭遇什么意外,地点也不是在学校,而是在春水河边的菜地里。"

"可是这位许小姐不这么说,她认定她父亲是在学校出事的,现场就在工程指挥部,她还在里面发现了血迹,所以我必须得进去看看,职责所在,还请孔校长莫怪。"

孔校长看看许雯雯,脸上一副波澜不惊的表情:"没事没事,雯雯也是担心她爸嘛,发现疑点立即报警,这个完全可以理解,学校一定会全力配合警方调查真相,毕竟我也希望能早日找到许老师的下落嘛。"他身后的雷大铭听到从警察嘴里说出"指挥部"和"血迹"这两个词,瞬间变了脸色,目光像刀子似的盯了许雯雯一眼,无非是怪她多事,将警察引到学校来。

进到指挥部,几个警察上上下下看一遍,没有发现什么可疑之处,吴锐脸上有些不高兴,问许雯雯:"你说的血迹在哪里?"

"就在这里!"在众人疑惑的目光下,许雯雯移开父亲的办公桌,露出被桌子挡住的墙壁,上面印着两处暗红色斑点,"我怀疑我爸就是在这间屋里遇害的,凶手作案后清理过现场,所以看不出明显痕迹,但是这两滴鲜血正好溅落在办公桌与墙壁间的缝隙里,被凶手忽视掉才得以保存下来。"

孔伟德脸上的表情凝固了片刻,扭头狠狠盯了雷大铭一眼,雷大铭缩着脖子,额头上冒出冷汗。"这个怎么会是血迹呢?"孔伟德打着哈哈道,"看起来像是浓茶水,许老师平时喜欢喝酽茶,偶尔溅落几滴在墙壁上,也很正常嘛。"

毛乂宁趴在地上,凑到两点污渍前看看,又用鼻子嗅一下,起身道:"吴队,确实有点像血迹。"

吴锐对这位助手的判断还是很相信的,听到他说像是血迹,也不由得重视起来,挥挥手对后面两个痕检员说:"干活吧,提取血样,送回去做化验。"两名痕检员立即打开刑事勘查箱,趴在墙壁前忙碌起来。

毛乂宁朝大家做了一个后退的手势,说:"这里有可能是案发现场,请大家退出门去,不要影响警方办案,也不要破坏现场。"孔伟德和雷大铭只得退出门去,却差点与喘着粗气从后面跑上来的窦武撞在一起。雷大铭火道:"跑什么跑,你奔丧呢!"窦武一怔,看见警察在屋里勘查现场,他吓得脸色发白,不敢吭声。

警察很快就提取了墙壁上的两个样本,用专门的容器装好,并在外面标签上写明了样本提取地点、时间和经办人姓名,又请大队长签名,再封存好。此后警方又对现场勘查了一遍,没有再找到其他可疑的线索。

毛乂宁说道:"吴队,这里很可能是命案发生现场,我建议立即封锁。"吴锐转头说:"孔校长,你把这间房子锁起来,钥匙交给警方保管,等血样化验结果出来后再进一步处理。你没意见吧?"孔伟德连忙点头:"没意见,没意见!"于是吴锐指挥警员在门上贴了封条,并且在四周拉起警戒线。

忙完这些,已经到了中午。孔校长看看表说:"吴队,你看这都到饭点了,各位警官这么辛苦,要不留下来吃个便饭再走吧。"他凑到吴锐耳朵边,"我前几天托朋友买到一条纯正鹿鞭,绝对是补肾壮阳之佳品,我已经让食堂的人炖好了,保管你吃之后,精神抖擞,雄风大振。"

"真的?"

"当然,你要是不信,等下吃完饭我让雷总在他的帝豪桑拿城给你安排几个妹子,让你当场试验。"

"行啊,要是没有效果,你可得负责。"吴锐一拍巴掌,"兄弟们,既然孔校长这么热情,那咱们就留下来吃了饭再走。"

"队长,这样不太好吧?"毛乂宁说,"这是违反条例的。"

孔校长哈哈一笑:"没有什么不好的,我们这里又不是什么豪华大酒店,就是学校集体食堂而已,伙食标准可能还比不上你们公安局食堂呢。"

"吴队,要不这样吧,你们留下来吃午饭,我先把这两个样本送回局里化验。"

吴锐也不强求,说:"那就辛苦你了,对了,你让那个许雯雯回头找一份她父亲的DNA样本给你,带回去一同比对。"

"好的。"毛乂宁回头把队长的话转述给许雯雯,许雯雯问要什么样的DNA样本,毛乂宁说:"许老师用过的牙刷、梳子,或是他掉在家里的头发之类的,都可以。"许雯雯说行:"我马上回去找。"

她很快就掉头回家,找了父亲的牙刷,还有他落在书房的几根头发,一并送过去。

第六章　图穷匕见

这时候吴锐等人早已去食堂房中房吃饭，只有毛乂宁站在工程指挥部外面等着许雯雯。

他收好DNA样本后说："雯雯，我觉得你的分析是对的，从你提供的线索来看，我也怀疑许老师已经遭遇不测，凶手很有可能就是——"说到这里，他警惕地朝走廊两边张望一下，"很可能就是雷大铭和窦武他们，不过这只是怀疑，要想定他们的罪，必须得找到足够的证据。我先回去抓紧时间做DNA比对，一旦确认这是许老师的血迹，基本就能证明他是在工程指挥部遇害的，到时我们会启动命案调查。你放心，警方一定会把事情真相调查清楚，还许老师一个公道！"

许雯雯忽然有种想哭的冲动，她找了这么多警察，终于有一个肯相信她的人。她朝他鞠了一躬，说："谢谢你了，毛大哥！"

毛乂宁摆手说："别说谢谢，这是警察应该做的事情，再说当年如果不是许老师帮我，我很可能连初中都没有读完就辍学去广东打工了，自然不会有今天的我。现在老师出了这么大的事，我身为警察，职责所在，一定会将案子查个水落石出。你先回家等我消息吧，一旦结果出来，我会第一时间通知你的。"

"那真是太感谢了！"许雯雯又向他说了声谢谢才离开学校，有了毛乂宁这个承诺，她心里总算踏实了一点。

回到家时已经是下午了，但妈妈和弟弟仍在等着她吃午饭。

坐在饭桌上，妈妈问她去学校查到什么线索没有，许雯雯心里一沉，不敢把在学校发现血迹及怀疑父亲已经遇害并被窦武埋在操场的事情告诉她，只轻轻摇一下头说目前还没有什么进展，不过她已经到刑警大队报案，刑警们已经在调查了。

周小艺点头说:"那就好,希望他们能早点找到你爸的下落,让他平安回来,咱们一家人可以过一个团圆年。"

"对了,姐,今天有人打电话找你,他说他姓程,叫程什么我忘了,是你大学同学。"吃完饭后,弟弟许星阳告诉她,"我跟他说姐姐出去办事还没有回家,他没说什么就挂电话了。"

"是叫程寻吧?"

"对对对,就是这个名字。"

"好的,我知道了。"许雯雯点点头,心里泛起一圈涟漪。程寻是她的大学同学,也是她在学校里交的男朋友,省城人。原本和她留在学校做田野调查,两人约定过年前一起回家,只不过她家里有事就先回来了,这几天因为太忙,一直没有跟他联系。今天已经是腊月二十七,马上就要过年了,估计他也从学校回家了。

她躲到房间里,用座机给程寻回了电话。程寻听到她的声音,难免有些惊喜。他说他今天刚到家,问她回家这么久怎么也不打个电话?今天他打她手机也没有人接听,还以为她出什么事了,就把电话打到了她家里。

许雯雯掏出手机看一下,果然有一个他打过来的未接电话。她说:"我没事,就是家里出了点事情,我有点忙,今天上午一直在外面,没有听到手机响。让你担心了,对不起!"

程寻听出她的情绪有点异常,就问:"你没什么事吧?我有点想你了,趁过年前还有点时间,想坐车去光明市看看你。"

许雯雯忙道:"不用了,我家里发生了一些事情,还没处理好,等我忙完这段,就去省城找你。"

程寻"哦"了一声,说:"那也行,等开学的时候咱们一起回学校吧。"

许雯雯回道:"到时候再说吧。"

两天后,除夕夜至,这个家里第一次过了一个没有欢笑声的大年。勉强吃完年夜饭,周小艺坐在电视机前,春晚节目里正播放着赵本山和范伟表演的喜剧小品《功夫》,她想起往年除夕夜一家人团团圆圆在一起看春节联欢晚会的情景,不由得暗自流泪。

许雯雯怕弟弟看见妈妈抹眼泪的样子,就拿出一袋烟花,让他去外面跟邻居家的小伙伴一起放。许星阳毕竟是个孩子，拿着烟花高兴地出门了。屋外到处响着鞭炮声，没过多久，许星阳就捂着头哭着跑回来。

周小艺吓了一跳，忙问怎么了。许星阳哭道："我想跟小伙伴一起放烟花，可是他们都不跟我玩，还说我是强奸犯的儿子。我说我爸不是强奸犯，我爸一定会回来的。他们起哄说我爸已经淹死在春水河里，再也不会回来了。我去打他们，他们就朝我扔鞭炮，有个鞭炮炸到我头上了。"他把手从额头上放下来，左边前额处赫然现出一道细长的血口子，正在往外渗着鲜血。

"是谁扔的鞭炮？"周小艺护子心切，要去找那孩子的家长理论，却被许雯雯拉住："妈，算了，大过年的，就不要跟邻居吵架了。"周小艺只好叹口气坐下来："唉，等你爸回来，我看这些人还有什么话说！"许雯雯心里沉甸甸的，只有她知道，爸爸很可能回不来了。她没有接妈妈的话，起身拿了碘酒，给弟弟清理额头上的伤口，又贴了一个创可贴。也就是从这一天开始，九岁的许星阳像是突然长大了，整个春节期间再也没有外出玩耍，就待在家里做作业，复习功课，有时候看看电视，或者拿出爸爸买给他的那套《名侦探柯南》，津津有味地看着。

到了正月初五，许雯雯还没有收到刑警大队的消息，心里有些着急，忍不住往刑警大队办公室打了电话，接电话的警员说现在还是春节假期，吴大队还没上班。她只好转而给毛乂宁打电话。

毛乂宁告诉她，正常情况下DNA比对结果要一个星期才能出来，加上最近正逢春节假期，技术科的人大部分都放假了，所以工作效率比平时慢一些，要她再耐心等一等。

许雯雯又在家里等了两天，到了正月初七，她接到吴锐打过来的电话，请她去一趟刑警大队。她心里一震，问："是我爸的DNA比对结果出来了吗？"吴锐说："是的。"

"结果怎么样？"她迫不及待地问。吴锐说："你先过来，咱们当面说。"他的声音十分平淡，许雯雯听不出到底是什么结果，只好跟妈妈打个招呼，骑上电动车往城里赶。

来到刑警大队大队长办公室，吴锐正坐在屋里等她。她问："吴队长，DNA比对结果怎么样？"

吴锐用手指敲着办公桌上的一份化验报告说:"比对结果刚刚出来,你搞错了,那个在光明高中工程指挥部墙壁上提取到的血样,根本不是你爸留下的。"

"不是我爸的血迹?"

"是的,"吴锐点头,"不但不是你爸的血迹,甚至根本就不是人血。"

"不是人血?"许雯雯一愣,"那是什么?"

"经过技术科化验,那是狗血。"

"狗血?"许雯雯深感意外。

吴锐瞪她一眼:"是啊,是狗血,而且你演的这一出闹剧也很狗血,什么老爸被杀,埋在学校操场里,我差一点就相信你了。"许雯雯往后退一步:"怎么会是狗血?这不可能啊!"

"有什么不可能的,技术科的化验报告难道还会有假?"吴锐拿起桌上的化验报告扔给她,她接过来立马翻开,前面一大堆图表和数据看不大懂,后面结论一栏里写着与许敬元的 DNA 不匹配。再翻到下一页,上面写着,经化验,此血样为犬科动物血液。

许雯雯以为自己看错了,把最后一页报告重复看了两遍,一脸难以置信的表情:"怎么可能是狗血?狗血怎么会滴在我爸办公桌旁边的墙壁上?吴队长,是不是你们搞错了?"

"白纸黑字的化验报告,难道会有错?再说这报告是技术科出具的,又不是我搞出来的,怎么会有错?"吴锐捏着自己的鼻梁,一副头痛的样子,"你就别在这里质疑化验报告了,趁我还不想追究你报假警的责任之前,赶紧走吧。"

许雯雯绕过办公桌,冲到他面前:"吴队长,我觉得这里面肯定有……"

"非要我把你铐起来给你一个行政拘留的处罚,你才肯罢休是吧?"吴锐皱起眉头,正好这时桌上的电话响了,他一边接电话,一边厌恶地朝她挥挥手,让她赶紧离开。

许雯雯见他只顾讲电话,再也不理会自己,只好神情黯然地离开了办公室。

在工程指挥部里发现的血迹怎么会是狗血呢?这到底是怎么回事?难道真的是自己推断有误?她心中疑惑难解,一边想着一边从刑警大队走出来,下台阶时,正好看见毛乂宁从厕所那边走过来。她想起他对自己做出的承诺,却没想到最后竟然得出这样一个化验结果,实在是气不打一处来,正要冲上去质问,却看见他的一只手放在警服下摆下面,朝她摆摆手。她一愣,停住冲向他的脚步,疑惑地看着他。毛乂宁又用手指朝外面指一下,示意她赶紧离开。

许雯雯犹豫片刻,心知有异,便继续下台阶走到了户外。走不多远,她侧回头发现毛乂宁跟在自己后面,就放缓脚步,故意拐进了旁边一条无人小巷。毛乂宁果然很快就追了上来。

许雯雯知道一定是他有话要对自己说,但是在刑警大队人多眼杂不太方便,只能在外面跟自己碰面。她在一家没有开门营业的小店门口停住脚步,两三分钟后,毛乂宁从后面赶上了她。

"DNA比对结果,吴队都已经通知你了吧?"毛乂宁一边左右看看,一边问她。

"是的,他说那根本不是人血,而是狗血。"

"对于这个结果,我也觉得有点难以置信。"

许雯雯抬头看着他:"你的意思是?"

毛乂宁分析道:"如果许老师真的是在学校工程指挥部里遇害,那雷大铭和窦武有很大的作案嫌疑,孔校长是雷大铭的亲舅舅,而孔伟德与吴大队又是老关系户,那天出现场他还请了吴大队吃饭,据说后面还拉着他去雷大铭开的桑拿城里玩了一回,所以其中的猫腻就不用我多说了。"

"你也怀疑他们在化验报告上作假?"

"确实有点怀疑。"

"那怎么办呢?总不能叫他们再化验一次。再说就算重新化验,也还是那些人,那些设备,结果还不是一样?"

"确实是要重新化验一次,但是不能在警队里化验。"

许雯雯睁大眼睛看着他,没太听明白他的意思。

毛乂宁说:"许老师办公室墙壁上不是有两处血迹,警方分别提取了两份血样吗?这次化验的是其中之一。按照正常的逻辑,如果许老师真的遇害,这两处血迹肯定都是他留下的,只要化验其中一个样本就能知道结果。但既然现在化验结果显示是狗血,那另一份血样就失去价值没人在意了。

刚刚我进入样本保存室把这份血样偷偷拿了出来。"他打开自己的公文包，拿出装在小玻璃容器里的血样，交给她。

许雯雯双手接过血样，疑惑地说："你把这个给我也没有用啊，这个不是只有你们公安局才能化验吗？我又不能拿回家自己动手化验。"

毛乂宁摇头说："不是这样的，除了公安局刑事技术科能做这样的化验，其实社会上的司法鉴定中心之类的机构一般也能做这个，只不过他们是收费的，而且费用还不便宜。这样的司法鉴定中心，大一点的城市都有，你上网搜索一下就能找到。明白我的意思吧？"

许雯雯点头道："我明白了。你是要我拿着这份血样去找外面的司法鉴定机构做 DNA 比对，是吧？"

"是的。只要是有合法资质的司法鉴定机构，他们的鉴定结果也是具有法律效力的。这些样本都是密封好的，标签上有警队经手人员及吴队的签名，是具有唯一性和不可替代性的。另外我还想办法给你开了一张警方的委托书，你拿到任何司法鉴定机构，他们都不会拒绝你的。只要你拿到鉴定结果，证明墙壁上的血迹是许老师留下的，再到公安局来报案，警方就不得不启动命案调查。孔伟德和雷大铭能耐再大，也不可能只手遮天，许老师失踪案的真相很快就能大白于天下。"

许雯雯明白了他的计划，心里十分感激，却也有些担心："那你把这个血样和 DNA 样本偷出来，要是被吴队长发现了怎么办？"毛乂宁说："许老师的 DNA 鉴定在这里已经做完了，结果都出来了，一般情况下，这些东西不会再有人理会。就算真的被他发现，大不了这个警察我不干了，就算不穿这身警服，我也得把许老师的案子查个水落石出。"

这时候，有两个行人从小巷那头走过来，毛乂宁不好久留，低声说："你先按我教你的方法去做，有什么事情电话联系。"没待许雯雯回话，他已经转身走了。许雯雯朝他的背影看看，将东西收好，从反方向离开了小巷。

她骑着电动车离开公安局有几里路远后，进了街边的一家网吧。上网输入"司法鉴定中心"几个字，跳出一大堆结果。她选择一家离光明市最近的江通大学司法鉴定中心，官网上面说这家鉴定中心的服务内容包括法医病理解剖、DNA 鉴定、痕迹检验鉴定等，正好符合她的要求。她在网吧找张纸条，把这家鉴定中心的地址和联系电话记下来。这家司法鉴定中心就在江通市，江通与光明市相邻，是一个地级市。从网吧出来后，她又打电话确认了一下，这家司法鉴定中心确实能做 DNA 比对，只是价钱有点贵，但是到了现在，她也顾不了这么多了。

中午回家吃罢午饭，她跟妈妈说有事要出去一下，可能会晚点回家，就背着一个小包出了门。周小艺知道她最近都在调查许敬元的事情，也就没有多问。

许雯雯带着血样和父亲的 DNA 样本，坐了两个小时长途汽车来到江通市。到底是地级市，街道比光明市这个县级城市宽敞许多，也热闹许多。但是她没有时间，也没有心思在这里逛街，按照记下的地址，直接坐出租车找到了江通大学。江通大学司法鉴定中心就在大学正门旁边。

她走进鉴定中心，服务台接待员知道她的来意后，把她领进了法医物证鉴定室一名姓赵的副主任的办公室。赵副主任看了她的资料后说这个鉴定他们可以做，一般需要一个星期，如果是加急的话三天就行，不过费用要贵很多。许雯雯咬咬牙说："那就加急吧，我需要尽快拿到结果。"

赵副主任说："没问题，你先填写一份申请表，留下自己的联系电话、身份证号码及与被鉴定人的关系证明，然后去收费处缴费，将样本交给我，回家等消息就行。三天后结果出来，我们这边会有专人打电话通知你。"

许雯雯点头说："行。"她办完手续，从鉴定中心走出来，像是完成了一件大事，长长地舒了一口气。

这时已经是下午三点多，在去车站的路上，她忽然闻到一阵熟悉的香味，原来是街边有家小食店，门口的油锅里正炸着黄金糕。那是用菜籽油炸出来的三角形糯米糍粑，因为色泽金黄，入口香脆，所以被老百姓叫作黄金糕。许雯雯小时候最爱吃这个，爸爸经常在下班路过街边小店时给她捎上一两块。后来上高中、念大学离家远了，就再也没有尝到过爸爸给她买的黄金糕。

她看看时间，距离回去的班车发车时间还早，于是就在小店前停住脚步，买了一块黄金糕，用报纸包着，边走边吃。吃着吃着，想起父亲以前把买好的黄金糕像变戏法似的从口袋里掏出来的样子，眼泪就止不住流下来。

回到家刚吃完晚饭，手机响了，是男朋友程寻从省城打来的电话。寒假快结束了，程寻问她什么时候返校，好提前帮她订火车票，打算到时两人从省城火车站出发一起回去。

许雯雯犹豫一下,想到父亲的事情还没有眉目,一时半会无法定下返校的时间,就说:"我这边还不知道几时能回学校上课,要不你就不用等我了,先自己订火车票吧。"程寻有些失望:"哦,这样啊,那我还是等你吧,反正我也不着急,就是想早点确认什么时候可以见到你。"

许雯雯说:"我知道你的心意,谢谢了!"

程寻在电话里听出她的声音有些低沉,就问:"到底发生什么事了?我看你情绪一直很低落啊?"

许雯雯摇摇头说:"没什么事,你不用担心,我相信自己会在上学之前处理好的。"程寻虽然心下不安,也只能无奈地挂断电话。

三天后,许雯雯接到江通大学司法鉴定中心打来的电话,说鉴定结果已经出来,请她过去领取鉴定报告。许雯雯的心顿时悬起来,问:"结果怎么样?"对方说:"这个我也不知道,我只负责通知客户,鉴定报告是密封的,除了客户自己,其他人无权拆阅,而且报告还具有唯一性,如果遗失的话,我们也没有办法再出第二份。"

挂断电话后,许雯雯抓起背包,匆匆出了门。妈妈从后面追上来问她要去哪里,许雯雯说:"我有点事情,要去一趟江通市,可能会晚点回家,你和星阳不用等我吃晚饭了。"周小艺本来想问一问她去江通干什么,但没说两句话,女儿已经脚步匆匆,走出好远。

许雯雯在村头坐上"摩的"来到车站,然后搭乘长途汽车再次来到江通市。出了车站,她在路边招手叫了一辆出租车,去往司法鉴定中心。

一路上,出租车司机不断地看着倒车镜,最后皱起眉头说:"美女,后面那辆车你认识吗?"

许雯雯回头看看,只见一辆银灰色大众轿车正不紧不慢地跟在自己乘坐的出租车后面,看车牌是光明市的车。她对司机摇头说:"不认识啊,怎么了?"

"这就有点怪了,你上车的时候,我就看见这个车停在路边离你不远的地方,我开了这么久,这个车一直跟在后边。"

"只是恰巧同路吧?"

"那倒也是。"司机说,"不过我已经拐了三个弯,他们还跟咱们同路,这个有点太巧合了。不过既然你不认识这个车,那也无所谓了。"

十几分钟后,出租车把她送到江通大学司法鉴定中心门口。她找到上次那位赵副主任,签名后领取到自己的鉴定报告,刚到外面走廊里就立即拆开看起来。鉴定报告第一页写的是送检人姓名、鉴定机构名称、委托日期和检材、样本描述,第二页写的是鉴定过程,上面是一大段她看不懂的专业术语,她心里着急,直接翻到最后一页。只见鉴定结论一栏里写着:检材和血样的 DNA 相吻合。也就是说,在学校工程指挥部墙壁上发现的血迹,确实是许敬元留下的。

许雯雯的手抖得厉害,鉴定报告差点从手里掉下来。这些天以来,其实她的心情十分矛盾,既希望司法鉴定中心的 DNA 比对能比中,这样警方就可以正式立案展开调查,却又害怕真的比中,那就说明父亲生还的希望几乎为零,就算这个案子最后能查个水落石出,她找到的也只能是父亲的尸体。看着鉴定报告上的结论,她像是被人在胸口扎了一刀,心里一阵绞痛,靠着墙壁蹲下去,眼泪不由自主流下来。

正好这时鉴定中心一名女职员路过,上前将她扶起,问她怎么了,是不是哪儿不舒服。许雯雯忙擦干眼泪说:"没事,刚刚胸口突然有点不舒服,现在好多了。"女职员将她扶到等候区的长椅上坐下,给她端来一杯热茶。

等女职员离开,许雯雯稍稍平复了情绪,掏出手机给毛乂宁打了电话,告诉他司法鉴定中心的鉴定结果。毛乂宁早已料到这个结果,没有特别吃惊:"如此看来,刑警队里出具的鉴定报告果然是有问题的。你现在在家吗?"许雯雯说:"我刚拿到鉴定报告,还没有回家。"

毛乂宁没再多问,只说:"那你赶紧回家,保管好鉴定报告,咱们明天见面说。"许雯雯点头说:"行。"

她喝完杯子里的水,将鉴定报告放进背包,起身走出司法鉴定中心。正要扬手打车去长途客车站,忽然看见街道对面停着一辆银灰色大众轿车,看车牌,正是刚才那辆光明市牌照的小车。她顿时警惕起来,看来那个出租车司机说得没错,这辆形迹可疑的小车在跟踪自己。

她多留了一个心眼,连着过来两辆出租车她都没有上车,而是沿着街边人行道往前走着,同时用余光观察那辆车的动静。果不其然,大众轿车看见她出来,立即启动,跟在她侧后边,在机动车道上不紧不慢地开动着。

因为走得太慢，后面的小车纷纷按响喇叭，变道避让。大众轿车的目的已经很明显了。

被人跟踪这种事情，她只在电视剧和小说里看到过，想不到今天会亲身遇上，她的心怦怦直跳，手心里紧张得沁出汗来，完全不知道对方是什么人，为什么要鬼鬼祟祟跟踪自己。看这辆车挂的是光明市的牌照，很可能自己从光明市坐上长途大巴时起，就被他们跟踪上了。她一直觉得这是谍战片或者侦探小说里才有的桥段，自己一介平头老百姓，怎么也会被人跟踪呢？

正疑惑着，许雯雯忽然想到了背包里的鉴定报告，难道自己找司法鉴定中心做鉴定的事情被雷大铭知道了？他们派人跟踪自己的目的是什么？当然是想拿走她背包里这份鉴定报告！想到这里，她心头一紧。没有这份鉴定报告，爸爸的案子就很难立案，刑警大队也不会去调查，他们在学校里合谋杀人埋尸灭迹的罪行就不会暴露出来。

她记起来时的路上经过一个派出所，如果能赶到那里寻求警方保护，这些人肯定不敢再打自己的主意。她抬头看看，快步朝派出所方向跑去，谁知后面的大众轿车也加快速度，并且越过机动车道与人行道之间的白色实线，朝她开过来。

看来是赶不及去派出所了，她心急如焚，一面加快脚步往前走，一面掏出手机给毛乂宁发求救短信：我被人跟踪，他们要抢鉴定报告！毛乂宁很快回过来一条短信：先找地方把鉴定报告藏起来，尽量往人多的地方去，甩掉他们后再回来取报告。

她的目光从手机屏幕上抬起来，正好看见路边有一家大超市，就快步走了进去。超市入口处立着两排带密码锁的储物柜，一些顾客正在存放东西，她心念一动，立即找到一个空着的储物柜，把背包里的鉴定报告塞进去，关上门，用密码锁好。回头看时，那辆大众轿车已经停在路边，从车上下来三个男人，领头的居然是那个施工队队长窦武。她看见三人正朝自己冲过来，心知情况不妙，赶紧往超市里边躲避，同时掏手机拨打电话。

窦武他们跟进来后，三个人兵分三路向她包抄过来。许雯雯藏在货架后边，从货品缝隙里看见他们渐渐朝自己逼近，眼见就要发现自己，正在走投无路之际，忽然看见旁边有间厕所，于是灵机一动，闪身躲进女厕所。

过了十多分钟,没听到外面传出什么动静,她从厕所门口探出头来一瞧,超市里已经不见窦武他们的影子,这才松下一口气,从超市出口走出来,正要绕到入口处去取鉴定报告,忽然听到后面有人叫她的名字:"许雯雯——"

她下意识地转过头,没等弄明白发生什么,旋即被人从后面用手绢捂住了口鼻,一股乙醚的味道扑面而来,大脑"嗡"的一声失去知觉,她软软地靠在了旁边的窦武身上……

第七章　陈年秘密

　　燃气灶呼呼地喷着火焰，铁锅已经烧得通红，一勺金黄色的花生油浇下去，"轰"的一声，满锅蹿起火苗，许星阳也不着急，待油烧热才把切好的牛肉片倒进锅里，快速翻炒几下，牛肉的香气就升腾起来，再扔进一把姜丝蒜末和青辣椒丁，一盘爆炒牛肉很快出锅了。

　　正好这时服务员小爱走进厨房，许星阳顺手把炒好的菜放到她手里的餐盘上："这是六号桌的爆炒牛肉片，没有加红椒，微辣。"小爱点头一笑，端着菜走到外面餐厅，将热气腾腾的牛肉放在客人面前。客人尝了一筷子，冲着正在柜台后面算账的许长坤竖一下大拇指："老许啊，你家厨师手艺越来越高了，这道爆炒牛肉快成这间餐馆的招牌菜了！"头发花白的许长坤立即点头赔笑："还行还行，多亏有像您这样的街坊邻居帮衬，我这小店才开得下去。"

　　等六号桌的客人结账离开，许长坤才走进厨房，看着正在灶台边炒菜的许星阳说道："刚才外面的客人表扬你，说你做的菜好吃呢。"许星阳拿起脖子上的毛巾，揩揩脸上被油烟熏出的热汗，不好意思地笑了："这都是您教我的，要不然凭我从厨艺学校学的那点本事，连个像样的菜都炒不出来。"

　　"星阳哥，"厨房门口忽然响起小爱亲热的叫声，她快步走进来，抬头看见老板也在屋里，不禁脸红了，"我是来问问，三号桌的回锅肉炒好没？"

　　"哦，刚刚出锅。"许星阳把手里装着回锅肉的碟子递给她。小爱端着炒好的菜，低着头走了。

　　许长坤见罢，不由得笑起来，看着侄子问："星阳，你今年也有二十四岁了吧？"

"是啊,刚满二十四岁。"

"找女朋友了没有?"

"还没呢,"许星阳摇摇头,"因为我爸以前出事,别人都说我是强奸犯的儿子,好人家的女儿躲着我都来不及,哪里还敢跟我谈朋友。"

"是啊,你爸的事对你们一家子影响太大了,连你姐也跟着……也跟着受累了……"许长坤问,"你姐现在情况怎么样了?有没有好转的迹象?"

"时间这么久了,也是时好时歹,情况好转的时候就关在家里,由我妈照看着,病情恶化了,就送到精神病院治疗一段时间再接回来。"许星阳叹口气说,"妈妈本想让她长期住在医院里接受治疗,可是费用太高,家里实在负担不起,只能是治一治,停一停了。"

许长坤在灶火上点燃一根烟,抽了一口:"你爸出事那年,你才九岁吧?"

"是啊,这都过去十五年了,人家都说我爸被唐缨踹进春水河里淹死了,可是我不信。我爸根本不是那样的人。"许星阳往热气升腾的锅里加了一勺盐,因为长时间在厨房里烟熏火燎,他的脸泛着浅浅的紫红色。他的头发有点长,偶尔甩一下头,额角被头发遮住的鞭炮炸痕还会显露出来。"我总觉得我爸没有死,也许有一天他会平安回来!"他加重语气说。

"唉!"许长坤没有接他的话,只是把烟咬在嘴里,使劲地抽着。厨房里的气氛显得有些沉重。

小爱很快又走进来,将许星阳炒好的青菜端出去。许长坤看着她的背影问:"哎,星阳,你觉得小爱怎么样?"

"小爱?"许星阳怔了一下,"她挺好的啊。"

"那就好。"许长坤朝他眨眨眼,"我看她平时对你星阳哥星阳哥叫得挺亲热的,应该对你印象不错,回头我给你牵个线搭个桥,问问她愿不愿意做你女朋友。"

"别别别,"许星阳满脸通红,急忙摆手,"大伯,咱家情况你又不是不知道,住的还是二三十年前的老旧房子,我要是把人家领回家,还不得把人家给吓着?"

"那你的想法是?"

"等以后咱家在城里买了新房再说吧。"

"那也好。"许长坤点头,"你们安福里应该很快就要拆迁了吧?到时候拿着拆迁款在城里买个房也不是难事。"

"我也是这么想的,只是拆迁的事我妈和葛叔叔他们还在跟拆迁办的人谈,也不知道到底能拿到多少补偿款。"

"你家是两层楼房,加起来面积不算小,而且房后还有猪圈和菜地,按其他地方拆迁的价格来估算,补偿款至少得有一二百万吧。到时候拿着这些钱在城里买个大点的房子,剩下的应该也够你结婚用了。"

"结婚的事情,我暂时还没想过。"许星阳脸上的表情黯淡下来,"如果还有余钱,我还是想把我姐送到省城的医院好好治疗一下,她变成疯子都十几年了,一直没有好转,连自己家里人都认不出来。我上次在电视里看到消息说像她这种情况,如果送到好的专科医院接受治疗,还是有希望恢复过来的。"

"唉,雯雯也是个可怜的孩子!"许长坤一声长叹,抽完手里的烟,感觉喉咙有点痒,张嘴欲咳,许星阳忙说:"大伯,我就知道你抽完烟肯定要咳嗽,您还是到外面去咳吧,要不然外面客人听到,还以为店里的厨房卫生不过关呢。"

许长坤苦笑一声,只好掩着嘴巴往外走,油烟笼罩的厨房里就只剩下了许星阳一个人在炒菜。

十五年前父亲失踪的时候,许星阳才九岁,当时他姐姐许雯雯从大学里放寒假回来,觉得父亲失踪的事情很可疑,就一直在奔忙调查。许星阳清楚地记得那年春节过后不久的一天,姐姐说要去邻近的江通市办事,还说自己会晚一点回家,叫妈妈和他在家里不要等她吃晚饭。妈妈知道她肯定是在调查爸爸的事情,也没有多问。当天晚上,他和妈妈吃完晚饭后在家里等着姐姐,妈妈怕姐姐饿肚子,还特意在锅里给她留了热饭。但是等了一晚上,姐姐也没有回家,打她的手机也没有人接听。

因为有了父亲失踪的前车之鉴,妈妈对姐姐彻夜未归的事情非常着急,第二天天一亮,就马上坐车去江通市找姐姐。可是江通是个大城市,想在城里找一个人,犹如海底捞针,根本就找不到。到派出所报警后,警察按人口失踪案处理,调查了一番也没有任何线索。葛春秋叔叔也过来帮忙,跟妈妈和大伯一起,组织亲戚朋友寻找,但是找了一个星期,也没有找到姐姐。

就在大家都以为许雯雯像她爸爸一样出事了的时候，突然有人在市区一个垃圾堆边发现了她。这时的许雯雯身上只穿着一件单衣，满身伤痕，趴在垃圾堆里陷入昏迷状态。周小艺他们闻讯赶到时，许雯雯已经被好心人送进了医院。经过抢救，她终于苏醒过来，但整个人却变得疯疯癫癫的，不但不记得自己发生了什么事情，更是连家人都不认识，稍有动静就抱着枕头躲在墙角里瑟瑟发抖，或者突然狂躁不安、大喊大叫，甚至对别人一顿撕扯。最后经医生诊断说她得了严重的精神分裂症，说得直白一点，就是疯了。家里把她送到市精神病院治疗了一段时间，可惜病情没有任何好转。自打许敬元出事后，家里就断了经济来源，生活变得困难起来，住院的花销又很大，最后没有办法，只好把她接回家关在房间里，由周小艺每天照顾着。

几年时间过去，许敬元仍然没有半点消息，外面都传言他被唐缨一脚踹下河后淹死在了春水河里，可是警方在下游搜索过，并没有找到他的尸体。没有了顶梁柱，这个家一下就垮了，幸好葛春秋古道热肠，经常过来帮忙，周小艺带着两个孩子才勉强撑下来。

后来在许长坤的提议下，经过家属申请，人民法院正式宣告许敬元已经死亡。没过多久，经熟人撮合，周小艺就跟葛春秋走到一起，组成了一个完整的家庭。葛春秋承包了村里的鱼塘，干起了水产养殖，又在自家二层小楼后面盖了个猪圈。周小艺就在家里养猪，干家务，照顾女儿，一家人的生活这才稍稍有了起色。

父亲出事后，许星阳在学校里就经常被人欺侮，同学们都叫他"小强奸犯"，学习成绩一落千丈，性格也变得内向敏感。初中毕业后，他没有考上高中，进入职校学了两年厨艺，毕业后就去广东打工了。

这个时候许长坤那因车祸瘫痪在床的妻子已经病故，他接手了村里的厨师队，十里八乡的乡亲哪个家里有喜事都请他上门办酒席，挣了些钱后，就在城里租下门面，开了这间好煮意饭馆，生意还算过得去。三年前许星阳从广东回来，到伯父店里打工，先是给伯父做帮厨，后来渐渐地能在厨房独当一面了，打从今年开始，许长坤干脆让他做主厨，自己乐得当个甩手掌柜。自打妻子过世，家里没有了至亲之人，许长坤就把许星阳这个侄儿当成自己的儿子，心里暗暗打算着，如果星阳这孩子以后没有更好的去处，那就把这间小店传给他算了。

下午两点多，午餐时间过去，餐馆里的顾客渐渐变少，许长坤和许星阳，还有服务员小爱，才闲下来坐在一起吃午饭。

"星阳哥，今天店里生意这么好，你在厨房累坏了吧？你别光吃青菜啊，要多吃点肉才有力气干活。"小爱夹了一筷子青椒炒肉往许星阳碗里放。"不、不了，我吃不了这么多……"许星阳端着饭碗的手缩一下，小爱给他夹的菜差点掉在桌上。"怎么了？"小爱问。许星阳一面低头吃饭，一面说："没事，吃饭吃饭！"

小爱是一个特别热心的姑娘，平时吃饭的时候总把好菜夹给许星阳，许星阳倒也没觉得什么，今天中午伯父在厨房跟他说要做媒让小爱做他女朋友之后，他再见到小爱总觉得有点不自然，她再在饭桌上给他夹菜，他的脸像烫了一下，立马就红了。

许长坤在一旁看着，不由得哈哈大笑起来。小爱不明所以，看看许星阳，又看看他："坤伯，你笑什么嘛？"许长坤急忙摆手："没什么没什么，吃饭吃饭！"

午饭吃到一半，许星阳的手机响了，一接听，是周小艺打过来的。

"星阳，你快来，你葛叔叔出事了！"周小艺在电话里朝他喊。他腾地站起身："出什么事了？"

"他被拆迁队的人打成脑出血，现在还在医院抢救，人民医院急诊楼三楼，你快来！"周小艺在电话里边哭边说。

挂掉电话，许星阳推出停在饭馆旁边的摩托车往外走，许长坤和小爱端着饭碗追上来问怎么了。许星阳说："葛叔叔被拆迁队的人打了，现在在医院抢救，我过去看看！"他跨上摩托车，一轰油门，急匆匆往人民医院方向开去。

来到人民医院急诊大楼三楼，许星愿并没有找到妈妈和葛叔叔。护士告诉他葛春秋被抢救过来后送到了住院部，他又三步并作两步地赶到住院大楼，一进病房，看见葛叔叔鼻子上插着氧气管，脸色苍白，闭着眼睛躺在病床上。周小艺一个人不安地守在病床前。"妈，葛叔叔怎么样了？"许星阳喘着粗气问。周小艺看见儿子来了,眼泪又冒出来:"急诊那边已经抢救过来了,医生说没什么大碍。本来刚才醒了一会儿,结果现在又昏睡过去了。"

许星阳也跟着心急,葛春秋作为继父对他其实挺好的,一直把他当亲生儿子看待,但是他还是一直叫葛叔叔,没有改口叫爸爸。在他心里,许敬元才是唯一的爸爸,而且爸爸只是失踪,没有确认死亡,也许有一天他还会回来的。

"到底怎么回事?"他找了张凳子在妈妈身边坐下,"怎么搞成这样?"

周小艺气愤地说:"还不是拆迁的事情闹的。"

他们所住的安福里及周边地块被一家叫作大铭集团的房地产公司看中,准备在这里开发一个大型商业项目,目前正在进行住户拆迁腾空土地等前期工作。许星阳他们家不但有两层小楼,而且后面还有猪圈和一块菜地,参照附近其他地方的拆迁补偿价格,他们家至少可以拿到一百五十万元的拆迁款,可是拆迁办的人给他们开出的价格只有八十万,比预想的差一大截。而且现在城里的房子特别贵,家里全拆掉了,拿着这八十万在城里根本买不到像样的房子,价格谈不拢,所以他们家就一直耗着,没有在拆迁合同上签字。

不料今天中午,村里一下子拥进来四五十个身穿迷彩服手持粗木棍的大汉,据说是拆迁队的人,拿着拆迁合同挨家挨户逼着村民在合同上签字,稍有反抗,就以武力相威胁,一些胆小的村民被吓得战战兢兢地在这份明显有失公平的合同上签了名。

当拆迁队找到周小艺家,葛春秋手持铁锹守在屋门口说:"我们要求的拆迁价格一点都不过分,如果达不到咱们的要求,我宁愿当个钉子户也绝不会在合同上签字。"后面几户村民见有人领头,也都站出来拒绝签字。拆迁队的人大为恼火,就与葛春秋他们几个村民起了冲突,争吵喧闹中,葛春秋被恼羞成怒的拆迁队队长推倒在地,当时就歪着嘴巴躺在地上起不来了。拆迁队的人以为他是装的,还上前踢了他两脚。直到周小艺叫来医院救护车,医生看了说恐怕是脑出血,得赶紧送院抢救。拆迁队的人一见要闹出人命,这才呼哨一声,作鸟兽散。

葛春秋被救护车拉到医院后立即进行抢救。周小艺被关在急救室门外一时六神无主，这才想起给儿子打个电话。打完电话没多久，医生将葛春秋抢救过来并送到了住院部。她刚给丈夫办完住院手续，许星阳就到了。

"星阳，你知道带人推倒你葛叔叔的那个拆迁队队长是谁吗？"周小艺问。

"谁？"

"窦武。"

"是他？"许星阳不觉意外。虽然他跟窦武不熟，但也知道他就是当年光明高中操场翻新工程施工队的队长，他跟他的老板雷大铭，还有当时光明高中校长、现在已荣升教育局副局长的孔伟德，都是他爸爸失踪前最后跟他爸爸在一起的人，当年甚至还有传言说他爸爸的失踪跟他们有关，好像警方还调查过他们，最后证实只是一个谣言。

"还有呢，"周小艺煞有介事地说，"我听说在村里征地的那个房地产公司的老板，就是当年的包工头雷大铭。"

许星阳并不觉得意外。这些年他多少听到一些消息，当年承包光明高中操场翻新工程的包工头雷大铭从学校赚到第一桶金后，很快就成立了自己的建筑工程队，到处承揽工程，后来房地产兴起，他看准时机，又成立了房地产公司，市里好几个高档楼盘都是他们开发的。现在他的"大铭企业集团"已经像滚雪球一样越做越大，不但搞房地产开发，经营夜总会休闲会所，手底下还有一个拥有数百名员工的建筑公司。靠着他舅舅孔伟德的关系，近十年来全市所有跟学校和教育系统有关的基建工程，基本上全都被他们公司包揽了。他现在已经是光明市著名企业家，还是市政协委员，电视台本地新闻里经常会出现他的影像。

"那个窦武，把葛叔叔推倒在地闹成这样，就不管了吗？"他问。

周小艺说："可不，看见救护车来了，他们就一哄而散了。"

"太过分了。"许星阳站起身，"不行，我得、我得……"

"你想干什么？"

许星阳心中怒气难平，本想说我这就去找他们，但想了一下，最后嗫嚅着说："我、我这就去报警，找他们要个说法。"

"算了星阳，他们跟警察熟得很，报警也没有用的。"说这话的，是刚刚苏醒过来的葛春秋。虽然他嘴角还略有歪斜，但脸色缓和了许多，也有了些说话的力气。

许星阳见他已经没有什么大碍，这才放心。"那这个事情难道就这么算了吗？"他说。

葛春秋说："那还能怎么样？我干脆真的死了可能还好些，毕竟事情闹大了，他们也许会有所忌惮，可惜我又没事……"说完他叹了口气。

"瞧你这话说的？"周小艺白他一眼，"是怪我不该把你送到医院来是吧？早知道我就……"

葛春秋在妻子面前完全没有脾气，一见周小艺朝他翻白眼，马上就笑了："我这不是随口说说嘛。这事当然不能就这么算了，不过不用咱们去找他，只要不在拆迁合同上签字，他们就还会乖乖来找咱们。我已经跟其他几户村民商量好了，如果他们不加价，咱们就绝不拆迁，大不了做个钉子户，他们来求咱们的日子还长着呢，这笔账等最后跟他们一起算。"

周小艺点点头："也只有这样了。"

葛春秋用挂着吊瓶的手摸摸肚子，说："我有点饿了，能不能到外面买点瘦肉粥给我喝？"

周小艺知道他最爱喝自己煮的瘦肉粥，就起身说："外面买的粥味精放得太多，还是我回家给你做吧。"葛春秋点头说："那也行，让星阳在这里陪我就行了。"

周小艺跟儿子交代几句，就回家给丈夫煮粥去了。

葛春秋向许星阳招招手说："星阳，你坐过来，我有话对你说。"许星阳心生疑惑，起身在他病床前坐下。葛春秋拉着他的手说："星阳，刚才葛叔叔只是让你妈安心才那么跟她说的，其实我这次确实挺危险的，算是在鬼门关打了个来回，现在想想都后怕。倒也不是怕死，我都这么一把年纪，死就死了，也算不了什么，只是我心里头有一个秘密，还一直没来得及跟你说，我就怕这么被我带到棺材里去。"

许星阳一怔，问："什么秘密？"

葛春秋往病房门口看一眼，见没有人进来，才压低声音说："这个秘密，很可能跟你爸失踪的事情有关。"许星阳见他说得如此郑重，不由得坐直了身子。

葛春秋说："你爸失踪那天天气很冷，晚上我在春水河边放地笼鱼笼，就是你以前见过的那种能让鱼儿只进不出的鱼笼,前一天晚上放到水中,第二天早上来取,鱼笼里就会钻进很多鱼。大概是晚上八点多,我放完最后一个鱼笼,从水里爬上岸准备回家,忽然看见有一个男人从河岸边爬上来,浑身湿漉漉的,冻得直发抖,一只脚穿着鞋子,另一只脚光着,边拧着衣服上的水边往大堤上走。"

许星阳像是突然想起什么,问他:"你看见这个人的地点,距离唐缨家菜地有多远?"

"很近的,估计也就几十米距离,但是中间有一排果树挡着,这个位置看不到菜地那边的情况,当然,从菜地那边也看不到这里。"

许星阳的心猛地一跳:"这个人是我爸吗?"

"这个事情怪就怪在这里。"葛春秋摇头说,"这个人并不是你爸。"

许星阳皱眉道:"从时间地点上看,此人显然就是那个强奸唐缨后坠河的男人,他的一只鞋掉在菜地里,所以从水里爬上来的时候光着一只脚。"

"确实是这样。当时我以为是哪个在河边夜钓的人不小心掉到河里去了,所以没有多想。"

"你确定这个人不是我爸?"

葛春秋点点头:"我非常确定。我认识你爸,虽然当时天色黑麻麻的,我没怎么瞧清那个人的脸,但可以肯定,这个人绝不是你爸。"

"这么说来,强奸唐缨的人确实不是我爸!"许星阳目光闪动着,"你为什么不早说?"

"事后我回想这件事,越想越觉得可疑,便跟你姐姐提起过,你姐姐也和你推断的一样,她觉得肯定是有另外一个人穿着你爸的皮鞋,骑着他的摩托车,甚至冒充他强暴了唐缨。雯雯还推测你爸是在学校出事的,所以她后来去了学校调查。只是让人没有想到,最后她自己竟然也出事了……当时我就觉得这事不简单,肯定有一双看不见的手在暗中操纵着。可是十五年前你才九岁,家里只有你妈一个大人,我不想你们再出什么事,犹豫好久,最后还是把这个事情藏在了心里。今天我出了这样的事,差点说没就没了,醒来后我思来想去,觉得还是要把这个秘密告诉你,要不然等哪天我死了,这个秘密就真的要被我带进棺材里去了。"

葛春秋说完后,像是了却了一桩心愿,喘一口气,又虚弱地闭上了眼睛。

许星阳听完他的话，不由得想起十五年前姐姐失踪多日后被人在垃圾堆里发现的情景。姐姐被送到医院治疗时，医生检查后说姐姐曾被人多次殴打和凌辱，遭受了非人的折磨，最终导致身体和精神双重崩溃，神经错乱，精神失常。后来妈妈报警，警方怀疑姐姐遭遇了人贩子，被人贩子囚禁殴打和轮奸，最终导致精神分裂，变得疯疯癫癫的。然而警方的调查不了了之，根本没有任何结果。

此后姐姐的精神状态一直没有好转，所以到底发生了什么事，她在失踪的那段时间里到底经历了怎样的人间炼狱，也就没有人知道。但是现在看来，当年对姐姐施暴的显然不是临时起意的人贩子，姐姐的遭遇应该跟葛叔叔告诉她的这个秘密有关。姐姐从小就聪明勇敢，小时候看侦探小说，往往才看到一半就已经推断出结果。她从葛叔叔告诉她的事情出发，肯定已经查到爸爸失踪的一些秘密。听妈妈说她那天去江通市也是为了进一步调查真相。

从现在的情况来看，姐姐显然已经查到了什么，或者是掌握到什么证据引起了坏人的警觉，他们便把姐姐抓起来折磨她。直到确认她疯了，无法再构成威胁，才将她扔在垃圾堆里。也就是说祸害姐姐的人，跟谋害爸爸的，是同一伙人。

"原来是这样！"这个笼罩在许星阳心头十多年的谜团终于打破了，他双拳紧握，从床沿站起身，"这帮畜生，我、我这就去报警！"自从九岁那年他被村里的小伙伴欺侮，甚至被人扔鞭炮炸伤额头后，他就变得孤僻内向，谨言慎行，所以遇到事情首先想到的就是去找警察。可是再一细想，十五年前他们就怀疑爸爸已经遇害，要求警方启动命案调查，警方说证据不足，没有正式立案，只同意按人口失踪案的程序来调查。在警方那里，凡事都要讲证据，自己仅凭葛叔叔这些无凭无据的话，就想要警方重新调查十五年前的案子，只怕有些困难。

想到这里，他不由得泄了气，转头看向葛春秋，想找他商量个主意，葛春秋刚刚才被医生抢救过来，本就十分虚弱，又一口气讲了这么多话，已经相当疲惫，早已闭上眼睛昏昏沉沉睡了过去。

他不好再叫醒他，好在病房里没有别人，便屋里来回走了几圈，思来想去,还是觉得无论如何要先找到证据。既然事情的源头在唐缨那里,就还是得先找到她。葛叔叔已经看清当天晚上从菜地附近的河水里爬起来的人并不是他爸,那只能说明事情存在两种可能:第一,唐缨受人指使,故意诬陷他爸爸是强奸犯;第二,她在黑暗中看错人,误将别人认成了他爸爸。不管怎样,还是先找唐缨问清楚再做打算。

他刚打定主意,病房的门忽然被轻轻敲响,转头一看,没想到小爱提着一袋水果和一个饭盒走了进来。

"小爱,你怎么来了?"他迎上去问。

小爱朝病床上的葛春秋看看,小声道:"我给周阿姨打了电话,她说葛叔叔已经抢救过来,没有什么大碍了,我和坤伯这才放心。坤伯买了点水果,让我提过来看望葛叔叔。"她把水果放在床头柜上,又把手里的饭盒递给许星阳,"我看你中午也没吃什么饭就赶来医院,所以顺路给你买了点吃的。"许星阳从她手里接过热乎乎的饭盒,脸上没来由地红了。

好在小爱并没有注意他脸上的表情,一边给他倒茶一边说:"坤伯让我告诉你,店里厨房的事他暂时顶着,你先照顾好葛叔叔,什么时候回去上班都行。"

许星阳点头说:"好的,我知道了。"

第八章　血染危墙

傍晚，夏蕊蕊背着印有小公主苏菲亚卡通图案的书包，一蹦一跳地去往外婆家。今年十二岁的夏蕊蕊正读小学六年级，在单亲家庭里长大。母亲夏婕从明天周日开始要去外地出差两天，便叫夏蕊蕊去外婆家住两晚，周一早上让外公送去学校。

去外婆家的路不太远，沿着楼下的健康路往南走，走到路尽头的实验中学门口拐个弯，再沿着竹马街往前走几百米就到了，她外公外婆都是国营机械厂的退休职工，就住在那个机械厂家属大院里。因为妈妈平时太忙，她经常一个人去外婆家，早就熟门熟路了。

从家里出来时，天上正飘着细雨，路上的行人都脚步匆匆，她却完全不当回事，伸出手掌接住飘下的雨丝，用舌头舔一下，嗯，好像有点甜呢！她在衣服上擦擦手，咯咯地笑起来。

几分钟后雨势变大了，此时她快走到了实验中学前面，她没有带伞，怕是要挨浇了。不过这也难不倒她，她知道有一条近道可以缩短好几分钟的路程，起码能少淋点雨。

原来在实验中学后面，有一条碎石路直接连通健康路和竹马街，如果抄这条近道，就不用从学校门口拐个大弯，能少走好几分钟。她看着天色愈发阴沉，担心雨越下越大，所以没有犹豫，沿着实验中学的围墙走上了那段碎石路。

实验中学是一所初级中学，因为学校明年要改成全员寄宿制，宿舍不够用，所以今年就在学校后面圈了块地，新建了两栋五层高的学生宿舍楼，并在宿舍楼后面紧挨着碎石路边加建了一道三米高的围墙。工程刚刚做完，搭在外面的脚手架和挂在脚手架上的深绿色安全防护网都还没来得及撤掉。

碎石路只有一条车道的宽度,偶尔有一辆三轮车驶过,轧得路边石子到处飞溅。夏蕊蕊一路小跑,刚到学校后门附近,忽然"轰"的一声,天空中响起一道炸雷,紧接着雨势突然变大,雨点像断了线的珠子,哗哗啦啦直落下来。夏蕊蕊没想到大雨来得这么快,往四周看看,没有什么可以躲雨的地方,她暗暗着急,不知如何是好。

夏蕊蕊的心情有点沮丧,她把书包举到头顶,忽然看见旁边脚手架上的防护网有个破洞,立即钻了进去,围墙内的琉璃瓦顶伸得很长,正好可以挡住一些雨滴。她抱着书包紧靠着围墙,仰头看着外面的天空,希望大雨赶紧过去。就在这时,身后传来咔嚓一声响,似乎有什么东西裂开了。夏蕊蕊条件反射地回头看过去,天空又响起一声炸雷,震得脚下的大地都跟着抖动起来。

这个十二岁的小姑娘有些害怕,叫了一声"妈妈",夹杂着哭腔。忽然间身后的围墙像大山一样倾覆下来。她没来得及发出任何声音,就被一堆断砖碎瓦掩埋掉了。

大雨下了三个多小时,一直到晚上九点多才停。学校的保安员小钟透过保安室的窗户玻璃看见外面的雨势完全停住,才一边嗑着瓜子,一边拿着手电筒,开始今晚的第一次例行巡逻。

他在学校溜达一圈,没有发现任何异常。今天是周末,学校里没有学生和老师,只有校长办公室的灯还亮着,估计成校长还在学校加班。校园里十分安静,除了房顶的积水沿着屋檐滴下的滴答声,听不到其他声音。

他巡逻到学校后边,远远地用手电光朝刚建好的两栋宿舍楼照了照,楼下堆着一些装修材料,建筑工人已经全部撤走,装修工人又还没有进场,平时这里根本不会有人过来。他晃了两下手电筒,正想掉头离开,忽然有些尿急。

这里距离学校的公共厕所还有好几百米,他实在懒得走过去,四下里瞧瞧,就绕到楼后面拉开裤子拉链准备就地解决,却被一阵凉凉的夜风吹得哆嗦了一下。奇怪,这里有围墙挡着,外面的风怎么能吹进来呢?他用手电筒朝围墙上照照,忽然"妈呀"一声,往后退两步,一泡尿硬生生给憋回去了。后面这排围墙,不知道什么时候竟然向外倒塌了十多米长的一段,夜风从断墙处吹进来。

他连裤链也顾不上拉,急忙掏出手机打校长办公室电话:"喂,成校长,我是保安小钟,学校后面新砌的围墙倒了一截,您赶紧过来看看吧!"

成校长在电话里答应一声,很快拎着一支手电筒匆匆赶到新宿舍楼后面。顺着小钟的手指方向,他把手电筒照过去,发现这堵砌好没两天的围墙真的坍塌了一大截。小钟说:"今天雨下得挺大,估计是新墙未稳,被大雨淋倒了。"

"放屁,什么新墙未稳,你见过一阵雨就能淋倒的墙吗?"成校长站在断墙边气愤地骂道,"妈的,根本就是一个豆腐渣工程!"他的手电筒在断砖碎瓦里晃两下,忽然"咦"的一声,手电光似乎照到了什么布料之类的东西,定神再看,好像是一只被砖头压住的书包。

保安小钟显然也看到了,疑惑地问:"怎么会有一只书包呢?是不是哪个学生扔在这里的?"

成校长心里升起一阵不祥之兆,急忙走进断砖碎瓦里,用手清理掉书包周围的砖头瓦块,只见一个十多岁的小女孩两手紧抓书包扑倒在地,身子下是一摊已经被雨水冲淡的血迹。

"啊,有人?"小钟惊得差点连手电筒都掉下来。成校长颤抖着伸手探探小女孩的鼻息,早已经断气,再一摸她身上,一片冰凉。他不由得呆住。小钟在后面颤声问:"她、她死了吗?"成校长木然点头。小钟赶紧拿出手机,按了三个号码,成校长蓦然回过神来,问他:"你干什么?"小钟说:"出人命了,赶紧报警。"成校长冲过来一把夺过手机:"先别急着报警,让我来处理!"

"可是……"小钟犹疑着往断墙处看看。

"我说了让我来处理!"成校长见他这么不懂事,恼火地瞪他一眼,"你去楼前面守着,没有我的允许,谁也不准靠近这里。"小钟虽然不明白他的意思,但还是挺一下胸脯说"是",马上跑到宿舍楼前面放哨去了。

等他离开后,成校长又认真观察一下现场,围墙虽然是向外倒塌的,但被外面的安全防护网挡着,只有一些碎片溅落出去。以防万一,他特地钻出防护网站在碎石路上查看情况,防护网颜色深,网孔密,从外面看,倒是很难看出倒塌的围墙。他这才略略放下心,拿出手机拨通一个号码:"孔局,我是实验中学成功,学校出大事了!"

"出什么事了?"电话那头是光明市教育局副局长孔伟德。成校长隐约听到对方手机里有搓麻将的背景音,估计他正坐在麻将桌边,就先问了一句:"您那边方便说话吗?"

"等等,我出去说。"孔伟德停顿一下,电话里传来开门关门的声音,"可以说了,到底是什么事?搞得这么火急火燎的?"

成校长说:"孔局,刚刚下大雨,把学校新宿舍楼后面的围墙给淋垮了。"

"今晚雨下得那么大,新砌的围墙根基不稳,被雨水淋垮也不奇怪,你直接给工程承包方打电话,叫他们给修补好就行了,给我打电话干什么?我又不会砌墙。"孔副局长在电话里没好气地说。

"不光是倒墙的问题,"成校长舔舔干裂的嘴唇说,"不幸的是,有一个十多岁的小女孩,估计是站在围墙下躲雨,正好被倒塌的墙压住了,我发现的时候,她已经断气了。"

孔伟德好像牙疼似的"嘶"了一声:"居然还有这么巧合的事情?"

"是呀,就是这么巧,现在我就站在断墙边,孩子的尸体就在我眼前呢……我早就跟您反映过,大铭公司使用的水泥质量不过关,而且量也不够,我看了一下,砌进墙里的几乎全是沙子和石灰,根本看不到什么水泥,还有,他们图省事,墙基也挖得不够深,你说这能不出事吗?那两栋学生宿舍楼用的也是同样的水泥,我担心会不会……"

孔伟德不耐烦地打断他的话:"都什么时候了,你跟我扯这些有什么用?再说了建筑公司不偷工减料省下一点钱,你怎么能捞到那么多好处?你以为送你的那些钱,都是从天上掉下来的啊?"

"我……"成校长好像被点中哑穴,顿时说不出话来。

孔伟德在电话里继续说道:"再说了,大铭公司也是通过正规手续,在公开招投标中中标揽下你们学校新宿舍楼和围墙建设工程的,他们是有资质的合法正规公司,这些事情又不是我让他们干的,你跟我说有什么用?"

如果不是你打招呼,他们能中标吗?这句话憋在成校长心里,差点脱口而出。但最后还是忍住了,事到如今,他们已经是拴在一条绳子上的蚂蚱,再说这些抱怨的话也无济于事,要怪就只能怪自己没有经受住诱惑,被孔伟德和大铭公司拉下了水。现在因为围墙建筑工程质量不过关而闹出人命，后悔也来不及了，还是赶紧找孔伟德讨个主意，看看怎么解决眼下这个难题吧。

"孔局，那您说现在该怎么办？"他问。

孔伟德想了一下："这事除了你，还有谁知道？"

成校长下意识地往宿舍楼那边望一眼："是学校保安小钟巡逻发现问题后告诉我的，这事现在只有我和他两个人知道。不过您放心，小钟是我一个远房表姐的儿子，人很老实听话，我会让他保守秘密的。"

"那就好，你在现场守着，不要再让任何人知道这个事情，我给雷大铭打电话，让他赶紧去学校处理。"

成校长"哦"了一声，孔伟德听出了他的担忧，又补充说："你不用担心，他们对这样的事情有经验，会干干净净处理好，不会牵扯到你头上的。"

成校长挂断电话后在心里骂了一句娘，暗道什么叫不会牵扯到我头上，这不就已经把我牵扯进来了吗？早知道这钱收得这么烫手，当初大铭公司往我办公桌抽屉里塞钱的时候，就应该严词拒绝，现在说什么都来不及了。他用力地搔搔头，好像这样就能把满头烦恼都挠走似的。

他站在宿舍楼后面等了十几分钟，看见一辆黑色奔驰越野车开进学校，一直开到楼前才停下。车门打开，走下来两个人，一位是大铭集团的董事长雷大铭，另一位是集团下属的大铭建筑工程公司总经理窦武。现在的雷大铭，跟十几年前相比，身体已经发福，像是横向生长了一倍，脸上两坨肥嘟嘟的胖肉好像随时会掉下来，一改十几年前那个瘦得像猴精似的小包工头形象。他身上穿着唐装，手里拄着一根文明杖，脚下穿着一双老北京布鞋，迎着成校长走过来。

"什么情况？"他开口第一句话就直接发问。成校长边说边领着他往断墙处走："雷总，学校新砌的围墙被雨冲倒了，我检查的时候才发现下面压着一个人。"他拿着手电往小女孩的尸体上照一照。雷大铭只看一眼就转过身去："哎呀，太惨了，我这人菩萨心肠，最见不得这样的人间惨景。成校长，你们是怎么搞的，有人在围墙下躲雨也不知道？而且还是个孩子！"

成校长一愣："学校四面都有围墙，我怎么知道会有小孩子在围墙边躲雨?"

窦武跟着自己的老板帮腔说:"老成,这完全是你们学校的疏忽啊,你明明知道这堵围墙是新建的,就应该在外边竖块牌子,上面写上'新建围墙,严禁靠近',不就可以避免这样的悲剧了吗?"

成校长被这番逻辑气到了:"你的意思是说,围墙连这点风雨都抵挡不了,突然坍塌压死了人,还是我们学校的管理责任了?"窦武一拍巴掌:"当然啊,这不是明摆着的吗。"

成校长气愤地说:"你可真是推得一干二净啊!当初砌墙的时候我就跟你们说了,这些水泥都是冒牌货,质量不达标,而且从水泥砂浆配比来看,水泥的量也不够。你们不听我的,还说公司一向都是这么干的,从来没有出过事。现在好了,这不就出事了吗?你们做的分明就是豆腐渣工程,我现在最担心的是后面这两栋宿舍楼会不会也出什么事,这样的豆腐渣工程里面到底能不能住人。"

"你他妈这么说是什么意思啊?"窦武本就是个粗人,爆起粗口来一点不含糊,"这个时候嫌工程质量不过关了,当初你收钱的时候怎么不说啊?再说了,要是处处都用最好的建材,从哪儿省钱请你吃饭,给你送礼?"

"你……"成校长被他呛得说不出话来。

雷大铭居中调停:"好了,老窦,少说两句,我相信成校长跟咱们一样,都不希望发生这样的事。悲剧既然已经发生,争论是谁的责任意义不大,眼下最要紧的是想办法把这事给悄无声息地处理好,不要留下什么后患。"

"这都已经闹出人命,还能怎么处理?"成校长说,"要不干脆报警吧?"

"你有病啊,警察查下来,在场的谁都不干净,大伙都得跟着你坐牢!"窦武瞪着他吼道。雷大铭说:"是啊,成校长,报警显然不是最稳妥的办法。要不这样吧,您是一个教书先生,不善于处理这种事,也不宜出面处理,这事就由我来搞定,保证不会牵连到你,也不会给学校增添任何麻烦。"

"那……我要怎样在幕后协助你们?"成校长问。雷大铭摆摆手:"我们不需要你的任何协助,你现在唯一要做的就是赶紧回家上床好好睡一觉,到了明天早上,你会发现太阳照常升起,一切风轻云淡,又是全新的一天。"

"什么意思?"

窦武不耐烦地说:"就是叫你赶紧滚蛋的意思!这事我来处理。真是百无一用是书生,出了事你除了会给孔局长打电话还会什么?记住了,以后再发生这种事,你就别惊动孔局长他老人家了,直接给我和雷总打电话就行,应付这样的事咱们有经验……"

"行了,老窦!"雷大铭两眼一瞪,窦武这才知道自己说漏了嘴,赶紧闭上嘴巴不再说话。

成校长巴不得把自己跟这事的关系撇得一干二净,忙说:"既然这样,那这里就交给你们,我先回了。"

他掉头要走,"等等,"雷大铭叫住他,从口袋里掏出一个信封,"这里是五万块现金,你拿去给外面那个放哨的小保安,让他把嘴封住。"成校长犹豫一下,还是伸手接过信封。

等他离开之后,雷大铭的脸马上沉下来,手里的文明杖用力往窦武身上一戳:"你是怎么搞的,连个围墙都砌不好,是想要害我去坐大牢吗?"窦武低下头来:"雷总,我也不知道这批水泥质量这么差,再说用这个水泥你也同意了啊。"

雷大铭怒声道:"我是同意了,可我没同意你搞出个豆腐渣工程来砸死人啊。现在你说该怎么办?"

窦武也知道自己对雷大铭忠心耿耿,他不会真的责骂自己,就笑嘻嘻地说:"不就死了个小孩吗?我保证给摆平,而且把活做得神不知鬼不觉。您老人家就安心回去陪孔局长打麻将吧,这里我来处理。"

雷大铭也知道他是自己最忠心的马仔,说了句:"行,你办事我放心!"就掉头钻进奔驰车里,驶离现场。

目送着老板离开,窦武才松下一口气,从手机里翻出一个备注名叫飞仔的电话号码,拨打过去,对方很快接听电话:"武哥,有事?"窦武说:"有点事想请兄弟帮忙,你把你的小货车开到实验中学后面,我在那里等你,见面再说。"

飞仔没有犹豫:"行,我马上到。"

讲完电话,窦武踏着满地砖头瓦块,从小女孩尸体边走过,掀起外面的防护网,一猫腰,钻了出去。外面是一条狭窄的碎石路,两边没有路灯,一眼望去,黑乎乎的看不到一个行人,也看不到一辆车。路的另一边有一个小湖,湖里应该养了些鱼,夜风从湖面掠过,吹来阵阵鱼腥味儿。他回头朝学校这边张望,因为有几米高的安全防护网罩着,站在路上完全看不到网内的情形。他放下心来。

刚才他电话联系的那个飞仔,全名叫张飞,是他认识的一个在黑道上混的兄弟,极讲义气,帮他平过不少事,当然,他也从没亏待过他。张飞曾搭着他的肩膀说:"武哥的事就是我张飞的事,只要你发个话,上刀山下火海,杀人放火抢银行,我都是那句话,干他娘的!"

窦武在碎石路边没等多久,一辆小型厢式货柜车就开了过来,一个二十多岁的平头男子从驾驶位跳下车,迎着他问:"武哥,这么晚找我有啥事?"窦武亲热地搂着他的肩膀:"有个事情想请你帮忙处理一下,我先给你五万定金,处理完确认没有留下尾巴后,再付五万尾款,怎么样?"飞仔也不问他是什么事情,爽快点头应承下来。

窦武带着他钻进防护网,用手电朝小女孩尸体上照一照,飞仔脑子转得快,一看就明白过来:"武哥,是不是工程出了事故,砸到人了?"窦武瞅他一眼,没有吭声。飞仔打了自己一个嘴巴:"行行,不该问的别问。您说吧,要我怎么做?"

"把尸体拉走,找个没人的荒郊野地埋掉。记住,一定要埋得深一点,让人永远找不到。"

飞仔大大咧咧地拍着胸脯说:"行,小事一桩,武哥你放心,我保证给你办妥帖。"

"好兄弟!"窦武拍拍他肩膀,"你我也不是第一次合作了,你办事我放心。"二话没说,从提包里掏出五捆已经用橡皮筋扎好的百元大钞递给他。飞仔数也没数就揣进自己口袋,然后说:"武哥,我要干活了,您回避一下,这种事最好别看,我怕你夜里睡不着觉。"

窦武笑骂道:"滚,甭来这套,老子什么烂事没见过,赶紧干活吧!"

飞仔扑哧一笑,掏出一双白手套戴上,抱起砖堆里的小女孩尸体,连同书包放在了自己的车厢里,然后朝窦武挥挥手:"走了武哥,这事您就当到此为止了,甭操心,我保证不给您留半点尾巴。"窦武朝他竖一下大拇指,飞仔坐在驾驶位,冲着后视镜里朝他敬了个礼,然后发动货车快速离开了现场。

窦武又用手电筒朝小女孩趴过的地方照照,除了一摊淡淡的血迹,再无其他痕迹。他到学校厕所里提来两桶水，把血迹冲洗干净，又坐在旁边抽根烟休息了一阵儿，便拿起手机打电话："阿超，实验中学这活，你们是怎么干的？后面围墙都给大雨淋垮了十几米，妈的，明天公司雷总和学校领导就要来检查工程，你叫老子怎么办？补？怎么补？"

电话那头的阿超，是负责砌墙的小包工头，讨了个四川老婆，连说话也带上了一点川音："龟儿子，这个容易啊，不就补十几米围墙吗？我立马叫上几十个兄弟过去，保证在天亮之前把墙给补上，保证看不出半点补过的痕迹，保证不会影响明天领导检查。"

窦武要的就是他这句话，点头说："行，我提两点要求，第一，悄悄地干活，千万别闹出什么大动静。这围墙还没拆脚手架就倒了一大截，事情要是传扬出去，人人都知道咱们干的工程有质量问题，以后也别想再接到活了。第二，管好你手底下的工人，埋头干活，不要多问，也不要乱讲，这事只能烂在肚子里。当然了，这么晚叫兄弟们出来干活加通宵班，确实有点过意不去，干一晚我给补三天工资，干完活明天上午就结账。"

"行，我代兄弟们谢谢武哥了！"阿超在电话那头说了一通感谢的话。一切都安排妥当，窦武终于长舒口气。

半个小时后，阿超带着三十多个建筑工人，还有工具和建材，进到了学校。先将倒掉的断砖碎瓦全部清理干净，然后几十个工人一起开工干活。因为包工头事先有交代，所以大家只顾埋头做事，几乎没有人说话，场面热火朝天，但现场却异常安静，上上下下透着一股诡异的气氛……

成校长一夜无眠，心里像压了块石头。第二天早上来到学校，忐忑不安地走到宿舍楼后面一瞧，不由得目瞪口呆。后面围墙倒掉的那一段已经被人连夜修复如初，整堵围墙完全看不出任何出过事故的痕迹，就连外面的脚手架和防护网也一并拆除了。一堵崭新的围墙立在面前，让他几乎怀疑昨晚发生的一切，会不会是他做的一场梦。

"成校长好！"

"哦，你好你好！"他离开宿舍楼时，正好遇到早上接班的保安员小秦向他打招呼。昨晚雷大铭交给他的五万元，他自己留下一万，剩下的四万给了小钟，让他值完这个晚班马上回老家休息一个月，等他电话通知后再来上班。小钟拿过钱，高兴地答应了。

第九章　废柴刑警

星期一上午九点多，毛乂宁拎着两个肉煎包，晃悠着到刑警大队上班。走进办公室，见偌大的办公室里只有新来的年轻警员邓钊拿着拖把在拖地，奇怪地问："小钊，其他人呢？"

邓钊往后面的会议室努努嘴："听说有大案子，马队正召集大伙开会呢。哎毛哥，你怎么不去开会啊？"

"我没接到通知，应该没我什么事儿吧。"毛乂宁打来热水，给自己泡了一杯麦片，拿出肉煎包，在办公桌前吃起早餐。一时间麦片的香味和隔夜包子的香味混合在一起，整间办公室弥漫着一股奇怪的味道。邓钊被熏得悄悄皱眉，赶紧拎着拖把转移阵地，跑到外面走廊打扫卫生去了。

十五年前吴锐还在刑警大队当大队长，毛乂宁是他的助手，两人关系还算不错，但是后来毛乂宁暗中帮助许雯雯调查其父疑似被杀的事情，让吴锐察觉到了，虽然吴队没有声张，但在警队里把毛乂宁打入了冷宫。后来吴锐接连办了几件大案，立了功，升了副局长，几年前又当上了市局政委，当年跟他亲近的几名警员也都升职了，只有毛乂宁因为得罪了他，一直被他踩得死死的，干到现在还只是一个小刑警。

更绝的是，现任的大队长马力是吴锐当年带出来的徒弟，受了师父的影响，在队里对毛乂宁也是"另眼相看"，露脸的大案要案通通不让他参与，净分一些鸡毛蒜皮的小警情让他去折腾。一开始毛乂宁还有些脾气，骂骂咧咧发几句牢骚，后来他想通了，干脆认命了，既然不给自己派大活，倒也乐得提前安享晚年。他现在唯一的指望就是赶紧把日子混过去，早点退休，免得在警队里被人当笑话看。

他吃完早餐，擦擦嘴，拿起今天的早报。刚看完两个版，后面会议室的门开了，队长马力边走边把配枪扣在腰带上，身后跟着好多警员。一眼瞧见毛乂宁，马队长忽然想起了什么，停住脚步："哎毛哥，刚刚接到局里转来的一个警情，培源小学有一个孩子失踪了，你去看看吧。"

毛乂宁咧一下嘴，"嘶"地吸一口气："哎哟，我这老腰昨晚闪了一下，贴了膏药还疼得厉害，要不你派其他人去吧。"马力说："我们接到上级通知，有一个连杀三人的流窜杀人犯逃到了光明市，昨天视频侦查组的同事通过'天眼'锁定了他的落脚点。我现在有个抓捕行动，实在腾不出人手，你就辛苦一下过去看看吧。"

"人口失踪案派出所办就得了，干吗非得刑警大队出马啊？"毛乂宁还是不想动。

马力有些不高兴，冷着脸说："你搞错了，这不是普通的失踪案，失踪的是未成年人，而且还是一个小女孩，可能涉及拐卖人口，刑警大队当然得管。"

"行行行，你别唠叨，我去我去！"毛乂宁不耐烦地从椅子上站起身。马力脸上的表情这才缓和下来，说："那孩子叫夏蕊蕊，住在健康路，报警的是她妈妈夏婕。"一转头，看见邓钊正猫着腰在拖地，"哎，那个小邓，你别拖地了，跟老毛一起出趟警吧。"邓钊刚来警队不久，是个新人，队里的老队员嫌他笨手笨脚，都不愿意带他，他到现在还没出过什么任务，一听队长让他出警，高兴得把手里拖把一扔，挺起胸脯道："是，队长，保证完成任务！"

等到马力率队离开，毛乂宁带着新人邓钊，开着队里那辆快要报废的老爷车找到夏婕的住址，那是一幢临街的七层居民楼，没有电梯，两人吭哧吭哧爬上五楼，按响门铃。

开门的是一个三十岁出头的年轻女人，身上穿着藏青色职业套装，剪着短发，气质干练，但两只眼圈红肿得像桃子，显然是刚刚哭过。毛乂宁隔着防盗门亮一下证件："我们是市公安局刑警大队的，接到报警，说这里丢了一个孩子，所以过来看看。"

女人打开门，把他们让进屋里。屋子里除了那个女人，还坐着一男一女两个银发老人，看见警察上门，二人手足无措地站起身。毛乂宁问："是你们报的警吗？"

女人点头说:"是的,我叫夏婕,我女儿叫夏蕊蕊,今年十二岁,在培源小学读六年级,家里只有女儿和我两个人。"她指了指身旁的两位老人,"这是我爸我妈,孩子不见了之后他们一直在这里陪我。"

毛乂宁点点头,朝他们摆了个请坐的手势:"不用着急,坐下慢慢说,请将孩子失踪的前后经过详细说一下。"他又朝邓钊看一眼,邓钊已经利索地掏出笔记本,准备写问询笔录。毛乂宁暗暗点一下头,心想这孩子其实挺机灵的,并不像其他人嫌弃的那样笨手笨脚啊!

夏婕坐下后说:"上周六五月十六号,我接到单位通知,第二天一早要去省城出差,为期两天——哦,对了,我在市里一家烟酒公司销售部上班,平时工作挺忙的,出差是常有的事。于是周六傍晚,我让夏蕊蕊带着书包去她外公外婆家过周末,这样周一早上我爸可以送她去上学。"

听到这里,毛乂宁皱起眉头插嘴问了一句:"你平时经常让孩子一个人出门吗?"

夏婕摇头:"那倒也不是,去其他地方我都是陪着她的,只是去她外婆家……"旁边孩子的外公帮忙解释说:"我们家住在竹马街国营机械厂家属大院里,从这条健康路拐进竹马街就到我家了,距离我女儿家还不到一公里。我女儿平时工作比较忙,蕊蕊自打上小学后经常一个人往返两边家里,早就熟门熟路了。再说街上住的都是老街坊老邻居,大部分是熟人,也都认识蕊蕊,所以家里人没有什么不放心的。蕊蕊这孩子很懂事,路上从来没有出过什么事,想不到这一次……"说到这里,外公忍不住抹起眼泪。

夏婕接着说:"确实是这样的。大概是上周六傍晚六点吧,当时天色还没有暗下来,我正在家用电脑修改一份出差要用的文件,蕊蕊跟我说拜拜后就背着书包下楼走了。因为她经常一个人走路去外婆家,我手边又有事情正忙着,所以事后没有打电话跟我爸妈确认她到没到。昨天星期日一早我就出差走了,直到今天周一早上七点多,孩子学校的班主任给我打电话,说她没有到校上课,问我是怎么回事。我觉得有些奇怪,还在想我爸为什么没有送蕊蕊上学,是不是孩子生病了?打电话给我妈一问,才知道蕊蕊周六根本没有去我妈家。我顿时慌了神,坐车从省城赶回来,跟我爸妈还有几个亲戚,在健康路和竹马街上找了两遍,但都没有找到孩子。我感觉情况不妙,马上打电话报警。也怪我周六只顾着忙工作,太疏忽大意了，要是当时我打电话跟我爸妈确认一下，也就……"她说到这里，一边流泪，一边用力捶打着自己的头。她父亲在一边劝慰着她。

毛乂宁提醒道："会不会是孩子到亲戚或者同学家里玩去了？"

夏婕摇头："这一点我也想过，已经联系了所有孩子可能去的亲戚朋友家里，都说上个周末没有见过蕊蕊。"

"警官，蕊蕊不会出什么事了吧？"孩子她外婆拉住毛乂宁的手，忽然"扑通"一声跪下来，"警察同志，蕊蕊是咱们家的心肝宝贝，求求你们，一定要帮忙把她找回来啊，要是她不回来，我老婆子也不想活了……"

毛乂宁急忙将她扶起，说："老人家您放心，警方已经立案，一定会认真调查，争取早日找回孩子。"安抚好老人的情绪，又转头问夏婕，"你还记得孩子出门时穿的什么衣服吗？你手机里有孩子的照片吗？"

夏婕擦擦眼泪说："我记得她周六傍晚出门的时候，身上穿的是一件蓝色长袖T恤和红色校服裤子，脚上穿的是白色回力鞋，扎着马尾辫，背着小公主苏菲亚卡通图案的书包。我手机里有她的照片，给你看看。"她将手机递到毛乂宁面前，照片里是一个十多岁的圆脸小女孩，正对着镜头摆出胜利的手势，微启的嘴唇间露出两颗小虎牙，模样十分可爱。他点点头，让她把照片发给自己。

邓钊写完笔录后问："毛哥，现在情况已经问清楚了，下一步该怎么行动？要上街找人吗？"

毛乂宁毕竟是个老警察，虽然平时在警队里有点不着调，但关键时刻做事一点也不含糊。他说："我们才两个人，根本不可能上街寻人，队里正在忙大事，也不可能抽调人手来帮忙。我看这样吧，你跟辖区派出所所长周齐联系一下，直接报我的名字，就说你是我的搭档。我跟老周是老熟人了，请他多派点警力过来，在健康路、竹马街及附近街道搜索一下。考虑到孩子才十二岁，被人诱拐的可能性很大，所以一定要注意走访附近居民，问他们在周末是否看到有什么带着孩子的可疑人员。第二，我们俩重点把从夏蕊蕊家到她外婆家的这段路走一遍，看看有没有监控拍到孩子的身影。孩子失踪时间是上周六晚上，到现在已经超过四十八个小时，我估计情况不会太乐观，所以得赶紧行动，争取早点找到线索。"

邓钊点点头，走到一边给当地派出所打电话。挂断电话后向毛乂宁汇报说,周所很重视,答应派十名警员过来协助找人。毛乂宁看他一眼,有点小小的得意:"怎么样,还是提我的名字好使吧?不然他就得问我们要这手续、那文件,麻烦得要死。"

邓钊搔搔后脑勺:"我刚一开始跟周所提了你的名字,人家根本不买账,后来我说这是刑警大队马队交代下来的案子,他才重视起来。"毛乂宁尴尬地骂了一句:"老周这个王八蛋!"

辖区派出所的增援警力很快就到了。大家了解警情,拿到孩子照片后,立即两人一组分散开来,在附近街上打听线索,寻找孩子。

毛乂宁他们则由孩子的母亲夏婕领着,把夏蕊蕊从自己家到外婆家的这段路,慢慢行走一遍。

三人下楼后,沿着健康路往南走,毛乂宁抬头看看,路上并没有监控探头。走不多远,来到一家超市门口,邓钊往超市里指一下:"毛哥,那里好像有个监控。"毛乂宁走过去看看,超市门口果然安装了一个监控摄像头,镜头由内向外斜对着超市大门口,应该能拍到街上的情景。

他走进超市,调看了门口的监控,五月十六日下午六点零五分,有一个背着书包扎着马尾辫的十多岁小女孩从超市门口经过,似乎被超市橱窗里摆放的什么玩具吸引着,她边走边扭头朝超市这边看了好几秒钟。夏婕顿时情绪激动,趴到电脑屏幕前指着监控画面中的小女孩说:"这就是蕊蕊,这是她刚从家里出来的时候。"

毛乂宁点点头,继续沿着健康路往前走,大约四百米后到了实验中学门口。学校大门口倒是一左一右安装了两个监控摄像头,进去问一下保安,保安说摄像头已经坏了一个多星期,还没有修好,所以最近没有拍到监控视频。

毛乂宁有些失望。从学校门口拐上竹马街,街道两边的店铺明显多起来,路上车水马龙,比冷清的健康路热闹许多。沿街打听一下,街边住户大多认识夏蕊蕊,都表示周六傍晚没有见过她。

在竹马街走了几百米,就到了国营机械厂家属住宿区。这是一个老旧小区,小区大门敞开着,门口没有安装监控,只坐着一个门卫老头。老头显然已经知道蕊蕊失踪的事,看到夏婕就问孩子找到没有,夏婕无言地摇头。

门卫老头叹一口气:"唉,那晚我根本没看见孩子来这边,要是你当时打电话到她外婆家问一下就好了。"一句话说得夏婕又流下自责的眼泪。

这一路走过来,毛乂宁发现除了孩子家楼下附近的超市监控拍到了上周六傍晚六点左右小女孩去外婆家的身影,之后一直到她外婆家的这段路上都没有留下任何监控影像。通过走访街边居民,也只能得出模棱两可的答案,要么周六傍晚失踪的夏蕊蕊确实没有从这条路上走过,所以大家都没有看见她,要么孩子从这里路过,但没有人注意到她。不过有一点是可以肯定的,孩子没有到外婆家,她是在去外婆家的路上失踪的。

毛乂宁掉转头,又把这段路重新走一遍。行至半途,他忽然想起一件事:"我记得上个星期六晚上好像下雨了,而且雨势还不小,对吧?"

邓钊点点头:"对,确实下雨了。"旁边的夏婕也说:"我记得好像也是。"

"什么时候开始下的?"毛乂宁问。邓钊摇摇头,表示自己记不清了。

毛乂宁把目光转向夏婕,夏婕说:"当晚我关着门在家里赶合同,没有注意外面的天气。等我写完已经是晚上八点多,看看窗户外面才知道下雨了,至于那晚的雨具体是什么时候下的,我真不知道。"

邓钊见毛乂宁问得这么详尽,有些奇怪地问:"毛哥,下雨的时间点很重要吗?"毛乂宁点点头,没有说话。

邓钊说:"想搞清这个情况并不难,我打个电话到气象局问问就知道了。"他一个电话打到气象局,很快就问清楚了。五月十六日下午六点左右,天上飘起丝丝细雨。大约傍晚六点十分开始打雷,雨势突然变大,雷雨天气一直持续到晚上八点半。夜里九点左右才完全停雨。

这时毛乂宁正好走到健康路和竹马街交会处的实验中学前面,他站在路口往左边的健康路看看,又往右边的竹马街瞧瞧,皱起眉头说:"从超市监控可见,夏蕊蕊下楼离开家是在当天傍晚六点零五分左右,大约五分钟后,六点十分,天上突然打雷并下起大雨,按小姑娘的步伐和速度,她那时应该正好走到我们所处的这个位置附近。"

邓钊也跟着往两边路上看看,在心里默默计算一下,点头表示同意:"您说得有道理,可惜对面实验中学门口的监控坏了,要不然正好可以拍到她路过的镜头。"

毛乂宁看他一眼,显然这个年轻人没有抓住他说的重点:"如果你是这个十二岁的小女孩,半路上突遇打雷下雨,身边又没有家长陪伴,你会不会感到害怕?这个时候你会怎么做?"

邓钊设身处地想一下,说:"当然会害怕。如果我是她,应该会先找个地方躲雨,以免被淋成落汤鸡。"

"这就对了,作为一个在这里土生土长的孩子,这条路对她来说无比熟悉。住在街道两边的街坊,在她眼里只有两种人,一种是熟人,另一种就是不熟的人,所以你说她会找什么人家躲雨?"

邓钊听到这里,明白了他的意思:"你是说,夏蕊蕊会跑进熟人家里避雨,而那个让她进屋躲雨的熟人,就是最有可能对她起歹心的人,对吧?"

毛乂宁用力点一下头:"是的,我觉得这种可能性最大。"

"你的意思是说,她遇见了那种变态男人,把她扣留下来关进地下室藏起来了?"邓钊想起了网上看到的某某变态狂引诱女童回家,将其囚禁在十几米深的地下室凌辱的新闻,不由得打个冷战。

"也不一定就是你说的这种变态狂。"毛乂宁说,"也有可能遇上了突起歹心的人贩子,将她转手卖给了别人。"

邓钊想一下,无论是哪种情况,对于这个小女孩来说都绝对是一场灾难啊。

毛乂宁立即将站在一边的夏婕叫过来,说:"现在想请你协助,将从你家到你父母住处这段路上,街道两边比较熟悉的、你女儿有可能进去躲雨的人家或者店铺都指出来,我们要逐一排查。"

夏婕一听女儿有可能是在这条路上的熟人家里出事的,感觉十分震惊,但又觉得毛警官的分析不无道理。于是没有片刻停留,立即带着两个警察把这段路重新走一遍,沿途将跟自己熟识的人家一一指出来。没待毛乂宁吩咐,邓钊早已经拿出笔记本,将她提供的情况认真记录下来,尤其是两街交会处的路口,夏蕊蕊最有可能停留躲雨的地方,毛乂宁了解得倍加详细。最后一路看下来,沿途一共有七间店铺和四家住户都跟夏婕他们比较熟,或者说跟他们家沾亲带故。

毛乂宁认真看看邓钊的记录,然后打电话把在附近街道寻找孩子线索的几名派出所警员叫回来,重新分配任务,大家分头去这些熟人或亲戚家里走访调查。

几组人马一直忙到下午三点多,才把名单上的店铺和人家都问讯了一遍。事发当时，那几间街边店铺都在开门营业，傍晚六点十分前后，店里要么有监控证明夏蕊蕊根本没进去过，要么就有顾客在店里，能证明孩子的失踪跟老板和员工无关。另有四户住在街边一楼的人家，有两家当时在单位加班，家里无人，另外两家也被警方重点调查过，并无可疑。如此一来，毛乂宁得出的孩子半路遇上大雨跑进熟人家里避雨然后出事的推理，就很难成立。大家白忙一场，未免有些泄气。

　　毛乂宁回到夏婕家楼下，又在脑海里把这个案子从头到尾梳理一遍，觉得夏蕊蕊从超市摄像头下经过之后就再也没有被人瞧见，总有些可疑。街边这么多熟人，如果看见下大雨时夏蕊蕊一个人走在大街上，肯定会叫她进屋避雨，至少会对她这天傍晚的行踪留下印象，可是现在一路走访下来，找不到一个目击者。看来她要么是在刚离开超市不远就出事了，要么根本没有走现在这条路。

　　他一边踱步到超市门口，一边在心里分析着第一种可能性。放眼望去，离超市不远有一个报刊亭，经过走访得知，坐在里面卖报纸的郑老头当天下午直至晚上八点收摊这个时间段一直都在报刊亭里，如果孩子在这附近遇上什么事，闹出一点动静，肯定逃不过他的眼睛耳朵。但他向警方证实，上周六傍晚没有什么特别的事情发生，所以第一种可能性不大。剩下第二种可能，就是夏蕊蕊根本没有走大人们想象的这条路，自然没人在这条路上看见她。

　　这时候夏婕已经回家去了。他掏出手机给她打电话，问夏蕊蕊除了常走的主路，有没有什么其他可以走的小路。夏婕想了一下说："确实还有一条近道，就在实验中学后面，是一条碎石路，连接着健康路和竹马街。走这条路可以缩短两三百米路程，只是位置有点偏僻，我平时很少带孩子走这条路。"

　　了解到这个情况，毛乂宁立即跟邓钊从健康路斜插出去，找到了这条碎石路，路面不宽，路上铺着一层碎石，有些坑洼不平。碎石路的一边是实验中学后面三米多高的围墙，围墙上金色的琉璃瓦顶闪闪发光，看起来应该新建不久。路的另一边有一个小湖。整条碎石路长约三四百米，从路口走出来，旁边就是夏蕊蕊外婆家住的机械厂家属小区。比较下来，果然要比从实验中学门口拐个大弯近了许多。

毛义宁沿着这条碎石路走了两遍，最后在半途停住脚步。邓钊见他一直双眉紧锁，问道："毛哥，你怀疑当天傍晚夏蕊蕊走的是这条碎石路？"见到毛义宁点头，他面露难色，"这下就更麻烦了，这路边根本没有住家，也几乎看不到行人和车辆，她如果在这条路上遇险，估计连个目击证人都很难找到。"

毛义宁背着双手站在路边，看着路基下波光粼粼的湖面，叹口气说："如果她在这里遇上歹徒还好一点，我就怕……"邓钊见他两眼注视着湖面，像是要一眼看到湖底去，忽然明白过来："您是担心她掉进湖里去了？"

毛义宁点点头，面露忧色："我看这湖边没有任何护栏，如果孩子贪玩，走在路边，脚下石子稍微滑一下就可能掉进水里。当时路上又没有其他行人，她呼救无门，估计很快就会沉入湖底。"

邓钊也跟着分析："如果夏蕊蕊没有走前面的大路，那她抄这条近道的可能性非常大。在这条碎石路上突遇大雨，慌乱之下脚底打滑，很有可能掉进湖里。"他边说边往湖里扔下一颗石子，简单判断道，"这湖只怕有两三米深，一个孩子掉下去，基本没有可能自行爬出来。"

毛义宁没有迟疑，立即给队长马力打电话，电话刚响一声就被对方掐断，估计是正在办大事没空接听。他站在湖边想了想，只好拨通了辖区派出所所长周齐的手机，周所长职级比他高，本来对他这个小刑警不感冒，但听他说了事情的严重性后，也不得不重视起来。毕竟这是发生在他们辖区的案子，他不能甩手不管，所以接到电话后立即找来专业的打捞队，沿着碎石路边的湖底打捞。附近群众听说警察在湖里捞尸体，都赶过来瞧热闹，一时间小湖边聚集了不少人。夏婕和她父母听说孩子有可能沉尸湖底，几乎瘫软在路边。打捞队的人一直忙到夜里九点多，先是搜寻靠近路边的湖底，然后又把整个小湖湖底摸排一遍，但没有找到溺水的尸体。

据专业打捞队的人分析，这里的湖水是静止的，没怎么流动，如果孩子在岸边落水，尸体不会漂出太远，应该就沉在岸边湖底，但是现在他们把整个小湖都仔细搜寻了一遍，没有发现任何异常，基本可以断定，孩子没有落水，更没有尸沉湖底。夏婕听到这话，暂时缓过一口气，不管怎么样，对她来说姑且算个好消息吧。

打捞队撤走后，在附近街道寻找孩子的派出所警员因为没有查到任何线索，也都下班回去休息了。

毛乂宁看看时间已经不早，也跟邓钊一起鸣金收兵。开着警车回刑警大队的路上，邓钊忽然开口说："毛哥，我们好像忘了一个人。"

"忘记谁了？"毛乂宁手握方向盘，侧头望向他。

"孩子的父亲啊。"

毛乂宁皱眉问："你的意思是……"

邓钊说："我们只知道夏婕家是一个单亲家庭，早上了解案情的时候也没来得及细问，现在想来，既然已经排除种种可能，会不会这孩子的失踪跟她爸爸有关系呢？说不定是孩子的父亲半道上把她带走了呢。"毛乂宁"嗯"了一声，点头说："这确实是一个侦查方向。"他看看手表，"今天太晚了，明天再找夏婕问下孩子父亲的情况，看看有无可疑。"

第二天一早，两人再次来到夏婕家里，出来开门的是夏婕的母亲。两人走进屋，看见外面天虽然亮了，但客厅里还亮着灯，夏婕披着一条毛毯坐在沙发上，脸上的表情有些呆滞，看样子是在沙发上坐了一晚，整夜未眠。毛乂宁在心里叹口气，失去孩子对于一个家庭来说，绝对是致命的打击啊！

他在夏婕对面的沙发上坐下，咳嗽了一声："夏小姐，昨天找了一天没有发现什么线索，不过你放心，警方一定会继续寻找的。"夏婕只是朝他点点头，没有吭声。毛乂宁又说："我们今天过来，主要是想问问孩子父亲的事情，看看能不能从这个方面找到一些线索。"

"孩子的父亲？"夏婕愣了一下，好像这对她来说是一件颇为遥远的事情。她抬头望向窗外，脸上的表情变得忧伤而痛苦，似乎突然间陷入一段不堪回首的记忆之中。

毛乂宁本以为她会对自己说些什么，谁知足足等了五分钟，她依然一动不动地坐在那里，完全没有理会他。

他正想催问一句，忽然看见夏婕的母亲在旁边朝他悄悄摆手，然后往旁边房间指一下，示意他借一步说话。毛乂宁疑惑地站起身，跟着她走进旁边的小房间。

夏婕的母亲把门关上后低声说："毛警官，不好意思，我女儿对这个事情比较敏感，所以还是我对您说吧。"

她告诉毛乂宁:"蕊蕊的父亲姓邱,名叫邱启志。大约十几年前吧,我女儿在外经贸局当打字员,因为年纪轻,又长得漂亮,单位里追求她的人很多,这个邱启志就是其中之一。邱启志是农村人,大学毕业后通过事业编制招聘考试进入单位,也对我女儿展开了疯狂的追求。其实他的条件不是特别出众,我女儿并不喜欢他,也没有要与他交往的意思,谁知那一年单位年会上,他跟几个年轻人一起哄把我女儿灌醉了,然后借送她回家之机,在半路上到酒店开房,然后把我女儿……给糟蹋了……女儿没有办法才勉强答应跟他在一起的。

"谈恋爱的时候,他对我女儿还算不错,我女儿也渐渐接纳了他。一年多后,就在两人定好婚期准备结婚的前一个月,邱启志突然提出分手,原因是他们单位副书记的女儿看上了他,想跟他结婚。副书记向他许诺,只要邱启志娶他女儿,他就可以把邱启志由事业编制转为公务员编制。当时公务员在单位绝对是最吃香的岗位,无论是晋升机会,还是工资福利,都比事业编制人员高出一大截。这对于从农村出来一心想出人头地的凤凰男邱启志来说,绝对是天上掉馅饼的大好事,所以他毫不犹豫地跟我女儿分手,回头就跟副书记的女儿结婚了,然后借着这层裙带关系很快就转为了公务员,并以此为跳板在单位里一路高升。

"我女儿经此打击,身心俱疲,从单位辞职回家休养,却发现自己已经怀上邱启志的孩子。邱启志得到消息后怕这个孩子生下来会影响自己的仕途,找上门来要求打掉孩子,他可以给出二十万元补偿。我和我老伴原本也是同意小婕把孩子打掉,再重新找个好男朋友过日子的,但是医生检查后说我女儿子宫内膜本来就很薄,如果打掉这个孩子,以后可能很难再怀孕。我女儿考虑再三,最后决定生下这个孩子。几个月后她生了个女儿,就是蕊蕊。

"生完孩子后她得了产后抑郁症,曾经两次割腕自杀,幸亏都被救了过来。现在她手腕上还有两道刀口呢。直到后来蕊蕊慢慢长大,她有了心灵的寄托,也从女儿身上看到新的希望,才渐渐从抑郁症的折磨中走出来。为了能给孩子一个好的生活环境,她又重新找了一份工作,拼命挣钱,还买了这套房子。看着蕊蕊一天天长大,原本以为这娘儿俩终于从苦日子中熬出来了,谁知天有不测风云,蕊蕊突然间就不见了,你说这不是断了我女儿的命根子吗？我现在担心如果找不到孩子，我女儿她肯定、肯定也没法活下去了……"

说到这里，她朝着房门的方向望一眼，又忍不住低头抹泪。

毛乂宁安慰她："您别着急，警方一定会尽最大努力查找孩子的下落。哦对了，那个邱启志，在孩子出生后有来找过她们娘儿俩吗？"夏婕的母亲摇头说道："他娶了单位领导的女儿，生怕被人翻出以前的旧账，躲还来不及呢，哪敢主动找过来？我女儿生下蕊蕊后就跟他断得一干二净，两人再也没联系过。"

"原来是这样。"毛乂宁"哦"了一声，"那他现在还在外经贸局上班吗？"

"听说他早就升官调到别的单位做领导了。"

"是什么单位，你知道吗？"

夏婕的母亲皱眉想一下，敲着额头说："好像是科工什么局来着？"

"科工商务局？"

"对对对，就是这个单位，现在他好像是单位里的副书记，二把手。我还听说他们单位一把手最近被纪委调查，局长的位置空了下来，他现在正在四处活动，估计很快就可以再升一级官，当上局长了。"

毛乂宁思考片刻，问："如果我说，他因为升职在即，害怕在家庭之外还有一个亲生女儿的事情曝光影响自己的前途，所以将孩子掳走，消除这个隐患，您觉得有可能吗？"

夏婕的母亲细想一下，摇摇头，但很快又点头说："这个……我觉得还真有可能呢。大概一个多月前吧，我弟弟，就是夏婕的舅舅，他也在机关单位上班，在一次会议活动中碰见邱启志，看见他一副志得意满的神气样子，想起夏婕娘儿俩的遭遇，心里不平，就当面嘲讽了他几句。我弟弟说当时邱启志的脸色很难看，手里紧紧攥着一把吃自助餐用的不锈钢叉子，好像连杀人的心都有了。如果你们警方这么怀疑，我觉得还真有这个可能。"

毛乂宁点头说："那行，我们这就去科工商务局找这个邱启志了解一下情况。"夏婕的母亲说："好的，不过这件事你们得对我女儿保密，蕊蕊失踪对她的打击已经够大，我怕你们在她面前提起邱启志这个人，会更刺激她。如果她因此情绪失控，做出什么不可挽回的事情，那我们老两口也没法活了。"

毛㐅宁说:"行,我们会注意的。"

从夏婕家出来,他带着邓钊直接驱车赶到科工商务局,先询问了大厅前台的工作人员,得知邱副书记正在开会,便在接待室等候。两人在接待室喝了半个小时的茶,终于看见一个戴着眼镜、长相斯文的中年男人走进来问:"我就是邱启志,两位警官找我有事?"

毛㐅宁起身跟他握一下手:"邱书记,打扰了,我是市公安局刑警大队的。"

"刑警?"邱启志有点意外,"不知道有什么我可以帮你们的?"

毛㐅宁开门见山地说:"夏婕你认识吗?"

邱启志脸上的表情瞬间凝固,但很快就缓和过来,点点头:"认识。"他起身关上接待室的门,重新坐回位子上才接着说,"怎么说呢,她、她……我结婚前,曾跟她谈过一段时间恋爱,不过后来和平分手,已经十多年没有来往……她出什么事了吗?"

"她没有出事,是她女儿出事了。"邓钊在旁边插了一句嘴。

"她女儿?"邱启志一脸茫然,"她有女儿了?"

毛㐅宁说:"你就别装了,当年你跟她分手的时候,她已经怀上你的孩子,后来她把孩子生下来,自己一个人将女儿带大。你不要告诉我,你根本就不知道这个孩子的存在!我既然找到了你这儿,这些情况自然都是详细了解过的。"

"我、我是听说过孩子的事……"邱启志脸上显出尴尬的表情,声音压得很低,生怕外面走廊里经过的人听见。毛㐅宁说:"就是这个孩子出事了。"他简单地把夏蕊蕊失踪的经过说了一遍。

邱启志不明所以地看看他,又看看邓钊:"你们是怀疑孩子的失踪跟我有关?"

毛㐅宁"嘶嘶"地喝着茶,连眼皮也没抬:"说怀疑你有点言重了,警方只是例行调查,摸排线索。"

"哦,原来是这样。"邱启志点点头,这才稍稍放下心来。

"上周六,五月十六日傍晚六点至七点之间,你在做什么?"

毛㐅宁放下手里的茶杯,把身子往沙发靠背上一靠,眼睛里的目光陡然变得锐利起来。

"上周六吗？"邱启志说，"那天正好是我儿子十岁生日，我和孩子妈妈一起在酒店陪孩子过生日。当时我五点半下班后开车去接我老婆孩子，然后一家人直接去了酒店，直到晚上七点半左右吃完饭才离开。哦，对了，我记得出来的时候天上还下着大雨呢。"

"你们去的是哪家酒店？"

"祥云大酒店，在三〇八号包间。"邱启志说，"酒店就在我单位附近，因为我有他们的会员卡，所以去的次数比较多，他们的服务员都认识我，而且酒店里肯定有监控摄像头，你们可以去调查。"

毛乂宁让邓钊把酒店的名字和地址都记录下来，点头说道："好的邱书记，您说的这些情况，警方会去一一调查核实的。"

起身离开时，邱启志从后面叫住他："毛警官，你们今天来单位调查的事，不会公开吧？"

毛乂宁看出他显然是不想让别人知道他还跟别的女人有一个女儿的事情，就点头说："当然，如果证实你跟孩子的失踪无关，警方当然不会公开调查细节。但是如果事后证明您跟此事有干系，那就很难说了。"

"没关系，没关系，我跟这事真没关系。"邱启志忙道，"你们尽管去酒店调查。"

离开科工商务局，毛乂宁和邓钊来到附近的祥云大酒店，表明身份后，在酒店保安室调看了上周六傍晚的监控。视频显示，五月十六日下午五点五十分，邱启志和一个女人牵着一个十来岁的小男孩走进酒店大门，邱启志手里提着生日蛋糕。而且酒店三楼走廊监控拍到他们三个人走进三〇八号包间，直到晚上七点三十二分才一同离开。酒店服务员显然跟邱启志一家很熟悉，指着监控屏幕说："这个就是邱书记，这个女的是他老婆，这个小孩是他儿子。"邓钊看看毛乂宁，后者对他轻轻摇一下头，有了这个监控视频做证，邱启志掳走夏蕊蕊的可能性就彻底排除了。

时至中午，毛乂宁和邓钊垂头丧气地回到刑警大队，发现办公室里气氛热烈，每个同事脸上都洋溢着兴奋的表情。原来是马队带领大家蹲守两天，终于把那个背负多起命案的流窜杀人犯给抓住了。看着大家开心兴奋的样子，想到自己调查夏蕊蕊失踪案毫无收获，毛乂宁和邓钊的心理落差不言而喻。

第九章 废柴刑警

毛义宁瞅了个空，走到队长办公室，汇报了夏蕊蕊失踪案的调查进展。

马力今年四十岁，论年龄比毛义宁还小一岁，论警龄就更没有毛义宁时间长了，但因为有他师父吴锐政委在后面罩着，虽然不是刑警队里资历最老的，却是升职最快的。毛义宁打心眼里瞧不起他们师徒俩，但马力毕竟是自己的顶头上司，工作上的事还是得听他的，该汇报汇报，该请示请示。

马力听说这个失踪案他查了两天仍然没有一点线索，有点不高兴地敲着桌子说："老毛，你也算是队里的老刑警了，这俗话说得好，老将出马一个顶俩，怎么你老毛出马，一桩小案，查到现在连半点风都没摸到？"

毛义宁的脸红了一下，声音也低下去："马队，这个失踪案确实有点奇怪。你说是人贩子作案吧，大街上居然连一个目击证人都找不到；你要说是孩子遇上心怀不轨的歹人了吧，却又找不到半点这方面的线索。那个叫夏蕊蕊的孩子，从家里出来经过超市监控之后，就好像人间蒸发了一样，完全没有留下任何痕迹。"

马力翻着眼睛问他："那你说现在该怎么办？"

"只有加大警力，扩大搜索范围，看能不能找到什么线索。"

"你是叫我多派点人手协助调查是吧？"马力摆手道，"这不可能，我跟你说，队里是真抽调不出人手了，流窜杀人犯刚刚抓获，后面马上得开始审讯。还有，我这边已经掌握线索，这个杀人犯很可能还有一个同伙，刑警大队得继续全力追查，所以队里能拉出来调查这宗失踪案的就只有你和邓钊了。"

"那就算了，还是让我跟邓钊这两个闲人接着查吧。"毛义宁嘟囔一句，转身走了。走到门口，正要拉门把手时，马力叫住他说："毛哥，要不这样吧，我跟吴政委说一声，请他帮忙协调一下，让辖区派出所老周他们跟你一起办这个案子，您看行吧？"毛义宁没有回头："您是领导，您说行就行。"

下午派出所所长周齐果然带着警员参与进来，一面调动派出所警力继续在附近街道寻找孩子的下落，一面派人去车站码头高速路口调看监控，看有没有人带着孩子出城。一直忙到晚上仍然没有半点收获，健康路附近所有监控都查过，没有出现夏蕊蕊的身影，车站码头高速路口的监控也全部看过，并没有可疑之处。夜里十点多，毛义宁才想起自己忙得连晚饭都没吃，就拉着邓钊在街边找个小食摊，一人要了一碗牛肉面，吭哧吭哧吃起来。

吃完面，坐在小桌边剔着牙，邓钊问："毛哥，下一步该怎么办？"毛乂宁说："今天的调查也不能说完全没有收获，从车站码头高速路口的监控情况来看，我觉得孩子还没有出城，至少没有离开光明市。"

邓钊问："就算真的还在光明市，但整个光明市城乡范围这么大，人口一百几十万，要找个被人藏起来的孩子也不是一件容易的事啊。"

毛乂宁想了一下，说："目前咱们手里什么线索都没有，只有使用最原始的方法了。第一，继续跟派出所的人多方打听查找线索；第二，广发寻人启事，电台电视台和网络同时发，还要打印一些印有夏蕊蕊彩色照片的寻人告事，到处张贴。我就不信一个大活人真能在大街上人间蒸发。"

第十章　神秘纸条

葛春秋被拆迁队队长窦武推倒后突发脑出血，好在送院抢救及时，在医院住了几天，已经渐渐恢复过来，除了嘴角有些歪斜，倒也没有留下什么明显的后遗症。只因医生让他继续留院观察两天，所以没有急着出院。

周小艺见丈夫已无大碍，就让一直在医院陪床的许星阳早点回餐馆上班。

许星阳见葛叔叔确实没什么事了，跟妈妈交代两声，让她在葛叔叔出院的时候通知自己，好来接他们回家，就离开医院回餐馆去了。

中午许长坤正在柜台后边算账，一个坐在小桌边吃饭的客人招手叫他过去。他以为客人想要加菜，高兴地跑过去，客人却指着一盘生炒鱼片说："老板，你试试这个鱼的味道。"许长坤一愣，拿起筷子尝一口，差点把牙都咸掉。他赔着笑脸对客人道："对不起对不起，厨房失误了，我马上给您换一份。"

他把生炒鱼片端进厨房，发现许星阳正拿着锅铲站在灶台前发呆，锅里的油已经烧得冒出黑烟，他赶紧冲上去把燃气灶的开关关了。

"星阳，你咋的了？我看你从医院回来后就一直心神不宁，没有心思干活。"许长坤把那盘生炒鱼片放在灶台上，"这已经是今天第三个客人投诉你做的菜味道不对了。我刚尝一口，简直比打翻了盐罐子还要咸。幸好人家是熟客，只是悄悄跟我说，没有大声嚷嚷，要不然被满屋子的人听到，影响可就大了。"

许星阳夹起鱼片尝一口，刚送进嘴里就龇着牙吐出来："呸，呸……对不起，大伯，我马上重新做。"许长坤说："算了，还是我来做吧，你今天是怎么了？平时可从来没有过这样的失误啊，你看刚才那油锅都烧得差点着火了。"

许星阳犹豫一下，觉得大伯不是外人，就把葛春秋在医院告诉他的"秘密"跟他说了。

"难怪你姐姐当年也认定你爸是被人诬陷的，她应该也是从你葛叔叔那里知道了这个情况。"许长坤这才恍然大悟。

"是的，我感觉我爸十五年前确实是被人诬陷了，我想去找当年的当事人唐缨问个清楚。"许星阳搔搔头说，"可又怕这么多年过去了，她还是不肯跟我说实话。心里一直想着这个事情，所以烧菜的时候就走神了……"

许长坤知道侄子心事重，什么事情都放在心里。今天做菜跟打翻了盐罐子似的被客人投诉，就是因为心里的要紧事没解决好。

他想了想说："要不这样吧，星阳，你赶紧去上三里村找唐缨把事情问清楚，就说还有一个证人看见当年强奸她的人并不是你爸，如果她真的是故意撒谎诬陷你爸，肯定会露出马脚的。"

"那我走了，店里的活怎么办？"

"这不还有我吗？"

"那行，店里的事您就多费心了，我去找唐缨把事情问清楚后就回来。"他取下身上的围裙，一边擦着手上的油渍一边往外走。许长坤还想再交代他几句，追出来的时候，却看见他已经骑着摩托车一溜烟走了。

许星阳出了市区，骑着摩托车沿着春水河大堤往上游走了几公里，然后拐下堤坡就到了上三里村，在村里一打听，很快就找到了唐缨家。

那是一幢老式砖瓦房，门口台阶上趴着一只老黑狗，听见有人走近的脚步声，它抬头看一下，没有任何反应，又闭着眼睛埋头睡下。堂屋门口有一个头发花白的干瘦老头正在将择出的青菜用草绳捆好码放在墙边。许星阳记起唐缨家以前是卖菜的菜农，看来现在仍是如此。

他走上台阶，冲着老头叫了一声"大叔"，老头闻声抬起头看着他，有些茫然。许星阳上前问："大叔，请问这里是唐缨家吗？"老头听他问了两遍才明白过来，点头说："是啊，唐缨是我闺女，我是她爸。"许星阳往屋里瞅一眼，堂屋后面墙壁上挂着一张女人的黑白遗像，看起来像是唐缨的母亲，屋里没有其他人，就问："大叔，唐缨她在家吗？"

老头直起腰来看他："你是……"

许星阳随口撒了个谎:"我是她在光明高中上学时的同学。"老头眼神不太好,显然没有看出他与女儿的年龄差距,听他说出了光明高中的校名,便相信了他的话:"我闺女不在家,她在城里上班,平时很少回来。"这个答案倒也在许星阳意料之中,现在的乡下农村基本上只剩下老人和孩子,年轻人都进城打工去了。他蹲在老头跟前问:"能告诉我她在城里什么地方上班吗?我找她有点事。"

老头见他是女儿的同学,自然没有了戒心:"我女儿现在出息了,她在城里一家叫作捷达贸易的大公司当白领,每个月工资都有好几千块呢。"

许星阳附和了一句:"捷达贸易吗?那挺不错的啊!这家公司我听说过,很有名的,好像还上过电视呢,能在那里上班真是太难得了。对了,唐叔叔,您能把唐缨的手机号码给我一下吗?"他怕老头起疑心,赶紧补充一句,"我们一帮同学好久没有联系,最近要搞个同学聚会,想邀请唐缨参加。"

唐缨的父亲深信不疑,掏出手机把女儿的号码发给了许星阳。

许星阳回到城里立即给唐缨打了电话,但是连续拨打几次听到的都是提示音:对不起,你所拨打的电话号码暂时无法接通。他不觉有些奇怪,细想一下,也许对方手机设置了屏蔽陌生人来电的功能。看来只能直接上门去找她了。好在捷达贸易公司在光明市很出名,上网一检索就找到了公司的具体地址。

他骑着摩托车来到万达广场一座贴满玻璃幕墙的写字楼前,上到相应楼层,一出电梯就看见了贴在墙壁上的"捷达贸易"几个金色大字,公司大门敞开着,他犹豫着走进去。

"先生您好,请问有什么可以帮您?"穿着得体制服的前台小姐对着他点头微笑。

"我、我是来找人的。"许星阳第一次进入这么整洁明亮正规大气的公司,脸上带着一丝怯意,"唐缨,她就在这里上班,我是来找她的。"

"唐缨?"前台小姐迟疑一下,"我们公司好像没有这个人吧。"

"不会啊,我打听过,她就在捷达贸易上班,不会错的。她姓唐,唐太宗的唐,名缨,红缨枪的缨。"

前台小姐还是没有什么印象,又在电脑里输入名字查找后冲着他摇头:

"抱歉先生，公司真的没有这个人，可能是您搞错了。"

许星阳还想让她再查一下，这时后面有两个人走上来像是索要什么资料，前台小姐俯下身对着电脑忙碌起来再没空理会他。他这个人本来脸皮就薄，也不好意思再麻烦人家，只好默默地走出大门。

他心里十分疑惑，怎么会找不到唐缨呢？她爸爸明明告诉他，唐缨就是在捷达贸易上班啊，会不会这个前台小姐是新来的，不认识唐缨呢？他站在公司门口犹豫着没有立即离开，看看表，已经是下午五点，估计快到下班时间，他就在旁边走火通道门口的台阶上坐下来。他想就地等公司员工下班，自己一个一个地看着，只要唐缨在这家公司，就肯定能找到她。唐缨所住的上三里村与他外婆家住的下三里村相距不远，他去外婆家玩的时候在路上见过唐缨两次，因为爸爸的事情，所以对她印象比较深，如果再见到唐缨，他相信自己能认出来。

下午五点半左右，公司下班时间到了，员工们陆陆续续从大门里边走出来。许星阳立即站起身凑到大门边，伸长脖子盯着走出来的人一个一个地辨认。贸易公司年轻女职员特别多，旁人以为他是在明目张胆地偷窥美女，未免朝他投来不少白眼。他浑然不觉，只顾盯着这些女职员，但是看了好久也没看到唐缨。

到了傍晚六点多，员工差不多走光了，一个穿保安服的大叔出来锁上大门。许星阳不由得大失所望，怀着最后一丝希望问那个保安："大叔，公司里的人都下班走了吗？"

保安说："是啊，没走我也不会锁门啊。"许星阳问："您认识这里一个叫唐缨的女员工吗？"保安摇头说："我在这里做了好几年保安，里面的人我基本上都认识，没听说过这个名字。"

离开万达广场的时候，许星阳有些垂头丧气。怎么会找不到唐缨呢？而且人家都说了，公司里确实没有这个人，难道是唐缨爸爸认出了自己的身份，不想女儿被打扰，所以故意给了一个假地址？可是从唐缨爸爸的神态来看，倒不像是在说谎啊。他说女儿是捷达贸易的高级白领，一个月挣大几千块工资的时候，一脸得意满足的表情，完全不像是伪装。难道是自己听错了他说的公司名字？

他掏出手机看一下，好在唐缨爸爸给他发送唐缨电话号码的同时，自

第十章 神秘纸条 109

己的手机号码也留了下来。他站在摩托车边犹豫一下,还是给唐缨她爸打了电话。

老人家耳朵有点背,在电话里听了半天才明白他是今天白天去过家里的唐缨的高中同学。许星阳说:"唐叔叔,您是说唐缨在捷达贸易上班吗?"得到肯定答复之后,他说,"真奇怪,我刚刚去捷达公司找她,公司里的人都说他们这里没有一个叫唐缨的员工。是不是唐缨的身份证改名了?"

老人说:"没有啊,她去年才换的新身份证,名字就是叫唐缨。怎么会没在公司呢?是不是你找错地方了?"许星阳知道,捷达贸易公司,整个光明市只此一家别无分部,自己肯定没有找错地方。而且经过一下午的打探,基本可以确认唐缨不在公司。

他想了一下说:"唐大叔,那您还知道唐缨在城里的其他落脚点吗?比如说下班后住在哪里?"

老人在电话里告诉他说,唐缨确实在城里租了房子自己一个人住,可是他从没去过,也没有听她提过住处的地址。大失所望的许星阳正准备挂断电话,老人突然想起了什么:"哦对了,上次我腰痛,她在城里买了一些膏药快递回来给我,我记得那上面写着她出租屋的地址,不过那个快递盒子不知道被我扔到哪里去了,不晓得还能不能找到。同学,如果你想要她的地址,那我去找一下,找到了再给你打电话。"许星阳连忙道:"好的好的,那就谢谢您了。"

大约十来分钟后,老人给他回了电话:"同学,我在抽屉里找到那个快递盒子了,上面寄件人地址就是我闺女的住处。我念给你听:光明市前进路兴和里一〇三号三〇三室。记住了吗?"他生怕许星阳听不明白,又慢慢将地址念一遍。许星阳很快将地址记下来说:"谢谢你了唐大叔,我这就去找她。"

这时天色已晚,街上的路灯次第亮起。许星阳中午赶着去唐缨家,没来得及吃午饭,现在又没有吃晚饭,肚子早已饿得咕咕直叫。本想在街边大排档吃一碗面,但是很快想到,唐缨如果是上班族,这个时候应该在家吃晚饭,自己去她住处找到她的可能性比较大,如果去晚了,也许她晚饭后就出门了。他看了眼记下的地址,前进路兴和里在城西方向,距离他现在的位置还比较远。

最后还是没顾得上吃晚饭，许星阳启动摩托车，直往城西方向骑去。找到兴和里时，已经是晚上七点半。兴和里是一处被高楼大厦包围着的城中村，不知道是路灯坏了还是根本就没有路灯，整条村子里黑乎乎的，偶尔传出一声狗叫，能把人吓得够呛。

兴和里一〇三号，是一幢四层高的旧楼，楼梯口敞开着，没有上锁。他将摩托车停在路边，走上三楼，找到三〇三室的门牌，敲敲门，等了一下，并没有人应门，又敲了几下，还是没人开门。屋里没有灯光透出来，他把耳朵贴在门上仔细地听，也没有半点声音。

屋里没人？转头看看，走廊边上晾着几件颜色艳丽的裙子，显然屋子是有人居住的。他又伸手敲敲门，仍然没有人应答。正在门口犹疑徘徊时，旁边邻居家的大门突然打开，一个四十多岁的中年妇女提着黑色塑料袋出来扔垃圾，许星阳急忙上前打听道："大姐，请问一下，这三〇三室里是不是住着一个叫唐缨的女人？"

中年妇女上下打量他："这里是住着一个女人，但是不是叫唐缨就不知道了。"

"她是不是出门了？我敲了半天门也没动静。"

女人朝他翻翻白眼，一脸鄙夷地说："她上班去了，如果你想找她就白天过来。"

"上班去了？这天都黑了，怎么她还……"他一脸疑惑，还想再问，女人"哼"了一声，转身回屋，"砰"地关上房门。留许星阳一个人呆愣在走廊里。

他又在房门口等了一阵，仍然没有看见唐缨，想来刚才那位大姐说的话，唐缨出去上夜班了。他有点不甘心，但也只好下楼离开。

第二天早上八点多，他再次来到唐缨住处，看到门外晾挂的衣服被收走了，知道唐缨已经回家，心里总算有底。上前敲敲门，屋里有声音传出，但还是没人开门，他又用力敲几下，屋里终于传来脚步声。

"谁呀？我这刚下晚班，还让不让人睡觉了？"话音未落，房门被人从里面猛地拉开。

许星阳看见站在门口的，是一个三十来岁年纪，头发染得金黄的女人，身上穿着一件红色吊带睡衣，脚下趿着一双拖鞋，双目圆睁，火爆爆地瞪着他。他连声说"对不起",本想问唐缨是不是住在这里,抬头往对方脸上一看,觉得有点眼熟,再瞧一眼,此人就是他以前见过的唐缨。他不太确定地问了一句:"你、你是唐缨吧?"

"你谁呀?"唐缨见来人脸生,立即警惕地缩回身子要关门。许星阳忙说:"唐缨,你、你别关门,我是许星阳,我有事找你。"

"许星阳?"唐缨往自己头上挠一下,她应该是在床上被敲门声惊醒的,一头黄发乱得像鸡窝,"许星阳是谁?熟人介绍你来的吗?"

"没有熟人介绍我,"许星阳停顿一下,"我是许敬元的儿子。"

"许敬元的儿子?"唐缨显然出乎意料,"你想怎么样?为你爸报仇吗?"

"不,我来找你完全没有恶意,"许星阳急忙解释道,"就是想问清楚十五年前的那个晚上,在你们家河边菜地里到底发生了什么事。"

"你有病啊?现在还来问这个。该说的我已经都跟警察说过了,你姐姐也知道,你还想怎么样?"唐缨两手叉腰,脸上露出不耐烦的表情,"我跟你们家前世有仇是吧?你爸当初毁了我的身体,也毁了我的人生,我本来以为这事已经翻篇了,没想到现在你又找上门来,你们一家子可真是阴魂不散啊!"

"不是不是,我、我真不是来找你麻烦的。"许星阳本就不是一个能说会道之人,这时被她一顿抢白,更是结结巴巴,连句囫囵话也说不出了,"我、我就是想知道那天晚上……就、就是十五年前的那天晚上到底发生了什么事情,只要你把真相告诉我,我保证以后不会再来找你。"

"什么真相?警察那边有真相,你可以去派出所查当年的档案。"

"档案里记录的不一定都是事实。"许星阳说,"我、我就是想听你亲口说出来。"

"去他妈的真相!"唐缨终于忍不住发火了,"老娘上了一晚上的班,这会儿正补觉呢,少来打扰我的美梦。"说着又要关门。许星阳用膝盖将门顶住:"你告诉我事发当晚的经过,耽误不了多少时间,等你说完我马上就走,这样你不就可以好好睡觉了?"

"如果我不肯说呢?"

许星阳心思细密,很快就从她这句话里听出玄机,她这里用的是"不肯说"三个字,弦外之音就是当年的事情确实另有隐情,只是她不情愿说而已。"如果你不肯说，那我、那我……"许星阳杵在门口，"我就、我就"了半天，也没想出一句狠话来，最后一跺脚，"那我就一直在这里敲门，看你今天还怎么睡觉。"

"哎，我说你这个人，欠揍是吧？"唐缨不由得提高了嗓门。两人争执的声音早已惊动三楼其他住户，有几个男人打开房门跑到走廊里，朝这边张望，目光有意无意地往她穿着吊带睡衣露出的半边雪白胸脯上扫来扫去，每个人脸上都带着暧昧的表情。

唐缨尴尬得脸红了一下，把门往里面打开半边："行了行了，你别站在门口，进来说吧。"

许星阳跟着她走进屋里，唐缨反手将门关上，也不请他坐下，自己往沙发上一靠："你到底想怎么样？"

许星阳知道她刚下夜班，自己打扰到她睡觉了，十分不好意思，他放低声音说："我、我只想知道十五年前的晚上，河边菜地里发生了什么？你说有人强奸你，那人究竟是谁？你把真相告诉我，我马上就走，绝不会再打扰你。"

"你发誓？"

"我发誓！"

"那好吧。"唐缨靠在沙发上，满脸倦容，一边揉着自己的额头，一边往旁边桌上指一下，"先给我倒杯水吧，跟你浪费半天口舌，渴死我了。""行。"许星阳马上拿起杯子，从旁边饮水机上给她接了一杯水。

唐缨喝完水后又把杯子递给他，许星阳伸手接水杯时，她忽然看着他问："那年你几岁？"

"啊？"许星阳没太明白她的意思。唐缨说："我是问你，你爸出事的那一年，你几岁了？"

许星阳的目光黯淡下来："九岁。"放下杯子，他又补充说，"因为有了一个'强奸犯爸爸'，从九岁那年开始，我在别人面前就没抬起过头，无论是在学校，还是毕业后工作，都没人待见我。我的人生从九岁那年开始彻底变了。"

"我何尝不是一样！"唐缨叹口气说，"你有没有想过那件事对我的影响有多大？"许星阳在她对面坐下，没再出声，只是静静地等着她往下说。

唐缨懒懒地斜靠在沙发上，目光看着自己的脚尖。她的脚很白，脚趾上涂着鲜红的指甲油，十个脚指头像是在鲜血里浸泡过一样。她沉默了好一会儿，才缓缓开口：“我清楚地记得事发那天临近小年，我爸妈是菜农，他们想趁过年之前再多卖点菜。那天晚上，爸妈在家里择菜，把第二天要拉出去卖的菜都提前准备好，但发现白菜不够了，又忙得腾不出手，就叫我去菜地里再砍一些。我经常帮爸妈去菜园里摘菜，虽然当时是晚上，也没有多想，背着一个竹筐就去了。

"刚采了小半筐白菜从地上直起腰，我听见身后有脚步声，还没来得及回头，就被人从后面一把抱住。我吓了一跳，那人赶紧捂住我的嘴巴，喷着酒气对我说：'别害怕，我是教过你们历史课的许老师。'我脑子里'轰'的一声，当时就吓蒙了。他从后面强行扯掉我的裤子，然后把自己的裤子也褪了下来。我心里特别害怕，拼命挣扎，他却在背后死死抱住我不放。情急之中，我狠狠挠了他一下，他痛得厉害才松开我往后退一步，我怕他再上来抱我，就低着头闪到他身后，往他屁股上踹了一脚。他当时正站在春水河边，身子晃一下就'扑通'掉进了河里。我不敢多停留，连菜也没拿就慌里慌张地跑回了家，我妈问我怎么了，我什么也不敢说，直接把自己关进了房间。

"谁知过了几天，我听说许老师失踪了，就是我踹他下河那晚之后不见的。说实话，我根本没有杀人的想法，原本以为他掉下河很快就会爬上来，做梦也想不到他直接淹死了。我其实心里很难过，但更多的是害怕，生怕别人说我是杀人凶手，要抓我去坐牢，甚至是枪毙……我整天躲在家里不敢出门，也不敢跟任何人说起这件事。"

她说到这里，好像又回到十五年前的情境中，双手掩面，浑身上下忍不住轻轻颤抖。

"既然这样，后来你又为什么主动找到派出所，将事情告诉了警察呢？"许星阳好奇地问。

"我也是被逼的。"

"被逼的？"

"是的，那段时间我心里害怕极了，生怕警察来抓我，我本来想将这个秘密烂在心里，谁也不告诉，包括我爸妈，可是后来……"唐缨说到这里,可能感觉到自己语速太快,怕许星阳听不明白,停顿一下,"那时候我正在读高三,学习非常紧张,虽是寒假,但在这件事发生之前,学校已经组织高三学生补了三天课,中间放了几天假让我们休息,小年过后,又回校补课四天。这个时候许老师失踪的事情已在学校传得沸沸扬扬,我心里更害怕了。一天中午,我突然发现我的数学作业本里面夹着一张纸条,上面写着一行字:我亲眼看见你把许老师推进河里淹死了,如果你不去派出所自首,我就向警察举报你!

"看见这张纸条,我差点吓晕过去,做梦也没想到事情的经过被人看到了。我当即把纸条撕得粉碎,特意跑出去扔进了室外的垃圾桶。回到教室后我也无心上课,就跟老师请了半天假回家了。我关在房间里哭了一夜,想了一夜,最后决定向警方坦白。与其被别人举报,还不如找警方自首,也许警察看在我主动投案的分上能对我从轻发落呢。于是第二天一早,我就去了派出所。警方根据我提供的线索,在河边找到了许老师落水前被枯草绊掉的一只皮鞋,这个也算是在警察面前证明我所言属实的一个证据吧。"

许星阳听她说完主动去找警察的原因,大感意外:"这么说来,当天晚上还有一个人在附近?"

唐缨点头说:"是的。"

"这个人是谁呢?"

"我不知道。"唐缨说,"我也很想找到这个人,但事发当时我太慌乱了,根本没注意周围的情况。"

"等一下,"许星阳忽然皱眉道,"我记得你当年跟警察说的是,当时那人已经对你实施了强奸,在他转过身去提裤子的时候,你从后面抬脚把他踹进了河里。但是刚才你却说,那人从后面抱住你,你拼命反抗,他痛得放手后,你躲到他身后踹了他一脚,他就掉进河里去了。也就是说这个歹徒意图性侵你但其实没有得手,对吧?"

"我、我刚才是这么说的吗?"唐缨脸上的表情略显慌乱。许星阳语气肯定:"你就是这么说的。"

唐缨把手一挥,装出一副无所谓的表情:"唉,随便了,无论是什么时候将他踹下河都是一样的,反正他已经淹死了。"

"不,一个构成强奸罪,一个是强奸未遂,性质完全不一样。"许星阳认真地说,"你不要否认,我把手机开了录音功能,你刚才说的话我全都录下来了。"

唐缨快速眨动几下眼睛,知道他抓住了她话语中自相矛盾之处,是不可能轻易让她掩饰过去的,她索性把手一摊:"既然你已经听出来,那我也不想再瞒你,许老师当时确实只是扯下了我的裤子,还没来得及对我做出那样的事就坠河了。十五年前,我之所以在警察面前撒谎,是因为我怕警察觉得是我杀了许老师而将我抓起来,于是故意夸大其词,声称我是被他糟蹋了一遍后才将他踹下河的。这样一来,我的行为可以算作正当防卫。我在警察面前说的都是真话,只有这个地方有一些夸张。如果你想要真相,我可以对天发誓,这就是事情的所有真相。"

"唉,在你看来,你只是为了自保而夸张了一点点事实,但对我,以及我们全家来说,都是一场灭顶之灾。"许星阳叹口气说,"当年就因为我有一个强奸犯老爸,无论走到哪里都被人戳脊梁骨,哪怕别人随便瞧我一眼,我都觉得那眼神里充满鄙夷。甚至直到现在我都没有勇气交女朋友……"

唐缨苦笑一声:"对我来说何尝不是一样?当时我年纪小,想法太过天真,以为这样就可以逃避刑责,却不知背负被人强奸的名声对于一个女孩来说意味着什么,它成了我这一辈子清洗不掉的人生污迹。事情传出去后,学校里的人都拿异样的目光看我,甚至我爸妈都觉得我给他们丢脸了。我原本学习成绩优异,有希望考上名牌大学,因为这件事情的影响,成绩一落千丈,最后只考上了一个大专,读了一年后就辍学跑去外省打工,在外浪荡多年也没挣到什么钱。后来我妈去世,家里剩下我爸一个人,我只好又回到了光明市这个伤心的地方……"

"那你……"许星阳本想问她既然没有在捷达贸易上班,为什么要骗爸爸说自己在那里当高级白领。但看见她面色沧桑,似有难言之隐,话到嘴边还是改口道,"唐缨姐,还有一问题,你当时真的看清楚那个人是谁了吗?"

唐缨对他反复提到的这个问题感到十分不耐烦:"许老师自己都说了,这还能弄错吗?"

"可是我刚才听你回忆事发经过,那个人是从后面悄悄靠近你,然后一直在后面抱住你,对吧?"见到对方点头,许星阳又说,"你踹他的时候,是躲到他后面蹿的,听起来其实你俩始终没有照面,夜晚的光线又那么昏暗,所以你真的看清楚他的相貌了吗?真的确定那个人就是我爸爸吗?"

"这个……"唐缨皱起了眉头,她的确没有认真想过这个问题,低头仔细回忆着,"好像还真没跟那人对过脸,当时光线又暗,我其实没有把那个人看得太清楚。不过他自己跟我说他是许老师。"

"他承认是他的事,实际上你并没有看清楚他的脸,只因为他自己说是许老师,所以你便理所当然地把他当成我爸了吧?"

"你什么意思啊?"唐缨坐直了身子,瞪着他,"你的意思是我冤枉了你爸?如果我弄错了,为什么会在河边找到你爸的鞋子,还有他的摩托车?十五年前警察就已经查证这件事就是你爸干的,怎么十五年后你还想站出来为他洗白啊?"

许星阳冷静地说:"我并不是想洗白什么,只是想找出真相。因为我找到了当年的另一个证人,事发时,他在距离菜地不到一百米远的河岸边,看见一个男人浑身湿漉漉地从河水里爬起来,而且这个男人正好光着一只脚,根据时间线推测,这个光脚男人就是性侵你的那个歹徒。他坠河后并没有淹死,而是被河水冲走一段距离又爬出来了。这个目击证人明确地告诉我,他看到的人不是我爸。"

"既然不是你爸,那又是谁?"唐缨盯着他问。

许星阳摇摇头:"这个……他也没看太清楚,但是他跟我爸很熟,如果是我爸,他一眼就能认出来。"

"你说的这个证人是谁?"

"这个我不能告诉你,但是他的证言绝对可靠。"

听他这么一说,唐缨的神情有了些动摇。许星阳再次用力点头:"总之,那个人绝对不是我爸!"

唐缨很快想到了另一个问题:"如果不是你爸,那他的鞋子怎么会掉落在现场?他的摩托车怎么会停在附近?而且警方也证实了他就是许老师,难道警察也搞错了?"

"警察是根据你的证词来确定犯罪嫌疑人的,如果你的证词有误,他们搞错对象也不是没有可能。"许星阳用手指在沙发扶手上敲一下,"现在整件事情最吊诡的地方是,当晚意图性侵你的人不是我爸,可真正的凶手为什么要冒充我爸呢?"

"是啊,如果真的是另一个人干的,那他图什么呢?"唐缨第一次从这个角度考虑问题,一时间也迷惑不解。

许星阳想了一下说:"我推测,这个时候我爸已经出事,甚至是遇害了,杀人凶手就是这个男人,他杀了我爸之后,冒充我爸来欺负你,并且故意在你还没看清他相貌的时候下跌到河里去,然后又躲开你的视线悄悄爬上岸。这样一来,他就把杀害我爸的罪名都转嫁到了你身上。还有,尸体被冲到下游,就算捞不着也说得过去。凶手使出这一招,就是为了将自己的杀人罪行掩盖过去。"

"怎么会这样?"唐缨着实被他的推理惊到了,"照你这么说,这个案子背后还隐藏着更大的罪案啊!"

"当然,这只是我的推测,"许星阳有点不好意思地挠挠头,"具体情况如何,还有待进一步调查。所以我今天才来找你帮忙啊,只有从你这里得到准确的答复才能继续调查下去,还我爸一个清白,同时也能查到当年真正欺负你的歹徒。"

"你倒是挺厉害呀,"唐缨看着他,脸上露出钦佩的表情,"想不到这么年纪轻轻,居然能从一个我完全没有注意到的细节里发现这么多疑点。"

"哪有什么厉害,"许星阳不好意思地笑了,"我就是平时喜欢看《名侦探柯南》之类的推理小说,遇上什么事情爱在心里瞎琢磨。"

"那行,你说吧,想叫我怎么帮你?"

"我想找到那个在你数学作业本里夹纸条的人。"许星阳思索着说,"这个人有可能是性侵事件的目击者,也有可能是这个案中案的知情人,无论是哪一种,我觉得只要找到这个人,肯定能从他嘴里问出些线索。"

"可是我真不知道这个人是谁呀!"唐缨皱起眉头说,"当时我看到这张纸条,心里害怕得要命,匆匆扫一眼就撕碎扔掉了,没有留下特别深的印象,只记得是用蓝色笔写的,字迹很丑。"

"是故意写得歪歪扭扭的那种字迹吗?"

"那倒不是,是用力写的,但写得很难看,就好像那个写字的人没上过几年学,写字本来就这么难看一样。"

既然从字迹上看不出线索,许星阳换了一个角度思考:"你说纸条当时是夹在数学作业本里面,那作业本一直在你书包里吗?"

"不是的,是数学课代表发给我后,我才看到里面有纸条的。"

"那会不会是数学课代表……"

"应该不会。当时我们班数学课代表是个男生,名叫秦卫云,他父母都在广东打工,他原本一直在广东上学,但户籍是光明市的,没办法在广东参加高考,所以高三那年又转回了光明市上学。事发时,他转学到咱们班还不到一个学期,我跟他也不熟,更没什么积怨,我觉得不大可能是他。"

"可是按常理推断,平时能接触到所有同学数学作业本的也只有数学老师和数学课代表了。"

唐缨明白他的意思,说:"更不可能是数学老师。陈老师对我特别好,真有什么事情她肯定不会通过这种传匿名纸条的方式来威胁我,而且陈老师几年前得肺癌去世了,就算怀疑到她身上也无从当面查证。"

"那班上的其他同学呢?"

"班上同学的字迹我大都认识,应该不是他们干的。而且作业本从陈老师办公室转到课代表手里,再分发给我,其他同学很难在不被别人看见的情况下塞一张纸条进去。"

许星阳皱眉道:"这倒是奇怪,那这张纸条到底是怎么出现在你作业本里的呢?"

"你问我,我问谁去?"唐缨有点不高兴地回了一句。许星阳道:"你刚才说的那个数学课代表秦卫云,现在在什么地方?我想找他问一下,看看他还能不能回忆起当时的一些情况。"

唐缨说:"他当年考上了大学,毕业后回到光明市工作,现在在电信公司上班,虽然跟我没什么联系,但在高中同学群里,我看到有同学叫他秦主任,应该是中国电信光明分公司哪个部门的领导吧。"

"中国电信光明分公司是吧?那行,我这就去找他问问。"许星阳起身告辞,忽然又想起了什么似的问道,"唉,对了,你手机怎么一直打不通啊?"唐缨拿起自己的手机看看:"平时骚扰电话太多,我屏蔽掉了陌生来电,只有手机里储存的号码才能打进来。你手机号是多少,我保存一下。"

两人互存了手机号,又加了微信,约好有什么情况随时联系。

"不好意思,今天打扰你了。"起身离开的时候,许星阳感觉到很不好意思，连声道歉，"你赶紧睡觉去吧，我去电信公司看看。"唐缨打个呵欠说："行，有什么情况一定要告诉我。"

离开兴和里后，许星阳立即骑着摩托车赶到桥湖大道，电信公司就在桥湖大道中段。那是一幢十层高的白色大楼，面向街道的一面墙壁上贴着蓝色玻璃幕墙，显得十分气派。

他刚迈进大厅，立即有客服迎住他："先生您好，请问您想办理什么业务？"

许星阳犹豫一下，说："那个……我是来找人的，找秦卫云主任。"客服小姐说："哦，你找客户部的秦主任啊，真不巧，他出差了。"

"出差了？"许星阳一怔，"那他什么时候能回来？"客服疑惑地打量着他："您找他有事？"

许星阳随口说："他是我姐的同学，我想来找他办张卡。"

"不好意思，秦主任估计要三天后才能回公司。其实你办卡的话，不用找秦主任的，我可以介绍工作人员给你办。你想办哪种卡？我们公司现在推出一个新套餐，优惠力度很大，我建议您……"漂亮的客服小姐立即热情地向他介绍起业务。许星阳面子薄，不好意思拒绝，只好跟着她来到柜台，掏钱办了一张电话卡。

第二天下午的时候，他估摸着唐缨睡醒了，打电话告诉她，人没见到。唐缨说："这样啊，那你过几天再去找他吧，我先跟他说打声招呼，虽然平时没什么联系，但看在老同学的分上，他应该不会拒绝你。"许星阳说："那就多谢了。"

几天后，他再次来到电信公司，客服将他带到主任办公室让他稍等，说主任在外面处理事情，很快就回来。他坐下后打量一番，这是一间宽大的办公室，屋里豪华的组合大班台、黑色真皮沙发、实木书柜和手提电脑等一应俱全，窗户边还摆放着一套古香古色的工夫茶茶具，现在五月的天气，并不算热，屋里的空调冷气却已经开得很足。他顿时心生羡慕，当年要不是父亲出事，自己肯定也能考上大学，过上这样的办公室白领生活，至少不用整天在小餐馆的厨房里被油烟熏得一身油腻了。

一阵脚步声响，打断了许星阳涌上心头的酸楚，一个穿白衬衣打着蓝色领带的中年男人快步走进来。许星阳急忙起身，叫了一声："秦主任！"

秦卫云赶忙回应:"许星阳许先生是吧?唐缨已经跟我提过你了,请坐请坐,喝茶喝茶!"

秦卫云给他倒了杯茶,隔着工夫茶茶桌,在他对面坐下,主动开门见山:"你来找我的事,唐缨在微信里稍微提了一点。不过许老师出事的时候,我刚转到光明高中不久,对案子的事也不太知情。"

"我主要是想了解一下跟唐缨的数学作业本有关的情况。"许星阳说,"当年你是班上的数学课代表,全班的数学作业都是你从老师办公室领出来,然后拿到教室分发给同学们的吧?"

"是啊。"秦卫云说,"整个高三一年时间的数学课代表都是我。"

"你们读高三的那个寒假,唐缨遭人性侵,当时警方怀疑罪犯是我爸爸,但是现在我找到一些线索,能够证明真凶另有其人。"

秦卫云"哦"了一声,放下茶杯,抬头看着他等他往下说。末了,秦卫云皱起了眉头:"你该不会怀疑匿名纸条是我这个数学课代表写的吧?"

许星阳急忙摆手:"不是不是,我没有怀疑你的意思。只是觉得全班数学作业本都是你从老师办公室领出来的,而唐缨作业本里的纸条很可能就是从办公室到教室这段路上被人悄悄放进去的,所以我想问一下您,事发当天有没有其他人接触过班上的数学作业本?"

"这个应该没有吧。"秦卫云回忆了一下,"说实话,事情都过去这么久了,你突然问起来,其实我也记不太清楚。"

"唐缨说作业本是中午发放到她手里的,她看到纸条后伏在桌子上哭了好久,班主任还来关心她的情况。下午她请假回家了,第二天一早去派出所报警,她的遭遇才曝光出来。"许星阳说出当天发生的事情,试图唤醒秦卫云的记忆。

"哦,你这么一说,我还真有点印象。"秦卫云说,"我确实记得唐缨哭了,当时我和班上的同学都很奇怪,不知道她哭什么,直到第二天有消息传来说她被……我们才明白过来。你说的在数学作业本里夹纸条,就是那天中午发生的事情吗?让我想想。"

他站起身在办公室里来回踱步,最后摇摇头说:"记得我当时拿着一大摞作业本从办公室出来,上了一道楼梯,再经过长长的走廊,直到进入教室,中间好像没有人碰过它们。当时作业本就抱在我胸口,如果有人翻动,我没有理由不知道。"

"哦……"许星阳满怀希冀的目光垂落到地板上。正在他大失所望之时,秦卫云坐下喝口茶,忽然说:"不过我想起来了,那天我拿作业本回教室的中途发生过一件事。"

许星阳抬头:"什么事?"

秦卫云边想边说:"当时我在走廊里,忽然听到有人从后面叫住我,说他看见楼梯拐角的地上有两张五元钞票,问是不是我的。我把作业本放在旁边实验室的窗台上,边伸手摸口袋边跑回楼梯拐角处,果然看见地上有一张五元的钞票。我捡起来后继续寻找,又找到一张五元纸币,这十块钱对于一个高中生来说算是一笔横财了。我知道这钱肯定不是我掉的,但看看旁边没有别的同学,就悄悄揣进了自己的口袋。"说到这里,他的脸红了一下,"现在想来还是觉得有些羞愧,当时十元钱够我吃两顿夜宵,所以这钱虽然不是我的,但还是占为己有了。"

"后来呢?"

"我生怕被别人发现,便揣好钱跑回走廊,那个提醒我掉钱的人已经不在了,我抱起作业本进入教室后便发给同学们了。"秦卫云看见许星阳皱眉不语,猜到了他心里的想法,"如果真的有人往唐缨的作业本里塞进了纸条,只有可能是在那个时候。"

许星阳点头说:"是的,而且这两张五元钞票应该是这个人故意扔在地上的,目的就是吸引你回头捡钱,他好有机会把纸条塞进作业本里。"

"听你这么一分析,好像还真是这么回事。"

"您认识那个叫你回头捡钱的人吗?"

"不认识,"秦卫云摇摇头,想了一下又说,"但是我记得当时学校操场正在翻新,那个人是在工地上开挖土机的司机。我曾听见有人叫他窦师傅,好像也有人叫他窦队长,具体叫什么名字,我不知道。"

许星阳不由自主地坐直了身子:"你真的听别人叫他窦师傅和窦队长了吗?"

秦卫云点点头:"是的,现在想来,我应该在学校操场上见过他几次,只是没有留意罢了。"

许星阳听到这里,心中已然有底,如果这个人真的姓窦,那肯定是窦武,因为他既是挖土机司机,也是学校操场翻新工程施工队的队长,被人叫作窦师傅或者窦队长都很正常。

他又向秦卫云询问了几句,但是毕竟事情已经过去十五年,这位秦主任也再回忆不起什么其他有用的线索。他不好继续耽误秦主任的时间,便起身告辞。

从电信公司出来,许星阳在嘴里把"窦武"这个名字叨了两遍。他确信塞纸条的人就是窦武,虽然没有直接的证据,但从现在的情况来看,这是目前最合理的推测。

许星阳记得当年爸爸失踪的时候,包工头雷大铭和施工队队长窦武都曾一起帮忙寻找,现在看来,这显然是一个假象。当年在春水河边企图性侵唐缨的人并不是爸爸,被唐缨踹下河的人也不是爸爸。那个落水者到底是谁?爸爸到底去了哪里?河边性侵案发生之前他是不是就已经遇害了?那天晚上在学校和菜地里到底发生了什么?在唐缨数学作业本里夹纸条的人真的是窦武吗?窦武只是单纯目睹了菜地里的案发经过,还是另有隐情呢?姐姐当年出事,是不是跟爸爸的失踪案有关呢?

他看着街道上的车水马龙,眉头渐渐拧紧。所有这些问题,都等着他去寻找答案!

第十一章　恐怖阴婚

刑警大队办公室电话铃声响起时，毛乂宁正歪在自己的座位上打瞌睡，嘴巴半张着，一缕涎水挂在嘴角欲滴未滴。为了彻查那桩流窜杀人犯的案子，大队长马力带着大伙忙得不可开交，只有毛乂宁被他排除在这种大案要案之外，成了一个闲人，加上夏蕊蕊失踪案又一直没有进展，他很快又恢复成了以前得过且过的工作状态。

电话铃声响了好一阵才把他吵醒，毛乂宁睁开眼睛看见办公室里几乎又空了，除了他自己，只剩下新警员邓钊在拖地。他咳嗽一声，用手揩着嘴边的涎水："小邓，接电话！"

邓钊说："电话不就在你旁边吗？"毛乂宁说："废话，没见我在睡觉吗？"邓钊被呛了一句，只好扔掉拖把过来接电话："喂，您好！对，这里是刑警大队……哦，请稍等！"他捂着话筒侧头说，"毛哥，找你的。"

"怎么又找我？"毛乂宁伸个懒腰，磨磨蹭蹭地走过去，接过电话放在耳朵边："喂，你哪位？"对方是一个声音听起来有点嘶哑的男人："请问是毛警官吗？"毛乂宁说："我是，你找我有什么事？"

对方说："哦，是这样的，毛警官，我叫左文崇，是光明市东风镇左家沟人，今天我到镇上办事，在街上看到一张贴在路灯柱子上的寻人启事，说是你们警方在找一个叫夏蕊蕊的小姑娘。"

寻人启事是刑警大队贴的，他们还通过电视台发布了寻人消息，对外留的联系电话一个是110，一个是负责该案的毛乂宁的办公电话。这几天他零星接到几个相关电话，但对方提供的都是一些驴唇不对马嘴的线索，根本不值一查，渐渐地毛乂宁对这类电话也不抱什么希望了。

毛乂宁不紧不慢地说："嗯，是在调查这起失踪案。"左文崇说："毛警官，我、我好像有些线索……我知道这个女孩在哪里。"

"在哪里？"

"她好像跟我一个亲戚的儿子结婚了。"

毛乂宁气得不轻："你消遣警察是不是？人家一个十二岁的小姑娘能跑去结婚？"

左文崇忙解释道："不不不，不是这个意思……唉，我这人嘴笨，在电话里一时半会也说不清楚，咱们能见面说吗？"

"那行，我在市公安局刑警大队等你，你可以过来找我。"

左文崇说："毛警官，你、你们能过来我这里吗？我没车，去市里还要到车站搭车，挺麻烦的。"

毛乂宁知道东风镇在光明市最西边，距离市区有好几十公里，算是光明市最偏远的乡镇了，让人家过来一趟确实不容易。他想了一下说："那行吧，你留个电话和地址给我们，我们有时间就过去找你。"

左文崇"哦"了一声，已经听出他似乎对自己提供的线索不太感兴趣，难免心灰意冷，只留下了自己的手机号码，说："你们什么时候过来就给我打电话吧。"快要挂断电话时，他又说了一句，"你们要找的那个女孩，是不是右边耳朵后面有一颗黑痣？"

"你说什么？"听到"黑痣"这两个字，毛乂宁像是被电到一样，整个人立马从瞌睡中清醒过来，"你再说一遍！"对方又把刚才的话复述一遍，毛乂宁还没听完就马上说："你叫左文崇是吧？你现在在哪里？我马上过去找你。"左文崇显然没有料到他的态度突然一下变得这么积极："我、我现在在镇上，等下就回家了，你到家里来找我吧。"

"行，我马上就去左家沟村，你一定要在家里等着。"

挂断电话，毛乂宁立即拿起搭在座位靠背上的警服，一边往身上披一边匆匆招呼邓钊："走，夏蕊蕊失踪案有线索了。"邓钊刚才站在电话旁边已经听到一个大概，说："毛哥，你怎么知道这人不是像以前那几个家伙一样打电话乱报警呢？"

毛乂宁摆了摆手："这个叫左文崇的人提供的线索应该是真的，因为他说出了夏蕊蕊右边耳朵后面有一颗黑痣，寻人启事上使用的都是夏蕊蕊的正面照，根本不可能从照片上看到她耳朵后边有颗黑痣。我是当初在夏婕

第十一章 恐怖阴婚　　125

手机里翻看夏蕊蕊侧面照片时才注意到这个细节。既然这个人能说出这颗黑痣，或许他真的见到了夏蕊蕊。"

邓钊边点头边跟着他往外走："这么说来，还真得去一趟东风镇了。"

两人开着警车很快出了市区，一路向西，又在路上行驶了一个多小时，到达东风镇时已经是上午十一点。中午天气闷热，这辆老爷车空调不足，两人只好打开窗户吹着外面的热风，一路继续往前开。又花了二十多分钟，终于来到左家沟村，经过村民指点，很快找到了左文崇的家。

左文崇是一个三十多岁的黑脸庄稼汉，正坐在屋前的台阶上抽烟，脚底下已经扔了一堆烟头，看样子是专门在等着警察。看见警车停在自家门口，他立即扔下烟头迎住从车上跳下来的两个警察，问："哪位是毛警官？"

毛乂宁点头道："我就是，光明市公安局刑警大队刑警毛乂宁。"他朝对方亮一下警官证，然后问，"早上是你打电话报警的吗？"左文崇忙不迭地点头："对对对，是我。你们叫我在家里等着，我都已经在这里等了快两个小时了。"他边说边从屋里搬出两个凳子，请两位警察坐下。

"抱歉，让你久等了。"毛乂宁坐下后说，"说说吧，到底是什么情况？你是什么时候，在什么地方见到寻人启事上那个失踪女孩的？"

左文崇估计是感冒了，说话的时候嗓子略略有点沙哑："警察同志，我确实是在我表哥他儿子婚礼上见过那个女孩的。"

邓钊抬眼盯着他："婚礼？人家是一个才十二岁的小学生，怎么可能……"左文崇搓着手说："警官，你们会意错了，我这里说的结婚，并不是真正的结婚。"毛乂宁听出他话中有话，催问道："那是什么样的结婚？"左文崇犹豫着说："就是、是农村常说的那种、那种结阴婚。"

"结阴婚？"毛乂宁和邓钊都大吃一惊，这种事情他们只在电视剧或者网络上看过，实际的办案过程中还真是头一次遇到。

据左文崇所言，他有一个表哥叫麦忠良，住在邻近的南华县小米庄乡小米村。虽然地属隔壁县，但其实小米庄乡与东风镇是紧挨在一起的，他所在的左家沟村与小米村之间仅隔着一条窄窄的左家沟河，两个村子之间有一座水泥桥相连，往来十分方便。

麦忠良有一个儿子，今年二十岁，上个月得病死了，家里人给村干部送了点钱，避过了火葬程序，直接挖个坑把他给土葬了。儿子的后事虽然办完了，但麦忠良始终有一块心病，那就是儿子生前没有结婚成家，死后也是孤身一人。一来担心他在阴间孤零零一个人，连个伴都没有；二来怕他鬼魂作怪，闹得家宅不得安宁，因为如果给儿子垒一座"孤坟"，按照风水先生的说法，"祖上有孤坟，家里有孤人"，这会影响家人及后代的命运，所以他想按这一带农村的风俗，给儿子配个阴婚，找个女人的尸体，跟儿子以夫妻名义合葬在一起，让儿子在阴间成个家。

结阴亲的习俗在附近乡下很常见，大家也没觉得有什么不好，甚至有人还为此大办酒席，搞得比真正的结婚还隆重。麦忠良把给儿子结阴亲的钱都准备好了，但女方的尸体并不好找，好多光棍人家都在排队等着，新去世的女人非常抢手，往往刚刚过世，甚至还没有断气就被人重金预定。麦忠良好不容易经人介绍找到两个女尸，都因为女方年纪太大，跟儿子八字不合，没有把这桩阴婚配成功。

就在儿子病死一个多月后，农历四月二十六日那天，麦忠良经过熟人介绍终于找到一个刚死不久的小姑娘。据她亲戚说是不小心从楼上掉下来摔死的，愿意以十八万的价格卖给他们家结阴亲。小姑娘年纪不大，而且跟麦忠良儿子的八字也很相合，他们当即就答应了。

花十八万买下这具女尸后，麦忠良第二天就把儿子的尸体挖出来，按配阴婚的习俗，男女两具尸体摆在一起，搭上一块大红绸，中间系着一朵花，看上去就像两人手牵着手一样。举办完婚礼，在一片敲锣打鼓的热闹声中，这对"新人"就被抬到坟地，合葬在一起。

虽然是结阴亲，但在农村来说也是一桩喜事，摆酒请客是少不了的。当天中午，麦忠良在家里摆了五桌喜酒，左文崇作为表亲也被邀请参加了这场特殊的婚礼。

婚礼结束后，左文崇回到自己家里，本以为这件事就这么过去了，便没多放在心上。但是今天上午，他去镇上农资站买化肥时，无意间瞄到了路灯柱子上警方发布的寻人启事，发现传单上印着的女孩头像很像自己在表哥家"婚礼"上看到的跟表哥儿子配阴婚的女孩。当时女孩的尸体已经被人收拾得干干净净，还化了妆，身上穿着鲜红的婚礼服，别人搬动尸体时，他看见女孩耳朵后面有颗黑痣。

毛乂宁听到这里，不禁倒抽一口冷气，他皱起眉头向左文崇确认道："你没认错人吧？你看到的，确定是寻人启事上的这个女孩？"为了让他看得更清楚一些，他又用手机打开夏蕊蕊的彩色照片给他辨认，左文崇看了一眼，点头说："对，就是这个女孩，错不了。"

邓钊问道："她在配阴婚之前，真的已经确认死亡了？"

左文崇说："那是当然，如果是活人就不可能拿来配阴婚了啊，当然得是死人。"

毛乂宁问："你知道这孩子是怎么死的吗？"

左文崇一脸茫然地摇摇头："不知道，我也只是朝她的尸体看了几眼，而且经过了清洗和化妆，身上具体有什么伤口痕迹，好像也看不出来。"

毛乂宁起身道："这样吧，你先上警车，带我去麦忠良家看看。"

左文崇面露难色，磨蹭着说："警察同志，我怕我表哥怪我多事，我就远远地指给你们看，不跟你们一起进他的家门行不？"

"你只要把路带对就行了，其他事情警方来办。"

警车开出左家沟村，驶过一座架在小河上的水泥桥，到了邻县的小米村。小米村还没有通水泥路，村道是一条灰乎乎的小土路，两边堆满生活垃圾，到处都是乱飞的苍蝇，整个村子看起来肮脏而诡异。在左文崇的指点下，几个人很快找到了麦忠良家。当两个警察向着那幢旧平房走去的时候，左文崇缩着脖子，悄悄溜走了。

堂屋里有几个人正围在一起打麻将，看见两个警察找上门来，所有人都吓得不轻，赶紧抓起桌上的赌资往口袋里塞，有两个胆大的一脚踢开凳子，想要夺门而逃。

毛乂宁堵在门口问："谁是麦忠良？"一个四十多岁面孔苍老的男人哆嗦着站起来："我、我就是。"

毛乂宁说："今天不是来抓赌的。麦忠良留下，其他人都散了吧。"牌桌上的几个人如蒙大赦，一哄而散，只剩下麦忠良呆站在那里，看着两个警察，有点不知所措。

毛乂宁道："听说这个月十八号，就是农历四月二十六日这天，你找别人买下一具女尸跟你儿子配了阴婚？"

麦忠良道："是、是有这么回事，我们这里都是这个习俗，很多光棍人家都是这么干的，所以我也花钱给孩子……"毛乂宁摆手打断他的话："尸体埋在哪里了？"麦忠良用手往后面指一下："就在楼后不远的一块自留地里。"毛乂宁敲着桌子说："你现在赶紧叫几个人把坟挖开，我要开棺检查。"

麦忠良面露难色，犹豫着说："警察同志，你看这人都已经埋好，再开棺就不吉利了，还得重新做道场，重新埋下去……再说结阴亲的也不光是我这一家，周围十里八村的人都是这么干的……"

邓钊忍不住怒道："这个不光是配阴婚的问题，现在怀疑你买的那个女孩是警方正在查找的一名失踪女童，如果这事被查证属实，你可就摊上大事了。"

"失踪女童？"麦忠良呆住了，看见两个警察脸上严肃的表情，渐渐明白事情的严重性，"警察同志，我对天发誓我根本不知道那是什么失踪女童，我、我以为……"

毛乂宁不耐烦地催促道："甭废话了，赶紧叫几个人过来开棺。"

麦忠良这才苦着脸不情不愿地找了几个邻居，大家手里拿着铁锹，在两个警察的监视下，磨磨蹭蹭往楼后走去。

距离麦忠良家大约半里路远的一块旱地里，立着一座新坟。麦忠良说："我儿子儿媳就埋在这里。"毛乂宁道："赶紧挖开！"麦忠良无奈地指挥着几个邻居，挥动铁锹将坟墓挖开，埋在泥坑里的一具黑漆棺材渐渐显露出来。

毛乂宁又叫人拿来撬棍，一下一下地将棺材盖启开，一股令人作呕的尸臭顿时爆发出来，熏得大家都往后躲得远远的。邓钊从警以来还没有见过这种场面，又正好站在下风口，吸进一口臭气，只觉得五脏六腑一阵翻腾，立马蹲到一边呕吐。

毛乂宁皱起眉头，拿出一张纸巾捂住口鼻，探身朝棺材里仔细查看，果然有一男一女两具尸体同棺而卧。男尸是一名成年男性，尸体已经高度腐败，女尸身高约一米四零，明显是一个未成年人，身上穿着红色的绸质衣服，因为埋下的时间不长，尸体腐败程度还不深，往脸上看，是一个圆脸小姑娘，他一眼就认出这是失踪多日的夏蕊蕊。

虽然他已经有了心理准备，不过一旦亲自证实这个残酷的事实，心还是像被针狠狠扎了一下，发出一阵抽搐般的刺痛。他大声命令："小钊，控制住麦忠良，其他无关人员退开三十米。"邓钊答应一声，立即上前将麦忠良双手反转到背后铐了起来。

毛乂宁走到一边掏出手机给队长马力打电话:"马队,那个失踪的孩子已经找到,只不过……"他简单汇报了现场情况,"马队,我觉得这个很有可能是一桩人命大案,我和小邓两个人根本应付不过来,你看能不能再派点人手过来?"

马力为难地沉吟道:"我这边实在抽不出人手了,毛大侦探,你就辛苦一下吧,我看这案子也不太复杂,你和小邓两个人肯定能搞定的。"毛乂宁知道他这是有意刁难自己,心里虽然有火,但也只得强行压制住,毕竟现在还得以工作为重,其他事情以后再说:"那行,我知道你们都在忙大案子,但你总得给我派两个法医过来吧?"马力说:"行,我马上通知法医过去帮忙。"

毛乂宁想了一下,又说:"要不你给南华县公安局发个公函,请他们小米庄乡派出所派人过来支援一下,这个总行吧?"

挂断电话,毛乂宁虽然心里有气,却不好在工作现场发泄,用脚将地上的一个土坷垃踢得老远,心里暗骂一句:什么鸟队长,还不是跟那个姓吴的一个鼻孔出气?凭你这点能耐,没有你那个当政委的鸟师父帮忙,能坐上队长的位子?我呸!

控制住麦忠良后,他跟邓钊在坟地四周拉起警戒线。听到消息赶来看热闹的群众越聚越多,几乎要把警戒线踩断,正在两人感觉吃力时,小米庄乡派出所肖所长带着七八名警员赶了过来,勉强把现场秩序控制住了。

肖所长听毛乂宁说完现场情况,皱了皱眉头,显然不想参与进来:"既然这是光明市的案子,那还是以您为主导,我这边全力配合,有什么需要协助的,尽管说。"

邓钊早已经电话通知了死者家属,中午一点多,夏婕先行赶到,确认躺在棺材里的红衣女孩是女儿后,她再也支撑不住,叫一声"蕊蕊",人就晕倒过去。派出所两名女警员急忙将她扶到一边休息。她大口喘着气,睁开眼睛后,又哭叫着扑向棺材边,却被警员拦住。她瘫坐在泥地上,放声恸哭起来。

紧接着光明市公安局的法医姜一尺也带着他的助手赶到现场,老姜二话没说,穿好防护服就把头埋进棺材里开始尸检。"死者身上有些伤痕,但时间过去太久，又因为配阴亲时可能被什么化妆品涂抹后遮掩住了，所以凭肉眼很难看出是怎么弄伤的。"他边说边小心地翻动着尸体。

"这么说，具体死亡原因现在还不清楚是吧？"

"是的，这个必须得把尸体拉回去进一步尸检才能确定。"

"死亡时间呢？"

"死亡时间嘛，"老姜把尸体从头到尾检查一遍后说，"初步判断，估计死了八九天了。"

毛乂宁点点头，今天是五月二十五日，八九天前，那就是五月十六日至十七日之间。这与他掌握的情况基本相符，夏蕊蕊是在五月十六日周六傍晚失踪的，现在看来，她失踪不久就已经遇害。

老姜把头从棺材里抬起来："抱歉，目前现场初步尸检能看出来的只有这么多了，更具体的信息，要等解剖后才能知道。"

"行，尸检的事就交给你们了，尸检报告出来，请第一时间通知我。"

"好的。"老姜点着头说，"如果没有什么其他情况，我们就先把尸体拉回法医中心了。"

看着运尸车将夏蕊蕊的尸体拉走后，毛乂宁挥挥手，让围观的群众都散了，然后把已经上了铐子的麦忠良带到一边。麦忠良意识到自己摊上了大事，脸色煞白，看着面前的两个警察，浑身像筛糠似的哆嗦着。

毛乂宁说："你抖什么抖？这个被你用来配阴婚的小女孩，人家本来活得好好的，前些日子却突然失踪，她妈妈为了找她几乎找疯了。"

麦忠良颤声道："警察同志，我、我根本不知道是这么回事，我看到她的时候，她就已经死了，拉到我家时就是一具尸体。"

邓钊问："你看见尸体的时候发现她身上有什么特别的伤痕吗？"

"给她换衣服的时候确实看到一些，主要是在背上，脑袋后面好像也有，不过她叔叔说她是从楼上掉下来摔死的，所以身上有伤很正常，我当时也没有多想，用白粉把伤痕掩盖住就给她换衣服了。"

"她叔叔？"

"对，就是把尸体卖给我的那个人。他说这是他家亲侄女，意外从楼上掉下来摔死了，家里缺钱，所以才想着卖掉尸体挣点钱，一开始他要价二十万，后来我们还价十八万成交。"

邓钊人年轻，头一次听说还有这样买卖尸体的，不由得打个寒战，起了一身鸡皮疙瘩。

毛乂宁盯着麦忠良问："那个人叫什么名字，住在什么地方？怎么才能找到他？"

麦忠良摇摇头，哆嗦着说："我只知道他姓张，别人都叫他张哥。具体叫什么名字，是哪里人，我、我真不知道。"

"连这些都不知道，那你们是怎么交易的？"

麦忠良吞了一口口水："是这样的，有一天我在邻居家打麻将，牌桌上有一个牌友，隔壁村的何细民听说我想买个女人尸体给儿子结阴亲，便说他最近认识一个人，那人手里有一具新鲜女尸，刚死不久，特别年轻，可以跟我儿子配成一对儿，问我想不想买。于是通过何细民的介绍，我就跟这个张哥联系上了，最后在何细民家里见面，双方谈好价钱，他当天用一辆小面包车把尸体拉到我家，我们付完钱他就开车走了。具体细节，一概没问。当时我以为这女孩真是他家亲戚，要是知道尸体来源这么麻烦，说什么我也不敢要了。警察同志，您说是不是？"

"什么是不是！就算是来源不麻烦的尸体也不能随意买卖，配阴亲这一套全都是封建迷信。当务之急是找到这个张哥把事情问清楚。"毛乂宁推了他一把，"走，带我们去找何细民。"麦忠良悻悻地跟着他们走出田埂，上了停在村道边的警车。

邓钊负责开车，在麦忠良的指引下，一行人很快来到邻近的水泽村。何细民家里同时开着两场麻将，一大堆人聚在一起，麻将搓动的声音隔好远都能听得见。

毛乂宁让邓钊把车停在路边，将麦忠良手上的铐子解开后说："我就不下车了，你进去把何细民叫到车里来，我在这里等着。"

麦忠良点点头，活动着被手铐铐疼的手腕跳下了车。毛乂宁和邓钊坐在警车里，隔着窗户玻璃注视着他的一举一动。不大一会儿，麦忠良领着一个五十多岁的驼背老头上了警车。"警察同志，这就是何细民。"麦忠良说。

何细民看看身穿警服的邓钊和毛乂宁，眼睛里露出一丝慌乱之色："你、你们找我干什么？"

毛乂宁看着他问："前不久，你从中牵线，介绍麦忠良在一个叫张哥的人手里买了一具女尸给他儿子配阴婚，有这么回事吗？"

"原来是这事啊。"何细民松了口气，"我纯属友情帮忙，可是没有收取一分钱中介费的。"

"你不用紧张，我不是要追究你的责任。"毛乂宁说，"现在警方想找到这个张哥了解一些情况，你认识他吗？"

何细民点头说："认识，但也不是特别熟，他全名叫张友权，在小米庄乡开了一家友权超市，算是一个小老板吧，我跟他也是在麻将桌上认识的，打麻将的时候无意中听他说他有个亲戚的女儿从楼上摔下来死了，家里人想把尸体卖给别人配阴亲挣点钱，问有没有人想买。当时我也没有留意，下午我跟麦忠良一起打麻将，突然想起他儿子不是一直在等着配阴亲吗，所以就顺嘴问了麦忠良一句，想不到还真把这桩买卖给促成了。"

"既然这个张哥有名有姓，还有地址，那就好办了。"毛乂宁把身子往座位上一靠，"你们俩一起，跟着去找这个张友权核实一下。小钊，咱们走！""好嘞！"邓钊答应一声，发动警车，往小米庄乡开去。

小米庄乡乡政府驻地在小米街上，据何细民所言，张友权的友权超市就开在这条街上。半个小时后，警车开到小米街，街道长约一公里，两边有一些服装店和小饭馆，但最多的还是麻将馆，有的店铺甚至把麻将桌摆到了台阶外面，街上冷冷清清看不到几个人，但搓麻将的声音此起彼伏，不绝于耳。

警车开到小米街最末端，何细民隔着车窗往外指了指："就是这里了！"

毛乂宁顺着他手指的方向看过去，街道边果然有一家友权超市，占着两间门脸，一些售卖的日杂用品已经摆到外面台阶上。他们一起下车，何细民在前面带路，走进超市。有几个年轻姑娘正在店里买东西，柜台里面的收银机后面坐着一个四十来岁的中年男人，正在收钱和找零。何细民朝柜台后面的中年男人指一下："他就是张哥张友权。"

等到店里的顾客付款离开，毛乂宁走到柜台前，朝着坐在里面的超市老板亮出证件："张友权是吧？我是光明市公安局刑警大队的。"

张友权看到警察找上门来，吃了一惊，立即从收银机前站起身："我就是张友权……"

"知道为什么来找你吗？"毛乂宁看着他问。

"不、不知道,"张友权摇摇头,看看站在警察旁边的麦忠良和何细民,"因为打麻将赌钱?"

"赌博的事,我现在没空管。你再好好想想,还有没有其他事?"

"好像没有了啊。"

邓钊在后面提醒了一句:"你是不是卖了一具女孩尸体给麦忠良的儿子配阴婚?"

张友权恍然大悟般点点头:"哦,原来是这件事啊?"他坦然承认,"这也不是头一回了,我本业是开店,副业就是干这个事的中介。"

"中介?"

"因为在乡上开超市,平时往来的人比较多,信息比较灵通,哪个光棍死了想配阴亲,谁家女人没了要卖掉尸体赚钱,我都知道一些情况。于是就当上了这个中间人,从中穿线搭桥,促成双方生意,赚点钱花。"

他见两个警察正瞪着眼睛看着他,尴尬地笑了一下:"两位警官,你们别这样看我,我干这个活之前咨询过律师,配阴婚在我这里的农村,构不成违法犯罪,女方死者的亲属有权处置尸体,出卖亲人尸体也不会构成侮辱尸体罪。"

"你还懂得去咨询律师啊。"毛乂宁沉着脸道,"难道律师没有告诉你,配阴婚虽然不违法,但却是一种封建迷信活动?像你这样从封建迷信活动中牟利,危害社会,造成不良影响,也是违法犯罪行为,警方随时都可以来抓你。"

张友权显然也是老油条了,不当回事地笑笑:"这一带的人都知道我是干这个的,有什么尸源信息都会跑来告诉我,谁家需要女人尸体配阴婚,也会事先到我这里来排队预订。我已经干了好多年,如果真的犯罪,你们警察早就来抓我了,也不用等到今天是吧?"

"不是不来抓你,而是时机未到。"毛乂宁指着他鼻尖怒声道,"更严重的是,如果为了贩卖尸体牟利而故意杀人,就不是单纯买卖尸体那么简单了。那可是故意杀人罪,是要被抓去判死刑的。"

张友权变了脸色:"警察同志,你、你们可不要血口喷人,我经手的尸体都是正常死亡的女人,是她们家里人想卖掉尸体挣钱,我才牵线搭桥的,并没有像你说的为了得到尸体而故意杀人。饭可以乱吃,话不能乱说,尤其是你们当警察的,可不能随随便便就把杀人罪名安在别人头上。"

毛乂宁两眼一瞪:"你还在这里狡辩?你卖的那个女孩名叫夏蕊蕊,是光明市一名小学生,五月十六日傍晚无故失踪,她家里人为了找她都快急疯了,现在你居然说是她家属把尸体卖给你的,你这个谎也扯得太大了!我告诉你,警方已经看过了尸体,她的死因大为可疑。如果她真的是非正常死亡,那警方就有理由怀疑你不仅仅是参与了贩卖尸体这么简单,很可能涉嫌故意杀人。故意杀人你要负什么刑事责任,这个就不用我多说了吧?"

"什么,她是失踪的?"张友权不禁吓了一跳,"那个家伙不是说这是他亲侄女,从楼上意外掉下来摔死的吗?怎、怎么牵扯到杀人案了?"

毛乂宁从他的话里听出了端倪:"谁?谁说夏蕊蕊是他亲侄女?"

"就是把这个女孩尸体卖给我的那个人啊。"张友权说,"他就是这么跟我说的,他说孩子家里缺钱,孩子的父亲托他把尸体卖掉换点钱给家里用。当时他要价十三万,我还价到十万,后来又以十八万的价格卖给了麦忠良,中间赚了八万元差价。我要是知道这孩子涉及刑事案件,我、我说什么也不会接这桩买卖啊!"

"那个卖尸体给你的人到底是谁?"

"这个……不行,咱们这一行有个行规,不能随便向别人透露上下家的来历,免得生出麻烦。"张友权犹豫一下,最后摇头说。

"去你妈的!"毛乂宁被他彻底惹火了,隔着柜台伸手揪住他胸前的衣服,"你要是不说,如果最后证实那个女孩是被人害死的,那这桩人命案就得算在你头上。"

"不、不,就算她真的是被害死的,那杀她的人也不是我,我、我没有杀人……"张友权吓得语无伦次。

"赶紧说,到底是谁把尸体卖给你的?"毛乂宁故意从腰里掏出手铐,用力拍在柜台上,"如果不肯说,那就只好请你去一趟公安局把情况说清楚。不过你可要想好,公安局进去容易,想出来可就难了。"

张友权赶紧摇头摆手:"不不不,警察同志,我不想坐牢,更不想被抓去枪毙……我、我买回那个女孩尸体的时候她就已经死了,我一直以为她是坠楼摔死的,想不到却……就算她的真实死因存疑,也绝对跟我没有半毛钱关系……"

毛乂宁一直冷眼盯着他，张友权脸上一丝一毫的表情变化都没有逃过他鹰隼般的目光。看得出张友权脸上害怕的表情不像是伪装出来的，他说话的语气才缓和下来："既然你说小女孩的死不关你的事，那上一个将尸体卖给你的人就非常可疑了，如果你不说，你就有可能是在包庇杀人犯。"

　　"行行行，我说我说。"到了这个时候，张友权也顾不上什么行规了，还是保命要紧，"警察同志，卖给我尸体的那个人是你们光明市的，他也姓张，算起来是我本家，他叫张飞，我去光明市玩的时候见过他两次，他是一个小货车司机，靠拉货打零工为生，但实际上他又是一个在道上混的人，道上的兄弟都叫他飞哥，也有人叫他飞仔。他好像有些能耐，常常替人出头平事，在圈儿里小有名气。"

　　"你说的是光明市的张飞？"毛乂宁确认了一遍。张友权连忙回应："是的，就是他。"

　　毛乂宁用力点一下头："那行，这个事情警方会找他调查核实清楚的。你，"他指指张友权，然后又指一下麦忠良和何细民，"还有你们两个，最近一段时间不要离开南华县，留在家里随时接受警方调查。"

　　"行行行，没问题！"麦忠良三人一听，忙不迭地点头答应。

第十二章　沉默校园

开着警车回光明市的路上，邓钊问："毛哥，你认识那个张飞啊？"

"你怎么知道？"

"按正常程序来说，那个张友权说出上家张飞的名字，我们应该详细问清楚张飞的住址联系电话之类的，方便上门核实情况，结果你一听到那人的名字，就没再往下问了，显然心里有底了啊。"

"好小子，有长进啊！"毛乂宁哈哈一笑，表扬了他一句，"这个张飞，对警方来说也算是老熟人了，在光明市的混混圈里有一句话，'有事找飞哥'，说的就是他。"

"有事找飞哥？"

"对，正如张友权所说，这个张飞在他们那个圈子里很有名气的。他的能耐主要有两点，第一是门路广，能平事，有什么难事花点钱请他出马肯定能帮你摆平；第二就是讲义气，拿钱办事，绝不多问，也绝不多事，就算最后出什么事，他也绝不出卖雇主，所有事情都自己扛着。他曾替人讨债把别人打伤，也曾受一个女人委托去勾引她丈夫的小三，结果把这个小三的头发给点着了。总之因为出手过重闹出好几桩案子，被刑警大队处理过几回，有一次还是我亲手抓的他，可这小子死活不说到底是谁出钱请他打人放火的，所有事情都自己一个人扛下来，好在他犯的都不是什么大事儿，在看守所关一段时间就放出来了。"

"那你知道他住哪里？"

"不知道，"毛乂宁摇头，"他是狡兔三窟，经常换出租屋，也不会轻易跟别人透露自己的住处。"

"你知道他手机号码？"

"知道他以前的手机号码，不过他每次被抓放出来后就会换一个号码，所以就算知道也没什么用，联系不上他。"

邓钊有点着急："你这也不知道那也不知道，光知道他这个人有什么用啊？咱们上哪儿找他去？"

毛乂宁笑了："这些都不重要，但我知道他有一个妹妹叫张慧，我认识他的时候，他妹妹还在读小学，现在已经在培正中学读初中。张飞父母死得早，家里只有他和妹妹相依为命，不管他在外面有多横，但是对妹妹非常好，有点长兄如父的意思，所以只要找到这个张慧，就能打听到她哥哥张飞的下落。"

"原来是这样。"这时候警车刚开进光明市里，邓钊说，"那咱们直接去培正中学吧。"

毛乂宁看看表，已经是晚上七点多："这个时候已经放学了，还是明天过去找她吧。对了，今天还没吃晚饭呢，你看见哪里有饭馆就停一下车，我请你吃饭。"

两人今天在乡下待了一整天，中午的时候随便吃了几块饼干，经毛乂宁这么一说，邓钊才发现自己的肚子已经饿得咕噜咕噜直叫唤。他在路边一家大排档门口停下车，两人走进店里找了张桌子坐下，叫了几个小菜还有一瓶冰镇汽水，埋头吃起来。

"毛哥，其实我一直有个问题想问你。"吃饭的空当，邓钊抬眼看看毛乂宁，犹豫着说。

毛乂宁夹起一块回锅肉往嘴里送："什么问题，说吧？"

"我来警队时间不长，才一个多月，平时看见其他同事都忙进忙出，只有你一个人清闲得很，连队长都不怎么理会你，我还以为你……"

"以为我是一个废柴刑警，对吧？"毛乂宁咧嘴一笑。

邓钊不好意思地挠挠头："之前还真是这样，我以为你跟我一样是警队里最没用最不招人待见的。但跟你一起调查这起案子，我发现你完全不像我原来想象的那样，其实你办案能力很强，任何细微线索都逃不过你的法眼。你办案时的样子，跟你平时歪在办公室沙发上流口水打瞌睡的样子，完全不像同一个人。我心里就奇了怪了，像你这样经验丰富、能力优秀的老警员，在队里应该受到重用才对啊，怎么会……"

"怎么会被打入冷宫，沦落到明明有流窜杀人的大案却不让我碰，最后被发配来调查失踪案？"

"我不是这个意思，未成年人失踪的案子也是很重要，而且夏蕊蕊失踪案我有种预感，很可能最后会牵扯出一个大案来，只是……"

"我明白你的意思了，"毛乂宁摆一下手，打断他的话，"你是好奇我到底经历了什么才沦落成今天这样？"

"我不是好奇，"邓钊看着他说，"我是替您鸣不平！"

"谢了，你能这么替我说话，我还挺欣慰的！"毛乂宁放下筷子叹口气，"其实吧，我当年在刑警大队也是很受重用的。十几年前，队长还是咱们局现在的政委吴锐，我刚进警队不久就协助队长破了几起大案，他对我颇为器重。但没多久光明高中发生了一个案子，一位老师无故失踪，几经查找后仍然没有半点消息，反正就是生不见人死不见尸。家属报警后，刑警大队也曾到学校调查取证，还真查到一些线索，但也不知道是什么原因，案子最后被队长压了下来，不了了之。

"话说我以前还是这位许老师的学生呢，当时我家里出了变故，许老师给过我很大的帮助。我觉得案子大有蹊跷，所以违反警队纪律将一些线索和证据悄悄透露给了许老师的女儿，让她自己去鉴定和调查。结果没过多久，他女儿也出事了，被人关起来折磨了十多天，最后得了精神分裂症，变成一个疯子，到现在还没有好转……

"后来我私自将涉案证据交给许老师女儿的事情被吴锐知道了，他虽然没有上报，替我将事情隐瞒下来，但从此我俩就不是一路人了，他不但疏远我，还区别对待我，将我打入冷宫，队里的重活累活不容易出成绩的活都让我去干，但是受表彰、能晋升的事从来没有我的份。这么多年过去，他已经高高在上成了吴政委，我还是一个碌碌无为的小刑警。后来他徒弟马力接了他的班，也跟他师父一个鼻孔出气，十分不待见我。不过我也想通了，索性就在警队里当一天和尚撞一天钟，得过且过，坐等退休。"

邓钊听到这里，把手里的饮料杯重重地往桌子上一落，气愤道："原来是这样，那吴政委和马队他们也太……"

"咳……"毛乂宁咳嗽一声，打断他的话，"我反正在警队里已经是老油条，一不图升职，二不图加薪，心里有什么不痛快可以直说，但你可不

第十二章 沉默校园　139

能在背后议论领导,你还年轻,还有大把前途,可不要学我的样。"

"毛哥,其实我本来有话想对你说,但听你这么一说,我倒不知道该怎么开口了。"

"有什么话你就说呗,咱们是同事,不必拘谨。"

邓钊犹豫了一下说:"毛哥,是这样的,我来警队也有段时间,可是你也看到了,同事们对我都不怎么待见,我想跟他们一起出去查案子,却没有人愿意要我做搭档,还好您收留了我,让我跟您查这起失踪案。在查案过程中,我觉得您是一个办案能力很强的老刑警,所以我想……"

"你想什么?"

"我想拜您为师,跟您当徒弟,不知道您肯不肯收?"

"这不是我肯不肯收的问题,必须经过马队批准才行。"

"这个您放心,马队跟我说过,咱们队里谁愿意带我,他都同意。"

"这样啊,那你可得考虑清楚,我可没有吴政委那么大能耐,能把你捧上大队长的位置。"

邓钊急了,说:"毛哥,我可是真心实意想拜您为师,跟您学习办案技巧,您可不能这么取笑我。"

毛乂宁想了一下,说:"那行吧,以后你就不用叫我毛哥了。"邓钊一愣,很快明白过来:"是,师父!"毛乂宁哈哈一笑,算是答应了。邓钊难掩心中高兴之情,凑过来说:"师父,今天我请客,您还想吃点什么?"毛乂宁抬头看他:"你真的请客?"邓钊说:"当然,徒弟请师父吃饭天经地义啊。您还想吃点什么尽管点。"

"那行啊,居然有人请我毛乂宁吃饭,机会难得,今天我可得好好宰你一顿。"毛乂宁立即招手叫来老板娘,"给我来个韭菜煎蛋,最近有点肾虚,得好好补一补。"邓钊差点没把刚送到嘴里的一口饭给喷出来。

第二天一早,师徒二人驱车赶到培正中学门口。正值早高峰,学校大门外边挤满了送小孩上学的轿车、摩托车,还有电动车,喇叭声响成一片,十分热闹。门口两名保安极力指挥交通,让送孩子的家长即停即走。

没过多久,一辆白色小型厢式货柜车驶进了毛乂宁的视线,他从倒车镜里看到车牌号,立即坐直身子,用手肘碰了碰坐在车里吃早餐的邓钊:

"这辆车我有印象,好像就是张飞的。"邓钊立即放下手里的包子,从倒车镜里观察这辆小货车。

只见小货车停在学校大门前,从副驾驶位跳下来一个背着书包的女生,回头冲司机挥挥手:"哥,拜拜,下午放学早点来接我,可别又迟到了!"然后跟另一个女同学蹦蹦跳跳走进了校园。小货车的司机是一个年轻男人,剃着平头,显得很精神。目送妹妹上学去后,他启动了小货车,继续往前走。

毛乂宁把这一切看得清清楚楚:"这家伙就是张飞,跟上去!"邓钊发动警车,跟在小货车后面。行驶了十多分钟,等小货车拐上一条人车稀少的马路时,毛乂宁立即命令:"超过去,将他逼停!"

邓钊一脚油门,警车突然加速,从小货车左边超车,然后打着双闪堵在小货车前面。

小货车司机张飞一见警车挡道,知道情况不妙,识时务地将车靠边停下,打开车门跳下车。看到从警车里走下来的毛乂宁,他立即满脸堆笑:"哎哟,这不是毛警官吗?真是有缘,居然在这里碰上了!"

毛乂宁也呵呵一笑:"不是碰巧,是我有事专门来找你的。"张飞一愣:"有事找飞哥,难道你们警方也有搞不定的事情需要我飞仔帮忙?"毛乂宁道:"少废话,赶紧上警车,我有事情要问你。"

张飞收起脸上嬉笑的表情,跟着他上了警车,两人一起坐在后排座位上。

"毛警官,找我到底有啥事?"张飞回头看看自己的小货车,"我这还等着去拉货呢,有什么事您赶紧说,别耽误我工作。"毛乂宁说:"你就别装了,谁不知道你开车拉货只是掩饰身份的幌子,混黑道收黑钱替人平事才是你的正经事业,咱也不是第一次打交道,你老实回答我的问题,不会耽误你多少工作。"

看着张飞油滑地嘿嘿一笑,毛乂宁脸上的表情逐渐变得冷峻,他质问张飞为什么他买卖的尸体会是近日失踪的女童。

"哦,是有这么回事。"张飞倒是出人意料地爽快承认了,"我记得那天好像是星期六,下着大雨,我开着小货车从实验中学后面那条小路经过,碰见前面的一辆黑色小轿车,将一个背着书包的小女孩撞倒,小轿车撞了人后没有停留，直接开走了。因为事发突然，我没有看清那辆车的车牌号码。我停车看了一下，小女孩当场死亡，鲜血流了一地，但很快就被大雨冲刷掉了。

"那附近没有住家，我看不出这是哪儿来的孩子。本来想打电话报警，可又怕被警方误会是我把人撞死的，这条路上没有监控摄像头，我车上也没有安装行车记录仪，加上我又有前科，在公安局里已经挂上了号，如果警方把撞死小女孩的罪名安到我头上，我可真是跳进黄河也洗不清。

"我本来不想多管闲事，便跳上自己的货车，打算一走了之。可这时又回头看了一眼，忽然起了贪念。女孩死在这里除了那个肇事司机，根本没有其他人知道，如果我把她的尸体偷偷拉去卖了，肯定能挣不少钱。于是我又下车将尸体搬进后面车厢，连夜拉到隔壁县小米庄乡，卖给了专门倒卖女人尸体的中介张友权，从中赚了十万元钱。当时我骗他说这是我侄女，意外从楼上掉下来摔死的，他也没有怀疑。"

"你真的看见夏蕊蕊是被一辆黑色小轿车撞死的？"毛乂宁盯着他问。张飞说："当然，这是我亲眼所见，难道还能有假？"坐在前面的邓钊忍不住回头确认："照你这意思，夏蕊蕊的死跟你没有任何关系，充其量你只是倒卖了一次尸体？"

"当然啊，她就是被我前面那辆轿车撞死的，跟我半毛钱关系都没有。"张飞不轻不重地扇了自己一个耳光，"我就是不应该临时起贪念，偷偷将她的尸体拉去卖钱。"

毛乂宁说："实验中学后面那条碎石路我去看过，路很窄，而且位置也有点偏僻，一般情况下很少有车经过，所以夏蕊蕊究竟是被过路的轿车撞死的，还是……还是被你的小货车撞死的呢？你怕承担交通肇事的后果，干脆一不做二不休，从现场把她的尸体拉走，远远地卖到隔壁县去配阴婚，不但可以将撞死人的事情隐瞒下来，还可以借尸体发一笔横财。"

张飞像是被他这话吓到了，急忙摆手："毛警官，虽然你是警察，但也不能乱说话，她真不是我撞死的，不信你们可以去检查我的车子。而且我也懂法，盗窃、侮辱尸体，处三年以下有期徒刑、拘役或者管制。我这个倒卖尸体罪，顶格处理也就判刑三年。如果您把撞死人的罪责强行加到我头上，那我就得把牢底坐穿了，这我可不干。"

毛乂宁说:"如果你不想把牢底坐穿,就把夏蕊蕊的真正死因告诉我。你现在说出来,我算你主动交代。当然,如果你不说,我们也肯定能把真相调查清楚,只不过由警方查出来,跟你自己主动交代,性质完全不同,直接关系到对你的量刑结果。你也不是第一次跟警方打交道,其中的利害你心里应该很清楚吧?"

张飞梗着脖子道:"毛警官,你这么说可就不对了,除了倒卖尸体,其他的我什么都没有做,你们要我交代什么?"

"既然不肯配合,那就不要怪我不讲交情!"毛乂宁掏出手铐,将他双手铐上,"夏蕊蕊失踪案调查至今,所有线索都指向了你身上,目前你是造成她死亡的最大嫌疑人,既然你不肯老实交代,那只好把你带回刑警大队进一步调查。"

"去就去呗,"张飞一脸满不在乎的表情说道,"你们请客,我也不敢不去啊!"

"走,回刑警大队!"毛乂宁拍拍坐在驾驶位上的邓钊肩膀,邓钊立即启动警车,掉头往回开。

回到刑警大队,毛乂宁师徒俩押着张飞往办案区走,迎面碰见法医姜一尺从走廊另一端走过来。"唉,老毛,我正有事找你……"姜一尺瞥了一眼被他们俩夹在中间的嫌疑人张飞,没有接着往下说。

毛乂宁领会到了姜一尺的眼神,便说:"小钊,你先把他押下去准备审讯,我等下就来。"

目送着邓钊将张飞带离走廊,姜一尺才开口:"老毛,我们已经对夏蕊蕊进行了详细尸检,目前得出两个比较重要的结论,第一是死亡时间,我们推测是在五月十六日傍晚至次日凌晨之间,第二是死因……"

"如果我没有猜错,她应该是被车撞死的,对吧"毛乂宁抢先说出了自己的推测。

姜一尺摇头道:"不,你猜错了,她的死跟车祸没关系。"

"跟车祸没关系?"毛乂宁大感意外,"那她到底是怎么死的?"

姜一尺说:"我们在死者背上找到了一些压砸的伤痕,她应该是被什么重物从后面砸到后死的。"

"被砸死的?"毛乂宁似乎没太明白他的意思,皱眉道,"能具体解释一下吗？"

"经检查，她受的致命伤在后脑部位。身上的伤痕在配阴婚时被人清理过，所以很难找到更多的线索。不过她后脑有一处凹陷伤口，因为被头发挡住，清洗得不是很干净，我们从伤口处提取到一些红砖碎屑，再综合其他情况判断，推测她应该是被倒塌的墙壁或者类似的东西压砸身亡。"

"这不可能啊，"毛乂宁道，"她去外婆家的两条路我都仔细看过了，没发现什么倒塌的墙壁或者断砖残瓦之类的东西。你确定吗？"

"这个我非常确定。"姜一尺坚持道，"我建议你们再到案发现场好好查一查。"

毛乂宁道："那行，谢谢你了老姜。"跟姜一尺告别后，他立即来到审讯室，对张飞展开审讯。

"你真的看见前面一辆小车把夏蕊蕊撞倒了？"

"是啊，只是那车开得太快，当时又下着雨，我还没来得及看清车牌，小车就已经跑得没影了。"

"到了现在，你还跟警方撒谎？"毛乂宁一拍桌子，"刚才法医已经跟我说了尸检结果，那个小姑娘根本不是死于车祸。"

"不是死于车祸？"张飞愣了一下神，"那是怎么死的？"

"是被倒塌的墙壁或者类似砖墙的东西压死的。"

"压死的？"

"对，这才是夏蕊蕊真正的死因。"毛乂宁敲着桌子说，"你先前说她是被小车撞死的，明显是在撒谎。说，为什么要对警方说谎？夏蕊蕊的死是不是跟你有关系？你为了脱罪才谎称她是被轿车撞死的，是不是？"

"不不不，不是这样的，我当时确实看见前面有一辆小车经过，然后就看见这个小女孩倒在路边，便想当然地以为她是被前面的车撞死的。不过……不过也许是我当时看错了。"张飞很快就改了口供，"虽然我看错了，提供了错误的线索，但你们也不能据此认为我跟那个小女孩的死有关系吧？先前你们不是还说她是我开车撞死的吗？那不也判断错了吗？现在你们又说她是被什么倒塌的墙壁压死的，我总不能特意去推倒一堵墙把她压在下面吧？她的死根本就跟我扯不上关系！"

"师父，这家伙抵死不认，现在怎么办？"邓钊小声问了一句。毛乂宁喝了口茶,放下茶杯看向张飞:"既然你不承认,那确实不能把这个罪名强加到你头上,不过倒卖尸体这一条,你总不能不认吧?"

张飞点点头,老老实实地说:"这个我认了!"毛乂宁道:"你认了就好,就凭这一条,你关在看守所里一时半会也出不来,我不着急,夏蕊蕊的死因一定会调查清楚的,反正你也跑不掉。你妹妹那边你放心,我会通知学校方面妥善安排的。"

从审讯室走出来,邓钊问:"师父,现在该怎么办?"

"没有其他办法,只有再去出事现场看看。张飞已经是老油条,没有直接证据,他是不会承认自己跟夏蕊蕊命案有关联的。"

下午,师徒俩再次来到实验中学后面那条碎石路,路上仍然静悄悄的,看不到任何机动车经过,偶尔有一两个踩着自行车的路人,在坑洼不平的碎石路上颠簸得厉害。据张飞交代,他是在这条路上发现尸体的,倒是能印证当初毛乂宁推断夏蕊蕊走这条近路的结论。女孩本来是想抄近路赶紧到外婆家的,谁承想,她在这条行人稀少的路上出了事,再也见不到外婆了。

两人又在碎石路上来回走了两遍,道路一侧是一片鱼湖,另一边则是实验中学后门。邓钊不禁皱眉道:"师父,好像有点不对啊,这里没有任何住户,更没有什么危墙,怎么会有墙壁倒塌下来砸死路人呢?是不是先前的推断有误?"

毛乂宁没有立即回答,背着双手沿着碎石路慢慢走动,最后在实验中学后门口停住脚步。学校后面的铁门是从里面关闭的,铁门里边隐约传出学生的朗读声。他沉默片刻,指着学校后面那道装饰有琉璃瓦顶的围墙说:"这里不就有一堵高墙吗?"

邓钊愣了一下:"这围墙有三米多高,倒塌下来确实能砸死人,可看样子这个围墙好像是新砌的,应该挺牢固挺安全的啊,怎么可能……。"

"福尔摩斯有句名言,排除所有不可能的,剩下的那个即使再不可思议,也是事实。如果夏蕊蕊当天傍晚真的走了这条路,如果老姜的尸检结果没有错,夏蕊蕊真的是被墙压死的,那这条路上除了这堵墙壁,你还能找出其他的吗?"

邓钊四下里看看,摇头道:"还真找不出来。"他的目光又落到学校围墙上,"可如果这堵围墙真的倒塌过,那我们上次来这里寻找夏蕊蕊的时候,应该能看出端倪来啊。"

毛乂宁一面在墙根下走动,一面抬起头仔细打量面前这面墙壁,像是要在上面找到什么裂纹一样,但是刷着白色油漆的墙面上没有任何可疑的痕迹。他有些失望:"走,去学校问问情况吧!"

两人沿着围墙下的道路绕了半个圈,从前门进入学校,找到学校保卫科科长询问学校围墙是什么时候建好的。保卫科科长回忆道:"学校后面原来有一堵旧围墙,后来拆掉了,现在这堵墙是新砌的,新围墙跟后面两幢宿舍楼是同时建好的,我印象中应该是五月初完工的。"

"你确定吗?"毛乂宁看着他问,"围墙在五月十六日之前就已经全部建好了吗?"

保卫科科长点头说:"这个完全可以确定。你说的五月十六日都已经到这个月中旬了,那时候围墙早就完工了。"

邓钊问:"建好之后围墙出过什么事故吗?比如说倒塌之类的。"保卫科科长愣了一下:"没有呀,根本没有这回事,刚刚建好的围墙就倒了,那岂不是要闹大笑话?"

"那倒也是。"毛乂宁点点头表示同意,又在学校里找学生和其他老师问了一下情况,都说学校后面的围墙在五月初就已经完工,之后也没听说围墙倒塌过。考虑到当时是晚上,学校师生都已经放学回家,就算围墙真的倒塌他们也不一定知情,于是毛乂宁又问他们五月十六日之后是否看见施工队进入学校重新修砌围墙,大家也都摇头说没有这回事。

在保卫科科长的带领下,毛乂宁又绕过学校新建的两幢宿舍楼,来到后面围墙下,围墙的内面刷的是浅绿色油漆,与脚下的草坪颜色相近,一眼瞧去让人有种很舒服的感觉。整个围墙看起来没有什么不和谐的地方。

毛乂宁又问了保卫科科长几个问题,没看出什么破绽,只好跟他握手告别,打开学校后门,直接走了出去。

等保卫科科长从后面关上铁门后,邓钊才挠挠头问:"师父,这个围墙里里外外咱们都看过,好像没有什么可疑之处。会不会是夏蕊蕊从别处被砖墙砸到,然后被人弃尸于此?"

毛乂宁摇头道:"这种可能性很小。如果夏蕊蕊不抄近道,就得走前面那条大街,如果大街上发生倒墙事故,而且还砸死了人,早就闹得沸沸扬扬,根本不可能会有让人悄悄转移尸体的机会。而且如果倒墙事故真的发生在健康路,咱们上次来调查的时候肯定能听到风声。所以从现在的情况来看,事故发生在这条碎石路上的可能性极大。"

"可是这里除了路边这堵围墙,就再也没有别的墙壁了。这围墙又是新建的,不可能是什么危墙,更重要的是,之前检查过墙体,没有发现什么蛛丝马迹,也走访过学校的老师学生和校工,没得到任何异常反馈。"

"那只是学校方面的一面之词。"毛乂宁道,"如能找到学校外面的人问问情况就好了。"

"这可就难了。"邓钊四下里瞧瞧,"这里远离居民区,也少有行人车辆经过,想找到一个目击证人只怕有点困难。"

毛乂宁没有接他的话茬,只是站在路边,目光落在了鱼湖那边。鱼湖大约有两百多米宽,在对岸的湖堤上有一个小茅屋,乍一看,有点像私搭乱建的路边茅厕。但是出人意料的是,小茅屋里这时正有一股煤烟升起来。他向着湖对岸努努嘴,邓钊顺着他的目光看过去:"咦,难道这茅屋里住着人?"两人都感觉到有些意外。

"走,过去看看!"毛乂宁迈开了步子。

第十三章　人格担保

师徒俩沿着湖岸绕了半个圈,走到那座孤零零的茅屋前,果然看见一个身上穿着旧迷彩服的老头,正在屋里用木柴引燃煤球准备做饭。毛乂宁站在门口叫一声"大爷",可能平时极少有人找上门来,这一声叫唤把老头吓了一跳,他抬头瞧着站在门口的两个陌生人,脸上露出警惕的表情:"你们……是来收鱼的吗?"

"我们不是鱼贩子。"毛乂宁站在门外,朝他亮一下警官证,"我们是公安局的,来找您打听点事情。"

"什么事情?"老头一脸茫然,"我这湖里的鱼也没被偷过,更没有报过警啊。"

邓钊解释道:"您放心,跟您这鱼湖没有关系,是别的事情。"老头半信半疑地拿出两个小马扎,请他们在门边坐下。

毛乂宁猜出了老头的身份:"大爷,这一片鱼湖都是您承包的?"

"是啊。"老头点点头,"我姓王,承包村里的这片鱼湖好多年了,因为怕有人偷鱼,更怕有坏人往湖里投毒,所以就在湖边搭个茅棚,方便管理鱼湖。"

"那您晚上也住在这里吗?"邓钊问。王老头瞧他一眼,似乎在怪他多此一问:"偷鱼的人一般都是晚上出动,所以晚上更要防备着,我每天晚上都要起床巡逻好几次呢。"

毛乂宁问:"大爷,大约十来天前,就是五月十六日的傍晚,您在屋里听到过什么特别的声响吗?"

"五月十六日吗?"王老头掰着手指头算了算,"这都过去十多天了,不记得了。"

邓钊在旁边提醒道:"您再好好想想,那天下了大雨,雨是从傍晚开始下的,一直到晚上八九点才结束。"

王老头"哦"了一声:"原来是下大雨那晚啊,这我倒记起来了,当时确实听到了一声奇怪的响动。"毛乂宁的身体不由自主地向他凑过去:"什么响动?"

"当时是傍晚,天还没完全黑下来,大雨刚刚开始下,我正在屋里吃晚饭,突然听到外面传来"轰"的一声闷响,感觉连脚底都震动了一下。我以为出什么事了,还特意打着伞出来看了一下,但没有看到什么异常,当时就以为应该是天上打雷的声音吧。"

"这声异响发生在什么时候?"毛乂宁问。他听到这里,心里已然有底,如果真有墙倒了,应该就是在这个时候,雨声雷声和倒墙声混在一起,很难让人分辨出来。

老头皱眉道:"具体时间不太记得了,应该是傍晚六点十分左右吧,因为当时我边吃饭边听着收音机,收音机里的一个花鼓戏节目是傍晚六点零五分开始,我记得这个节目刚刚开始不久,就听到了外面的声音。"

"您听到声音后马上出来查看,但没有在周围发现任何异常吗?"邓钊一边拿着笔记本记笔录,一边向他再三确认。

王老头点头说:"是的,因为我怕大雨冲垮湖堤,所以一到雨天我就对外面的声音特别留意。"邓钊接着问:"那湖对岸的实验中学后面围墙那边,您也看了吗?"老头点头说:"看了。为了方便夜间巡逻,我买了一个能充电的强电手电筒,能照好几百米远,当时天还没黑,但因为雨下得大,对面的情况看不太清楚,我还特意用手电筒照了一下,但没发现什么异常。"

"您确定您当时看到学校围墙了吗?"毛乂宁问出了最关心的问题。

"那倒没有。因为围墙外面有竹竿搭起来的脚手架和防护网,那个防护网是深色的,站在外面看过去是黑乎乎的一片,防护网里面的情况看不太清楚。"王老头虽然上了年纪,但说话声音洪亮,条理清晰,倒是省了毛乂宁他们不少事。

邓钊听到这里,手里的笔不知不觉停了下来。虽然王老头十分健谈,但他提供的这些线索似乎没有多大作用,尤其是他没有亲眼看见学校围墙倒塌,这让他心里隐隐有些失望。

第十三章　人格担保　　149

"只不过……"就在毛乂宁师徒二人交换一个眼色准备起身离去时,王老头突然来了一句,"只不过后来半夜里……"

"半夜里怎么了?"毛乂宁看着他问。

"半夜的时候我起来巡逻,看见对面学校围墙的绿色防护网里有很多灯光透出来,还有一些人影被灯光映照在上面,看起来像是在砌墙。当时我还嘀咕了一下,不是说学校的围墙早就完工了吗,这都已经停工好长一段时间,怎么又突然在半夜里赶起工来了?"

"您真的看见半夜里有人在砌围墙?"毛乂宁师徒俩同时发问。

王老头说:"是啊,那个防护网里面有灯光,从外面看是能看出些人影来的,他们确实是在砌墙,错不了。只不过让人觉得奇怪的是,他们工人以前开工的时候,吵吵闹闹,声音特别大,但这一回像是在演哑剧,一丁点儿人声都没有,我当时还琢磨了一下,不过没想明白是怎么回事就回去睡觉了。第二天早上起来,看到围墙外面的脚手架和防护网都拆掉了,只有一堵白晃晃的墙壁立在那里,我才明白原来昨天夜里他们真的是在赶工。"

"原来是这样啊!"邓钊像是挖到了宝藏一样突然兴奋起来,重新拿起笔,将王老头的叙述详细记录下来。

谢过王老头,从湖堤边走回到碎石路上,邓钊抬起一只脚,将地上的一颗石子踢得老远:"师父,如果这个王老头说的是真话,那实验中学就非常可疑了。"

毛乂宁点头道:"是的,借着防护网的掩护,半夜有工人在学校里砌墙,而按照学校方面的说法,围墙早在十几天前就已经完工,根本不需要半夜里紧急赶工。"

邓钊钦佩地看着师父,"看来您先前的推理没有错,果然是学校围墙的问题。就算围墙真的被大雨淋垮,学校也不必非得抢在半夜里赶工修复,之所以如此紧急,那只能说明……"

"说明围墙不光只是倒塌那么简单,而且还酿成了重大事故,比如说砸死了路过的人,所以校方才不得不紧急处理。"毛乂宁在碎石路上加快了脚步,"走,再去学校看看,这次得直接问他们校长。"

成功校长听两位警官道明来意后,大感意外:"警察同志,你们搞错了吧？五月十六日那天我在学校处理工作，一直忙到很晚才回家，学校里根本就没有发生过你们说的这种事情啊。第一，学校围墙刚刚才建好，怎么可能被一阵大雨淋垮？第二，那个时候学校围墙早已完工，根本不存在施工队半夜进场赶工砌墙的事情。搞错了，一定是你们搞错了！"

邓钊问道："可是有目击证人看到学校半夜赶工砌围墙，这个你怎么解释？"

成校长态度坚定地说："那一定是他看错了，那个时候围墙外面的脚手架都还没有拆掉，隔着防护网，他怎么能看清里面有人干活呢？这完全是鬼扯嘛。不过第二天凌晨有工人过来拆除搭在墙外的脚手架和防护网，如果有人看见，这倒还说得过去。"

毛乂宁盯着他："这么说来，成校长否认围墙倒塌过？"

"据我所知，确实没发生过。"成校长迎着他的目光看过来，"不知道二位到底要调查什么？"

毛乂宁拿出夏蕊蕊的照片给他看："这个女孩失踪了，警方现在怀疑她被倒塌的围墙砸死了。事情发生后，有人移走尸体并连夜清理了现场，把倒塌的围墙重新砌好，神不知鬼不觉地让一切恢复原状。"

"这不可能！"成校长拍着胸脯道，"我以我的人格担保，绝对没发生过这样的事！"

邓钊见他说得这么斩钉截铁，疑惑起来："成校长，有没有可能是学校出了事，但下面处理事故的工作人员没有把消息报到您这里来，所以您被蒙在鼓里完全不知情？"

成校长忙不迭地摇头："这就更不可能了，我刚刚已经说过，那天晚上我在学校忙到很晚才走，如果学校闹出了这么大的动静，我不会不知道，而且校职工遇到什么异常肯定会通知我，不可能瞒得过我这个当校长的。不信你们可以找其他老师或校工，甚至是学生去调查。"

毛乂宁说道："我们已经在学校找其他师生了解过情况，他们反馈的内容跟您说的大致相同。"成校长两手一摊，"这就对了嘛，学校根本没有发生过这样的事故，一定是你们搞错了。"

"当天晚上，整个学校里除了您，还有其他人……"毛乂宁还想问他几个问题，办公桌上的电话忽然响了，成校长操起话筒放在耳朵边："嗯，嗯，好的，我马上到……"放下电话，他站起身，"要不就先说到这里吧，我还有个会要开，就不奉陪了，如果你们还想了解学校的其他情况，可以跟保卫科科长联系。"他拎起桌上的公文包往外走去。

毛乂宁和邓钊只好就此结束了这次调查。两人离开校长办公室，邓钊有些动摇地说："师父，学校里从校长到老师再到学生，都说那天晚上没有任何特别的事情发生，难道真是那个王老头弄错了？"

毛乂宁沉吟道："我看那个王老头虽然上了年纪，但眼不花耳不聋，说话声音那么洪亮，有条有理，不像一个糊涂人，他提供的线索还是有很高的可信度的。"

两人说着话，已经来到学校大门口，毛乂宁抬头看见大门左右两边的围墙顶上各安装着一个监控摄像头："走，去保安室看看监控，如果真的有人在半夜赶工修砌围墙，就必须得有货车拉着红砖水泥等建材进学校。学校侧门和后门都很窄，不可能进来车子，赶工用的建材只能通过前面大门运进来，估计前面的监控能拍到些什么。"

"没有用的，监控坏了，什么都看不到。"邓钊面露沮丧。毛乂宁一愣："你怎么知道？"

"师父你忘了？上次咱们调查夏蕊蕊失踪案时就想看看校门口的监控有没有拍到她的身影，当时保安说门口的两个监控都坏了，一直没修好。"

毛乂宁"哦"了一声，想起还真有这么回事。这时已经走到保安室门口，他还是死马当活马医地探头进去瞧了一眼，一个身形发胖的保安正坐在屋里看小说。他咳嗽一声，胖保安抬头看见门口站着两个人，认得是刚才进入校园登记过证件的警察，急忙站起身："两位警官，你们刚才进去找到成校长了没？"

"已经找到了。"毛乂宁点点头，"你们学校门口的监控修好了没？"

"还没有呢，已经坏了好长一段时间。"

"五月十六日晚上是你值班吗？"毛乂宁换了个话题。

胖保安摇摇头："不是我。"

"那是谁值班？"

"我查一下值班表。"说着，胖保安拿起挂在旁边墙壁上的排班表看了一眼："五月十六日晚上六点到第二天早上六点，是钟卓值班。"

"这个钟卓现在在哪里?能把他叫过来吗?我要向他了解一点情况。"

胖保安脸露难色:"这个……只怕不好办,他得了胃溃疡,已经请假回老家治病去了。"

"请假回家了?"毛乂宁眉头一皱,"什么时候开始请假的?"

胖保安挠挠头:"这个我记不太清了。"又翻一下排班表,"是从五月十七日开始请假的,说至少得一个月才能回来上班。"

毛乂宁和邓钊交换了一个眼神,五月十六日晚上学校新修不久的围墙倒了,当班保安第二天就开始休病假,这也太巧合了。两人都从对方眼里看到了怀疑的表情。

邓钊问:"他请假之前有没有跟你们说过什么?"

胖保安说:"他就说他请假是经过校长批准了的,叫咱们另外安排人手顶他的班。"

毛乂宁问:"他有没有说过学校方面的事情,或者说他前一晚值夜班时学校是否发生过什么特殊情况?"

胖保安摇头说:"这倒没听他说过。"

看来从他嘴里是问不出什么了,必须得找到这个钟卓才行。毛乂宁问:"你知道钟卓老家在哪里吗?"

"这个不太清楚,我只知道他不是本地人,好像是从平开县那边过来的。"平开县与光明市相邻,在光明市东北方向。

"他具体住在平开县什么地方,你不知道吗?"

"没听他提起过,我也不太清楚。"

毛乂宁没好气地瞪了这胖子一眼:"那他的手机号码呢?这个你总该有吧?"胖保安忙不迭地点头:"有、有,这个倒是有的。"他拿起手机翻出钟卓的手机号码,一个数字一个数字地念给他们听。毛乂宁记下来后,走到保安室外边给钟卓打电话。

电话很快就通了,对方在电话里"喂"了一声,毛乂宁问:"请问是钟卓吗?"

对方迟疑一下,警惕地问:"你是谁?"

"我是光明市公安局刑警大队刑警毛乂宁,你可以叫我毛警官。"

"刑警大队的?"钟卓好像在电话那头倒抽一口凉气,"你、你们找我有什么事？"

"听说你得了胃病，回家养病了是吧？"

"是、是的。"

"病情严重吗？"

"还好吧。"

"去医院看了没有？去的是哪家医院啊？"

钟卓显然没有料到这位毛警官竟然在电话里认认真真询问起自己的"病情"来，略略慌了一下神，但很快镇定下来："老毛病了，去医院看也没有用，在老家自己抓了几服中药吃了，已经好多了。警官，您、您找我到底有什么事？"

毛乂宁说："五月十六日晚上是你在学校值班吧？"钟卓犹豫一下："这个……我记不太清了……"

毛乂宁加重语气道："真不记得了？当时你值完夜班立即就请病假回家了，请假前一晚的事情，你居然就不记得了？"钟卓马上改口："哦，您说的是那天啊，我记起来了，晚上确实是我值班。"

"在你当班期间，学校里发生过什么特殊情况吗？"

"没有啊，什么事情都没有发生。"

"真的什么都没有发生？比如说类似学校围墙被雨冲塌压死人的事？"

"没、没有，没有这回事，当天晚上我一直都在岗，在学校里前前后后巡逻过好几次，没有发现任何异常。"

虽然对方矢口否认，但毛乂宁从电话里听到了他粗重的呼吸声。"对于我刚才提出的问题，你最好想清楚后再回答。如果知情不报，故意向警方隐瞒重大涉案线索，那可是要负刑事责任的，你明白吗？"毛乂宁告诫道。

"警、警官，我说的是实话，那天晚上我真的什么都没有看到……"

"如果那天晚上真的风平浪静，第二天你为什么要突然请假回老家？"

"我交班的时候突然感觉到身体不适，胃疼得厉害，所以马上就跟学校请了假。"钟卓在电话里反问，"这、这个不算犯法吧？"

"这个当然不算，但如果你故意隐瞒线索，干扰警方办案，那就……"

"警官，您这是在吓唬我吗？我都说了那天晚上我根本没有发现有什么异常，这有什么可向你们隐瞒的呢？咳，咳……"说到这里，他突然在电话里咳嗽起来,"对不起,我老毛病犯了,胃疼,我挂电话了!"毛乂宁还没来得及说话,对方就已经挂断电话。再拨打过去,对方已经关机。

他皱起眉头,跟邓钊转述了通话内容,邓钊说:"师父,这个家伙大有可疑啊。"毛乂宁说:"是的,但他只是一个小小的保安员,不可能只手遮天,将这么严重的事故凭一己之力压下去,肯定幕后还有更重要的人物。"邓钊道:"我也觉得应该是背后有人指使他这么做,无论如何这个钟卓都是一条重要线索,咱们一定得找到他,当面向他问清楚。"

毛乂宁点点头:"走,去学校办公室,看看能不能问到他在平开县的具体住址。"

两人又返回学校,一位姓谭的女办公室主任接待了他们。了解来意后,谭主任将他们带到一个小房间里,那里摆放着两排铁柜子,上面堆满了档案盒。谭主任翻找一下,很快找到了学校保安员的入职资料。她说当初学校招聘保安的时候都让他们填写过入职表,并且提交了身份证复印件,钟卓的资料也在这里面。

她边说边打开档案盒,把里面的保安员资料一份一份地翻找出来,到最后"咦"了一声:"钟卓的资料怎么不见了?"她又重新翻找一遍,不禁皱起眉头:"确实是不见了,这可真是奇了怪了!"

邓钊拿过她手里的档案盒,自己翻找一遍,没有找到钟卓的资料。毛乂宁着急问:"谭主任,你再仔细看看,除了钟卓还有谁的资料不见了?"谭主任说:"其他人的资料都在,唯独不见小钟的。"毛乂宁与邓钊交换一记眼色,两人心里都明白,一定是有人不想他们找到钟卓,故意把他的资料从档案盒里拿走了。

毛乂宁问谭主任:"这些档案资料平时还有谁可以接触到?"谭主任说:"这些都是普通档案,并不涉密,所以管理不严格,也很少上锁,办公室里的人进进出出,谁都可以进来翻阅,如果有人趁我不在的时候随手抽走其中一份也是有可能的。"

邓钊遗憾地说:"这么说来,很难知道钟卓的资料是谁偷走的喽?"

谭主任显然对他说的这个"偷"字有些反感,皱眉道:"也不能说偷吧,可能是谁需要这份资料顺手拿走了,说不定过几天就还回来了。"

邓钊提议:"那能不能请您在学校广播里问一下,看看到底是谁拿走了,让他赶紧送回来,咱们现在真的很需要找到这份资料。"

"这……"谭主任面露难色。毛乂宁摆手说:"算了,如果真是有人不想让警方看到这份资料,用学校广播发通知寻找也没有用,那个人肯定不会主动还回来。"他谢过谭主任后离开了办公室。

从综合办公楼走下来,邓钊义愤填膺:"肯定是有人在故意干扰警方调查,这太可恨了!"

毛乂宁点头说:"不过这个人也太小瞧警方的能力了,这点小伎俩最多只能拖延一点时间,肯定阻止不了我们找到钟卓。现在已经知道钟卓的姓名和大概年纪,还知道他籍贯在平开县,就凭这些线索,在公安内网里找到他的身份证资料并不困难。"

"那倒也是。等找到他的住址,先给当地派出所发协查通知,将他控制起来,然后咱们再过去找他,我就不信从这个钟卓嘴里问不出一点有用的线索。"

师徒俩离开实验中学后,开着警车往回走。

离开竹马街不久,邓钊不住地从倒车镜里往后看:"师父,后面好像有一辆车在跟着咱们。"

"是的,从学校一出来,这辆白色长安福特就一直跟在后面了。"毛乂宁镇定地说,"不用慌张,在前面找个没什么人的地方靠边停车。"

"好的。"邓钊一打方向盘,警车拐进旁边一条偏僻的马路,后面的长安福特也跟着开进来。

邓钊将车在路边停下,后面的长安福特也立即停住。

"我过去看看到底是何方神圣。"邓钊打开驾驶位车门,正要下车,后面小车车门也打开了,一个戴眼镜的男人从驾驶位走下来。邓钊从倒车镜里看一眼:"成校长?"

成校长手里提着一个黑色皮包,走到警车边,探头往里瞧瞧:"毛警官,可否借一步说话?"

毛乂宁看他一眼,打开车门走下车。成校长拉着他往旁边走几步,侧回头看见邓钊没有跟过来才打开提包,从里面掏出一个鼓鼓囊囊的大信封塞到他手里:"一点小意思,请笑纳!"

毛乂宁一脸疑惑地打开信封,里面是用橡皮筋扎好的一沓沓百元大钞,估算一下，至少有五六万元："你这是干什么？"成校长满脸堆笑："毛警官查案子辛苦了，这是一点辛苦费，请别嫌少。"毛乂宁说："我是警察，调查案件真相是我的职责，也是分内之事，我已经在公安局领了工资，再收你这钱，肯定不合适吧？"

"合适合适，只要毛警官不再调查围墙的事，收下这些钱就非常合适。"

"围墙的事？"毛乂宁眉头一挑，"你不是说学校围墙没有出过事吗？"

"这……"成校长一时语塞。

"成校长，你这是贿赂警务人员，如果最后查实你们学校确实出过事故，你这个校长需要承担主要领导责任，再加上行贿这一条，会罪加一等的，你知道吗？"毛乂宁沉下脸，把信封还给成校长。

成校长满脸通红地呆立在那里。

"成校长，你已经跟踪一路了，除了送钱还有其他事情要跟我说吗？"毛乂宁盯着他问。

成校长回过神来，目光躲闪一下："没、没有了！"毛乂宁道："那行，我还得回去查案子，就不陪您在这里浪费时间了。"走了几步，他又转身递给他一张名片，"这上面有我的电话号码，如果你想找我聊聊，可以随时打我电话。"

成校长的手往后缩一下，竟然不敢接他的名片。毛乂宁将名片轻轻放在他手里的信封上面，转身回到警车里。

警车开出好远，邓钊从后视镜里看到成校长还呆呆站立在马路边，他问："师父，成校长跟你说了些什么？"

毛乂宁大笑："他什么也没说，只是塞给我一个大信封，里面装着好几万块钱。"

"呀，他这是想贿赂你啊，"邓钊道，"师父你可千万别被他拖下水！"

"废话，"毛乂宁瞪他一眼，"这个还用你提醒吗？就算他敢送，我还不敢收呢！"

"师父，如此看来这个成校长确实大有问题，要不然他也不会亲自给你送钱，让您帮他把这个案子压下去。"

"是的，我也觉得他肯定跟这个案子脱不了干系。咱们赶紧回去查明那个钟卓的住址，然后找他把事情调查清楚。"

"好呢。"邓钊点头应一声,加快车速,往公安局方向开去。

两人回到刑警大队,还没来得及喝口水,毛乂宁的手机就响了,一接听,居然是成校长打来的。

成校长在电话里说:"毛警官,你们说得没错,那天晚上学校后面新砌的围墙确实坍塌了,并且压死了一个小女孩。整个学校里只有我和当时值班的保安员钟卓两人知道这事。当时我怕担责,就把孩子从废墟中清理出来放在后面的碎石路上,想造成一个孩子被过路轿车碾轧身亡的假象。然后又打电话叫来施工队,让他们连夜将倒塌的十几米围墙修复好,并清理了现场,让人看不出围墙倒塌过的痕迹。让我没有想到是,后来我觉得把尸体就这么扔在路边有些不妥,便回去找尸体,却发现它不见了。女孩尸体下落不明,我这颗心一直悬着……今天你们找到学校来,我从档案柜里拿掉钟卓的入职资料,然后又动了行贿的心思,想让你们高抬贵手放我一马,但是你没有收我的钱,我就知道这事捂不住了。你们只要找到钟卓,就能把当晚的事情调查清楚。所以我考虑很久,还是决定向警方自首!"

毛乂宁对他突然转变的态度感到意外,但还是点头说:"那行,我就在公安局刑警大队,你赶紧过来把问题交代清楚,我在这里等你。"

第十四章　浴室血案

距离上次去兴和里找唐缨已经过去了半个多月，许星阳此时在好煮意饭馆的厨房里备菜，这段时间餐馆中午和晚上的生意都特别好，所以一大早就得到厨房里提前准备一天要用到的食材。突然间手机响了，他在围裙上擦擦手，掏出手机按下接听键，打来电话的是唐缨。

"你现在说话方便吗？"唐缨开口就问。

许星阳往旁边看看，厨房里除了他，还有大伯正在杀鱼，他犹豫一下，说声"稍等"，便走到外面找了个无人打扰的地方问："有什么事吗？"

唐缨说："我找到十五年前真正胁迫我的人了。"

"是吗？"许星阳不由得吃了一惊，"他是谁？你是怎么找到的？"

"这个嘛……"唐缨犹疑着，自觉遇上了难以启齿的话题，但最后还是告诉他，她最近一直在努力回想，突然想起当年那个歹徒从后面抱住她，又脱下了他自己的裤子，眼看就要得手了，她情急中用手指甲狠狠挠了一下对方的屁股，那人痛叫一声才松开了她。回到家的时候，她发现自己右手三个手指甲里都残留着从对方身上抠下的皮肉碎屑，还有一些血迹，可以断定她当时至少在那个人右臀上挠出了三道深深的血口子。十五年时间过去，那人屁股上的伤口应该好得差不多了，但是肯定还会或多或少地留下一些疤痕。所以她觉得凭着屁股上的这几道印记，肯定能找到那个家伙。

许星阳皱起了眉头："你这个办法理论上虽然可行，但根本没有办法真的去做啊，谁会乖乖脱了裤子让你检查呢？"

唐缨忽然在电话里笑一声："这下我的职业优势就显示出来了。"

"什么职业优势？"

"都到这个时候了，我也不怕老实告诉你，我根本不是什么大公司的高级白领,只是在一家洗脚城做按摩技师而已。当年我从学校辍学后,一个人跑到海南去打工,因为没有高学历,只能进厂当流水线工人,又苦又累,工资还低,后来在一个老乡的撺掇下进入按摩店当了按摩女郎。两年多前回到光明市后找不到别的工作,只好做起老本行,在洗脚城里当技师。洗脚城里有正规的按摩,也有不正规的按摩,要想站稳脚跟,什么客人都得伺候。晚上出来上班,白天回家睡觉,有时候为了多挣点钱,下午睡完觉也会在出租屋里接点私活。我不想给我爸丢脸,所以才骗他说我是在城里的大公司上班。"

许星阳"哦"了一声,难怪上次去出租屋找她,旁边邻居会用那种目光看自己,想来是把他当成她的顾客了。

唐缨接着说:"我估摸着,那个男人既然想欺负我,证明他也不是什么好货色,说不定会经常出入按摩店桑拿城之类的风月场所,于是我开始留意起自己的客人,可惜一无所获。后来我觉得靠我一个人接触到的顾客有限,不可能把全城来按摩的男人屁股都看一遍,于是就想了个办法,让同行的许多姐妹帮我留意一下。你别说,这招还真管用,没过几天,一个在帝豪夜总会上班的姐妹打电话告诉我,她在按摩房里遇见一个客人,大约五十岁年纪,屁股上有几道疤痕,像是我要找的那个人。但她怕惹事,没敢详细打听那人的身份,不过听说那家伙是帝豪夜总会的常客,以后应该还能遇上。

"我听后立即从按摩店辞工,应聘到帝豪夜总会上班,这还不到一个星期,昨天晚上就遇上了那个男人,当他脱了衣服趴在按摩床上的时候,我一眼就看见他屁股上的三道抓痕,而且正好是在右边,给他按摩时我还特意摸了一下,不像是新伤,应该有些年头了。我用手机偷偷拍下了伤痕,然后趁着他对我动手动脚时,又假装拿手机看短信,悄悄把他的脸拍了下来。我感觉这个人有点眼熟,似乎很久以前在什么地方见过,但是实在想不起来,后来找人打听一下才知道这家伙还真有些来头。"

"你确定他就是你要找的那个人?"许星阳在电话里追问了一句。唐缨语气坚定地说:"错不了,他身上那股狐臭跟十五年前一模一样。还有,我故意跟他聊了一会儿天,听到他的声音我就更肯定了,当初那个人从后面恐吓我的声音,我可是一直刻在脑子里的。那时候我还以为是许老师为了凶我，故意发出的伪声，但其实那声音就是我接待的男客户的真实声音"

"那他到底是谁？"许星阳忍不住又追问一句。唐缨犹豫一下说："电话里不方便说，我下班的时候老觉得后面有人跟着我，我怕有人监听，你赶紧来我家一趟吧，我刚下班到家，咱们见面再说。"

"那行，我马上过去，你先别睡觉，在家里等我一会儿！"许星阳回头跟大伯打个招呼，骑上摩托车往城西方向兴和里赶去。

来到唐缨出租屋楼下，他看看手机上的时间，是早上八点零五分。这个城中村本就地处偏僻，加上时间尚早，村道上更是冷冷清清，看不到一个人影。他从敞开的楼梯口走上三楼，找到唐缨的房间，外面走廊里空空荡荡，左右邻居家的大门也紧闭着。他上前敲敲房门，没有人应答。

他又敲了几下，还是没有人出来开门，心里有些奇怪。难道唐缨刚下夜班，在等他的过程中累得睡着了？他把耳朵贴在门上听了听，屋里隐隐有流水声传出，他猜唐缨是屋里洗澡冲凉，难以听到外面的敲门声。他随手扭动门把手，发现房门没上锁，估计是唐缨知道他要来，所以没有锁门。他一边说："唐缨姐，我进来了！"一边推开门走进去。

小客厅里没有人，哗哗的水声正从浴室方向传出来。他往浴室那边看一眼，磨砂玻璃门是关着的，看来唐缨正在里面洗澡。他又叫了两声"唐缨姐"，可能是水声太大，唐缨没有听见他的叫声，依然没有回应他。他感觉有点尴尬，只好坐在客厅沙发上等着。

等了好一会儿，也没见她打开磨砂玻璃门，热水器里放水的哗哗声却一直响着，半点没有要停下来的意思。许星阳在沙发上挪动一下屁股，想去敲浴室的门，却又觉得太过冒失，唐缨是女生，洗澡花费的时间长一点也是可以理解的，于是又耐着性子坐在客厅里等着。又等了差不多十来分钟，仍然不见唐缨从浴室里走出来。

他往浴室方向看看，里面的热水正在哗啦啦地放着，热气升腾，磨砂玻璃一片模糊，连里面晃动的人影都瞧不见。

这都快二十分钟了，再爱干净的人洗个澡也花不了这么长时间啊！他终于按捺不住，起身去敲浴室门："唐缨姐，我等你好久了，你洗完了吗？"回应他的除了水声，再无其他响动。他又敲着浴室门，重复问了一句，仍然没有人回应他。

他感觉有些不对劲,该不是唐缨煤气中毒晕倒了吧?他顿时紧张起来,顾不了许多,一边敲门一边问:"唐缨姐,你没事吧?我、我可要进来了啊!"听到屋里没有人回答,他只好用力推开玻璃门,因为热水放得太久,浴室里热气弥漫,只能隐约看见有一个人倒在墙角,而头顶的花洒仍然在哗哗地放着热水。

他心知不妙,立即摸索着关掉水龙头,蹲下身去扶倒在地上的人,谁知伸出手去却在热气弥漫中摸到一个坚硬的东西。许星阳起身找到浴室排气扇,打开后只几秒钟时间,室内的热雾就被排空,他看见倒在墙角的人正是唐缨,她身上穿着衣服,但已经被淋得湿漉漉的,胸口赫然插着一把水果刀,而刚才伸手摸到的坚硬之物正是水果刀的木质刀柄。从她胸口流出的鲜血早已被热水冲进下水道,浴室地板上只能看到一些淡淡的红色。

"唐缨姐!"他吓了一跳,扶着唐缨的身体摇晃两下,没有任何反应,再一摸她的鼻孔,早已没有呼吸。

"怎、怎么会这样?"他吓得双腿一软,一屁股跌坐在地,呆愣好久才慢慢回过神来,又从地上爬起,掏出手机打算准备报警。就在这时,外面的大门被人推开,两名身穿制服戴着巡警袖标的警察走进来,一眼看见浴室里有一个女人胸口插着水果刀倒在地上,两个警察顿时紧张起来。

"不许动,双手抱头蹲在地上!"两人同时用手里的警棍指着呆立在浴室里的许星阳大喝道。

许星阳一见警察,好像看到了救星:"警察同志,你们来得正好,她……"他朝两个警察走过去,正要解释什么,两个巡警以为他要袭警,手里的警棍立即就往他身上招呼过来。

许星阳挨了两棍,痛得抱头蹲地。一名警察立即将他控制住,给他戴上了手铐。另一个警察进到浴室查看一下,探探唐缨的鼻息,摸摸她的颈动脉,冲着同伴摇一摇头:"已经没救了!"但他们还是先拨打了急救电话,接着又用警务通上报案情。

几分钟后,楼下响起救护车的警报声,一名医生带着护士上了三楼,在浴室里蹲下身对唐缨进行了简单的诊查,冲着两个警察摇头说:"已经死亡,没得救了。"这时候楼道里响起杂沓的脚步声,刑警大队大队长马力带着法医、痕检人员和毛乂宁等数名刑警赶了过来。

法医老姜没有多耽搁，立即和助手一起走进浴室对被害人进行现场尸检。马力背着双手在屋里转了一圈，然后问最先赶到的两名巡警："什么情况？"

一名巡警显然认识他，朝他敬了个军礼后说："马队，我是辖区派出所的巡逻民警，早上接到警情，说兴和里一〇三号三〇三室有人行凶杀人，我跟同事正好在附近巡逻，就赶了过来，进门就看见这个女人胸口插着一把水果刀倒在现在这个位置，而旁边有个男人站在浴室里，形迹十分可疑。我俩立即将他控制住，又打了急救电话，刚才医生已经来过，证实被害人已经死亡。"说罢，他推了正反铐双手面向墙壁蹲着的许星阳一把，"站起来！"

许星阳立即转身站起，向着在场的警察解释："警察同志，你们真的搞错了，人不是我杀的，真不是我杀的！"

马力两眼一瞪："那你不是杀人凶手，怎么会在命案现场？"他往浴室那边瞧一眼，"你该不会想说这个女人是自己用水果刀刺进胸口自杀的吧？"

许星阳本就是个老实孩子，从来没有见过这种场面，被警察犀利的眼睛瞪上一眼，更是一阵心慌，连话都说不利索了："警察同志，我、我真没杀人，我、我就是来找唐缨谈点事情，她门没锁，我就进来了。进来后看见她在浴室里洗澡，我就坐在沙发上等着，等了十几二十分钟也没见她出来，我觉得有点奇怪，推开浴室的门一看，她、她就已经……"

"这么说，遇害的这个女人叫唐缨是吧？"马力瞧着他问，"那你叫什么名字？"

"我、我叫许星阳！"许星阳嗫嚅着报出自己的名字。正在旁边勘查现场的毛义宁听到这个名字时条件反射地抬头看了他一眼。马力说："你刚才说，你进来的时候她正在洗澡，你在外面客厅里等了十几分钟，再推开浴室门时她就已经被杀了？"

"是、是的……"

马力很快就抓住了他话语中的逻辑错误："你进来的时候她还在洗澡，你在浴室外面等了十几分钟，然后她就被杀了。这个过程中你没有看见任何其他人进入浴室对吧？"看到许星阳点头，他接着说，"你看这浴室里也没有窗户，不可能有人趁你在外面等待的时候悄悄潜入浴室，杀人之后再悄悄溜走吧！所以你告诉我，杀人凶手除了是与被害人共处一室的你，还能有谁呢？"

许星阳发现自己掉进了对方的逻辑陷阱，急忙说："不，我不是说我进来的时候她还在洗澡，我的意思是，我进来的时候浴室里有哗哗的水声，我以为她在里面洗澡，而实际上这个时候她已经遇害了，只是我不知情，在外面客厅等了十几分钟而已。见她一直没出来，我感觉奇怪，就冒昧地推门看一下，才知道她出事了……"

这时有一名痕检员过来，表示要提取许星阳的指纹和脚印。马力有些不耐烦地挥挥手："老毛，你把他带到外面走廊里，等痕检提取完指纹脚印再叫我，我看这小子有点不老实，我得好好审一审他。"

毛乂宁点头应声"是"，从后面推了许星阳一把："走吧，到外面走廊去！"跨出门口的时候，他回头望望，看见队长正在看着姜一尺检查尸体，没有注意到自己这边，就小声问："星阳，到底是怎么回事？怎么会闹成这样？"许星阳愣了一下，侧回头多看了他两眼，忽然觉得这个警察有点眼熟，可一时又记不起在什么地方见过。

毛乂宁说："我是毛乂宁，你爸当年教过我，我以前去过你家，不过你那时还很小，估计刚读小学吧。"许星阳这才想起来："原来是乂宁哥，你怎么当上……"毛乂宁冲着他微微摇头，许星阳虽然不大明白他的意思，但还是闭上嘴巴，把后面的话咽了回去。

这时走廊里有一些听到消息跑过来围观的群众，但都被警察挡在了楼梯口附近。许星阳在门外等了一会儿，才看见马力从屋里走出来。他点了一根烟，一边抽着一边走到许星阳面前："说吧，到底是怎么回事？你为什么要杀屋里那个……唐缨？"

许星阳着急地说："警官，你们真的搞错了，唐缨不是我杀的，我……"

"行了行了。"马力见他又在否认，便打断他，换了个问题，"你找她有什么事？"

"这个……"许星阳犹豫了一下。马力乘胜追击："说不出来了？"许星阳道："不是，只是说来话长，一时不知该从何说起。其实我来找她，是为了调查我爸的案子。"

"你爸的案子？"马力把凑到嘴边的烟屁股放下来，"你爸是谁？他有什么案子?"

"我爸叫许敬元。"

毛乂宁在旁边说:"马队,我记起来了,他爸许敬元在十五年前莫名失踪,后来当地派出所调查出他在河边强奸女学生唐缨,唐缨出于正当防卫把他踹进河水里淹死了。"

马力"哦"了一声:"原来是这个案子。那时候吴政委还在刑警大队当队长,这个案子虽然我没有经办,但也听说过一些信息。那个女学生叫唐缨,现在浴室里的女被害人也叫唐缨,这两个是同一个人吗?"

许星阳点头说:"是的。"

"你真的是当年那个许敬元的儿子?"

"是的。"许星阳说,"我爸十五年前出事的时候,我才九岁。"

"这就对了,杀人动机也找到了。"马力抽完最后一口烟,把烟屁股扔在地上,用皮鞋踩灭,"你恨这个唐缨十五年前害死了你爸,所以十五年后跑来找她报仇,一刀把她给杀了。"许星阳急忙摇头摆手:"不、不是这样的,我来找她根本不是为了报仇,而且现在也已经搞清楚了,当年想要强奸她的人根本不是我爸,而是另有其人。"

"另有其人?"马力眉头一皱,"什么意思?"

许星阳知道今天如果不把事情一五一十说出来,就很难洗清身上的嫌疑,便鼓足勇气将自己知道的情况和盘托出:因为得到了新线索,对父亲强奸唐缨的旧案产生怀疑,所以半个多月前来找唐缨,确认当年性侵她的另有其人,然后今天早上唐缨突然打来电话说她已经找到了那个人,并且要他到家里来进一步商量此事。

马力听完后没有说话,似乎是在考虑他说的这些情况到底有几分可信。这时法医老姜走出来朝马力看一眼,马力知道老姜有事情要汇报,就挥挥手,让毛乂宁把许星阳先带到一边。老姜走上来说:"马队,有烟没?"

马力瞧他一眼,掏出烟盒,甩了一支烟过去。姜一尺把烟叼在嘴里,掏出打火机点燃后狠狠抽一口,缓解了烟瘾之后才说:"马队,经过现场初步尸检,可以确定死者是被插在胸口的单刃水果刀刺穿心脏后失血过多而死亡的,凶手将其尸体放在浴室,一直用热水淋着,应该是想给警方判断被害人准确的死亡时间制造障碍,不过这些障眼法对咱们来说都是小儿科,被害人死亡时间是在今天早上八点左右,前后误差不会超过半小时。"

"那就是早上七点半至八点半之间了?"

"是的。"

这时又有痕检员跑来报告:"我们从凶器上提取到一枚指纹,经过现场快速比对,确定是该名许姓犯罪嫌疑人留下的。还有,室内除了死者自己的足迹,我们还找到了嫌疑人的脚印,除此之外现场再无可疑的第三者进入的痕迹。"

马力回头朝许星阳那边看看:"那也就是说,基本能锁定这小子就是凶手了!"

痕检员点点头说:"如果他不是凶手,那刀柄上留有他的指纹就没法解释了。"

"确实如此!"马力拍拍他的肩膀,说声"辛苦了",等他离开后,招手把许星阳叫过来,"你进屋后碰过死者吗?"许星阳说:"碰过,一开始我以为她是煤气中毒晕倒在浴室里,所以上前扶她一下,后来才发现她是被杀的。"

"那你碰过凶器没有?"

"这个倒没有。"

马立脸上的表情立马变得严肃起来:"这就对了,刚刚痕迹检验员在那把水果刀的刀柄上提取到一枚指纹,证实是你留下的,这个你怎么解释?"

"不可能,凶器上面怎么会有我的指纹?"许星阳吓了一跳。

旁边的毛乂宁说:"你再好好想想,会不会这把水果刀是死者自己家里的,而你上次来她家时用它削过水果,所以留下了指纹?"

许星阳摇摇头:"我没在她家吃过水果,也没看见她家里有什么水果刀。"

"那凶器上面怎么会有你的指纹呢?"这下连毛乂宁也皱起了眉头。

"哦,我想起来了,"许星阳把自己进入浴室后的经过仔细回想一遍,"我刚进入浴室的时候,头顶的花洒还在放热水,浴室里水汽弥漫,什么也看不清。我关掉水龙头弯腰去扶她的时候,手指好像碰到一个硬硬的东西,应该就是刀柄,可能是在那个时候留下了指纹。"

马力显然不太相信他的话,沉着脸道:"你这小子,说话像挤牙膏,一点也不老实,我看不把你带回去好好审一下,你是不会老实交代的。老毛,你和小刘先把他带回刑警大队,回头我再好好审审他。"毛乂宁应了一声,和另一名刑警一起将许星阳押上警车。

警车掉转头,从兴和里开出来,去往刑警大队。一路上,毛乂宁看见许星阳脸色苍白,不住地擦着手心里的汗,便温言安慰着:"你也不用太害怕,如果唐缨真的不是你杀的,警方绝不会冤枉你,审讯的时候你实话实说就行了,只要你是清白的,谁也不能把你办成杀人犯。"许星阳点点头,听到他这么说,悬着的心稍稍安放下来。

到了刑警大队,许星阳被关进了留置室。一直忙到了快中午,唐缨命案现场的勘查工作才结束,马力立即赶回刑警大队对他展开正式审讯。许星阳从来没有经历过这种场合,虽然心里有些犯怵,但他毕竟不是杀人凶手,自然不会承认自己杀死了唐缨,只是又将自己今天早上接到唐缨电话后去兴和里找她,却发现她死在浴室里的前后经过跟警方说了一遍。

马力敲着桌子说:"经过警方现场勘查,在命案现场只发现了被害人和你两个人的指纹和脚印,这个你怎么解释?"

"这个我也没法解释啊!"许星阳一脸无辜,"我进入唐缨住处的时候,她已经被杀了,凶手也早就离开了,所以我进去的时候屋里没有别人。而且我估计这个凶手要么是戴着手套和鞋套作案,要么是作案后清理过自己留下的痕迹,所以你们才会在现场找不到他的脚印和指纹。"

"你懂得还挺多的啊!"马力意外地上下打量他一眼,语气里夹杂着挖苦,"今天早上是唐缨主动约你去她家里的?"

"是的,她在电话里说她找到了当年冒充我爸对她实施性侵的歹徒,要我赶紧过去跟她商量看下一步怎么办。"

"你说的这些,有证据能证明吗?"

许星阳犹豫一下,问:"电话录音算吗?因为我想通过她调查出我爸失踪的真相,所以每次跟她通电话都录了音,以备日后查证。今天早上也不例外。"

"如果真的有电话录音,可以放出来给听一听。"马力点头道。许星阳往自己身上一摸,没有找到手机,这才想起来:"我被关进留置室之前,手机被你们收走了。"马力点点头,对旁边的助手说了几句,那名女警员立即起身走出审讯室,很快从外面拿了一部手机进来,递给许星阳。"对,就是这个手机。"许星阳拿着手机按响录音播放键。

"你现在说话方便吗?"这是唐缨的声音。

"有什么事吗?"许星阳回答。

"我找到十五年前真正胁迫我的人了。"

"是吗?他是谁?你是怎么找到的?"

…………

"电话里不方便说,我下班的时候老觉得后面有人跟着我,我怕有人监听,你赶紧来我家一趟吧,我刚下班到家,咱们见面再说。"

"那行,我马上过去……"

听录音的时候,马力的眼睛一直闭着,像是睡着了一般,录音结束后,他忽然睁开眼睛,但是看向许星阳的目光缓和了许多:"这么说来,今天早上确实是唐缨约你去她住处的?"

许星阳点头道:"是的,我已经跟你们说过,我想查找我爸出事的真相,其中最重要的证人就是唐缨,你说我怎么可能在这个关键时候杀死她呢?这不是自己给自己挖坑,让我之前所做的努力都功亏一篑吗?"

马力坐在审讯桌后面,身体前倾,直盯着他,"我还有一个问题,唐缨说她已经找到了真正的强奸犯,那她有没有跟你说过这个人到底是谁?"

许星阳摇头说:"还没来得及说,她怕电话有人监听,所以才叫我直接去她家里,打算当面告诉我。但我去到她家里的时候,她却已经……"

马力的身子往后仰一下:"真够可惜的。不过……"

"不过什么?"许星阳忙问。

马力道:"不过既然唐缨已经找到当年性侵她的真凶,那就说明她踹下河的人不是许敬元,也就是说她没有害死你爸。或许,这可以说明你没有杀她泄愤的动机。"

许星阳松了口气:"这么说你们相信她不是我杀的了?"

"只能说已经初步排除你身上的杀人嫌疑,但只要真正的杀人凶手没有找到,你还得随时准备配合警方调查。"

"这个没问题,我一定全力配合你们查找真凶。"许星阳想了一下,"警察同志,你刚才在电话录音里也听到了,唐缨说她下班后感觉有人跟踪她,这个会不会跟她在出租屋被杀的事情有关联呢？"

马力点头："这个我也想到了，而且我怀疑她被人跟踪，可能跟她正在调查十五年前的凶手有关，而她遇害也极有可能是那个家伙干的，所以我刚才特意问你唐缨有没有向你透露那个人到底是谁。如果知道他是谁，估计唐缨的命案也就破了。"

其实许星阳心里也一直在怀疑，会不会是唐缨在偷拍凶手时被对方觉察了，所以对方一路跟踪到她家里，最终杀人灭口。

"对了，警官，唐缨说她已经用手机拍到了那个人的脸。你们打开她的手机相册不就能找到凶手了吗？"

"这个还用你说，我早就想到了。但在案发现场根本没有找到她的手机。"

许星阳这才反应过来，凶手作案后肯定会把手机拿走的，这样一来，想通过照片找到这个人就行不通了。

"今天就到这里吧，你可以走了。"马力从审讯桌后面站起身，掏出一根烟叼在嘴里，拿起打火机准备点烟时又说了一句，"不过最近几天不要离开光明市，警方可能还会找你了解情况，你得保证随叫随到。"

"那唐缨的案子……"

"这个你放心，警方会沿着十五年前凶手这条线索查下去的。"

许星阳又问："能告诉我是谁报的警吗？"

马力把烟点燃，抽了一口，冲着他摇摇头："我溯源了一下报警电话，发现对方用的是兴和里的一个公共电话，而且周边没有视频监控，目前没办法找到打电话的人。"

"他报警时说了些什么？"

"电话录音我听过了，报警人故意把声音压得很低沉，好让人听不出他本来的声音。他说城西前进路兴和里一〇三号三〇三室发生了命案，凶手还在屋里，叫警方赶紧过去抓人。"

"等等，警官，"许星阳听到这里，叫住正要转身走出审讯室的马力说，"我去唐缨那里时，并没有在房门附近看见其他人，这个人是怎么知道屋里发生了命案呢？我觉得这个打电话的人大有可疑啊，如果他不是凶手，他怎么知道三〇三室有人被杀？"

第十四章 浴室血案 169

马力走到门口，又回过头来看他："所以你怀疑这个打电话报警的人是凶手？"

"这个人肯定是凶手。他杀人下楼后，正好看见我上楼进入三〇三室，于是躲在楼下观察一会儿，见我没有立即从楼上下来，就找了一个公共电话报假警，这样一来，就可以把杀人罪名嫁祸到我身上。"

"嗯，是有些道理。"马力一边往外走一边说，"你放心，你提供的这些线索，警方会认真调查的。你先回去，有什么需要我再电话联系你。"

审讯结束后，许星阳在毛乂宁的带领下办好手续，领回了自己的手机。"我送你出去吧！"毛乂宁一直将他送出刑警大队的大门。

走下台阶，见周围没人，毛乂宁跟在他身边小声问了一句："那个强奸犯的真实身份，唐缨真的没向你透露一点信息吗？"许星阳说："还没来得及。本来她已经查到那个人是谁了，甚至拍下了他的相貌，可惜手机最后被凶手拿走了，这条线索就这么断了。不过……"他突然想到了那个十五年前在唐缨数学作业本里夹纸条的人。

"不过什么？"毛乂宁问。许星阳看他一眼，意识到自己说漏了嘴，就摇头说："没、没什么。"毛乂宁知道他还不够信任自己，所以就算有什么重要线索也不会向自己透露。他跟着许星阳走出公安局大院："你还没吃午饭吧？走，我请你吃饭！"许星阳还没来得及拒绝，就已经被他拉进街边一家小餐馆里。

第十五章　暗中行动

二人坐下来吃饭，毛乂宁关切地问："你姐姐现在情况怎么样了？病情有好转吗？"

许星阳摇头说："没有呢，还是老样子，连自己家里人都不认识，这段时间病情好像又加重了，家里凑了点钱把她送到康复中心治疗去了。不过住院治疗费实在太贵，估计也负担不了多久，又得把她接回家关起来了。"

"唉，是我害了你姐姐！"毛乂宁放下正在夹菜的筷子，重重地叹一口气。

"你害了我姐姐？"许星阳抬头看着他，"什么意思？我姐姐出事，跟你有关吗？"

"这个……"毛乂宁沉默半晌才开口，"可以这么说吧。"

"到底是怎么回事？"许星阳追问，"我姐出事怎么会跟你有关系？"

"这事说来话长，你先吃饭，咱们边吃边聊。"毛乂宁又重新拿起筷子，边吃边说，"其实不光是你，你姐姐也不相信许老师是强奸犯，并且已经查到一些线索，证明他是被冤枉的。"

许星阳点了一下头，姐姐应该也是得到葛叔叔提供的线索，所以才能确认真凶不是爸爸。

毛乂宁接着说："你姐不但查到那个人不是你爸，而且还怀疑你爸当晚在学校的时候就已经遇害。她直接到刑警大队来报案，当时吴锐是大队长，我是他的助手，我们接到报警后去检查了你爸当天晚上最后待过的地方，就是学校的工程指挥部，在你爸办公桌挡住的墙壁上提取到了两份血样，你姐姐怀疑你爸是在办公室遇害的，墙壁上的血迹就是他留下的。吴队把血样拿去送检，但检测结果显示那不是人血，而是狗血。"

"狗血?"许星阳不由得咂舌,"这也太离奇了吧?"

"是的,我当时也是这种反应。"毛乂宁道,"后来我才知道吴锐跟当时光明高中的校长孔伟德是党校学习时的同学,两人关系很铁。如果你爸真的是在学校出事的,孔伟德肯定脱不了干系,所以我怀疑吴锐为了包庇孔伟德而篡改了化验报告。当时警方一共从现场提取到两份血样,吴锐只送检了一份,另一个血样扔在那里没人管了。后来我越想越觉得这个案子有蹊跷,就把另一份血样偷偷拿出来交给你姐姐,让她以被害人家属的身份,另找一家司法鉴定中心之类的机构重新化验比对。如果能够证明血迹是你爸爸留下的,那这个案子就可以在刑警大队重新立案调查了。"

许星阳想起姐姐出事之前一直都在外面忙碌着,他跟妈妈知道她是在查爸爸的事情,却不知道她具体在查什么,现在想来,当时她就是在忙着找地方化验毛乂宁提供的血样了。"最后怎么样了?"他抬头看着毛乂宁,"化验出来那确实是我爸的血迹吗?"

毛乂宁点点头:"后来有一天,我正在上班,你姐姐突然给我打电话说她已经拿到化验结果,证实墙壁上的血迹是你爸留下的。没过多久,她又给我发来一条求救短信,说有人跟踪她,要抢她手里的化验报告。我见情况紧急,急忙给她回信息,叫她先找地方把化验报告藏起来,然后往人多的地方去。这样就算她被人追上,报告也不会丢失,等甩掉跟踪的人后,还可以再转回头去取报告。给她回复完短信,我心里也很不踏实,一直在等她的电话,可是她再也没有给我来电话,我打过去后也没有人接听。后来我还打电话到你们家去问了,才知道她失踪了。再后来,又听到消息说她失踪十多天后被人扔在大街上的垃圾堆里,整个人都疯了。警方当年给出的结论是你姐姐遭遇了人贩子,我当然不认同这种说法,还自己暗中调查过,但没有任何线索。"

许星阳听到这里,紧张得手心沁出汗来,原来姐姐出事之前竟然还有过如此惊心动魄的经历。现在看来,肯定是姐姐查到了爸爸遇害的重要线索,凶手怕事情败露便由此下策。

"那我姐拿到的那份化验报告呢?"他问,"是不是也落入了那帮禽兽手里?"

"这个我也不知道。你姐姐后来在精神病院治疗的时候,我曾去探望过她,她已经完全精神失常,连我是谁都认不出。"毛乂宁停顿一下,吃了一口菜,接着说,"再后来,我偷偷把血样拿出警队的事被吴锐发现了,他怕事情闹大,没有向上面汇报,但从此将我视为异己,处处排挤甚至打压我。后来他一路高升到公安局的政委,而我却一直被他踩在脚下,到现在还是一个小刑警。"

"乂宁哥,对不起,"许星阳心生歉意,"都是我们家的事情连累了你!"

毛乂宁摆手道:"你千万不要这么说,这事就算发生在别人家里,我作为一名人民警察也必须得管,更何况你爸曾经是我的初中老师,当年如果不是他帮我,我早就辍学去打工,根本不可能上高中考大学,说许老师改变了我的人生也不为过。老师出事,我更有责任查明真相,还你们家一个公道。只可惜我当初大意了,让你姐姐一个女孩子自己去调查这个事情,最后导致她也跟着出事了。"

许星阳听到这里,已经知道他是可以信任的人,不想让他太过自责,就转移话题说:"乂宁哥,你刚才不是问我到底想说什么吗?其实我是想说,虽然我不知道唐缨自己查到的人到底是谁,但是我通过另一条线索找到了当年案件的一个目击证人。"

"目击证人?"毛乂宁问。

许星阳说:"性侵案发生后,唐缨一直以为我爸已经淹死了,她觉得是自己杀了人,怕警察抓她去坐牢,所以一直不敢向外透露自己的遭遇。直到几天后她突然发现数学作业本里夹着一张纸条,上面写着一句话:我亲眼看见你把许老师推进河里淹死了,如果你不去派出所自首,我就向警察举报你!

"唐缨正是因为看到这张纸条感觉害怕,所以才报警'自首'。而实际上那歹徒没有性侵得逞,唐缨怕警察把自己当成杀人犯,故意夸大事情的严重性,说对方强奸了自己,这样一来她的行为就可以被当作正当防卫,不会被警方追究刑事责任。最近我找到了当年负责收发作业本的数学课代表,发现这个在唐缨作业本里夹纸条的人,就是当年学校操场翻新工程施工队队长窦武。"

"竟然是他?"毛乂宁感觉有些意外。

"是的,就是他。"许星阳接着说,"我继父告诉我,案发当晚,他正好在现场附近,亲眼看见一个男人光着一只脚从河水里爬上岸,虽然没有看清楚他是谁,但可以断定,肯定不是我爸。从时间地点来看,这个男人应该就是被唐缨踹下河的家伙。后来唐缨仔细回忆当晚情形,也承认她当时惊慌之下没有看清楚那人的脸,只是听对方自报家门说是教过他们班历史的许老师。但是很显然,这个许老师是被人冒充的。既然那个歹徒不是我爸,窦武却在纸条上说亲眼看见许老师被她推下河,就非常可疑了。我觉得有两种可能性:第一,他真的是一个单纯的目击者,只因为天色太暗,所以跟唐缨一样错将别人看成了我爸;第二,他知道事情真相,但是心怀鬼胎,故意在唐缨面前混淆是非,让她在心里进一步确认,自己踹下河的人就是许老师。"

"我觉得后一种可能性比较大。"毛乂宁直接说出了自己的推断。

许星阳见他说得如此直接,有些意外:"为什么?"

毛乂宁再次放下手里的筷子,认真分析道:"你姐姐当年就在我面前推理过,说案发当晚你爸根本没离开学校。那天他留在学校陪同检查工作的教育局领导吃饭,结果饭后就失踪了。你姐姐在你爸的办公桌与墙壁的缝隙里发现两点残留的血迹,猜测他已经死在了办公室里……而凶手极有可能是雷大铭和窦武。因为你爸多次提出操场翻新工程有质量问题,还毫不留情地警告他们,如果不及时整改,他就不会在工程验收通过协议上签字。

"事发那天你爸肯定又跟领导提过这事。如此一来,雷大铭和窦武被彻底惹恼,两人便动了杀心。他们合伙作案后,悄悄处理了尸体,然后窦武换上你爸的衣服和鞋子,骑上他的摩托车,冒充他往你们家的方向走,造成一种你爸已经离校回家的假象。为了把戏演得更真实一些,窦武不惜把一个无辜的女生拉下水,假意强暴唐缨后又故意坠河,这样唐缨就成了混淆你爸真正死因的完美证人。"

"原来我姐早就查到是雷大铭和窦武合伙害死我爸了?"许星阳吃惊道,"她在家可是什么都没有对我和妈妈说过。"

"她是怕你们有危险,所以什么都没有告诉你们。"

"如果凶手真的是雷大铭和窦武……"许星阳顺着他的思路往下说,"我听说当时光明高中的校长孔伟德跟雷大铭是亲戚关系,对吧?"

"是的,雷大铭是他的亲外甥。"

"这样一来，后面发生的一系列事情就解释得通了。"许星阳说，"孔校长知道自己的外甥杀人了，所以请当时刑警大队里的熟人吴锐队长帮忙摆平。吴队长受人之托忠人之事，于是就上演了送检血液样本是狗血的闹剧。在吴队长的授意下，警方没有立案调查，轻而易举就将这桩杀人命案给压了下去。"

"但是他们没有想到我竟然把另一份血样私自拿出来，让你姐姐私下里送去鉴定。等到化验结果出来，他们慌了手脚，为了抢走化验报告，他们将你姐姐非法拘禁，把她折磨得精神崩溃。"

"这帮畜生！"许星阳从他的推理中，第一次知道了爸爸十五年前失踪和姐姐出事的真正内情，蓦地站起身，屁股下面的凳子被他撞得哗啦乱响，"这帮畜生，我一定不会放过他们！"手上一用力，一双筷子竟然硬生生被他折断了。

毛乂宁见旁边正有人好奇地朝这边张望，急忙将他拉得坐下："你不用着急，现在你已经从唐缨那里找到了新线索，警方总会把真相调查清楚的。"

"那你说，下一步要怎么调查？"许星阳恼火道，"总不能再次找刑警大队报警吧？"

"所有案件，报警当然是最好的处理方式。"但是毛乂宁轻轻摇头，"只是这件事，目前还不到报警的时候。第一，咱们手里的证据并不充分，让警方立案重启调查的条件还没有成熟。第二，当年包庇孔校长的吴锐，现在已经是公安局政委，虽然他并不主管案子上的事情，但现任的队长马力，就是审问你的那个家伙，是吴锐的徒弟，而当年光明高中校长孔伟德已经是教育局副局长，当年的小包工头雷大铭也成了光明市著名企业家——大铭集团董事长，而且还是市政协委员。如果打草惊蛇，让他们知道咱们又在调查十五年前的旧案，并且找到了重要线索，他们肯定会有所警觉，几方势力纠集在一起，可谓能量巨大，在光明市这个小地方，可以说是没有办不成的事情。所以这件事你千万不能声张，更不要报警，咱们先暗中调查一下，等有了铁证，再想办法让警方重启调查也不迟。"

许星阳点点头，钦佩地看着毛乂宁："还是你考虑得周到！唐缨已经查到当年的凶手是谁，本来凭着这条线索，案子就可以迎刃而解，谁知关键时候，她却出事了，这个案子又没有了头绪，我都不知道该怎么继续查下去了。"

毛乂宁不由得笑起来："你不是从小就看了许多推理小说吗？"许星阳挠挠头说："我那都是吓唬人的，其实侦探小说里写的故事跟现实生活里的案子是两码事。"

"如果你不知道怎么办，那就听我的安排。"毛乂宁脸上的表情渐渐变得严肃起来，"如果想要重新立案调查，必须拿到最有力的证据推翻警方当年的结论。而目前来看，最有力最直接的证据，莫过于你姐姐当年拿到的那份化验报告。"

许星阳不由得面露难色："当年我姐被那些人抓去，恐怕化验报告也落入了那些人手里，他们肯定早就把化验报告销毁了。"

毛乂宁挑起眉头道："我倒是偏向于认为那些人还没有拿到化验报告。因为你姐姐是个非常聪明而且勇敢坚强的人，况且我已经发短信提醒过她一定要先将化验报告藏起来。我觉得她应该做到了。那些人抓住她后，如果从她手里拿到了化验报告，你姐姐失去最重要的证据，也就对他们构不成实质性威胁，他们当然犯不着再大费周章把你姐关起来，用尽各种手段折磨她，甚至让她精神失常，丧失自主行为能力。正是因为他们没有拿到化验报告，所以才要折磨你姐姐，逼她交出来，但是你姐姐一直坚持到最后，没有让他们得逞。我想以你姐姐的智商，肯定留有后手，现在咱们就是要想办法找到你姐姐当年拼了命保存下来的化验报告。"

"希望真的像你说的这样，要不然我姐姐当年的苦可就白受了。"许星阳说，"这事由我来办，我去找我姐问问，看能不能查出点蛛丝马迹来。"

"另外还需要搞清楚一件事情，既然我们推测出你爸死在了工程指挥部，那么凶手究竟把他的尸体放在了什么地方。如果能找出尸体，凭现在的法医技术，即便过去了十五年，还是能在尸骸上找到许多线索，这对破案极有帮助。"

许星阳补充说："我觉得还有第三个急需查清楚的问题。"

"什么问题？"

"就是杀死唐缨的凶手到底是谁。刚才审讯我的时候，那个马队长也说了，很可能和十五年前性侵唐缨的歹徒是同一个人。那人意识到自己被唐缨认了出来，于是再次作案，杀人灭口。"

"嗯嗯，而且咱们刚才已经推测过，当年冒充你爸性侵唐缨的人是窦武，所以这次杀害唐缨的凶手也极有可能是窦武。"

"我也是这么想的，"许星阳用手捶一下桌子，懊恼地说，"只可惜唐缨的手机被凶手拿走了，目前没有办法证实这个推理。"

"这个交给我来查吧。"毛乂宁说，"刚才马力审讯你的时候，我在外面看了审讯视频，也从你提供的电话录音里听到一些线索，感觉咱们想找这个人并不是完全没有办法。"

"那行，如果你查到了这个人一定要打电话告诉我。别像唐缨一样非要当面再讲，电话里什么也不肯说，结果却……"虽然与唐缨交往的时间不长，但想起她遇害时的惨状，许星阳还是心里堵得慌。

"你放心，我不是唐缨，他们想向我动手，还得先掂量一下。你自己也要小心，咱们分头调查，随时保持电话联系。"

吃完饭，两人加了微信，又相互留下电话号码才各自离开。

下午，毛乂宁刚到单位上班，徒弟邓钊就迎了上来："师父，马队找您，要您赶紧去他办公室一趟！"

"找我？什么事？"毛乂宁有点莫名其妙。

邓钊摇头说："我也不知道。"毛乂宁又问："实验中学围墙坍塌压死人的案子，结案报告你交上去了吗？"邓钊说："已经按您的意思交给马队去签字了。"

毛乂宁点头说："那就好，他找我估计就是为了这个事。"转身往队长办公室走去，刚到门口，房门却被从里面拉开，一个人匆匆走出来差点跟他撞个满怀。那人跟他打声招呼："老毛！"毛乂宁抬头一看，居然是政委吴锐，他淡淡地应了一声："吴政委下午好。"两人再无话说，吴锐略显尴尬地抬抬手，大步离开。

毛乂宁一边疑惑地回头看着他的背影，一边敲敲队长办公室的门，马力在里面喊一声："进来！"毛乂宁推门进去："马队，你找我有事？"马力把手里正在看的一份打印文件扔在桌子上："这个结案报告是你写的？"

毛乂宁伸头一看，正是他让邓钊交上来的实验中学倒墙案结案报告，点点头说："是的。"马力挥挥手："你先把这个报告撤回去，这个不能当刑事案件处理，围墙倒塌只是学校方面的一起安全事故，我将情况通报给教

第十五章 暗中行动　　177

育部门,针对校长的处理意见已经下来了,他对这起事故负有直接领导责任,被撤职处分了,其他负责学校安全生产的副校长等人也得到了相应的处分。"

"你们这也太轻描淡写了吧?"毛乂宁用手指头用力敲着队长刚才扔过来的结案报告,"学校围墙倒塌压到孩子,这个成校长发现后没有第一时间组织抢救,而是在医生还没到场确认死亡的情况下就将孩子扔到了路边,甚至还间接导致了尸体失踪,最后被人盗去卖到乡下给别人配阴婚。性质如此恶劣,造成了如此严重的后果,这还没有触犯刑法吗?这事怎么能当成一起单纯的安全事故来处理?你们这样胡来,怎么向死去的孩子的家属交代?"

"这个不用你操心,学校方面已经跟家属达成协议,赔偿孩子家属一百万元,他们表示不再追究学校方面的责任了。"

"这事不能就这么结束!"毛乂宁隔着办公桌看着队长,提高声音,"这事除了要向学校追责,还有围墙工程的承包方、承建方的责任,另外,工程质量这么差的公司是怎么通过层层审核,在公开招投标中中标的?最重要的是,实验中学还有两幢新建的宿舍楼,下半年就要投入使用了,也是同一家公司承包和承建的,会不会也有这样的质量问题?这个必须调查清楚,要不然以后还会出大事。"

马力把眼一瞪:"这些就不劳你毛大警官操心了。我叫你过来,就是通知你把这份结案报告拿回去,这个案子以后你也不用负责了。还有,刚才吴政委让我提醒你,不要跟那个许敬元的儿子走得太近,以免惹火烧身。"

毛乂宁想起刚刚吴锐从马力办公室走出去的场景,顿时心头火起:"吴锐刚才来找你就是让你警告我对吧?"

"吴政委只是让我好心提醒你,免得你以后吃了亏自己还不知道。"

"那就请你帮我回复姓吴的,我毛乂宁谢谢他十八代祖宗,其实他十五年前就已经提醒过我了。"毛乂宁拿起桌上的结案报告,摔门而去。

来到外面大办公室,邓钊见他又把结案报告拿了回来,就问:"师父,这份结案报告写得不行吗?"毛乂宁道:"不是不行,是根本就没用上。"邓钊道:"怎么没用上呢?"

"马力说这个案子只是一起单纯的安全事故,由教育部门内部对相关责任人进行处分就行了，不用麻烦刑警大队出手。那个成校长只是撤职了事，身上一根毫毛都没少。"

"这可是人命案，怎么能如此轻描淡写自罚三杯就完事了？"

"你冲我叫有什么用？马力叫咱们以后别再管这个案子。"

邓钊往队长办公室那边看看，脸上带着一丝诡异的笑："咱们明里管不着，可以暗地里管啊。"

毛乂宁一愣："怎么暗地里管？"

邓钊朝他凑近过来，低声道："师父，我有一个大学学姐，她叫仇筱，现在在《光明晨报》做记者，主要负责跑法治新闻，知道我当了警察之后经常联系我，想从我这里挖点新闻线索。但是我刚加入警队没多久，还没跟过什么案子，而且警队也有纪律，不能随便向外人泄露办案机密，所以我也从来没有给她报过什么料……"

毛乂宁很快明白过来："你的意思是说，咱们可以暗地里向你这位记者学姐透露点消息，让她把实验中学倒墙案的新闻发出来？"

"对啊，这个事情只要一曝光，肯定会在社会上引起轩然大波，到时候某些人想捂也捂不住。"

毛乂宁皱眉想了一下说："这倒是个好办法，马队让咱们不要管这个案子，但咱们可以让社会舆论来监督他们。"

"如果您没意见，那我马上就跟学姐联系了。"

"行，这事就这么定了。不过你可得小心行事，千万不能让马队知道是咱们俩向记者报的料。你赶紧联系记者，我还有点事，得出去一趟。"

交代完邓钊之后，毛乂宁脱下警服换上便服，开着自己的黑色比亚迪，从公安局大院的停车场驶出来，拐个弯，往环市南路方向开去。

他知道唐缨最后上班的帝豪夜总会就在那条街上，要想知道唐缨昨晚查出的那个屁股上有三道抓痕的男人是谁，必须得从这家夜总会查起。

来到帝豪夜总会，却见大门紧闭，门口的停车场里没有一辆车，里里外外静悄悄的。看看门口挂出的营业时间，是晚上六点至凌晨六点。他看看手表，现在才下午三点多，看来是自己来得太早了。一时间也没有别的去处，他就在马路对面把车停好，将座椅放平，躺在车里睡起觉来。

这家帝豪夜总会原来是一家桑拿城，听说幕后老板就是大铭集团董事长雷大铭,可能是雷大铭嫌桑拿城这个名字太土气,几年前就把名字改成了夜总会。帝豪夜总会楼高十层,外面被金色玻璃墙面包围,里面设有酒吧、KTV、演艺厅、歌舞厅、水疗按摩会所等,无论是正规服务还是不正规的服务,都应有尽有,听说里面还有俄罗斯小姐坐台。以前毛乂宁被临时抽调到治安大队查处黄赌毒时来过这里,里面的豪华程度令人咂舌。

这一觉睡得很香,毛乂宁醒来的时候已经将近傍晚七点,虽然天还没有完全黑下来,但对面帝豪夜总会门口巨大的霓虹灯广告已经亮起来,停车场里停了一些小车,站在门口的两排旗袍美女不断地鞠躬,欢迎进入夜总会的客人。白天一片死寂的夜总会,到了晚上就像被打了鸡血,突然红火热闹起来。

他觉得自己该上场了,就锁好车,穿过马路,往夜总会走去。"先生您好,欢迎光临!"门口的两排旗袍美女面带微笑一齐朝他弯腰鞠躬,水滴形的旗袍衣领里露出白晃晃的乳沟来。

进门之后,是灯光昏暗的大厅,毛乂宁在门口站了好一会儿才渐渐适应里面的灯光。一名旗袍美女将他带引到里面的酒吧坐下,很快就有一个打扮艳丽香气熏人的妈咪走过来,嗲声嗲气地问他:"先生,我看你一个人很寂寞啊,要不要找个技师按按摩松松骨呀?"

毛乂宁装成夜场老手的样子,盯着她高耸的胸脯色眯眯地笑:"废话,来这里的男人不就是想在美女身上找点乐子吗?"

"先生有相熟的技师吗?"妈咪果然把他当成了这里的常客。毛乂宁拿出手机打开一张照片,那是他从公安内网上找到的唐缨的身份证照片:"这个技师今天上班吗?我前几天找她按过一次,服务很到位啊。"

妈咪往他手机屏幕上瞧一眼:"哟,你想找红缨啊,真不巧,她有事请假,今天没来上班。"

毛乂宁心里想,原来唐缨在这里的名字叫"红缨",他看到妈咪瞧见他手机里"红缨"的照片时表情变化了一下,显然已经知道"红缨"出事的消息,只是怕说出来吓着客人,所以撒谎说她今天请假没来上班。妈咪坐在他身边,摇晃着他的胳膊说:"老板,除了红缨,你也可以点别的技师,咱们这里的技师都是经过专业培训的,服务一流,包您满意!"

毛乂宁装着犹豫不决的样子:"这样啊……那就点那个谁……上次红缨

跟我说她在这里有个跟她玩得好的技师,不但人长得漂亮,而且服务手法比她还好,那个技师叫什么来着……"他敲敲自己的额头,好像一时想不起那个名字。

"红缨刚来咱们夜总会还不到十天,跟她关系比较好的技师应该就是乔乔了,她是乔乔介绍过来上班的。"

毛乂宁一拍脑门:"对对对,我记起来了,就是叫乔乔,我今天就点她了。"妈咪见又谈成一笔生意,十分高兴,说:"行,我给您安排到八〇八房间,您先进去洗个澡,我让乔乔马上过去上钟。"毛乂宁装着急不可耐的样子:"澡就不用洗了,你直接叫她过来吧。"

第十六章　投案自首

毛乂宁被一个服务员小弟领进房间，刚坐下不久，就听见门外响起一阵橐橐的高跟鞋声，按摩房的门被推开，一个身材高挑穿着暴露的女技师走进来，放下手里的红色小工具箱，朝他鞠了一躬："先生您好，请问您是按泰式还是中式？"

毛乂宁没有直接回答，上下打量她一眼，指着对面的按摩床说："你先坐下！"技师以为这个客人有什么特殊癖好，脸上的表情有点犹豫，但还是在他对面坐下。

"你就是乔乔对吧？"毛乂宁问，"听说你跟红缨关系不错，你们认识多久了？"

乔乔说："以前我跟红缨是在同一家按摩店上班的姐妹，大约两三个月前，我跳槽到了帝豪夜总会，大约一个多星期前吧，红缨跟我说她那边生意不好，想到我这边来上班，我就找这边熟人帮忙，把她招了进来。她刚来不久，也不认识什么人，自然就跟我关系走得近一些。"

"知道她今天为什么没来上班吗？"

"听说是出了点事，这是妈咪告诉我的，具体出了什么事妈咪没说，我打红缨的电话也没有人接。"乔乔忽然起了疑心，"哎我说你这个人，到底是来按摩的还是来打听红缨的？"

毛乂宁从钱包里掏出两张百元大钞塞给她："今天不用你按摩，只要老实回答我的问题就行，这个算是给你的小费。"

乔乔收了钱，不由得多看了他两眼："那行吧，今天我就陪你唠两百块钱的嗑儿。"

"首先我要问的第一个问题是，"毛乂宁见她故意在自己面前晃动着超短裙下露出的雪白大腿，只好坐直身体，脸上显露出严肃的表情，"你知道昨天晚上红缨都接待过哪些客人吗？"

乔乔摇摇头："这我可不知道，咱这里除了客人点钟之外……"

"'点钟'是……"毛乂宁疑惑道。

乔乔解释说："哦，点钟的意思就是客人直接指定要某某号技师服务，其他客人都是按技师牌号顺序轮流上钟，她昨晚接待过谁只有她自己知道，其他姐妹看不到她接待的客人，另外咱们这里又不搞实名登记，就算瞧见客人，也不可能知道客人的具体身份。"

毛乂宁抬头看看："按摩房内外没有安装监控吗？"

"没有。如果在按摩房里安装监控，那不是侵犯客人隐私吗？那可是犯法的。"

毛乂宁禁不住在心里暗笑，难道你们明目张胆经营色情按摩业务就不犯法了吗？他问："其他地方有监控吗？"

乔乔想了想："我看见大门口和前面大堂好像安装有监控摄像头，可是每天晚上在这里进进出出的至少有好几百人，并不能从那些监控里看出红缨服务的客人是哪一个吧。"

毛乂宁点点头表示同意："我看你们这里生意不错，红缨昨天晚上应该接待了好几个客人吧？"

"应该有七八个吧，不过这是我估计的，具体也不太清楚，没怎么向她打听。因为她在这里算是新人，人长得还算漂亮，你知道的，男人总喜欢尝鲜，所以她的上钟率还是挺高的。我昨天只按了五个客人，下班比她要早一些，今天凌晨五点多就下班走了，而我下班的时候她还正在上钟，估计至少也得早上六七点钟以后才下班回家吧。"

看来这样问下去很难打听到唐缨昨晚到底接待过一些什么客人，毛乂宁换了一个问题："昨天晚上，红缨有没有拿着一张手机里的照片，向你打听照片里的男人是谁？"

乔乔不由得"咦"了一声："你是怎么知道的？"见他不愿意回答，她很快又点头，"还真有这么回事，大约是昨天晚上，哦不，应该是今天凌晨三四点钟的时候，我在外面走廊里碰见她，她用手机打开一张照片，悄悄问我认识照片上的客人不。我当时看了一下，并不认识他。"

"那你还记得照片上的男人长什么样,或者有什么明显的特征吗?"

"这个真不太记得了,因为当时我急着上钟,只是匆匆看一眼就走了,没看太清楚。"乔乔捋捋垂到耳边的长发,想了一下说,"现在回想起来,还是觉得那个人有点眼熟,应该是以前来过这里的客人,但我不敢肯定。"

"红缨应该还找其他人打听过吧?"

"应该是的,她在问我之前,应该悄悄把照片拿给其他姐妹看过,估计也没有什么结果。后来我在走廊那头推门走进按摩房为客人上钟的时候,回头看见她又拿着手机在问一个服务员小弟。"

"问出结果来了吗?"

"这个我就不知道了。"

毛乂宁想了一下说:"这样吧,你去把这个服务员小弟叫过来,我再问问他。"

乔乔说:"这个没问题,不过这些小弟鬼得很,不认识的人向他们打听情况,他们一般都不会透露什么的,除非……"她朝毛乂宁做了一个数钱的动作。毛乂宁苦笑一声,摸着自己瘪瘪的钱包说:"你放心,我明白该怎么做,你尽管去把他叫来就行。"

"你真是个明白人,可惜你不按摩,要不然我非得把你发展成我的VIP客户不可!"乔乔朝他抛个媚眼,见他没什么反应,不由得意兴阑珊,只好拉开门,夸张地扭动着腰肢走了出去。不大一会儿,她领着一个二十岁出头,穿着蓝色马甲,头发梳得整整齐齐的年轻人走了进来。

"先生您好!"年轻的服务员跟毛乂宁打了声招呼。

毛乂宁掏出一张百元大钞递给他:"我有几个问题想问你,希望你对我实话实说。"

服务员拿了小费,脸上堆起笑容:"好的,您尽管问,只要我知道的肯定告诉您。"

毛乂宁道:"昨天晚上,技师红缨是不是拿着手机向你打听照片里的男人是谁?"

服务员点头说:"是有这么回事,当时我正在走廊里给客人送水果,她拿着手机问我知不知道这个人是谁?我问她打听这个干什么,她说这个是她刚刚服务过的客人,给小费的时候出手很大方,所以想打听一下他的情况，然后在手机里备注为 VIP 客人，以后可以多向他拉生意。我知道她是刚来的新人，想拉生意抢客源也很正常。当时看了照片，正好是我认识的人，所以就告诉她了。"

"这么说来，你知道照片上的人是谁？"

服务员看着他犹豫了一小会儿："照片上的那个男人，是窦总。"毛乂宁心里跳了一下："窦总是谁？全名叫什么？"

"就是窦武啊。帝豪夜总会的幕后老板是大铭集团的雷董事长，窦武是雷董手下的亲信，这里的老员工大概都知道他们俩的关系。窦总是这里的常客，而且他爱尝鲜，这里来了新技师，他总要点她们的钟试一试。"

"哦，原来是这样。"毛乂宁点了点头。服务员犹疑着问："老板，您打听这个干什么？"

毛乂宁说："不干什么，我就随便问问。"服务员放低声音说："你可不要跟别人讲是我告诉你这些的。昨晚我跟红缨说了之后，窦总不知怎么得到了消息，把我臭骂了一顿，叫我以后要管住自己的嘴巴，不要随便跟人议论客人的事情。"

毛乂宁立即警觉起来："这么说来，窦总知道红缨拿着他照片到处找人打听他的事？"

"这个……我想应该是的。"服务员点点头。

如此看来，唐缨手机里拍到的男人确实是窦武，这意味着当年冒充许敬元对唐缨图谋不轨的人，就是窦武。昨天晚上，唐缨通过三道印记认出了凶手，但唐缨此前并不认识窦武，所以才找人打听凶手身份。但是窦武警觉到了唐缨的异常举动，甚至认出她是当年那个女高中生，自然能想到她调查自己的意图和目的，于是在唐缨下班后，一路跟踪她到出租屋，杀人灭口，以绝后患。

虽然毛乂宁早就想到事情的真相如此，但现在从这个服务员嘴里得到证实，还是忍不住心头一寒，为了掩盖十五年前的罪行，十五年后竟再次举起屠刀杀人，这到底是窦武一个人的行为，还是背后另有他人指使？看来下一步要做的工作，就是马上找到窦武把事情调查清楚。

他点点头，对乔乔和服务员说："好了，感谢两位，我的问题问完了，你们可以走了。"正当两人准备拉开房门走出去时，他突然问："你们知道我是谁,为什么要调查这些情况吗?"

两人一齐摇头说:"不知道。"毛乂宁掏出警官证朝他们晃一下:"我是警察。"两人退了一步,面露惊色。

毛乂宁道:"你们不用害怕,今天我不是来扫黄的。有件事你们可能还不知道,红缨她今天早上被人杀死在自己的出租屋里,目前警方正在调查这个案子,所以今天我向你们打听的情况,你们必须绝对保密,不可对任何人泄露出去,哪怕是窦武问起来也不能透露半点消息,要不然走漏风声影响警方办案,后果很严重,知道了吧?"两人一齐点头:"明白明白,我们什么都不会说的。"

乔乔把那两百元钱掏出来,犹疑着问:"那……这个要还给您吗?"毛乂宁挥手一笑:"不用,你们走吧。"两人如蒙大赦,一边揩着额头上的汗珠,一边拉开门走出去。

毛乂宁坐在按摩房里休息了一会儿,在脑海里将刚刚得到的线索整理出一些头绪,又考虑了下一步的行动计划,然后才到前台买单离开。

从夜总会出来回到车里,已经是晚上九点,他正想给许星阳打电话,把新调查的情况跟他说说,谁知手机响了,正是许星阳打过来的。

许星阳说:"乂宁哥,我今天去康复中心看我姐了,经过这段时间的治疗,她的状况有了一点好转,不过还是记不起当年的事,看来是没办法从她嘴里问出化验报告的具体下落。晚上我又去她房间仔细找了一遍,也没有找到。你说要有化验报告才好立案,可是现在……"

"不用着急,我再想想办法。"毛乂宁安慰他两句,继续说,"我这边已经查实唐缨昨天晚上拍到照片的那个人就是窦武。"他在电话里将刚才的调查经过跟许星阳简单说了一遍,许星阳说:"那就太好了,以前只是推测他是窦武,现在终于坐实了。"

毛乂宁说:"是的,我也没有想到会调查得如此顺利,而且通过窦武可以将唐缨命案跟许老师失踪的案子联系起来,我再想想办法,看能不能说动警方重新立案,如果这两起案子能并案侦查就更好了。"

许星阳激动道:"辛苦你了,乂宁哥!"

正说着话,毛乂宁的手机忽然振动起来,他看一下来电显示,是邓钊,不知道他这么晚打电话过来有什么事,忙跟许星阳说了"拜拜",接通了邓钊的电话。

"师父，你在哪儿呢？"邓钊在电话里问。毛乂宁下意识地往车窗外望一眼："我在帝豪夜总会。"邓钊立马电话里大惊小怪道："师父，您可真有闲心啊！"毛乂宁正色道："你把你师父看成什么人了，我是去那里卧底调查唐缨的案子。有什么事快说！"

"今天下午我去找我学姐仇筱了，把实验中学倒墙的情况跟她说了，她觉得这是一个非常好的新闻素材，拉着我采访了三个多小时，晚上回去就把稿子写好了。现在我俩在甜品店，您有空过来吗？我已经把地址定位从微信上发给您了。"

"行，你们等一下，我马上到！"

毛乂宁启动轿车，按照地址一路开过去。进到店里，看见邓钊正跟一个戴眼镜扎马尾的年轻姑娘坐在小桌边喝奶茶，桌子上摆着一台粉红色笔记本电脑。

看见师父，邓钊忙起身介绍说："师父，这就是我跟您说的我学姐，《光明晨报》记者仇筱。"毛乂宁跟对方握了一下手说："仇记者，没想到你速度这么快，下午邓钊向你报料，晚上你就把稿子写出来了。"

仇筱笑笑说："没办法，干这一行都得是'快枪手'，新闻都有一定的时效性，速度慢了可不行。这稿子我总共写了两个小时，写完赶紧拿过来给您看看，请您把把关。如果没有什么要补充的，我今晚就向报社交稿，明天一早就可以见报了。"说着从笔记本电脑里打开一个文档，将屏幕移到毛乂宁面前。

毛乂宁坐下后，对着电脑屏幕认真阅读。新闻的标题是《实验中学围墙坍塌砸死无辜学生，是天灾还是人祸？》，全文有四千多字，先是回顾了实验中学倒墙案发生的经过，还有警方的调查过程，然后又写了警方受到某种无形的压力无奈停止对此案的侦查，及教育部门自罚三杯式的处理结果，结尾发出震耳欲聋的灵魂拷问：危墙之下安有完卵？实验中学围墙坍塌，到底是天灾还是人祸？除了学校领导，围墙工程的承包方、承建方是否也应该追责？学校的其他建筑还有同样的质量问题吗？咱们的孩子在学校是否真的安全？到底是哪一只幕后黑手制造了这起人间惨剧，又企图一手遮天，蒙混过关？

他看完后连连点头，说："不愧是大记者的手笔，叙事冷静，内容翔实，尤其是最后这一段对幕后黑手和事实真相的深度追问，更是让人震撼。我看文章里也没有出现我和邓钊的名字，算是对咱们一线办案民警的一种保护，真的十分感谢。"

邓钊也有点兴奋，说："只要这篇报道一发出来，肯定会引起全社会的关注，到时候有人想隐瞒真相也隐瞒不住了。"

"我们报社每天早上四点出报，全市发行。"仇筱见毛乂宁师徒俩都认可了自己写的稿子，便合上了电脑，"明天一早，你们就可以在遍布大街小巷的《光明晨报》上看到这篇报道了。"

毛乂宁说："多谢仇记者对公安工作的支持，今天的奶茶邓钊请客。"邓钊"啊"了一声，还没反应过来。毛乂宁瞪他一眼："还不快去买单？"邓钊这才醒悟过来，赶紧跑到前台结账。

第二天一早，毛乂宁在上班途中买了一份《光明晨报》。《光明晨报》其实就是光明市的党委机关报，因为中央已经有了一份《光明日报》，光明市的这份报纸再叫日报就重名了，所以干脆叫《光明晨报》。

毛乂宁坐在车里边吃包子边翻看报纸。今天的报纸足有三十多个版面，拿在手里厚厚的一沓，颇有些分量，但是从头版一直翻到最后的房地产广告，也没有看到仇筱写的报道。他以为自己看漏了，又将报纸重新翻一遍，仍然没有看到那个稿子。他感觉自己和邓钊被耍了，心里有些恼火，正要给邓钊打电话，手机却响了，看来电显示，是一个陌生号码。

他疑惑地按下接听键，对方是报社记者仇筱。仇筱在电话里问："毛警官，你看了今天的报纸吗？"毛乂宁说："我正看着呢，上面可没有你昨天写的那篇报道呀。"仇筱说："实在抱歉，我昨晚回到报社就向编辑交了稿，总编也签了发稿单，但是今天早上起床我才发现稿子被拿下了。我问了总编，他说是社长的意思，我问社长，但社长一直不接我电话，肯定是社长赶在报纸付印之前把稿子撤下来了。"

"你们社长吗？"毛乂宁皱眉道，"他为什么要撤稿？"

"我也不知道，应该是昨晚有人连夜找他'公关'，请他帮忙把这篇负面稿子撤掉了。"

"这人是谁啊？怎么这么闲得慌！"

"您觉得会是谁呢？"仇筱在电话里反问。毛乂宁自然明白她的意思："你是说跟这个案子有关的那些幕后人员？"仇筱道："不然呢？"毛乂宁有点焦躁地问："那现在该怎么办？难道这个稿子就白写了？"

"稿子白不白写倒无所谓，但这个学校倒墙案不能就这么不声不响地'内部处理'了事，得给它弄出点响动来。"

"可是现在稿子发不出来，又有什么办法？"

"社长不敢发，我就只有去找我们大领导了。"

"大领导？"毛乂宁一怔，"你们报社最大的领导不就是社长吗？"

"社长后面，其实还有一个大领导。"仇筱说，"我们报社的主管单位是市委宣传部，所以真正的幕后大领导是市委常委、宣传部部长章玉书。"

毛乂宁问："你想去找他帮忙？"

仇筱说："我现在就在章部长的办公室。我把稿子给章部长看了，也反映了报社领导临时撤换稿子的事情。现在有一件事想请您帮个忙。章部长看了我的稿子，觉得兹事体大，不能光凭我一面之词，必须得经办这个案子的刑警过来当面做证，他要确认报道没有失实才能签字同意发稿。他是我们报社背后的大领导，只要他签字，社长也不敢撤稿。"

"这个……"毛乂宁一个基层小警察，平时很少跟大领导打交道，心里竟有些犹豫。仇筱说："章部长平易近人，很好说话，您就过来一下吧。我已经跟邓钊打过电话，您的手机号码还是他告诉我的，你们一起过来就行。章部长的办公室就在宣传部办公大楼八层。"毛乂宁迟疑了一下说："那行，我们这就过去。"

他连忙将剩下的半块包子一口塞下，启动轿车拐了个弯，直奔市委大院，宣传部办公大楼就在那里。对于章玉书，他多少有些耳闻，此人官声一向不错，尤其前几年他借着主抓全市"创文"工作的机会，关注民生，为老百姓办了不少实事，光明市能够成功创建全国文明城市，此人功不可没。也有了解官场内幕的人说，这位章部长一向严于律己，老练稳重，在官场上颇有上升空间。

来到市委大院门口，邓钊已经在那里等着他。两人一起往里走，邓钊心里也没底，说："师父，等下见了常委要怎么说？"毛乂宁毕竟老练一些，说道："不用紧张，领导问什么就答什么，实话实说就行了。"

办公室的门虚掩着，两人敲门进去，看见仇筱已经坐在了屋里，在她对面的大班台后面，坐着一个戴着眼镜、头发花白的清瘦官员，两人识得正是宣传部部长章玉书。

两人叫了一声："章部长！"章玉书站起身，隔着办公桌跟两人握一下手，请他们坐下后说："两位警官，这位仇记者是报社的资深记者了，曾经写出过不少很有分量的新闻调查报道。有一次在全市优秀记者表彰大会上，我还亲手给她颁过奖，当时我就跟她说工作上有什么困难尽管来找我，只要不是违法乱纪的事我肯定会为她撑腰。"

仇筱难为情地笑起来："我以前从来没有私下里找过章常，不过这一次实在没有办法，所以才直接上门来找您。"章玉书手里拿着一份打印稿说："这篇稿子我认真读了，内容很翔实，里面写的案子让人既揪心又气愤，这样敢于揭露真相拷问良知的报道如果不发出来，是报社领导的失职。但是因为这个事情牵涉面很广，毕竟你们公安部门也还没有公开定性，咱们容不得有半点纰漏，所以我必须得把经办案子的民警找来，当面核实情况。"

毛乂宁他的严谨态度心生敬佩："章常请放心，仇记者写的稿子，我们两个都认真看过了，情况属实，没有半点虚构，这个我们可以担保。"又将案子的情况简单陈述了一遍。

章玉书听完，将手里的茶杯重重地往桌子上一磕，把在场的人都吓了一跳。他表情严肃地说："你们都知道，我是从教育线上走出来的领导干部，生平最见不得这种祸害学生的事情发生。不过现在我已经不在教育部门工作，而且案子的事归公安管，我也插不上手，你们领导说不再调查，那也没有办法。但舆论宣传这一块，我还是做得了主的，这个稿子一定要发，而且还要发在头版。"他掏出钢笔，快速地在打印稿上签上自己的大名，然后交给仇筱，"你拿着我的签名去找你们社长，要是明天头版没有看到这篇报道，他就不用干了。你可以把我的原话告诉他！"

仇筱双手接过稿子，高兴地说："谢谢章常！"章玉书摆手道："应该是我谢谢你，谢谢你们，有了你们这样勇于担当，敢于揭露真相的记者和警察，社会才会变得越来越安宁，越来越美好！"见到三人起身要走，他又指指两位警察说，"仇记者你先回报社，两位警官请留步！"

毛乂宁师徒俩面露疑惑，只好目送仇筱离开办公室后重新坐回沙发。

章玉书从办公桌后边转出来，在他们身边坐下："两位警官，我想给你们提个建议。"邓钊问："什么建议？您请说！"章玉书沉吟着道："仇记者这个稿子发出来，全光明市的老百姓都能看得到，可是光看到没有用，有些人是死猪不怕开水烫，光靠一篇新闻报道和舆论压力就想把那些躲在黑暗里的蛀虫逼出来，是没有用的。"

"那您的意思是……？"毛乂宁疑惑地看着他。章玉书说："给纪委写举报信，既然你们公安的调查受到了干扰，那就让纪委的同志去把那些蛀虫挖出来吧！"

毛乂宁老老实实地说："章常，其实我原本也想过给纪委写举报信，可是我就是一个小警察，人微言轻，就算是实名举报，估计也起不了多大作用，不会有人重视的。"

章玉书哈哈一笑："别这么丧气，这不还有我嘛！"

"您？"毛乂宁和邓钊都一齐抬头看着他。

章玉书点头道："这起事故不但要追究校长的责任，还必须追究后面承包方、建设方的责任，而且必须重新对新的宿舍楼进行评估，如果发现质量问题是不能让学生入住的，不然后果不堪设想。这样吧，你们回去把举报材料准备好，先拿到我这里，我帮你们转交上去，最好是附上明天的《光明晨报》，让仇记者写的那篇报道也发挥一点作用，如果纪委没有回应，我就三天两头去催他们。"

"真的吗？您肯帮我们，那就太好了！"毛乂宁激动地站起身，一挺胸膛，跟邓钊一起朝章玉书敬了个军礼。

从宣传部出来回市局的路上，邓钊难掩兴奋，虽然马队不让他们再接着查这个案子，但如果有章部长帮他们把举报信递交给纪委，多少能管点用。他一扭头，看见坐在驾驶位的毛乂宁面露难色，就问："师父，你有什么问题吗？"

"有章部长帮咱们，当然是件好事。可是……"毛乂宁搔搔头，"可是我这干巴巴的文笔，也写不出什么有文采的举报信啊。"

邓钊笑道："这个不难，举报信由我来写，完稿后师父您再看看，再签上咱们两个的名字，给他来个实名举报，怎么样？"

"信可以由你来写，但签名只能写一个人的名字。"

邓钊有点为难地说:"师父我怕只有我一个人签名,分量不太够。"毛乂宁在他脑袋上拍一下:"谁说要写你的名字了?我是说让我一个人在信上签名,以我个人的名义举报。万一出什么事也不会连累到你,你刚加入警队,以后的路还长着呢,可千万别像师父,被人家穿一辈子的小鞋,干到老还是一个小警察。"

"这怎么行呢?"邓钊道,"师父,其实我也可以……"

这时轿车拐进刑警大队,毛乂宁边停车边冲他摆手:"行了,这事就这么定了,你赶紧写信去,记住,这事在局里除了咱们俩,千万不能让第三个人知道。我还有点事,现在得去找队长一趟。"

"行,那咱们分头行动!"

看着邓钊一脸认真的表情,毛乂宁知道这件事放心地交给他去做就对了,自己终于可以腾出手来理一理唐缨的案子了。

他迫不及待地进到队长办公室,向马力详细分析了唐缨被害案和许敬元失踪案的关联。马力犹豫着说:"窦武杀唐缨,确实很可能跟十五年前的性侵案有关,将这两件事串并调查我没意见。不过你要将十五年前许敬元失踪案硬扯进来,好像有点牵强了。"

"一点也不牵强,当年窦武并不是单纯性侵唐缨,而是冒充许敬元性侵唐缨,而且事情就发生在许敬元失踪当晚,这一点大为可疑,许敬元很可能已经遭到了窦武等人的毒手,这几个案子并案侦查的时机已经完全成熟。"

马力的手肘抵着办公桌台面,指尖转动着钢笔:"吴政委还在这里做队长的时候已经调查过许敬元失踪案了,还亲自到疑似他被杀的现场取证,但是最后的血迹化验结果无法证明许敬元已经遇害,咱们现在随便推翻吴政委当年的结论,似乎有点……"

"你少在这里跟我打官腔,你心里这点小九九我还不知道?"毛乂宁一拍桌子站起来,"如果你不想重启十五年前许敬元失踪案的调查,我也不强求,毕竟你是吴锐一手提拔起来的,要维护你师父的尊严,不能亲手打他的脸。不过我也会越级去找分管刑侦办案的尹副局长,你也知道,当年尹副局长带队办缉毒案的时候,我可是替他挡过刀的,他欠我一个人情,如果我去找他,他肯定会点头的。你最好想清楚,是现在同意,还是我去找尹局,让他亲自跟你说!"

马力一听他亮出尹副局长这把尚方宝剑,脸上的表情很快就起了变化,带着笑颜说:"老毛,瞧你说的,谁不知道你当年救过尹局的命,现在背上还留着一道十多厘米长的刀口。不过人家是大领导,为这点小事用得着去劳烦他老人家吗?我刚才也没有说不调查许敬元的案子啊,只是说现在以调查唐缨命案为主,如果确实找到了当年失踪案的线索,那咱们也要一查到底,决不姑息。"

毛乂宁脸上的表情缓和下来:"好,既然马队这么说,那我就当你同意了。你放心,唐缨被杀案,我已经基本锁定窦武就是凶手,我保证把这个案子办得漂漂亮亮,让你今年的领导政绩又增添一大亮点。但是我顺带调查十五年前许敬元失踪案,你最好也不要阻拦我,你师父当年那点破事我也不是不知道,要是他把我逼急了,我可是会咬人的。"

马力跟他打着马虎眼说:"毛哥,你这说的都是什么话呢,我师父虽是政委,可是按工作分工,他也管不了业务上的案子,这事刑警大队就能做主。你放手去调查吧,只是有什么进展,记得随时向我汇报就行。"

毛乂宁点头说:"行,这点规矩我懂,您是队长,无论如何还得在您的指导下办案。"马力不由得指着他的鼻子苦笑起来:"这个老毛,啥时候变得这么懂规矩了!"

回到外面大办公室,毛乂宁把邓钊叫过来:"小钊,眼下要办一起大案!"邓钊扔下手里的拖把,兴奋地问:"什么大案?唐缨命案吗?马队同意让你接手这个案子了?"

"不只是这个案子。其实唐缨命案很简单,算不上什么大案,由她牵扯出的许敬元失踪案才是一桩真正的悬案。咱们先以唐缨命案为切入点,把这起案子调查清楚,顺带着也就把十五年前的悬案给破了。"看着邓钊恍然大悟地点头,毛乂宁兴奋地说,"我已经跟马队请示过,他同意把这几个案子串并侦查,具体调查工作由咱们两个承担。"

"这可太好了,师父,你说吧,该如何行动?我全都听您的。"邓钊激动地搓着手。

毛乂宁背着双手在办公室踱了几步:"大铭集团下面的建筑公司老总窦武,应该就是杀害唐缨的凶手,那咱们就从这个人身上查起。"

"大铭集团的办公地点在南宁路的大铭大厦,那栋楼有二十多层高,是南宁路上的地标性建筑。要不咱们直接去那里抓人吧!"

"行,那就去会一会这个窦总,看看他到底有什么三头六臂,十五年过去了还这么嚣张。"毛乂宁把车钥匙扔给徒弟,"你来开车!"

师徒俩拎起挂在衣架上的警服正要往外走,办公室忽然响起电话铃声,一名同事接听后,立即叫住毛乂宁:"毛哥,有你的电话!"

毛乂宁一皱眉头:"找我?我这正有事呢,告诉他另外找时间打过来。"同事捂住电话话筒说:"这个人说不能再等了,他想找你投案自首。"

"投案自首?怎么把电话打到我这里来了,不是应该打值班电话或者110吗?"毛乂宁一头雾水,只好折返回头,操起电话,"喂,您哪位?"电话那头传来一个低沉的声音:"是毛乂宁警官吗?"毛乂宁说:"我就是,您是哪位?"对方沉默片刻:"我是窦武,我想找你投案自首!"

"投什么案,自什么首?"与其说毛乂宁是明知故问,不如说是被窦武突然打来的这个电话震惊到了。他完全没有想到在警方去找他之前,他居然会主动打电话过来声称投案自首。他甚至有点怀疑电话那头是有人冒充窦武报假警。

"唐缨是我杀的。"电话另一头的声音有些颤抖。

"你真的是窦武?"

"是的,我可以告诉你们我的身份证号码。"窦武在电话里说了一串数字,"现在我打给你们的,就是我实名登记的手机号码,如果不信,你们可以去查证。"

"唐缨真的是你杀的?"

"对,我就是杀死唐缨的凶手。"

听上去,来电的人确实是窦武,于是毛乂宁按下了电话录音键,问道:"你为什么要杀唐缨?"

"因为我曾对她性侵未遂,现在被她认出来了,所以想要杀她灭口。"

毛乂宁冷笑道:"你的杀人动机,只怕不会这么简单吧?"

窦武在明显地沉默了片刻:"这么说来,毛警官你已经什么都知道了!"

"我知道什么?"毛乂宁反问一句。窦武说:"知道我杀唐缨的真正动机啊。"毛乂宁故作轻松地呵呵一笑:"那你倒是说说你真正的杀人动机是什么,看看跟我想的是不是一样。"

窦武叹了口气："既然到了现在这步田地，我也不想向警方隐瞒什么，我杀唐缨，确实跟许敬元的事情有关。"

他告诉警方，十五年前，他是光明高中操场翻新工程施工队队长，带着手底下一帮员工累死累活干了三四个月，但做出来的工程却被学校方面的质量监督员许敬元各种挑剔，一会儿说他们施工方偷工减料，以次充好，工程质量不达标，一会儿又说他们虚报工程款，赚了不少黑心钱，还说他们做出来的是豆腐渣工程，以后肯定会出事。许敬元到处举报，各种告状，给施工带来了很大阻碍。他表面把这个质量监督员当菩萨供着，但心里却对许敬元恨得直咬牙。

一天下午，临近年关，教育局领导到学校检查工程进度，他早就疏通好关系，本来只是走一个过场就行了，谁知许敬元却悄悄给领导写了封实名举报信。他至今还记得信里的一段触目惊心的话：

> 学校操场和后山防护坡，事关学校万千师生安全，本应按照相关建设标准做到最好，但黑心施工方却偷工减料，以旧充新，蒙混过关，刚刚建好的防护坡经历一场大雨即坍塌好几十米，石头从山上滚落，险些砸伤我校学子。此次未现学生伤亡，尚属万幸，谁敢保证下次还有此等幸运？百年光明高中，全市最高学府，竟然出现如此豆腐渣工程，实乃我辈之耻，在此我恳请上级领导严厉彻查此事，揪出隐藏在教育队伍里的蛀虫，严惩涉事承包商，还光明高中师生一个安全的工作和学习环境，还光明市教育事业一片风清气正的蓝天！

看到这封举报信，教育局的领导自然非常震怒，命令学校方面彻底调查是否真的存在举报信上所说的情况，学校孔校长受了领导批评，直接把举报信砸到窦武这个施工队队长脸上，要他对着举报信立即对工程质量进行自查，如果情况属实，要马上整改，否则许老师这个质量监督员不在工程验收协议上签字，他们的工程款就永远别想结清。

这个许敬元，真是茅坑里的石头，又臭又硬！也就是从这个时候开始，窦武对许老师动了杀机。那天晚上，为了陪领导吃饭，大家都喝了点酒。

饭局过后，教育局领导开车离去，学校孔校长和承包方负责人雷大铭也相继离开学校，只有不胜酒力的许老师一个人躺在工程指挥部的沙发上休息。窦武进去工程指挥部拿自己留在那里的茶杯时，看见许敬元歪在沙发上睡着了，想起许老师写的那封举报信，他不由得怒从心头起，恶向胆边生，顺手抄起墙角里一把修理挖土车时用过的大扳手，猛地往许敬元头上砸下去。许老师被砸得头破血流，顿时从睡梦中清醒过来，一边大叫"救命"，一边挣扎着往门口逃去。可是这时候学校里没有其他人，他叫得再大声也不会有人听见。窦武从后面追上他，又抡起扳手对着他后脑砸了几下，许老师扑倒在地，抽搐几下，很快就不动了。

窦武扔下扳手，也累得瘫坐在地上。等他渐渐清醒过来，发现许敬元的头已经被他砸得血肉模糊，连脑浆都迸溅出来了。他吓得浑身一个激灵，这才意识到自己杀人了。

他冲到外面，四下里看看，还好学校已经放假，整个校园里看不到一个人影。除了他自己，没有人知道指挥部的情况。他渐渐冷静下来，咬咬牙，决定将这个事情隐瞒下来，只要他不说出去，他用扳手杀人的事情就只有天知地知。

他先用装水泥的废旧袋子将许敬元带血的尸体装好，然后拿出清洗液，将杀人现场彻底清洗一遍，直到确认没有留下任何痕迹后才罢手。

窦武本想将许敬元停在操场边的摩托车跟尸体一块儿埋了，后来又觉得这辆摩托车可以利用起来，让他摆脱杀人嫌疑。主意一定，他脱下了许敬元的鞋子，将尸体掩埋后，将他的摩托车搬上自己的皮卡车，用一块帆布盖好，然后驾驶皮卡车往许敬元住的安福里方向开去。来到春水河边一段无人的河堤上时，他将皮卡车找个隐蔽处停好，然后将许敬元的摩托车直接扔下河堤，摩托车沿着堤坡翻几个滚，停在了下面的芦苇丛里，他准备再把许敬元的鞋子扔到水边，这样就可以营造一种许敬元酒后骑摩托车回家，一时大意翻下河堤淹死了的假象。

可就在他准备把鞋子扔在河边时，却看见不远处的河滩菜地上有一个人摘菜，他又惊又怕，不知道刚才自己扔摩托车闹出的动静是否惊动到她。

他借着芦苇丛的掩护，悄悄往菜地走近一些，认出那个女孩竟然是光明高中的一名高三学生，他曾在学校里见过她，还听见同学们叫她唐缨，因为这女孩长得比较漂亮，所以他心里有些印象。他恰好知道许敬元曾教过唐缨这个班的历史课，所以心念一动，忽然想到一个更加有证明效力的办法，可以让他彻底撇清自己跟许敬元之死的关系。

他立即换上许敬元的皮鞋，从后面悄悄靠近唐缨，拦腰抱住她，还假称自己是教历史的许老师，趁唐缨在惊慌失措中还没有搞清楚状况的时候，他又蹬掉了许敬元的一只皮鞋留在岸边，自己则假装被她踹下河去，"扑通"一声掉进水里。

他水性不错，而且还有冬泳的经验，冬天的春水河冰冷刺骨，却也难不住他。他先是假装沉到水底，等唐缨离开后，他才往旁边游了十几米，然后爬上岸，回到自己车里，换上车里带着的一件蓝色工作服。虽然经过河水浸泡，冻得他浑身发抖，好半天才缓过劲来，但是他相信经过此番设计，就多了唐缨这个人证证明许敬元淹死在了春水河里。至于许敬元的尸体，无论是说沉入河底打捞不到，还是被冲到下游不知所终，都解释得通。他觉得有了这个堪称完美的证明，自己挨一次冻也是值。

他原本以为自己临时想出的这个嫁祸于人的计划天衣无缝，绝对靠谱，谁知事情并没有朝着他设计好的方向发展。许敬元失踪后，家属及学校组织人员到处寻找，而唐缨却因为害怕自己被人当成杀死许老师的凶手而将当晚的遭遇隐瞒不报，这样一来，他的计划很可能就落空了。后来他想办法在唐缨的作业本里夹进一张纸条，威胁她说自己目睹了她将许老师推下水淹死的经过，逼她向警方报警。果不其然，唐缨受此威吓，便去派出所报警，还故意夸大事实，说是许敬元强奸她得手之后才被她踹下河的。没有人会认为一个年轻女孩会拿自己一生的清白撒谎，警方完全相信了她的话。

如此一来，许敬元当晚醉酒离开学校，路上性侵唐缨又被她踹进河里淹死的说法，就成了板上钉钉的事。而他的杀人罪责自然被深深隐藏起来，没有人会怀疑他跟许敬元的死有关。

正在他为自己的高明计划扬扬得意的时候，许老师的女儿许雯雯在工程指挥部发现的两处血迹让他急得如同热锅上的蚂蚁。然而令他也大感意外的是，刑警大队的血样化验结果显示血迹是狗血，虽然不明所以，但他终归松下一口气。就在他以为事情了结的时候，忽然得知许雯雯拿了另一份血样私下去做鉴定，他的心顿时又悬起来，便带了几个人暗中跟踪她。

许雯雯走出鉴定中心时，他从她脸上的表情知道了鉴定结果，"狗血"事件不会再发生。为了阻止她继续调查下去，他必须抢走化验报告，于是他带人开车将许雯雯掳走，逼她交出报告，谁知这姑娘十分坚强，咬紧牙关死活不肯说出报告藏在什么地方，最后竟然疯了。一开始他还以为她是装疯，又特意找专业医生来诊断，结果证实她确实得了严重的精神分裂症，真的疯。几个人怕闹出人命，就在半夜里用车将她拉出来，扔在了一个垃圾堆边。

虽然这件事情已经告一段落，但没有找到的那份化验报告，就像一个定时炸弹一样悬在窦武的头顶，随时可能引爆，将他炸得粉身碎骨。后来他又去许雯雯所有去过的地方找了很久，仍然没有半点线索。随着时间的推移，那份化验报告既没有被他找到，也没有出现在警方手里，渐渐地他也就放下心来，以为这个定时炸弹自行消失，再也不会出现。

十五年时间过去，他老板雷大铭的事业蒸蒸日上，他死心塌地地跟着老板干，老板也没有亏待他，让他当上了大铭集团旗下的大铭建筑公司老总，他也过上了开豪车、住豪宅，可以随时去休闲娱乐场所泡美女的有钱人生活。十五年前犯下的累累罪行，就像一场久远的噩梦，已经渐渐被他忘诸脑后。

昨天晚上，他照例去帝豪夜总会休闲按摩，总感觉一个叫红缨的技师有点奇怪，有好几次拿手机对着他，当时他正享受服务便没有太在意，下钟后他留心观察一下，却看见她拿着手机在走廊里找人问东问西。

他得知红缨在打听他的身份，想起刚才按摩的时候，这个技师在他屁股上来来回回按了好久，他感觉有点不对劲，自知右边屁股上有三道抓痕，是多年前被唐缨抓伤的。那现在的红缨为什么会对有疤痕的屁股这么感兴趣呢？为什么对他这个人这么感兴趣呢？难道真的只是想把他发展成自己的 VIP 客户？

后来他躲在暗处又仔细观察了一下红缨，忽然感觉有点眼熟，仔细回忆，惊觉红缨就是当年的那个女高中生唐缨。因为时间过去太久，再加上她化了浓妆，自己没能立刻将她认出来。她为什么要打听自己的身份？很显然，她已经认出自己了。

他不由得心里一紧，如果她抖出当年他冒充许敬元的事情，那么很可能就会连带着将当年许敬元被杀的真相也曝光出来。他感觉到有些慌神。

他现在已经是公司老总，日子正过得舒坦，如果当年的事情被扒出来，他就成了杀人凶手，不但现在有钱人的幸福生活要毁于一旦，而且很可能连命都保不住。怎么办？眼下能阻止事态向更糟的方向发展的唯一机会，就是趁唐缨还没有将这件事报告给警察之前，让她永远地闭上嘴巴。于是一不做二不休，他在心里下定了向唐缨动手的决心。

昨天早上，唐缨下班后，窦武一路跟踪到她的出租屋，就在她开门进屋的时候，他跟在后面强行闯了进去。唐缨回头看见他，意识到危险来临，张嘴欲叫，他上前将她嘴巴捂住，把她拖进浴室，掏出早就准备好的水果刀，猛地刺进她胸口，唐缨挣扎几下，很快就瘫软在地，不再动弹。

他把她的尸体放在浴室里，打开头顶的花洒，喷出热水，觉得这样可以让尸体减慢冷却速度，干扰警方判定出她准确的死亡时间，这将对自己十分有利。

他又找到唐缨的手机，果然在相册里找到她在按摩房里偷拍的好几张自己的照片，包括自己带有三道抓痕的半边屁股。他原本打算将照片删除，把手机留在出租屋里，可是又怕手机被警方拿到后，他们能通过技术手段恢复被删除的照片，稳妥起见，他还是把唐缨的手机揣进自己口袋里拿走了。

杀人之后，他又用纸巾擦掉水果刀刀柄上的指纹，并仔细清理了自己有可能留下脚印痕迹的地方，随后悄然下楼离去。

谁知刚下楼没走多远，就看见一个年轻人骑着摩托车来到出租屋楼下，他停好车后直接上楼去敲唐缨的房门。他站在楼下看着三楼走廊里发生的一切，心都提到嗓子眼了，生怕这个年轻人进去后马上就会发现唐缨被杀。谁知等了一会儿，看见这个年轻人进屋好久都没有动静，忽然想到他应该是听到浴室放水的声音以为唐缨在洗澡，所以一直在屋里等着。窦武顿时觉得真是天助我也，立即找到附近一个公共电话亭，假装成目击者打电话报警。

打完电话后，他就躲在暗处偷看着，果然没过多久巡逻警察就到了，然后刑警大队的刑事勘查车也来了，那个骑摩托车的年轻人很快被警方铐着双手押上了警车。他知道自己的计划得逞了。

回到家后，他原本以为这样就可以高枕无忧了，谁知昨天晚上，他收到帝豪夜总会眼线的情报，说有人到夜总会调查唐缨的事情。本以为只是警方例行调查，可是后来又听说来人特别查证了唐缨手机照片的事，还打听出照片上的人就是他。那个警察还亮出自己的证件，好像是姓毛，再一打听，整个刑警大队只有一个中年警官姓毛，他知道肯定是他十五年前就打过交道的毛乂宁警官。

他心里明白，既然警察已经查到他头上，那就说明他杀人的罪行已经暴露，纸包不住火，警方迟早会逮捕他。他想要逃走，可是天下之大，到处都是警方天眼，哪里能逃得脱警察铺天盖地的追捕呢？辗转反侧想了一个晚上，最后他万念俱灰，决定找警方自首，向负责这个案子的毛警官坦白一切，希望能换来晚上睡个不做噩梦的安心觉。

毛乂宁早已经开了电话免提，邓钊和办公室的其他同事都围在电话机旁，谁也没有说话，安静地听着窦武用低沉的声音讲述自己十五年前后的犯罪经过。讲完后，窦武长舒一口气，整个人都轻松下来。

毛乂宁的心情却异常沉重，他向对方确认："你真的承认唐缨是你杀的？"窦武说："是的，我承认。"毛乂宁又问："十五年前许敬元也是被你锤杀在学校工程指挥部的？"窦武道："是的，许敬元也是我杀的。"

"我下面这个问题，请你想好后再回答我！"毛乂宁对着电话停顿一下，"这两起命案，都是你一个人所为，没有其他同伙帮忙，或者说没有受到其他人的指使吗？"

"没有，这些都是我的个人行为，跟其他人没有关系，也没有任何人指使我这么做，人是我杀的，所有罪名由我窦武一人承担。"

"很好，我们确实已经锁定你就是这两起命案的凶手，不过你能主动投案自首，倒是省了警方不少事，我当然是欢迎的。"毛乂宁从电话机前抬起头，环视四周，同事们都围在他身边，就连队长马力也不知道什么时候从办公室走出来，站在他身后静静地听着。办公室里异常安静，他又俯下身，凑到电话机前，"我还有最后一个问题要问你。"

"什么问题？"

"许敬元的尸体在哪里？当年你杀了他之后，把尸体埋在哪里了？"

"毛警官，他的埋尸之地，我敢说在一个你们绝对想不到的地方。"

毛乂宁皱眉道："甭说废话，到底在哪里？"

窦武道:"这样吧,毛警官,我现在在银泰商厦楼顶阳台等你,你们来抓我吧,见面之后我再把许老师的埋尸之地告诉你,请允许我保留一个最后的悬念。"

毛乂宁回头看看马队,向他投去征求意见的目光,马力微微点头,毛乂宁立即道:"那行,银泰商厦楼顶阳台是吧?那个地方我知道,距离刑警大队有点远。我现在赶过去,估计最快也得半个小时,你一定要等我。"

窦武道:"行,不见不散!"

第十七章　男扮女装

挂断电话，毛乂宁回头看向一直站在自己身后的马力："马队，抓捕行动还是由你来安排吧！"

马力果断点头："好，窦武已经投案自首，这下省了咱们不少力气，老毛和邓钊，还有李毕、小刘和老齐，你们五个马上去枪械室领取配枪，对方身负两条命案，咱们必须得做好万全准备，以防他狗急跳墙。其他人在办公室待命，如有突发情况，随时准备支援。"众人都挺起胸脯道："是！"

领取到枪械后，马力带着毛乂宁等五人，分乘两辆警车直接赶往城南新区方向。银泰商厦坐落在城南新区，距离公安局隔了大半个市区，加上交通拥堵，即使是警车也开不了多快。马力让司机拉响警笛，路面社会车辆纷纷避让，车速这才稍微加快一点。

大约半个小时后，两辆警车鸣着警笛穿过大半个城市，来到城南新区银泰商厦门口。银泰商厦楼高十二层，是一座集时尚购物、特色餐饮、休闲娱乐为一体的大型商业综合大楼。这时虽然是上午，但商厦顾客盈门，已经十分热闹。

两辆警车停在商厦大门口，马力下车后，抬头往上看看，十二层高的楼顶上面空无一物，看不出什么情况。他开始布置警力："小刘老齐，你们俩分别守住前后门，如遇特殊情况，我再通知你们进一步行动，其他人跟我进去上天台。"

众人答应一声正要分头行动，就在这时，忽然听到商厦前有人惊叫，还没反应过来，只听"砰"的一声响，一条人影从天而降，重重砸在警车前的花岗岩地板上，鲜血从他身体的各个部位迸射出来，溅到了几名警员身上。周围群众安静了半秒钟，随即醒悟过来："有人跳楼了！"吓得惊叫着四散奔走。

毛乂宁暗叫不妙,蹲下身看看,那人已经摔得变了形,但他还是一眼认出那正是他们要抓捕的窦武。伸手探探他的鼻息,已经完全没有呼吸。"马队,他就是窦武。"他站起身向队长汇报,"不过已经死了!"

马力醒过神来:"小钊,打急救电话,还有,打电话回去叫老姜他们赶紧过来。"邓钊说声"是",立即走到一边打电话。

马力问:"老毛,看清楚他是从哪一层掉下来的吗?"毛乂宁摇头道:"没看清楚。"

"他是从最上面天台掉下来的!"旁边有个群众大声告诉他们,"当时我正好抬头往上看,就看见他像只鸟一样从楼顶飞下来,吓得我还惊叫了一声。"

毛乂宁问:"当时楼顶还有其他人吗?"

那人摇摇头:"这个我没注意,应该没有吧,反正我没看到。"

小刘和老齐在现场拉起警戒线。救护车很快赶到,医生蹲下来对窦武进行一番检查后,冲着在场警察摇摇头:"已经当场死亡,没有抢救价值了。"又等了一会儿,法医姜一尺和痕检员等技侦警察也都赶了过来。马力抬头看着商厦天台说:"老毛小钊,还有孙立和鲁庆,你们跟我上天台看看,其他人留在下面。"孙立和鲁庆是刚刚赶到的两名痕检员。

一行五人走进商厦,先是找到里面一名保安员,由他带路乘坐电梯上到十二楼。从十二楼再往天台上去,就没有电梯只剩步梯了。下了电梯,在保安员的带领下,众人走过一条长长的走廊来到商厦另一侧,沿着走火通道上了天台。

楼道和天台之间,有一扇铁皮门,但没有上锁,保安员推开铁皮门,马力他们走上天台。出现在眼前的,是一片杂沓零乱的景象,天台中间堆满了报废的沙发、座椅、柜台、货架等垃圾,周围摆着一些烧烤用具,像是最近有什么公司在这里组织过天台聚会,地上到处扔着啤酒瓶和一次性塑料杯,一阵风吹来,还有一股尿臊味钻进鼻子,应该有人在这里悄悄小便过。

马力皱一下眉头,走到天台边缘,往楼下看去。根据窦武坠落的地点,判断出他跳楼前的大致位置,靠近围墙的地面上有一些零乱的脚印。"仔细检查一下这些脚印。"他对痕检员孙立和鲁庆说。两名痕检员立即蹲下身，打开刑事勘查箱取出仪器，很快从地上提取到几枚皮鞋印，再跟楼下同事送上来的死者窦武脚上穿的皮鞋进行比对，基本可以断定这些脚印就是窦武跳楼前留下的。

毛乂宁问："除了窦武自己的脚印，还有其他痕迹吗？"鲁庆说："旁边还有一些类似脚印的痕迹，但不是很清晰，无法提取。"马力点点头，从一米多高的围墙上探出身，看着楼下警戒线内躺着的窦武尸体，叹口气说："他这分明是畏罪自杀啊！"

毛乂宁对孙立说："你再在阳台上仔细勘查一遍，看看能不能找到其他可疑痕迹。"

马力回头看着他："老毛，你的意思是……"毛乂宁道："马队，我总觉得事有可疑。这个窦武都已经打电话向警方坦白了一切罪行，还约定跟警察在这里见面，怎么会突然间跳楼自杀呢？"马力两手一摊："其实我觉得这个很好理解，他打电话向警方自首，是想换个安心。但又不想被警方抓去坐一辈子牢，甚至被判死刑，所以干脆选择了这种一了百了的方式结束罪恶的一生。"

毛乂宁抿紧嘴唇，没有说话，但是很显然他没有被队长说服，脸上带着一副你说得好像有些道理，但是我保留自己意见的表情。他招招手，把保安员叫过来："平时这天台门都是没有上锁的吗？"保安员说："楼梯是走火通道，这道门是消防应急门，按照消防要求，是不能锁的，所以咱们也一直没有上锁。"

毛乂宁点点头："既然没有上锁，那就是任何人都可以上来喽？"保安员道："是的，但实际上到天台来的大多还是这个大厦的员工，外面的人一般很少上来。"

留下两名痕检员在楼顶勘查现场，马力和毛乂宁师徒一起又乘电梯下到一楼。"老姜，死者身上有可疑之处吗？"马力问法医姜一尺。老姜从尸体前直起腰，摇头道："目前还没有发现，死者明显是从楼上扑下来的，胸部先着地，胸廓部有广泛性肋骨骨折，造成胸腔内脏器官大面积受损，颅脑损伤也极为严重，可以判定坠楼后当即死亡。从身上的伤痕判断，完全符合高坠身亡的特征。"毛乂宁问："有没有可能坠楼前已经遇害，然后有人将他尸体从天台扔下,摔成了这样?"

老姜否定道:"身上暂时没有发现除坠楼以外的致命伤。"旁边另一个警员补充道:"刚才我走访周围群众,有人听见死者从楼顶跃下来的瞬间,发出'呀'的叫声,说明他跳楼的时候是活着的。"毛乂宁"嗯"了一声,点点头,没再说话。

马力瞧他一眼,有点自鸣得意的意思:"怎么样毛警官,我的判断没错吧?窦武就是畏罪自杀。"

"也许吧,"毛乂宁对他的话一时间无法反驳,"不过我还是想再深入调查一下,我总有种预感,这事不会这么简单,其中必有蹊跷。"马力两手一摊:"我倒觉得十五年前许敬元命案和现在的唐缨被杀案,都可以将凶手锁定为窦武了。现在他打电话向警方投案自首之后畏罪自杀,这个案子其实就可以了结了。不过既然你还对此存疑,那你就去查吧,如果真的查到什么线索,记得通知我一声。"

毛乂宁点头说声"好",朝邓钊招招手:"现场有马队搞定就行了,咱俩去商厦里面看看吧。"邓钊"哦"了一声,跟着师父往商厦里走。

毛乂宁问了一下门口值勤的保安,找到保安室,调看了电梯里的监控视频。上午九点十八分,当时毛乂宁刚刚接听完窦武的自首电话之后不久,窦武从一楼上了电梯,当时电梯里包括他在内,一共有五个人,二男三女,窦武贴着电梯轿厢不锈钢内壁站在最后面,另一个男人是一名二十多岁戴眼镜的年轻人,站在电梯按键前,距离窦武比较远,另外三个女人则分散站在电梯里,都低头玩着手机,好像对周围的人和事完全不关心。

邓钊见师父对窦武进入电梯的监控画面看得如此认真细致,心里明白他的意思:"师父,你怀疑窦武可能是被人挟持进入商厦,上到天台,再被人活生生推下楼的?"

毛乂宁眼睛盯着视频画面,点头道:"我觉得不能排除这种可能,尤其是天台边上窦武跳楼的地方,脚印杂沓,当时明显有第二个人在现场,但是却只能提取到窦武的鞋印,我怀疑另外的脚印是凶手穿着鞋套后留下的,所以虽然有痕迹,却怎么也找不出一枚清晰的足迹。"

"好像是这么回事。可是我觉得窦武是中等身材,体形也不算瘦,而且才五十来岁年纪,如果有人想在大庭广众之下挟持强迫他,至少得两名

第十七章 男扮女装 205

男性才能确保不出乱子吧?"看到师父点头,邓钊又说,"可是你看这电梯里,跟他同时进来的只有一个戴眼镜的斯文男人,而且站立的位置距离他还挺远的,不大可能是这个男人胁迫了他,除此之外剩下的都是女人了,怎么可能……"

"这个现在还不能确定,接着往下看吧。"

师徒俩一起凑到电脑屏幕前,继续查看监控。电梯上到五楼的时候,那个戴眼镜的年轻男子走了出去,运行到十楼,电梯门打开,走进来一对白发老年夫妇。电梯最后在十二楼停下,所有人都出去了。电梯外面的走廊里有一个监控,可以看到这几个人下电梯后的去向,老年夫妇走进了一家婴儿用品店,一个短头发的年轻女孩拐进了化妆品店,剩下的两个长头发中年妇女则跟在窦武身后,沿着走廊往前走,最终走出视频镜头。从这短短十来秒的视频画面里无法判断那两个中年妇女是特意跟窦武走在一起,还是恰巧同路走向步梯的楼梯口方向。

"十二楼步梯有监控探头吗?"毛乂宁问。保安员摇头说:"没有。"

毛乂宁一边看着视频,一边问邓钊:"窦武坠楼是在什么时间?"邓钊说:"是上午九点四十五分,我当时特意看了手表。"

毛乂宁拍拍正坐在电脑屏幕前的保安员肩膀说:"能给调出上午九点四十五分之后十二楼的监控吗?"保安员点头说:"稍等。"按了几下鼠标,很快就调出了相关监控画面,大约九点四十七分时,那两个熟悉的中年长发女人又一起从走廊那头走过来,同时上了电梯,一直下到一楼,然后离开了商厦。

"果然就是这两个人!"毛乂宁猛地一拍桌子,把邓钊和保安员都吓了一跳。

邓钊疑惑道:"师父,你是怀疑这两个女人……"毛乂宁指着电脑屏幕:"你仔细看,这两个人走路双腿分得比较开,动作幅度大,脚步沉稳有力,男性特征十分明显。他们就是两个大男人戴上假发后伪装的女人。"

"师父,照您的意思,这两个人男扮女装,胁迫窦武上到天台后将他推下,再若无其事地乘电梯离开?"

毛乂宁卖力点头:"没错。而且两人进入天台时穿上了鞋套,所以现场只留下了窦武的足迹,没有其他可疑的脚印。"

邓钊坐在电脑前，亲自将监控视频里两个人的正脸截图保存下来，放大图片后发现，二人的前额被假发上长长的刘海挡住，几乎遮盖到了眼睛的位置，即便将照片放大数倍，也只能勉强看清一部分面容。不过脸上颧骨高耸，轮廓分明，尤其是脖颈处喉结高突，确实是女生男相。

毛乂宁问保安员："平时见过这两个人吗？"保安员看了之后摇头说："好像没什么印象。"

毛乂宁从电脑屏幕前直起腰："现在必须得把这两个人的身份查清楚，有可能是他们二人与窦武有仇，想要杀人泄愤，更有可能这二人是受人指使才杀的人，后面还隐藏着更大的黑幕，要不然就无法解释为什么窦武偏偏在这个节骨眼上出事了。"邓钊点点头，将相关视频文件及两名可疑男子面部截图拷贝下来。

两人离开保安室走出商厦，此时警方已经将窦武出事的消息通知其家属，闻讯赶来的是他妻子苏婷。苏婷只有三十来岁年纪，身材苗条，身上穿着一件米黄色巴宝莉连衣裙，显得年轻漂亮，气质不凡。据了解过情况的警员说，窦武离过一次婚，苏婷是他的第二任妻子，两人育有一个儿子，现在还在上幼儿园。苏婷看见丈夫的尸体，顿时扑了上去，绝望地哀声痛哭起来。

毛乂宁从手机里打开那两名男扮女装的嫌疑人的面部截图，本想上前问问苏婷看她是否认识这两个人，谁知苏婷身虚体弱，加上骤然遭遇如此变故，伤心欲绝之下，一口气没缓过来，竟然晕倒在丈夫尸体边。警方只好再次拨打急救电话，医院救护车很快赶到，将她送往市人民医院进行救治。

忙到中午十二点左右，现场勘查工作才告一段落。回到刑警大队，马力立即召集大家开案情分析会。

法医老姜先说了现场尸检情况，窦武身上没有其他致命伤，从尸体情况判断，符合高坠身亡的特征。现场勘查人员则表示，在天台现场只发现了窦武的脚印，没有其他可疑的足迹。综合考虑，大多数人同意马队长的推断：窦武打完自首电话后，因为不想坐牢，害怕被枪毙，所以畏罪自尽，许敬元和唐缨被杀案，这两桩前后时间跨越十五年的命案可以结案了。

但毛乂宁对此提出反对意见，他将商厦的监控视频投映到大屏幕上，突然，他按下暂停键，视频画面停在那两名男扮女装的疑凶身上："这两个人,跟窦武一起进入商厦,无论是乘坐电梯还是走出电梯之后,他们都一直贴着窦武站在他身后两侧,明显对他形成了左右夹击的胁迫之势。窦武在九点四十五分坠楼死亡后,仅仅过了两分钟,即九点四十七分,这两个人又乘坐电梯匆匆下楼离开,绝不是能用巧合二字解释得了的。还有,这两个人虽然穿着裙子,长发披肩,但无论从步态身形还是面部特征来看,都非常男性化。我怀疑他们男扮女装,胁迫窦武上到商场天台,逼他跳楼,或者直接将他从十二层楼顶推下。"

马力眉头一挑:"这些不过是你的主观推测,天台上面又没有监控,你怎么能够证明这两个人有问题?"

毛乂宁点头承认:"目前的确没有证据,但我并不是在凭空瞎想,还是有一些蛛丝马迹可循的。"毛乂宁环视大家一眼,"而且我觉得这两个人只是实施者,不是主谋,肯定存在幕后黑手。窦武坠楼案疑点颇多,咱们不能急着结案,必须得再深入调查。"

马力一只手撑在会议桌上,另一只手摸着自己的鼻尖皱眉考虑,最后眉头一扬:"行,我给你三天时间,如果没有找到实证推翻刚才的猜测,那案子就这么结了。"

"好的,三天时间已经足够。"毛乂宁冲着他一点头,"多谢马队!"

散会后,邓钊跟在毛乂宁身后悄声地说:"师父,你真牛,连马队都敢撑!"

毛乂宁道:"我也不是故意跟他唱反调,根据调查的情况来看,这案子本来就疑点重重,不能这么草率结案。"

"师父,那接下来该怎么调查?"邓钊面露难色,"马队只给了三天时间,是不是有点少?"

"马队的意思并不是要三天之内破案,而是找出确凿证据推翻他的结论,我觉得三天时间已经足够。"毛乂宁走回到自己的办公桌前,"现在手里唯一有用的线索,就是那两个男扮女装的疑凶的面部截图。如果找到这两个人,后面的事情就好办了。"

"可是要怎么才能找到这两个家伙呢?"邓钊搔搔头,大感为难,"开会之前,我已经拿着他们的照片在公安内网上做过面部识别,因为图片不是特别清晰,又有假发遮挡面部,所以没有比对出有效信息。"

毛乂宁拿起办公桌上的杯子,喝了两口茶,想一想,又放下手里的杯子:"先去看看窦武的老婆苏婷吧,兴许能从她嘴里问出什么线索来。"他打电话到人民医院,问了一下苏婷的情况,医院方面说:"她送到医院,休息一阵,已经没有什么大碍,不过她素来有心脏病,怕出什么意外,所以现在还在留医观察,如果没有什么特殊情况,应该晚上就可以出院。"

毛乂宁跟邓钊在街上买了些水果,直奔人民医院。找到苏婷住的病房时,她正半躺在病床上,床头挂着输液瓶,在打吊针。虽然已经苏醒过来,但她脸色苍白,目光呆滞,精神状态很差,病床旁边有一个五十来岁的阿姨在照顾着她,估计是家里的用人。

毛乂宁放下水果后说:"苏太太,请节哀!我们是市公安局刑警大队的,我姓毛,这位是我同事邓钊。你丈夫的死还有一些疑点没有搞清楚,想请你配合我们调查,现在方便吗?"

苏婷半躺在床上,礼貌地朝他们欠欠身子:"方便。我一开始听说我老公跳楼自尽也觉得不可思议,这里面肯定有蹊跷。"毛乂宁道:"你是觉得你老公没有理由自杀吗?"

苏婷声音虚弱地说:"是的,虽然我是他的第二任妻子,但是他对我特别好,也很疼爱小斌,小斌是我们的儿子,今年五岁,正读幼儿园大班。你说他怎么可能丢下我跟儿子去跳楼呢?这是绝对不可能的!"她情绪一激动说话就有些喘不过气。

毛乂宁停顿一下,等她平静下来才问:"据你观察,最近一段时间你丈夫有什么异常行为吗?"

苏婷想了一下说:"这两天他确实有点精神恍惚,晚上还失眠了,我以为他是在操心工作上的事情,所以没有多想。"毛乂宁问:"最近几天,有什么陌生人,或者是特别的人来找过他吗?"苏婷摇摇头:"没有,平时跟他来往的,基本上都是他们公司的人,像是雷董事长之类的。"

"你说的雷董事长,是那个大铭集团的董事长雷大铭吗?"毛乂宁听到"雷董事长"这个称谓后追问了一句。

苏婷说:"是的,我老公在公司什么都听雷董的安排,算是他最忠心可靠的手下了。而且雷董一家确实对咱们挺好,我儿子小斌今天有点感冒,没有去幼儿园上学,一大早就被雷董接去他们家,他小儿子今年三岁,平时很喜欢跟小斌一起玩耍。要不然张嫂得在家里带孩子，就没有时间来医院照顾我了。"

"最近两天时间，你老公跟雷董的联系是不是比平时要多一些？"

"好像是吧，最近我看见他老是跟雷董通电话，不过他关上门在书房里打电话，具体讲些什么事情我也不太清楚。可毕竟他在雷董手下干活，跟自己的老板联系频繁也没有什么不正常的吧？"

毛乂宁显然心里对这个事情另有解读，没有直接回答她的问题，而是拿出手机打开那两张截图："苏太太，请你好好看一下这两张照片，你认识照片上的这两个人吗？"

苏婷瞧了瞧，摇头道："不认识，怎么，这两个女人跟我丈夫的死有关系吗？这不可能吧，这两个女人年纪大，又长得这么难看，像个男人婆一样，我丈夫怎么可能……"

邓钊忍不住在旁边提醒道："这两个人并不是女人。"

苏婷愣了一下："不是女人？"又凑近手机看一眼，"咦，还真是呢，越看越像是男人。他、他们怎么这个打扮呢？"

毛乂宁说："他们是故意男扮女装。我们在你丈夫坠亡的商厦监控里发现，这两个人一左一右胁迫你丈夫进了电梯，然后又跟着他去往楼梯方向，应该是走楼梯上了天台。我怀疑你丈夫的死跟这两个人有关。"

"跟他们两个有关？"苏婷迅速反应过来，"照您的意思，我老公是他们两个推下楼摔死的？"

邓钊点点头，苏婷忽然激动起来："难怪了，我就说我老公好好的怎么会突然跳楼自杀，原来他是被人害死的……警察同志，你们可一定要为我做主，早点抓到凶手，还我老公一个公道……呜呜呜……"说到最后，她语带呜咽，又流下泪来。

毛乂宁忙说："你先别激动，我们这不正是来找你调查他们的嘛。只有找到他俩才能把你丈夫的案子调查清楚。"等到对方情绪渐渐平静下来，他才接着道，"你再好好看一下，照片上的这两个人，你见过吗？他们平时是否跟你丈夫有来往？"

苏婷听说这两个男人跟自己丈夫之死有关，立即接过手机，擦擦眼睛，认真查看照片，但是看了好久，还是摇头，又叫过旁边的女佣："张嫂，你也过来看一下,这两个人你见过吗?"张嫂凑过来眯着眼睛瞧瞧,也摇头说:"没见过。"

苏婷只好把手机递回毛乂宁:"毛警官,很抱歉,这两个人我不认识,也从来没有见过他们。"

毛乂宁"哦"了一声,拿回手机,心里隐隐有些失望。邓钊忽然想起什么,问苏婷:"那你丈夫窦武跟他前妻,有没有什么未曾解决的纠纷呢?"

苏婷明白他的意思,他是怕自己的丈夫因为与前妻有恩怨纠葛才惨遭毒手,她摇头说:"他跟他前妻离婚七八年了,当时他给对方分了不少财产,两人也算是和平分手,当时他们有一个女儿,也跟了女方。这几年他前妻开服装店生意失败,他还主动接济过她们,他前妻也很感恩,两人之间没有因为离婚而生出仇恨,不可能是他前妻请人来杀他的。"

毛乂宁又问了她几个其他问题,她都一一作答,但是并没有向警方提供出更多跟窦武之死有关的线索。毛乂宁看看手表,时间已经不早,便起身告辞,就在他们拉开病房门准备走出去的时候,苏婷突然问:"毛警官,上午你们拿走的那个U盘,里面到底装了一些什么内容?对调查我丈夫的死因有帮助吗?"

"U盘?"毛乂宁不由得一愣,"什么U盘?是警队的人拿走的吗?"

苏婷在病床上坐直了身子,点头说:"是啊,大概是今天上午十一点多吧,有两个身穿制服的警察来到病房里,说是刑警大队的马力队长派来找我调查情况的,也像你这样问了我一些问题,然后又问我老公最近有没有交给我什么特别的东西,我想起来确实有这么一个东西,大概是昨天中午的时候,我老公回家突然把我叫进卧室拿出一个U盘交给我,让我好好保管。我问他里面装的什么文件,他没有说,只是告诉我说如果他出了什么事,就让我把这个U盘交给警察。我当时吓了一跳,问他怎么了,他却笑着说没什么,都是一些工作上的事情,这么做主要是给自己留一条后路。我也不好再多问什么。今天上午那两位警官过来,我说起了U盘的事,他们觉得这个U盘里很可能保存着跟我老公之死有关的线索,所以问我要这个U盘。当时这个U盘放在我家里一个上了锁的抽屉里,我就让张嫂拿钥匙回家把U盘取过来交给了那两位警官。我亲眼看见他们把U盘装进了一个透明的物证袋里,说回去之后一定会交给队长处理。"

"居然有这样的事情，我怎么不知道？U盘里装的是什么文件？你老公一点都没向你透露吗？"

"他没跟我细说，而且因为是他工作上的文件，所以我也没打开看。"

"你确定那两个警察是奉了马队长之命，来找你调查情况的？"

苏婷道："是的，他们就是这么说的。当时张嫂也在旁边，对吧张嫂，他们就是这么说的。"张嫂在一边点头附和着。

"既然这样，那就不打扰你们了，我回队里找马队问问情况，如果真的在U盘里发现了什么线索，我回头再给你打电话。"毛乂宁朝邓钊看看，邓钊明白师父的意思，让苏婷和张嫂在调查笔录上签了字。

从医院走出来，邓钊发现师父的脸色有点难看，小心地问："师父，马队让别人先咱们一步找苏婷调查的事，让你心里窝火了吧？"

毛乂宁回头看他一眼："倒不是为了这个，窦武的案子专案组的人都可以调查，只要是真心办案，我当然欢迎。但是马队从苏婷手里拿走窦武生前留下的U盘，这可是事关案件能否有突破的重要线索，他居然在案情分析会上一声不吭，太不厚道了。我无论如何也得找他讨个说法！"

第十八章　真假警察

　　师徒俩匆匆赶回刑警大队，毛乂宁直接冲进队长办公室，马力正坐在办公桌后面打电话，看见毛乂宁连门都不敲就直接闯进来，脸上现出不悦的表情，在电话里草草说了两句匆忙挂断电话："老毛，你怎么……"他一句话还没说完，毛乂宁就已经冲到他面前，隔着办公桌向他伸出一只手："拿出来！"

　　"什么？"

　　"U盘！"

　　"什、什么U盘？"马力一脸莫名其妙。

　　毛乂宁心里的气顿时不打一处来，伸手想去揪住他的衣襟，但手至半途，还是忍住，指着他鼻子道："到了现在，你还给我装蒜！这么重要的证据，开案情分析会的时候你都不拿出来，你到底是何居心？"

　　"老毛，你到底在说什么？"马力看看他，见他气呼呼地不肯说，又把目光转向邓钊，"小钊，到底是怎么回事？"

　　邓钊为难地挠挠头，一边把师父往后拉，一边解释道："马队，情况是这样的，咱们刚才去医院找过窦武的老婆苏婷，她说她老公昨天交给了她一个U盘，窦武说如果自己出什么事，就让她把U盘交给警方。她怀疑这个U盘里装着跟她丈夫遇害有关的线索。她、她还说……"

　　"还说什么？"马力气得把办公桌敲得"叭叭"作响，"别吞吞吐吐，赶紧说！"

　　邓钊说："她还说今天上午十一点多的时候，你派队里的两名同事从她手里把这个至关重要的U盘拿走了！"

　　"她放……"马力心头火起，张嘴就要骂人，但最后关头，还是将一个

"屁"字硬生生咽回去,"她胡说,上午十一点,我还在银泰商厦的命案现场忙着呢,哪有时间派人去找窦武他老婆?"

毛乂宁知道他肯定会矢口否认,不由得冷笑道:"这是我刚才去医院听苏婷亲口讲的,小钊的调查笔录上还有记录,难道是我冤枉你不成?"

"哎,我说老毛,你到底是什么意思?"马力似乎有点回过神来,"如果苏婷说的是真的,我从她手里拿到了关键证据,中午开案情分析会的时候,我会不拿出来跟专案组的人一起研究讨论吗?"

"这就要问你自己了。"毛乂宁两眼直盯着他,冷言冷语,"实话对你说,窦武的死绝非表面看来的这么简单,这背后肯定还有人在暗中操纵,这个幕后黑手,我现在怀疑很可能就是他的老板雷大铭。而雷大铭当年曾通过他舅舅、光明高中校长孔伟德,跟你师父吴锐搭上过关系,这一点你应该很清楚吧?"

马力被他气得牙疼似的咧一下嘴:"我听明白了,老毛,你的意思是我把这么重要的线索给私藏起来了,目的就是给杀死窦武的幕后真凶脱罪,是吧?"

"到底是不是这样,答案得问你自己才知道。"毛乂宁偏过脸去,故意不看他。

马力终于变了脸色,一拍桌子:"毛乂宁,今天你可得把话给我说清楚,否则我跟你没完!"

毛乂宁也寸步不让,毫无畏惧地站在他面前:"常言道:有其师必有其徒!你师父当年是怎样包庇雷大铭的,现在你有样学样,就是怎样处心积虑替他脱罪的。今天我把这话撂这里了,也不怕你去找吴锐告状,大不了这身警服老子不穿了!"

"师父,马队,你们别吵了,外面的同事可都听着呢。"邓钊见他俩闹得脸红脖子粗,担心出事,急忙居中劝解,"你们先冷静冷静,有话好好说嘛!"说完他提起茶壶,给队长和师父各倒了一杯茶,"来,喝茶,喝茶!"

听他这么一说,马力才意识到自己的领导身份,喘口大气,强迫自己冷静下来,一屁股坐在椅子上,端起茶杯喝口水,声音也平静了许多。他往办公桌前的沙发上一指:"坐,老毛,你先坐下,咱们俩今天就好好说道说道。"毛乂宁"哼"了一声,在他对面坐下,两手撑在膝盖上,一副奉陪到底的样子。

马力身子前倾,脸上露出诚恳的表情:"老毛,你在心里是不是特别瞧不起我,觉得我能当上这个队长,全凭我跟我师父吴政委的关系,其实我在刑警大队里屁都不是,对不对?"

毛乂宁瓮声瓮气地答了一句:"这是你自己说的,我可没说。"

"你虽然嘴里没说,但你心里就是这么想的,"他见毛乂宁张口欲答,又道,"你别急着否认,你看看你脸上这副愤愤不平的表情,谁还不知道你心里在想什么?"毛乂宁也牙疼似的"哼"了一声,算是回答。

马力站起身,从办公桌后面走出来,坐在他旁边的沙发上,摆出要跟他促膝谈心的样子:"吴政委是我师父,这个确实是事实,他当年在这里当队长的时候,可能对某些案子的处理方式有问题,至少你是这么认为的。可是这并不关我的事,那些案子我并没有参与过,而且就拿十五年前许敬元失踪案来说,按当时的正常程序,确实没有达到谋杀案的立案标准,所以从程序上来说,我师父当年那么处理也说得过去。当然,这并不代表我就赞成他当时的处理方式。可毕竟我是他的下属,我没有办法干预他怎么办案。但他是他,我是我,这一点我希望你能明白。第二,我能当上这个队长,是局里经过层层考核之后下的任命通知,并不是我师父吴政委一手遮天能搞定的。我当年在队里也算得上是办案能手,破了不少大案要案,还立过好几次二等功,我能当上队长,凭的是自己的实力,这个你得承认吧?第三,我知道你办案能力强,至今还窝在刑警大队当个小刑警,确实是委屈你了。我不知道你跟我师父之间到底有什么恩怨,他当年可能确实排挤打压过你,让你没有任何晋升的机会,但是自从我当上队长之后,从来没对你有过冷落之心,反而是你自己,弄得好像咱们队里所有兄弟,包括我,都欠你半辈子人情似的,整天对这个甩脸色,对那个冷嘲热讽,上班晃晃悠悠不干正事,让你跟兄弟们一起办案子,你老人家又看这个不顺眼看那个不顺眼,搞得一帮同事对你怨声载道,所以最后大家干脆不想跟你一块儿干活了。你现在的处境,很大原因是你自己不努力争取上进的结果,我也没有办法对不对?

"你比我年长,警龄也比我长,算起来应该是我前辈,我平时在队里对你的所作所为睁一只眼闭一只眼就算了,但是今天既然你找上门来,咱们就干脆打开天窗把话说清楚。我师父是我师父，我是我，不见得我跟他就是一路人。如果他曾经做过对不起你的事情，不管他态度如何，我在这里代他跟你说声对不起，他现在已经是市局政委，好歹是咱们单位的二把手，我肯定不可能明目张胆跟他对着干，但也绝不会跟他同流合污，我是说他如果真做了什么违法乱纪的事情的话。这些话我已经在心里憋了好久，今天趁着这个机会跟你掏掏心窝子，全都说出来，不管你爱听不爱听，相信不相信，我都说了。如果你不想待在刑警大队，可以立马申请调岗，我绝不拦你，但是如果你留在这里一天，我就把你当兄弟看，绝对没有害你之心，这一点请你明白！"

他这一番开诚布公的真心话，竟然把毛乂宁说得低下头去，半天没出声。就在马力以为他睡着了的时候，他却突然抬起头："好吧，我承认，因为你师父的事，我把对他的不满都发泄到了你身上，其实大体上来说，你还是算个好队长！"

"什么叫'算个好队长'，"马力笑骂，"我他妈就不能是个好队长吗？"

"你要是带头把你师父十五年前没有破的案子给破了，我毛乂宁就向你竖个大拇指，对你说一声'好队长'！"

"这可是你说的！"马力一拍大腿，"邓钊，你都听见了，到时给咱们做个见证，等这个案子破了，你师父请客吃饭，当面叫我三声'好队长'！"

"这……"邓钊转头看向师父。毛乂宁说："行，就这么定了！"马力哈哈一笑，起身回到办公桌后面的队长座位上，踏踏实实坐下来。

"马队，苏婷手里的那个U盘，"毛乂宁心里还记挂着这件事，"真不在你手里？"

马力果断摇头："我最后说一次，我没有叫人去找过苏婷，更没有从她手里得到过什么U盘。这事只有两种可能，要么就是苏婷在说谎，要么就是去找她的那两个警察有问题。"毛乂宁道："这个好办，咱们一起去医院找苏婷问问，就能搞清楚。"马力两手撑在办公桌上，站起身："去就去，难道我还怕了不成！"

三人立即驱车，再次赶到人民医院。这时已近傍晚，苏婷因为已无大碍，正和张嫂收拾东西准备出院，见到警察去而复返，苏婷吃了一惊："毛警官，是不是我老公的案子有进展了？"毛乂宁摇头道："暂时还没有，不过有些事情想向您当面核实一下。这位是刑警大队的大队长马力，你应该在银泰商厦楼下见过的，不知道有没有印象？"苏婷看了马力一眼，说："有点印象，不知道马队长找我有什么事？"

马力说："刚才毛警官过来的时候，你跟他说今天上午十一点多，有两名警员奉我之命找你调查情况？"见到苏婷婷点头，他又接着说，"当时你将你丈夫生前留下的一个U盘交给了这两名警员？"

苏婷点头说："是的。"马力看着她说："但实际上，上午十一点的时候，我还在银泰商厦忙着勘查现场，根本没有时间安排人过来找你。"

苏婷一愣："您的意思是……"

毛乂宁解释说："马队的意思很明确，在我来之前，他根本没有派其他警员找过你。"

苏婷看看他，又看看马力，显然还是没有听明白："那也就是说，上午那两个警察不是你们刑警大队的人，而是其他警队的警察？"

马力摇头："也不能这么说，你丈夫的案子是由刑警大队负责的，不可能有其他警种的警员不经过咱们同意就擅自来找您调查。"

"哎呀，你们说来说去都把我搞糊涂了，你们就直接告诉我，那两个警察到底是什么人，他们把U盘交给了你们没有？"

马力边叹气边摇头："我没有拿到U盘，而且我也不知道你说的两个警察是谁。"

苏婷难掩奇怪："这怎么可能？他们明明说是你派来的，还说要把U盘拿回刑警大队交给你，怎么没有到你手里呢？那这两个人……"

"你看过他们的警官证吗？"毛乂宁问。

"他们其中的一个向我亮了一下证件，也不过就是在我面前那么晃一下，我只看到一个印有国徽的黑皮证件，里面的内容根本没有看清楚。当时他们俩都穿着笔挺的警察制服，我根本没有多想啊。"

马力道："能详细描述一下这两个人的特征吗？"

苏婷回忆道："嗯，都挺年轻的，应该是二十多岁年纪，有一个个子比较高，应该有一米八以上，另一个稍矮，都是浓眉大眼，不苟言笑的样子。当时他们就站在病床前，个子高的那个负责问我问题，个子矮的那个拿着笔记本做记录，就跟这位毛警官和邓警官下午来找我时一样……我只能记得这么多了。"马力和毛乂宁无奈地对视一眼,显然她说的这些特征无法定位到具体的人。

邓钊忽然问道:"那两个警察找你做完笔录后,让你在笔录上签字了吗?"苏婷摇摇头:"这个倒没有。"马力和毛乂宁都朝邓钊看过去,这小子一句话就问出了事情的关键点。警方做完笔录,必须让被询问人看一遍笔录,在确定没有错漏之后,由被询问人在笔录上签名确认,否则这份笔录是无效的。这是警方办案过程中必不可少的一道程序。那两个人问完之后并没有找当事人签名,真正的警察很少会犯这种低级错误。除非一种可能。

"马队,师父,我觉得这两个警察是假的!"邓钊道。马力点头道:"是的,我也是这么怀疑。"毛乂宁道:"医院有监控,咱们看看就知道了。"

三人下楼找到医院保安室,调看了上午十一点前后的监控视频,果然在上午十一点十二分的时候,有一高一矮两个身穿警服的人走进了苏婷住院的大楼,在护士站问过护士后,他们进入到苏婷的病房,大约二十多分钟后离开了医院。两人进来的时候,一直有意无意地偏着头,似乎故意避开医院的监控。但是出来的时候,也许是已经拿到 U 盘,阴谋得逞有些得意,所以就大意了些,路过护士站前面时,终究还是被楼梯口的监控探头拍到了完整的脸部轮廓。

邓钊分别将两人正面头像截图保存下来,马立和毛乂宁凑到电脑屏幕前看了看,确认这两人不是刑警大队的警员。又把照片拿给苏婷看,她很肯定地说:"上午来病房里找我的人就是他们两个。怎么,他们不是你们警队的人吗?"

毛乂宁说:"咱们警队没有这两个人,他们应该是假警察。"

"啊,假警察?"苏婷吃了一惊,"怎么连警察也有假的?我、我真是太大意了,居然把 U 盘交给了他们。现在该怎么办呢?"

毛乂宁安慰她说:"你别着急,咱们一定会找到他们的。你赶紧办好出院手续,回家休息吧。以后警方可能还会去你家里调查情况,你一定要认清警员的证件,必要的时候,可以打警队的电话核实。"

苏婷点点头说:"好的,我知道了。"

告别苏婷后从医院出来,天已经黑了,马力看看表,晚上七点。他瞧着毛乂宁师徒俩说:"现在回单位食堂也关门了,走吧,找个地方,我请你们吃饭。"邓钊毕竟是新人，不敢在队长面前放肆，忙说："不用了马队，我下班随便找个地方解决就行了。"

毛乂宁瞪他一眼："你这叫什么话，马队这么小气的人，难得请一次客，今天一定得好好宰他一顿。"马力哈哈一笑："这个老毛，请你吃顿饭，好像我还倒欠你一个人情似的。"

三人就在医院附近找了一家餐馆，叫了几个小菜。

"马队，师父，你们说在银泰商厦天台将窦武推下去的两个人，和出现在医院里的两个假警察，是相同的两个人吗？"邓钊忍不住边吃饭边问道。

毛乂宁朝坐在饭桌对面的马力看一眼，摇头说："应该不是。从监控视频截图来看，他们的体态差距还是挺大的，而且如果是相同的两个人，我们给苏婷看那两个扮女装的男人照片时，她多少能看出些端倪。不过他们四个肯定属于同一个团伙。真正的主谋不仅要让窦武死，还怕窦武会在生前留下什么后手，又派人冒充警察去探他老婆的口风，结果还真套出了一个U盘。这个U盘里肯定装着什么重要线索。到现在为止，幕后真凶处处领先一步，不得不说，咱们这次是遇上真正的高手了。"

邓钊不禁面露凝色："师父，现在咱们手里的线索有限，一时半会儿很难找出幕后真凶。你还跟马队有三天之约，这都已经过去一天时间了，却还一点进展也没有……"

"不用着急，这不还有两天时间嘛，我不会输的。"

马力呵呵一笑，一副稳坐钓鱼台的样子："老毛，其实案情分析会上的赌约，不过是我的一句玩笑之语，如果你觉得三天时间不够，我可以再给你宽限几天。"

毛乂宁摆手道："不用，我有预感，三天之内肯定能找到破案线索。"

"好，既然这样，那我就以茶代酒，预祝你成功！"马力端起茶杯，跟毛乂宁和邓钊轻轻碰一下。

第二天上午，毛乂宁带着邓钊去了窦武家，想看看他有没有在家里留下什么证据。苏婷眼圈红肿，满脸哀伤，看得出丈夫之死对她打击很大，说话的声音十分虚弱："你们随便看吧，只要能抓到杀我丈夫的凶手，叫我做什么都行。"

毛乂宁在屋里转一圈，除了感觉房子比普通人家大，屋里的摆设比别人家豪华一些,倒也没有其他发现。最后苏婷领着他们走进了丈夫的书房。据毛乂宁了解,窦武并没有多少文化知识,也不喜欢看书,但这个书房却布置得特别气派,东西两面墙壁上嵌着两个大书柜,里面摆满了大部头精装书,邓钊随手抽出一本看一下,定价贵得吓人。

靠近窗台的地方摆着一张实木书桌,桌上除了放着一台手提电脑,居然还有一套文房四宝。苏婷见毛乂宁盯着手提电脑看着,就解释说:"我老公对电脑不是很熟悉,平时只用来上网看看新闻和电影什么的,很少用来办公。"说着顺手打开电脑,"你们可以随便检查。"邓钊在电脑里翻看一下,除了收藏着几个黄色网站,似乎没什么可疑之处。

因为没有找到一点有用的线索,所以从窦武家里出来的时候邓钊显得有些沮丧:"师父,接下来要去哪里?"毛乂宁想了一下,说:"反正时间还早,再去窦武的公司看看吧。"

窦武是大铭集团旗下的大铭建筑工程公司老总,大铭建筑工程公司办公地点就在大铭集团总部大楼里。毛乂宁师徒二人驱车来到南宁路,远远地就能看到那幢二十四层高的白色大楼,像一只骄傲的公鸡挺立在大街上。雷大铭之所以要把自己公司总部大楼建成公鸡形状,有人说是因为他生肖属鸡,也有人说他是取一唱雄鸡天下白的意头。"大铭集团"四个招牌大字挂在墙壁上闪着金光,即便到了晚上,不用开灯也能在好几里路之外瞧得清清楚楚。

邓钊一边开着警车驶近大铭集团,一边抬头看着那几个金字招牌问:"师父,这几个字够大吧?"毛乂宁"嗯"了一声,他又接着道,"据说还有一个更大的金字招牌,平放在这栋楼的天台地面上,每个字足有十米高十米宽。"毛乂宁不由得咂一下舌头:"这么大的字,却躺在天台上叫人看不见,那有什么用?"

邓钊笑道:"雷大铭曾经跟媒体记者解释说,这个广告招牌不是给地上的人看的,而是给天上的人看的,光明市旁边不远处不是有一个大型民用机场吗?经常有客机从这里低空飞过,坐在飞机上往下看,正好能清晰地看到他们公司天台上的金字招牌。"毛乂宁不由得钦佩地点点头:"看来这个雷大铭确实有些生意头脑啊!"

他们来到了大铭大厦,看过楼层导览后,乘电梯上到十五层,立马发现了大铭建筑的招牌。亮明身份后,一个自称姓朱的副总接待了他们。

"我先带你们去窦总的办公室看看吧。"朱副总说,"窦总出事后,雷董事长说警方可能会到公司来调查,叫咱们把窦总办公室先锁起来,不要让任何人进去,等警察过来调查取证后才可以动里面的东西。"毛乂宁冷笑了一声:"看来你们雷董事长还真有先见之明啊。"朱副总说:"那是那是,雷董的眼光,一向都看得很长远。"

说话之间,他掏出钥匙打开了窦武办公室的门。这只是一间普通的办公室,看起来没有什么特别的地方,邓钊打开桌上的台式电脑检查一下,也没有什么发现。从办公室出来,朱副总把他们带进旁边一间小会议室,让秘书送了三杯茶进来,然后用公事公办的语气说:"不知道两位警官还想了解一些什么情况,有什么问题尽管问,只要是我知道的,一定如实相告。"

毛乂宁喝了口茶,放下茶杯问:"窦总出事的消息,公司里的人应该都知道了吧?"

朱副总点头说:"公司内部已经发了通知。同事们心里都十分悲痛,完全没有料到窦总那么一个积极乐观的人居然会自杀。"

毛乂宁说:"我看公司秩序井然,好像并没有因为窦总出事受到什么影响啊。"朱副总点头承认:"公司一直是按制度运行的,再说上面不还有总公司和雷董事长嘛,就算窦总突然出事,也不会影响公司的正常运行。"

"说到底,还是你们雷董事长领导有方啊。"

"那倒也是。"

"最近几天,你们发现窦总在公司有什么异常之处吗?"

"这个好像没有,不过他这个人平时都在外面跑业务,真正待在公司的时间并不多,一般事情都是我在处理,所以具体情况我也不是特别了解。"

"最近有没有什么人到公司来打听他,或者说有什么可疑的陌生人来找过他?"

"没有。这栋楼里都是大铭集团的员工,外面的陌生人没有经过允许是进不来的。"

"窦总在公司里边跟你们雷董关系如何?"毛乂宁换了一个问题。朱副总端起茶杯正要喝茶,听到他这么一问,马上放下杯子说:"那还用说,他俩的关系肯定特别好啊。窦总是集团元老级人物,当年他还是挖土车司机的时候，就已经跟着雷董打天下了，所以在集团内部，雷董对他也是青眼相看，一直把他当成自己的心腹下属。"

"那对于窦武之死，雷董有什么反应？"

"当然很痛心啊。"朱副总说，"我昨天看见他站在窦总办公室门口的时候都流眼泪了。"

毛乂宁提出要求说："能让我见见雷董吗？想跟他当面聊聊。"

"这个……"朱副总脸上露出为难的表情，"雷董是个大忙人，如果想见他得提前预约，要不然他很难安排出时间。"毛乂宁说："那就请你现在帮忙预约一下。"

朱副总犹豫一下，走到一边打了个电话，转回身说："抱歉，我刚刚跟雷董的秘书通过电话，她说现在预约的话，至少要排到三天以后雷董才有时间。"

毛乂宁冷笑着："雷董可真是日理万机啊，看来如果想直接找他，我得带上拘传证才行，要不然还得排队等上三天。"

"什么？"朱副总愣了一下，"拘传证？"

"对不起，我开玩笑的。"毛乂宁端起茶杯喝口茶，"既然雷董这么忙，那咱们就不去打扰他了。请问这两个人你认识吗？"他拿出手机，屏幕上是在银泰商厦扮女装的男人照片。

朱副总凑过来看看，摇摇头说："不认识。"

"这两个人呢？"毛乂宁又打开在医院拿走 U 盘的两名假警察的照片。朱副总看看，不解道："这不是你们警方的人吗？"毛乂宁看出他并不认识照片上的人，就收起手机说："那倒也是。"

朱副总抬起手腕看看表，报着嘴唇没再说话。毛乂宁识趣地站起身："既然这样，今天就先聊到这里吧，以后再有什么需要了解的情况，我可能还会来打扰朱副总。"朱副总起身相送，嘴里客套着："好的，随时欢迎。"毛乂宁走到门口又回过头来问："我还想在公司里转转，找其他员工问问情况，不知可否？"朱副总回答得倒是挺痛快："没问题，两位警官请自便！"

从小会议室走出来，毛乂宁带着邓钊在公司里四处巡视，经过每个办公室门口，他都要探头进去瞧一瞧，惹得员工们个个面露疑惑之色，纷纷扭头朝他们张望。

邓钊小声问:"师父,你在找什么?"毛乂宁反问道:"你说呢?"邓钊反应过来:"你在找监控视频截图里的那几个人?"毛乂宁"嗯"了一声。邓钊道:"你怀疑是他们公司内部的人干的?"毛乂宁背着手,在走廊里踱着步子:"不排除有这个可能。"

邓钊"哦"了一声,也跟在他屁股后面,东张西望,把公司上上下下都溜达了一遍,但并没有找到他们想要找的人。

下午,师徒二人回到刑警大队,跟马力汇报情况,因为没有找到有用的线索,两人的情绪都有点低落。马力瞧着他们说:"你们那边没什么进展,我这里倒是收到一条线索。还记得上次实验中学倒墙案吗?"

"当然记得。这个案子不是被教育局和了稀泥,内部处理了吗?"

"你别这样瞪着我!"马力见毛乂宁一说起这个案子就拿眼睛直瞪着自己,知道他心里不痛快,"当初不是我要阻止你们继续深挖这个案子,都是上面领导的意思,我也做不了主。"

"还是说你收到的线索吧。"毛乂宁催促道。马力点点头,从办公桌上拿过一份红头文件递给他:"这个是教育局发来的通报函,说关于实验中学倒墙案他们已经查到一些信息,这个围墙的承建方是大铭建筑工程公司。他们去公司调查过,结论是所有问题都出在公司总经理窦武身上,他中饱私囊贪污建筑经费,然后与建材供应商相勾结,买进假水泥以次充好,把学校围墙搞成了一个豆腐渣工程。"

毛乂宁接过文件看一眼,重重地扔到桌子上:"居然把所有责任都推到了窦武身上。"

马力用手指敲着桌子上的红头文件说:"我看他们就是这个意思。但我想说的是,会不会窦武之死跟这个倒墙案有关呢?"

"嗯,这倒也是一条线索。"毛乂宁点点头,"不过我觉得还存在一种可能,他们知道了窦武已经坠楼死亡,就赶紧把所有责任都往他身上推。俗话说死无对证,这样一来,所有跟倒墙案有牵涉的人都可以松一口气了。"

马力把身体往椅背上一靠:"也不排除这种可能。无论如何,先调查一下再说吧!"

第十九章　定时邮件

毛乂宁回到自己的办公桌前,旁边的同事李毕凑过来:"哎,毛哥,刚才有人来找你,我看你在跟队长谈事情,就先安排她到接待室等着,估计已经等了十来分钟了,你过去看看吧。"

"找我?"毛乂宁有点奇怪,起身往走廊对面的接待室走去。推门进去时,看见屋里坐着一个二十多岁的年轻姑娘,身穿白色连衣裙,神情有些忧伤。看见毛乂宁走进来,她立即从沙发上站起身:"您是……毛警官?"

"我就是。"毛乂宁疑惑地打量着她,"你是……"

姑娘说:"我叫窦悦珠,是窦武的女儿。"毛乂宁"哦"了一声:"你是窦武和他前妻的孩子吧?"窦悦珠说:"是的,他们已经离婚好多年了。"

"你找我有事吗?"毛乂宁往沙发上指一指,"你先坐,有什么话坐下来说。"

窦悦珠坐下后说:"我刚刚收到我爸发来的一个电子邮件,他叫我将其中的附件转交给警方。我打听到负责办理我爸案子的人是您,所以就直接过来找您了。"

"你爸刚刚给你发邮件了?"毛乂宁不由得吃了一惊。窦悦珠忙解释说:"是定时邮件,我爸应该是先将邮件写好,然后设定一个发送时间,时间一到邮件就自动发送过来了。"毛乂宁恍然:"哦,我明白了。"

窦悦珠看看他,又将目光低下去,脸上现出拘谨,手在裙摆上揉搓了好久才再次开口:"因为我爸妈离婚了,所以我跟他的关系一直都不太好,直到两三年前……"

两三年前,窦悦珠的母亲做生意失败,窦悦珠还在读大学,母女俩的生活陷入困境,幸好得窦武的接济,母女俩才渡过难关。后来她大学毕业,一时找不到工作，窦武又托人给她在一家电脑科技公司安排了一份工作，她才渐渐改变了对父亲的看法，两人的关系也变得融洽起来。她大学读的是计算机专业，而窦武因为年纪大了，对电脑不熟悉，可有时候办公又不得不用电脑，所以就经常向她请教，像上网啊、发邮件之类的，这些简单的电脑知识都是她教的。

就在前天下午，窦武突然打电话问她，现在的电子邮件是不是可以先保存在邮箱里，设定一个时间，等到了那个时间不用人工操作也可以自动发送出去。窦悦珠说是有这个功能，而且在那个时间之前如果不想发送邮件，也可以重新设定时间，或者干脆删除邮件。窦武好像很感兴趣，窦悦珠就在电话里教他学会了怎么发送定时邮件。她原本以为老爸是工作需要才学这个功能的，当时也没放在心上，第二天竟得知他跳楼自杀的消息，感到十分意外，也很伤心，毕竟他是自己的亲生父亲。

谁知今天下午她突然收到老爸发来的电子邮件，打开一看，发现了一封定时邮件。窦武在邮件里说：珠珠，当你收到这封定时邮件时，说明爸爸已经出事了，邮件里有一个视频文件，本来我复制了一份放在 U 盘里交给你苏婷阿姨，让她交给警察，如果她完成了这个任务，此封邮件请你直接删除，如果她没有把 U 盘交到警方手里，就请你将邮件里的这个视频直接拿去交给警察。

毛义宁感到有些意外，想不到窦武外表看起来像个粗人，行事却如此有心计，早就料到苏婷手里的 U 盘可能会被人拦截，所以多留了一个后手。他问："他发给你的是什么视频？"窦悦珠道："视频的内容我还没有看，因为我爸让我交给警方，我怕里面会涉及什么秘密，所以觉得还是等警察在场时看比较稳妥一点。"

"你做得很好。"毛义宁立即让邓钊拿了一台笔记本电脑进来，窦悦珠熟练地登录自己的邮箱，打开其中一个邮件。屏幕上弹出的是窦武坐在自己书房里的画面，背后那塞满精装书的大书柜尤其醒目。视频应该是他自己用手机拍摄的，虽然不是高清镜头，但还是看得特别清楚。

"警察同志，如果你们看到这个视频，说明我已经死了，至少是已经出事了，"窦武对着镜头，表情显得有些张皇，"在这里我想郑重地告诉你们，如果我出了什么事，凶手一定是大铭集团的董事长雷大铭，就算不是他亲手干的,也一定是他指挥手下那帮黑社会的人干的。"他在视频里,向警方详细讲述了事情的来龙去脉。

大约十几年前窦武还只是一个挖土车司机的时候,他就已经跟着雷大铭打江山了,那时候的雷大铭,也还只是一个小小的包工头。而将他的命运与雷大铭彻底捆绑在一起的那件事情发生在十五年前。

那时候雷大铭通过他舅舅,时任光明高中校长的孔伟德的一番暗箱操作,让既没有任何工程建筑经验也没有任何资质的雷大铭,在光明高中操场改扩建工程招投标中顺利中标。雷大铭立即拉上他,又召集一些农民工,临时成立一个施工队,还让窦武当上了队长,然后马上进场热火朝天地开工了。为了将尽可能多的工程承包款装进自己的口袋,雷大铭让窦武使用最便宜当然也是质量最差的建筑材料,甚至就连操场底下铺设的下水道也直接沿用了旧的下水道管网。

如此偷工减料、敷衍了事,做出来的活必定质量堪忧。学校后山通往操场的一条便道的防护坡,砌好没几天就被一场大雨淋垮,石头从山头滚落,差点闹出人命。而且雷大铭与孔伟德相互勾结,多次改动承包款金额,本来总承包价格是二百四十万元,可是工程还没有做完,雷大铭就已经向学校要走了三百多万。当然,这一切都没有逃过工程质量监督员许敬元的火眼金睛,他多次找到孔校长和雷大铭交涉,并向上级部门反映情况,要求立即整改,最好是将整个工程推翻重做。但是都被能量巨大的孔校长只手遮天给压了下去。

那年寒假的一天,教育局副局长到学校检查工作,说他们接到了一封举报信,反映操场翻新工程是一个豆腐渣工程。那封举报信原件后来被窦武也看到过,是一封实名举报信,落款写的是许敬元的名字。副局长很生气,责成孔校长抓紧时间处理好这个事情。也就是从这个时候开始,孔伟德和雷大铭对这个屡次破坏自己好事的许老师动了杀心。

当天晚上,许敬元留在学校陪教育局的领导吃饭,席间喝了几杯酒,有了些醉意,雷大铭授意窦武将他搀扶到工程指挥部休息。后来可能是怕许敬元中途清醒过来,孔伟德又拿了些迷魂药放在茶里,让许敬元喝下去——孔伟德的办公室抽屉里有一些迷魂药,据说是为了迷奸女学生时用的。

"当然,这只是'据说',是否属实,我并不知道。"窦武在视频里对这个"据说"做出了解释。

"等教育局的领导吃完饭开车离去，孔校长也借故走了，雷大铭就带着我来到工程指挥部，递给我一把铁锤，叫我锤死正昏睡在沙发上的许敬元！"窦武在视频里说，"当时我有些害怕，但毕竟雷大铭是我老板，如果不听他的，后果会很严重，我犹豫再三，在雷大铭的催促声中，还是提起锤子在许敬元头上用力砸了一下。许敬元被砸得头破血流，痛叫着惊醒过来，一边大叫救命，一边挣扎着逃向门口。雷大铭大声命令我快杀了他！但是我呆站在那里，两腿抖得厉害，怎么也迈不开步子。雷大铭只好从我手里夺过铁锤，追上几步，在许敬元后脑勺上连砸三下。许敬元很快就扑倒在地，鲜血流得到处都是，连白色的脑浆都溅出来了。雷大铭以为他已经死了，自己也泄了狠劲，扔下铁锤瘫坐在地上。谁知这时候许敬元又趴在地上抽搐了几下，雷大铭怕他再活过来，他自己已经没有力气拿铁锤，就叫我再去砸许敬元。事情已经到了这个地步，我也没有退路，只好拾起地上的铁锤硬着头皮走上去，对着许敬元的脑袋又狠狠砸了一下，这位许老师才趴在地上彻底不动了。"

确认许敬元死亡后，雷大铭先是将他的皮鞋脱下，然后让窦武马上开动挖土机，准备直接在学校操场上挖个坑将许敬元的尸体埋进去。雷大铭在脱许敬元鞋子时就已经把后面的计划想好了，埋完尸体后，他叫窦武骑着许敬元的摩托车，穿上一件跟许敬元上衣差不多的衣服，将摩托车骑到春水河大堤上，找个没人的地方扔下河堤，同时将许敬元的鞋子丢在水边，造成许老师酒后骑车回家的途中翻下河堤淹死了的假象。

谁知窦武去推摩托车的时候发现车钥匙还在许敬元身上，已经跟他的尸体一起埋掉了，没有钥匙自然没法启动摩托车。好在他还有一辆皮卡车停在学校里，于是就将摩托车直接抬上皮卡车，用一块帆布盖上，拉到河堤边扔掉。当他在河边芦苇丛里扔下摩托车时，却发现不远的菜地里有人，他不知道这个人有没有听到他扔摩托车的响动，就悄悄走近一些，发现并无异常。正要掉头离去之际，忽然认出那名少女是许敬元的学生，便又临时给死去的许敬元添了一条强奸的无妄罪名。

做完这一切，再回到学校，雷大铭已经将杀人现场清洗得干干净净，完全看不出任何痕迹。两人又商量好下一步对策才离开学校。第二天一早，雷大铭就让施工队进场紧急施工，夯实泥土，浇注水泥，铺上跑道，将许敬元的尸体彻底深埋在了学校操场里。

后来的事情，果然按照他们预想的方向发展。派出所认为许敬元是强奸未遂，淹死在了河里，尸体被河水冲到下游找不到了。正在两人松下一口气，以为计谋得逞可以高枕无忧之际，许敬元的女儿许雯雯忽然找到学校，说是在工程指挥部里发现了血迹，怀疑她爸已经在学校遇害，还叫来刑警勘查现场，取走了两份血样，他们这才知道原来在被办公桌挡住的墙壁上还残存两点血迹。

雷大铭和窦武差点吓个半死，如果警察顺着血迹继续查下去，他们就完蛋了。最后雷大铭去求他舅舅帮忙。他们俩做过什么，孔伟德自然心知肚明，在这位孔校长的帮助下，通过刑警大队的熟人，总算把案子压了下去。

但是没过多久，许雯雯不知通过什么途径拿到了警方手里的另一个血样，并且私自去找其他司法鉴定机构做 DNA 鉴定。一旦证实墙壁上的血迹是许敬元留下的，那孔伟德关系再硬，也阻挡不了刑警大队正式立案调查，所以他们俩又慌了。雷大铭让窦武带人跟踪许雯雯，就算她真的完成了 DNA 鉴定，也一定要想办法把最后的鉴定报告抢回来，绝不给她任何翻案的机会。

于是在雷大铭的授意下，窦武直接将许雯雯掳走，不料化验报告被她提前藏起来，没有带在身上。他们将许雯雯抓回光明市，百般折磨，逼她交出化验报告，谁知这女孩最后被他们折磨疯了也没有让他们得逞。虽然没有拿到化验报告，但这个化验结果也没有出现在警方那里。他们提心吊胆过了一段时间，见一切风平浪静，也就渐渐放下心来。

雷大铭不但在光明高中操场翻新工程中挖到第一桶金，而且借着他舅舅孔伟德的关系，后来又赚了不少钱，还正式成立了自己的公司。后来孔伟德调到教育局做副局长，舅舅与外甥联手，几乎承包了全市教育系统所有大大小小的建设工程，雷大铭成立了自己的企业集团，以房地产为主业，同时辐射休闲娱乐、民办教育、高新科技等热门行业，生意做得风生水起。窦武跟着他鞍前马后效力这么多年，早已成为他的心腹干将，雷大铭也没有亏待他，提拔他做了集团旗下的建筑公司老总，手底下管着好几百号人。

而当年联手杀人的黑暗历史，也成为两人心中尘封的秘密，再也没有向任何人提起过。

　　十五年时间过去，原本以为这个秘密就像许敬元的尸体一样，就此烂在了深深的泥土里，谁知窦武在夜总会按摩时，发现一个叫红缨的技师打听自己。当他认出红缨竟然就是唐缨时，瞬间慌了神。他手足无措地打电话向雷大铭请示，雷大铭说干脆一不做二不休，连唐缨也一块儿做了，要不然再让她调查下去，事情会发展到不可收拾的地步。窦武虽然心里不大愿意，但也知道这确实是目前最稳妥的办法，而且既然雷大铭下了命令，他就算不愿意，也不得不硬着头皮去完成。

　　他一路跟踪唐缨回到兴和里的出租屋，在浴室里杀死了她。下楼离开的时候，正好看见有一个骑摩托车的年轻人进入唐缨家里，于是就打电话报警，诬陷这个年轻人是杀人凶手，看到这个年轻人被警方当凶手抓走，他松了口气，谁知很快又打听到这个人在刑警大队没关多久就洗脱嫌疑被放出来，而且他还知道了这个年轻人居然是许敬元的儿子，正在跟唐缨联手调查十五年前他父亲出事的真相。

　　这对他来说无异于是一个晴天霹雳，他立即跑去公司向雷大铭当面请示下一步该怎么办，雷大铭觉得既然许星阳和唐缨已经联手调查到窦武的头上，显然离当年的真相不远了。虽然唐缨死了，但如果任许星阳调查下去，对他们来说也是一个大麻烦。窦武以为老板又想要他去杀许星阳，顿时面露难色，谁知雷大铭却说事情发展到这个地步，已经不是光去杀人就能解决的了，杀的人越多，露出的马脚就会越多，他们暴露的可能性就越大，这个时候最一劳永逸的办法，就是让警方把这个案子给破了。

　　雷大铭说到这里的时候，目光朝着窦武直射过来，窦武心里一惊，雷大铭虽然没有明说，但他已经明白老板的想法，老板是想找一个人去警方那里自首，承担下当年许敬元命案的所有罪责，这样警方破了案，抓到了人，就不会再调查下去，他雷大铭也就可以永葆安全。而谁是那个最适合去向警方顶罪的人，他心里比谁都清楚，只能是他窦武。他明白雷董这是想弃卒保车，心里暗骂一声忘恩负义的王八蛋，假装没有听明白他的暗示，一边说现在事情还没有到最糟糕的地步，咱们再想想办法，一边掏出手机假装接电话，离开了雷大铭的办公室。

　　谁知就在他开车从公司回家的路上，一辆闯红灯的本田小车直接向他撞过来，如果不是他避让得快，肯定当场车毁人亡。就在两车交错的那一刹那，他看清楚了对方车里的驾驶员，竟然有些眼熟，虽然叫不出名字，但知道他是雷大铭身边的人。雷大铭黑白两道的生意都做，除了大铭集团的员工，手底下还暗中养着一帮黑道混混，这个开本田小车的年轻人，就是他那些见不得光的手下中的一个小头目。

　　他瞬间明白了什么，雷大铭要么是在向他示威，要么是想真的做了他，然后再把当年杀死许敬元的罪名都推到他身上。他的心彻底寒了，想不到自己跟随雷大铭那么久，现在他为了自保竟然说翻脸就翻脸，完全不顾这么多年交情，这是要将他往绝路上逼啊！

　　回到家后，他左思右想，觉得雷大铭这个人一向心狠手辣，为达目的不择手段，什么事情都做得出来，自己虽然没有答应，但他一定会想尽办法逼自己站出来为他顶罪。他思来想去，最后还是决定给自己留一条后路，提前用手机录下这个视频，将当年的真相全部交代清楚，万一自己遭遇什么不测，也要跟姓雷的闹个鱼死网破……

　　看完这段视频，毛乂宁叹了口气，看来窦武的预感还是很灵验的，他录完视频没多久就坠楼身亡，现在看来，这自然是雷大铭暗中操纵的结果，甚至连窦武交给妻子的U盘都被雷大铭派出的假警察拿走了。幸好窦武粗中有细，多留了一个心眼，事先发送给女儿一封定时邮件，揭露真相的视频文件才得以呈现在警方面前。

　　"这个视频对警方来说很有帮助，"他对窦悦珠说，"其实我一直怀疑你爸不是跳楼自杀，现在看来，确实是有人在幕后操纵。警方会对视频里提及的线索深入调查，跟这个视频有关的事情你暂时不要对任何人提起，包括你妈妈，要不然一旦消息走漏，我担心你们母女俩会有危险。明白吗？"窦悦珠也意识到事情的严重性，点头说："好的，我明白！"

　　送走窦悦珠后，毛乂宁立即来到队长办公室，将窦武生前拍的视频播放给马力看。

　　"老毛，想不到还真被你找到证据了！"马力看完后，忍不住兴奋地站起身，在毛乂宁肩膀上打了一拳。

　　毛乂宁不好意思地笑了："这个其实也不算是我找到的，是窦武的女儿刚刚送到刑警大队来的。"

"那也必须算你的功劳,如果没有你当初的坚持,我很可能就把许敬元和唐缨之死的罪责都算到窦武头上,然后以凶手畏罪自杀的结论草草结案了。"

"如果你那样做,就正好中了雷大铭的圈套。"

"是的,从现在的情况来看,窦武的预感还是很准确的,他应该录完视频不久就遭到了胁迫,所以不得不将许敬元和唐缨两桩命案一律承担下来。估计他打电话自首的时候,雷大铭就在他身边监视着他说的每一句话。"马力在办公室踱着步子说,"只是我不太明白,雷大铭到底是通过什么手段胁迫窦武。法医老姜也说了窦武身上只有坠楼时留下的伤痕,除此之外并无其他明显外伤,由此可见他生前没有受到雷大铭的武力威胁。"

毛乂宁想了一下说:"我曾听窦武的妻子苏婷说过,她丈夫非常疼爱儿子小斌,而窦武出事的那天小斌正好因为感冒没有去上幼儿园,一大早就被雷大铭接去家里跟自己的小儿子玩耍去了。我想问题应该就是出在孩子身上。雷大铭应该是拿小斌来要挟窦武,虽然窦武也算得上是亡命之徒,但儿子小斌却是他的软肋,雷大铭正是拿住他这个软肋,才能逼迫他不得不听命行事的。"

马力将两只手撑在办公桌上,顺着他的思路往下说:"窦武自首后肯定会被警方逮捕,万一他在审讯过程中突然反咬雷大铭一口,案情就会出现反转,对雷大铭极为不利。所以雷大铭绝不能让窦武落到警方手里,便在窦武承担下一切罪责后,安排两名手下男扮女装,胁迫窦武登上银泰商厦天台。我看天台上的脚印十分零乱,估计窦武应该挣扎过一番,但他终究不是那两名大汉的对手,被活生生推下天台,当场摔死。"

以雷大铭对窦武的了解,知道他很可能留有后手,所以派人冒充警察从他老婆苏婷那里骗走了存有重要线索的 U 盘。雷大铭这才放下心来,觉得经过此番精心谋划,已经将所有责任都推到窦武头上,今后再也不会有任何人能抓住他的把柄。

但让雷大铭万万没有想到的是,窦武又给自己留了一个后手。他给女儿的定时邮件,最终还是让指证雷大铭的视频进入了警方的侦查视野。

"马队,现在咱们是不是该有进一步行动了?"毛乂宁道,"有窦武的这个视频做证,我觉得是时候动一动这个大铭集团的雷董事长了。"

马力点点头:"英雄所见略同。"

"那孔伟德那边呢?从现在掌握的线索来看,这位昔日的孔校长显然跟这个案子也有瓜葛,要不要连他也一块儿给……"

马力低头考虑片刻,摆手道:"我觉得咱们不能操之过急,孔伟德现在已经是教育局副局长,想要调查他,还得局领导批准才行。我看这样吧,先不要惊动孔副局长,等从雷大铭这边找到他当年涉案的确切证据,再一举将他拿下。"

"那也行,咱们一步一步来,反正他也跑不了。"毛乂宁忽然想起了什么,"对了,雷大铭是市里面的政协委员,想要拘传他得先给市政协发个通报函,免得落人口实,说警方办案不讲规矩。"马力说:"行,通报函我来发,你负责走拘传手续。"

"没问题。"毛乂宁立即行动起来。

拿到拘传证后,马力带着毛乂宁师徒,再加上老齐,一行四人立即开着警车赶往大铭集团。被前台小姐询问是否有预约,毛乂宁说:"我们没有预约,但我们有这个。"他把自己的警官证和拘传证同时摆在桌面上。对方显然没有经历过这种阵仗,脸都吓白了,伸手往楼上指一指:"雷、雷董办公室在顶层,二十四楼。"

四人来到董事长办公室门口,又被两名身着西装,满脸横肉的大汉拦住。毛乂宁向他们出示了警官证,冷着脸道:"警方办案,谁敢阻拦?"两名大汉犯起了犹豫。

就在这时,后面办公室的门打开了,一个声音从屋里传出来:"让他们进来!"两名大汉后退一步,让出一条道。

马力领着大家走进办公室,屋里站着一个身穿唐装,身形矮胖的中年男人,背着双手,脸肉下垂,浑身上下透着一种无形的杀气。大家虽然跟雷大铭不相熟,但也在新闻媒体上见过这位名震光明市的大企业家,识得此人正是雷大铭。

雷大铭显然已经接到前台小姐打上来的电话,知道有警察上门找他,倒也不感觉意外,一脸谦卑地跟他们一一握手:"鄙人雷大铭,不知诸位警官大驾光临,未曾远迎,抱歉抱歉!"请他们在沙发上坐下后,又亲自动手给他们冲泡工夫茶。直到大家端起杯子喝茶,他才不急不缓地问:"不知诸位警官找雷某所为何事?"

毛乂宁说:"咱们是为窦武被杀案来的。"雷大铭眉头一挑:"窦武被杀案?坊间传闻,他不是畏罪自杀吗?怎么,这么简单的案子,你们警方还没有调查清楚?"毛乂宁道:"现在已经调查到他不是跳楼自杀,而是有人将他从银泰商厦天台强行推下活活摔死。"

"是吗,竟然有这样的事?"雷大铭一拍沙发扶手,"是谁干的?居然有人敢动我雷大铭的兄弟,我一定不会放过他!"

马力道:"从警方掌握的线索来看,将他推下楼摔死的凶手是两名假扮女人的年轻男子,但他俩很可能是受人指使,幕后一定还隐藏着真凶。"

"居然这么复杂?"雷大铭喝口茶,咂咂嘴巴,"您说的这个真凶是谁?"

"你觉得会是谁呢?"

"这我哪知道。"

马力盯着雷大铭的眼睛,一字一顿地说:"我觉得是你!"

雷大铭仰天打个哈哈:"警官,您可真会开玩笑,谁都有可能是杀害窦武的真正凶手,唯独我最不可能。你去打听打听,谁不知道窦武已经追随我十多年,在公司是元老级人物,论工作他是我的左膀右臂,论交情他是我好兄弟,我怎么可能会杀他?"

"原因很简单。"毛乂宁一边喝着雷大铭冲泡的工夫茶,一边盯着他说,"你担心杀许敬元的罪行败露,急需一个人顶罪,窦武是最佳人选。可窦武即便再忠心但也不蠢,你只好拿他儿子小斌相要挟,逼他扛下一切罪责。又派人把他推下天台,杀人灭口,这样一来便死无对证,警方只能以窦武畏罪自尽来结案。"

"这、这完全是诬陷我,小心我去法院告你们。"雷大铭唰地变了脸色。

毛乂宁瞧着他说:"看来你是不到黄河心不死,小钊,把视频放给他看看。"邓钊拿出电脑,放在雷大铭前面的茶几上。屏幕上刚一跳出窦武的镜头,雷大铭手一抖,一杯滚烫的热茶就洒出来烫到他手背,他竟然没有感觉到痛:"你们怎么会有这个视频?"

马力说:"你不要以为天底下只有你最聪明,你觉得从窦武的妻子手里拿走那个U盘就万事大吉了吗?告诉你,窦武也早已料到你会使出这么卑鄙的手段,所以将视频另外做了备份。相信这个视频你早已看过了,现在你还要狡辩自己跟窦武之死,跟许敬元失踪案,还有唐缨浴室被害案,没有任何关系吗?"

"你们这是什么意思?凭这么一个不知真假的视频,就想定我的罪吗?"雷大铭喝了口茶,很快冷静下来,"明眼人一看就知道,窦武这是在故意诬陷我。最近公司查出他贪污工程款,用最劣质的建筑材料修建学校围墙,导致大雨天围墙倒塌砸死路人,现在公司正在调查他,他前几天还跑来求我放过他,我坚决不同意,说这事已经严重影响公司声誉,性质恶劣,决不姑息,一定要严查到底。于是他就跟我反目成仇,在家里录了这个视频想报复我。哪知他畏罪自杀了。他死了倒是一了百了,可留下的这个视频让我跳进黄河也洗不清。警察同志,你们可不能被他骗了。他在视频里所说的每一句话都没有实证,你们千万不要相信他。"

"如果你没有看过这个视频,怎么我刚一打开,你就知道窦武说了些什么?而且还知道他故意诬陷你?"邓钊很快就抓住他露出的马脚,"如果你已经看过视频,那就等于承认派人假冒警察骗走U盘的人是你!"

"我……"雷大铭一时语塞,说不出话来。

马力乘胜追击:"窦武已经在视频里说了,十五年前你们锤杀许敬元后,将他的尸体埋在了学校操场侧柏树西南方向十来米远的地方。现在警方已经带着三台挖掘机去了光明高中,相信很快就能挖出许敬元的尸骸。现在的法医技术先进到了什么程度想必你也知道,只要找到许老师的尸骸,当年案件的许多细节就可以被真实还原出来。如果你真的涉案,我敢保证,警方绝对不会放过你!当然,如果窦武真的是在诬陷你,我们也一定会调查清楚,还你一个清白。"

"雷董,要不咱们一起去光明高中看看吧!"毛乂宁站起身,拍拍雷大铭的肩膀。雷大铭肉嘟嘟的脸上冒出了油腻腻的汗珠:"那个……我公司还有事,就不过去了……"

马力使个眼色,邓钊和老齐上前把雷大铭夹在中间。老齐一脸凶相:"雷董,你就配合一下工作,陪着去一趟吧,或者我直接把你铐过去也行。"

雷大铭装出无可奈何的样子:"那好吧,我绝对配合你们警方的工作,我去,我去!"在四名警察的包围下,他只好乖乖地从公司出来,被邓钊和老齐推上了警车。

第二十章　操场掘尸

毛乂宁一行人来到光明高中,已经是傍晚时分,这时候李毕已经将三台挖掘机开进学校,却被学校女校长梁芳华拦住,说随便挖开操场是对学校的破坏,她坚决不能同意。马力上前交涉道:"现在警方怀疑你们学校十五年前失踪的教师许敬元当时已经被人杀害,尸体就埋在操场下面。如果你不同意挖开操场,这个案子没有办法侦破,凶手就会逍遥法外,你也不希望你们学校十五年前失踪的老师一直含冤不白,躺在学校操场底下,而学校的学生还每天都在踏着他的尸体从操场上经过吧?"

梁校长好像被他吓到了,试图搬出大领导挽回局面:"我刚刚接到教育局孔副局长的电话,他说这个操场是他当年在这里当校长时建的,这么多年来,一直是学校,甚至是整个光明市教育界的一个'脸面'工程,曾在这里多次举行过校庆、市庆、艺术节等大型活动,光明高中之所以能成功申报为省重点中学,这个操场也占据不少分数比重,绝不能因为警方几句话就挖得乱七八糟。挖开操场事小,要是因此破坏了学校的整体结构,破坏了整个光明市教育界的形象,那可就是大事,这个责任由谁来负?"

马力掏出手机递给她:"孔副局长电话是多少?马上给他打电话。"梁校长接过手机,按了一串号码。电话接通后,马力语气坚定地要求挖操场,末了还补上一句:"等挖出尸体后,我一定将操场原样恢复。请孔局理解,也希望您能同意。"

"这个操场是我当年在光明高中当校长时建的,如果真的从操场下面挖出点什么,我得负领导责任,"孔副局长在电话那头犹豫一下,"要不这样吧,你们先等一等,我马上赶过来,有什么事等我到了再说。"

挂断电话后,他将孔副局长的话向大家转述一遍,雷大铭听说舅舅要过来,暗暗松下一口气。

没过多久,一辆黑色轿车开进学校,孔副局长拎着一个黑色皮包从车里走出来:"到底是怎么回事?"他面带不悦地问迎在最前面的梁校长。梁校长解释说:"这几位警官说学校操场下面埋着人,非得把操场挖开。您看现在学校还有学生在上课,这好好的操场一旦被挖开,再回填修整,可是个大工程。我怕影响学生上课,所以一直没有同意。"

"警察同志,真的必须挖开操场吗?"他上前跟马力和毛乂宁握一下手,"还有别的办法吗?"

毛乂宁说:"孔局,想必您还记得十五年前许敬元老师失踪的事情吧?"

孔伟德点头说:"当然记得,那时我还在这里当校长,许老师失踪后,我还组织学校的老师四处寻找,可惜一直没有找到他的下落。"

毛乂宁道:"现在警方怀疑他当年并不是失踪,而是被雷大铭和窦武合谋杀害,尸体就埋在这个操场下面。孔局,您忍心看到许老师冤死在操场底下,永远见不到天日吗?"为了不打草惊蛇,他故意把许敬元命案的真凶锁定在雷大铭和窦武身上,并没有把孔伟德牵扯进来。

"什么?竟然跟雷大铭和窦武有关?"孔伟德显得有些吃惊,"这、这怎么可能?你们是不是搞错了?"

"是不是搞错了,等把许敬元的尸体挖出来就知道了。"

"既然这样,那我也不好再阻止你们。"孔伟德朝操场上看一下,"这个学校操场是我一手建起来的,我对这里的一草一木都怀有深厚的感情,如果能不挖就尽量不要挖开。但你们要是觉得有这个必要,挖开操场是侦破这个案子的关键,那我当然支持警方办案。行,我来做这个主,你们挖吧,如果真的能找到许老师,也算了了我一桩心事,如果什么都没有挖到,大不了再把操场翻新一遍!"说到最后,他很有气势地用力挥一下手。

"舅……孔局,千万不能让他们挖……"雷大铭为了避嫌,本来站得远远的,这时听到他竟然同意警方挖开操场,顿时急了,跑到他身边,一个劲地朝他使眼色。孔伟德只当没看见,挥挥手叫梁校长站到一边,让后面的挖掘机开进来。

但是操场有上万平方米,到底从哪里挖起,却让警方犯难了。据窦武在视频里说,当年他们把许敬元的尸体埋在了操场那棵侧柏树西南方向十多米开外的地方，可是现在学校操场上的树都被砍光，根本找不出什么侧柏树的影子。问了梁校长，她刚到学校工作不到一年，完全不知道学校操场以前还种过侧柏。

毛乂宁只好找来学校一位老校工问情况，老校工倒是记得很清楚，他将毛乂宁带到操场东北角的一个位置。毛乂宁见那里只是一个下水道口，并无其他参照物，难免怀疑这老头的记忆力："您确定吗？"

老校工点头说："我当然确定，我来学校当勤杂工已经将近二十年，对这学校的一草一木，没有人比我更熟悉。那棵侧柏树就是长在这个位置，因为用侧柏叶泡水洗头可以治脱发，所以我经常在树上撸一把叶子拿回家去煮水洗头，你别说，还真有效果呢，您看我已经快六十了，头发还跟年轻人一样密……"

"侧柏树是什么时候砍掉的？"毛乂宁皱皱眉头，打断他的话问。老校工回忆一下，说："大约六七年前吧，那次下大雨，操场下水道排水不畅通，整个学校淹了差不多半米深，学生都没法进校上课，给学校造成了很大麻烦。其实学校也不是第一次被雨水淹了，后来学校就砍掉了一些树木，在原来长树的地方重新安装下水道管，这样既不破坏操场现有跑道，又利于施工。"他说到这里，又朝四周看看，最后坚定地跺一跺脚："全校只有一棵侧柏，就在这个位置，错不了！"

毛乂宁点头说："行。"用白粉在他脚下画个圈，标定位置，然后往西南方向走出十几米，如果窦武在视频里说得没错，那么许敬元的埋尸位置大致就在这一片了。他又用白粉在地上画了一个十多平方米大小的圆圈，然后向马力报告说："马队，应该就在这个范围内了。"

马力挥一挥手，三台挖掘机轰鸣着开过来，以白粉圈出的位置为中心向下深挖。

这时已经是晚上，现场架起的几盏大灯照得挖掘机周围几十米远的范围内亮如白昼。学生早已放学回家，但警方在学校操场挖掘尸体的消息很快传出去，校园护栏外面陆续围起看热闹的人。毛乂宁电话通知了许星阳，许星阳带着母亲周小艺也赶过来，他们被保安放进校内，看见毛乂宁站在几名警员之间，赶紧上前询问："毛警官，我爸真的埋在了这里吗？"

毛乂宁点头说："从调查的情况来看，基本可以确认了，要不然我也不会叫你们过来。你们先在旁边看着，有什么需要家属配合的，我再叫你。"

三台挖掘机伸着三条巨大的机械手臂，在白粉圈里十几平方米的范围内不停地挖着，塑胶跑道和水泥地面很快被挖开一个大口子，下面潮湿的泥土被挖斗一下一下掏出来，堆放在旁边的空地上。没过多久，地下就被挖出一个数米深的大坑，但是并没有发现泥土中掺杂任何疑似人体骨头的东西。

梁校长在旁边拉着马力说："马队长，你看这什么都没有挖到，是不是可以停手了？再挖下去，整个操场都要被挖塌了。"

马力显然也有些犹豫，转头看向毛乂宁。毛乂宁没有任何放弃的意思："马队，我相信我们的判断没有错，尸体肯定就埋在这下面，只是时间久远，窦武交代的也只是一个大致方位，很难一下子就找到埋尸的准确位置。我建议再扩大范围挖掘，实在不行，就把这半边操场都挖开。"

马力点头说："行，就照你说的办。"毛乂宁于是用白粉在原来的圈子外面画了一个更大的圈，然后让三台挖掘机继续向周边挖掘。夜已经深了，趴在护栏上的围观群众却越来越多，一些年轻人举着手机一边拍照一边发朋友圈，没过半个小时，警察在光明高中操场挖掘尸体的消息就已经传遍整个光明市人的朋友圈，更多围观者像赶集似的朝学校拥来，门口的保安员见阻拦不了，索性不管了，自己也朝操场那边看起了热闹。

操场上虽然亮着大灯，但毛乂宁还是怕错过一些细微的线索，手里拿着警用强光手电筒，不住地往挖掘机的挖斗内照着，挖掘机翻出的每一斗泥土，他都要检查一遍。三台挖掘机又轰鸣着工作了半个多小时，他忽然看见手电筒照着的地方似乎有什么东西在反射着白光，急忙叫一声："停！"跑过去用手电筒仔细照一下，很明显，那是一段白色的骨头。

旁边的群众也都发现了，现场顿时炸开了锅。"人骨头，人骨头，"有人兴奋地叫起来，"一定是人骨头！"几个正拿着自拍杆进行现场直播的年轻人，一边往前边挤，一边看热闹不嫌事大地冲着自己的手机镜头大声嚷道："光明高中操场挖出尸体……天哪，我还在这里读了三年高中，每天都从尸体上面走过，想想都怕……"

现场群众群情激愤，马力和毛乂宁振奋起来，只有雷大铭面如死灰，周身冒着冷汗，趁着旁边没有人注意，缩着脖子想往后面溜走，却被邓钊一把揪住:"都这个时候了,你还想跑吗?"雷大铭浑身像筛糠似的颤抖着,差点站立不住瘫软在地。

毛乂宁朝着挖掘机司机打手势:"继续挖,小心一点,慢慢来!"马力则给法医姜一尺打电话,让他赶紧到现场来。挖掘机又深挖几下,更多类似零散骨头之类的东西陆续从挖出的泥土里滚落下来。周小艺流着眼泪,浑身颤抖,认定这就是丈夫的尸骨,几次想要扑到挖掘机前,却被许星阳拉住。他安慰母亲:"妈,您别激动,警察会知道怎么做的,咱们不要干扰他们办案子!"

没过多久,姜一尺带着助手赶到现场,戴上手套和口罩跳进泥土堆里,将挖掘机翻出的白骨捡拾起来看看,冲着马队摇摇头:"马队,这个不像是人骨。"马力和毛乂宁都大感意外:"不是人骨?那是什么?"

老姜没有答话,蹲在地上将泥土里的白骨一一拣出,然后在地上摆弄着这些零零碎碎的骨头,没过多时,就在地上拼凑出一个动物的图案。马力一看:"这、这是一条狗?"老姜说:"应该是的。"毛乂宁脸上现出一副打死也不相信的表情:"老姜,你是不是搞错了,明明埋在这里的是一个人,怎么会挖出狗骨头?"

"你这是在怀疑我的智商,还是怀疑我的专业能力?"老姜瞪着他说,"难道我姜一尺干了一辈子法医,连狗骨头和人骨头都区分不了吗?"毛乂宁有点尴尬:"我不是怀疑你的专业能力,只是……"话音未落,挖掘机的挖斗里又突然滚落下来一个骷髅头,惹得旁边群众都惊呼起来,等那个骷髅头在地上停止翻滚之后,大家才看清楚,原来是一个狗头。

老姜将狗头骷髅拾起,摆放在刚刚拼出的骨架前,一个完整的狗的骨骼图案呈现出来。他看着地上的骨头说:"这应该是一条成年大狗,从白骨化程度来看,至少已经死亡十年,而且这只狗的一条后腿上有陈旧性的裂痕,估计是在成长过程中被打折过腿,所以活着的时候腿就瘸了。"

"哎哟,您这一说,我还真想起来了,这不就是我家的黑子吗?"旁边的老校工一拍大腿道,"大约十七八年前吧,我在街上遇见一条流浪狗,它的一条后腿被人打断,走起路来一瘸一拐,因为我当时丢了一个肉包子给它吃,它就认准了我,一直跟着我回到家里,怎么赶都赶不走,我见它可怜,就收养了它。它浑身黑毛,我就给它起了个名字叫黑子。我家离学校不太远,所以我来上班的时候,它也常常跑到学校来溜达,有时候还会进到食堂里捡骨头吃。后来有一天,它突然不见了,我还以为是被人偷走了,可惜了好一阵子。想不到原来是被人埋在了这里。"

"这真的是您家的狗?"毛乂宁有点不相信地看着他。老校工说:"如果它真的是一条瘸腿狗,那肯定是我家黑子了。"毛乂宁道:"您再好好想想,黑子大概是什么时候失踪的?"老校工想了一下说:"大约是我收养它两三年之后,它就不见了吧。"毛乂宁皱眉问:"能再具体一点吗?"老校工说:"这个真不太记得了。"

毛乂宁又走到挖出的泥坑边看看,将近两三米深,面积超过四五十平方米的泥坑,像一只巨大的死亡之眼正在凝视着他。他还是有些不甘心,又让挖掘机向周边扩大范围挖了一圈,却再没挖出任何可疑的东西。这时已经将近凌晨一点,周围群众见没有挖出传说中的尸体,也都兴致索然渐渐散去,最后只剩下许星阳还陪着他妈妈守在现场。

挖掘机司机停下来问:"还要继续挖吗?"马力见毛乂宁不说话,知道他也已经心灰意冷,就摇头说:"算了,不挖了,你们先撤回去吧。"然后又跟李毕说:"你明天联系一下施工队,把挖坏的操场重新修整好,费用由咱们出。"

这时的雷大铭像是被打了鸡血似的,又重新活过来了,满面红光,一摇三摆地走到马力面前:"马队,所谓专业人做专业事,操场的修复工作还是交给我公司来做吧。"

"谢谢,这点小事就不用劳烦雷董了。"马力摇着头说。

"您放心,我不收刑警大队的钱,就当是我做善事了。"

毛乂宁冷声道:"咱们不是怕花钱,是怕雷董再做出一个豆腐渣工程,那就麻烦了。"

"你……"雷大铭当即变了脸色,但很快哈哈一笑,"既然这样那就算了,诸位警官,我早就说了窦武是在诬陷我,他说的话没有一句是真的,这下你们总该相信我了吧?怎么样,我可以走了吗?"毛乂宁狠狠瞪他一眼,见他一副得意扬扬的表情,真恨不得冲上去一拳把他的脸打开花,但最后还是把紧握的拳头松下来:"既然这样,那你走吧,不过咱们今天抓不了你,并不代表下一次你还有这么幸运!"

"哈哈，毛警官，你也太小瞧我雷某人了，我能有今天的成功，靠的不是幸运，而是实力！"雷大铭朝他们挥一挥手，说声"拜拜"，甩手甩脚扬长而去。

"孔局，梁校长，实在不好意思，给学校方面添麻烦了。"马力连声向孔伟德和梁芳华道歉，"你们放心，操场虽然挖坏了，但我们一定会负责修整好。"孔伟德倒也没说什么，背着双手"嗯"了一声，就开车离开了学校，只是梁校长说话就不那么好听了："马队长，我看这个大坑还是先不要回填，我怕你们警方哪天又跑来说操场下面还埋着什么不干净的东西，到时候再挖开检查就麻烦了。反正都已经挖到这个地步，不如索性一次全部挖开，彻底检查一遍，你们也好放心嘛！"

马力听出她话中的嘲讽之意，警方摆出这么大阵仗，闹出这么大动静，最后从操场里挖出一条狗的尸体，这事无论放在哪里都是一个天大的笑话，也不怪人家这么冷嘲热讽。他尴尬地赔着笑脸："哪里哪里，梁校长言重了，这事到此为止，警方以后也不会来学校折腾了，今晚的事实在是抱歉！"

毛乂宁转过身，想安慰许星阳几句，却见他带着母亲已经默然离去。

等现场只剩下警方几个人的时候，毛乂宁一脸歉意地走向马力："马队，实在对不起，都是我太……"马力朝他摆摆手："这事我也有责任……现在什么都不用说，大家忙了一晚上都已经累了，先回家休息，案子的事情，明天上班再具体分析。"

等到三辆警车相继驶离学校，孔伟德才打亮前车灯，从学校斜对面的小巷里驶出来。雷大铭赫然坐在副驾驶位上。"舅舅，这到底是怎么回事？"他一头雾水地问。

"什么怎么回事？"孔伟德一边开车一边反问。雷大铭说："就是那条狗啊，怎么会从操场里挖出狗骨头来，那里明明埋着……"

"埋着什么？"孔伟德侧过脸来瞪着他。雷大铭被他那犀利的眼神盯得一阵心慌："没、没什么。"

孔伟德又转过头去，看着前方路面："许敬元不会真的是你跟窦武合谋杀死的吧？你们真的把他的尸体埋在操场下了？"雷大铭看见他一脸冷峻的表情，很快反应过来，赶紧摇头："不是不是，当年许敬元的死跟我半毛钱关系都没有，完全是窦武的个人行为，现在窦武也死了，他是畏罪自杀，也跟我没有任何关系。"

孔伟德"嗯"了一声："这就对了，你给我记住，无论警察怎么问你，你都要咬死不认，把所有罪责都推到窦武身上，其他事情由我来搞定。"

"是是，多谢舅舅！"雷大铭看着他的侧脸，眼睛里露出又敬又怕的神色。孔伟德手握方向盘，叹口气说："但凡你们机灵一点也不会弄出这么一个烂摊子，最后还得我出来收拾残局。"

雷大铭小心地问："那下一步该怎么办？"孔伟德没有直接回答他，目视前方思索片刻，忽然问："你那个商业城的开发项目，在安福里那边征地的工作，进行得怎么样了？"

"咳，别说了，都怪窦武这个草包，带人去搞拆迁，遇上了村里的一个钉子户，名叫葛春秋，对了，就是许敬元的老婆周小艺再婚时的老公，他带头抵制，说咱们给的征地补偿金八十万太少，非得要一百五十万，我没同意，双方闹腾起来，窦武居然动手将人家打成脑出血，在医院躺了好久才出来。我怕把事情闹大，征地工作一直还停在那里没有往前推进。"

"他们家的情况我了解，前有两层小楼，后有猪圈和菜地，你们给人家八十万确实少了，明天你亲自去安福里答应他们的要求，他们要多少钱就给多少钱。"

雷大铭急道："那怎么行，关键是他家开了这个口子，后面的村民个个漫天要价，那咱们就亏大了……"

"这块地是我帮你牵线搭桥拿下的。如果成了，你能赚多少个亿你自己心里没有点数吗？还跟一帮村民计较这点小钱干什么！你听我的，明天亲自去跟葛春秋谈，就按他们提出的补偿价格，赶紧把拆迁协议签下来，最好马上让施工队进场拆房挖地，以防夜长梦多。"

雷大铭好像明白过来："舅舅，你的意思是，许敬元的老婆和儿子之所以突然翻出这桩旧案，就是因为想找咱们公司多讹一些钱？"

孔伟德不置可否地从后视镜里看他一眼："总之大铭你听我的不会有错，我绝不会害你！"

雷大铭也从后视镜里看过去，发现孔伟德脸色阴沉，好像是在下一局大棋似的，不禁愣愣地点头："行，我听您的，明天我亲自去一趟安福里！"

孔伟德本来已经止住话头，专心开车，又突然想起了什么，重新开口："实验中学倒墙的事，我已经让他们学校校长出面承担主要责任，先将他撤职，以后再找机会给他重新安排职务。等教育系统内部调查之后，将造成这次重大事故的工程质量问题都推到窦武身上，反正他已经死了，不怕多背上一条罪名，这事暂时不会牵扯到你我身上来，你就放心好了。"

雷大铭连声道："放心放心，有舅舅出马，我哪有什么不放心的。"

"既然放心了，那你就在这里下车吧。"孔伟德在路边停下车说，"被人看见你坐在我车里，影响不好。"雷大铭"哦"了一声，只好打开车门下了车，站在路边眼睁睁看着孔伟德的车屁股后面冒着烟，在深夜的街头开远了。

"喂，小龙，赶紧过来接我！"他站在夜风里，掏出手机给自己的司机打电话……

第二天早上，毛乂宁来到单位上班，看见队里的同事都坐在自己的座位上，没有一个人说话，办公室里的气氛显得有些凝重。他以为大家是在为昨晚的事情感到沮丧，就呵呵一笑说："不就是专案组昨晚打了个败仗吗，用不着像出殡一样都哭丧着脸……"旁边的邓钊叫了声"师父"，朝后面队长办公室努努嘴。

毛乂宁愣了下，急忙收住话头，正好听见队长办公室里传出有人拍桌吵骂的声响："……马力，你现在翅膀硬了，连我的话都不听了是不是？我早就跟你说过，窦武的案子已经很清楚了，是他杀死了许敬元，又为了掩盖罪行杀了唐缨，最近得知警方快要调查到他头上，心里一害怕，就跳楼自杀了，案情清楚明晰，完全可以结案。可是你偏不听我的话，还跑到光明高中去挖人家的操场。现在好了，许敬元的尸体没有挖到，挖出几根狗骨头，警方的脸都被你们丢尽了！还有，现场那么多老百姓围观，人人都用手机拍了照片视频发朋友圈，这事已经在网上闹得沸沸扬扬。最让人伤脑筋的是，今天一早梁校长还有雷董事长打电话到局里来投诉你们，一个说你们滥用职权破坏学校，一个说你们胡乱办案冤枉好人，给他本人及公司带来了不可估量的负面影响。我在电话里低三下四给人家又是赔礼又是道歉，再三承诺以后绝不会出现这样的情况，才勉强把这件事压下去。"

"吴政委，我承认我挖操场的事做得有点草率，"这是马力不卑不亢的声音,"但也绝不是滥用职权胡作非为。窦武的死绝不是畏罪自杀这么简单,现在有太多的疑点都指向了雷大铭。而且窦武也留下视频证据,自曝了当年他和雷大铭合谋杀死许敬元后,将尸体埋在了学校操场里,所以我才下命令去挖操场的。"

"那你挖出什么来了?"说话之间,屋里传出清脆的"啪啪"声,八成是吴锐在用指关节敲击桌子,"结果挖出了几块狗骨头!这说明了什么?这说明窦武在那个视频里说的全都是假话,一个字都不能相信!"

"政委,话不能这么说,"马力说话的声音也明显高起来,"那个视频我仔细研究过,可信度还是很高的,只是这个案子比想象中的要复杂得多,所以才……"

"不是比你们想象中的复杂,而是比你们想象中的简单,不要总把什么事情都往复杂里想,我看这个案子就挺简单的嘛,许敬元和唐缨都是窦武一个人杀的,然后窦武畏罪自杀。你们不是对窦武的死因产生过怀疑吗,但现在证实这种怀疑是错误的,那这个案子完全可以结案了。"

毛乂宁听到这里,暗暗为马力捏了把汗,马队向来唯吴政委马首是瞻,这次面对吴锐的强硬态度,会不会感觉到气短,就此偃旗息鼓了呢?谁知马力硬生生把吴锐的话顶了回去:"吴政委,这个案子不能就这么了结,里面还有很多疑点,必须得查下去!"他说话的声音并不大,但语气十分坚定,因为队长办公室的门是虚掩着的,外面的人听得清清楚楚。

"怎么,现在我在你面前说话不好使了是吗?"

"于公您是政委,于私您是我师父,您的话在我这里当然好使,只是您是政工干部,主要负责政治思想工作,办案业务这一块也不归您管啊。"

吴锐被他呛得半响无声,估计是准备起身走,屋里传出椅子拖动的声音:"行,我已经尽到提醒的义务了,你可别到时候吃了大亏还不自知!"

"谢谢师父提醒,当年许敬元的案子您是怎么办的,我管不着,但是现在这桩旧案既然在我手里翻出来了,只要有任何疑点我都会全力调查,无论涉及谁,刑警大队都会一查到底,绝不包庇,这也是我的办事风格,也请您不要干扰刑警大队正常办案!"

吴锐"哼"了一声,气呼呼摔门而出。从外面大办公室经过时,毛乂宁看到他面色铁青,一脸愠怒的表情,显然是没有料到昔日对自己唯唯诺诺的徒弟马力，居然能有这么硬气的时候。

等到吴锐走出公区办公室，大伙才松下一口气，都一脸同情地看向队长办公室。毛乂宁犹豫一下，还是起身走到马力办公室门口，敲敲门，推门进去说："马队，真对不住，如果不是我昨天鲁莽行事，也不会害得你被吴政委骂一顿。"

"你们都听到了？"马力疑惑地抬起头。毛乂宁说："他把桌子拍得砰砰直响，连骂带吼的，外面能不听见吗？"马力摆摆手："没事，我不是怕他是政委，而是敬他是我师父，所以平时一些不太过分的小事都听他的，大家表面上过得去就算了，但是这次这么大的案子，时间跨度长达十五年，已经连续死了三个人，在光明市影响巨大，全市老百姓都在盯着警察办案，弄不好整个刑警大队的形象都要折在这个事情上，可不能听他胡乱指挥。咱们得坚持办案原则。"

毛乂宁不由得笑起来："马队，说实话我真没想到你居然在吴政委面前还有这么刚的一面。"

"其实不是我刚，而是有你和队里的兄弟在后面撑着我！"马力脸上的表情渐渐变得严肃起来，"本来起初我也以为窦武是畏罪自杀，觉得完全可以结案了，是你后来锲而不舍地调查，让若隐若现的线索浮出水面，我才确信这个案子绝不会像表面看到的那么简单，有必要深查下去。虽然他是我师父，但我是人民警察，不是他吴锐的帮凶……"

毛乂宁听他说到"帮凶"这两个字，立即抬头看向他，两人的目光越过办公桌，在半空里相遇。

"队长，你刚才说帮凶，是什么意思？"毛乂宁试探着问。马力道："都这时候了，你就别在这里试探我了，你我心里都有数，吴政委之所以对这个案子如此'热心'，三番五次到刑警大队找我打探案情，甚至像今天这样直接来干扰办案，肯定是大有内情。"

"你怀疑他牵涉进了这个案子？"

马力看着他反问道："难道你没怀疑过吗？"毛乂宁不好意思地笑了："我早就这样怀疑了，只是碍于你跟他之间的关系，不敢明说而已。"马力道："那我现在就明说了，不管遇到任何阻力，这个案子都要查下去，不管牵涉到谁，都要一查到底，管他是天王老子，我也要把他拉下马来。要不然怎么对得起头顶的警徽?"

听他说到这里,毛乂宁坐直了身子,上下打量着他,虽然跟他同事多年,但好像今天才真正认识他一样。

"干吗这样盯着我看?"马力身子靠在椅背上,抬起头反瞧着他,"我脸上长什么东西了吗?"

"咳,没、没有……"毛乂宁咳嗽一声,转移话题,"马队,下一步该怎么办?本来以为可以从操场里挖出许敬元的尸体,给雷大铭最致命的一击,谁知挖到半夜只挖出几块狗骨头。我实在想不出到底是哪个地方出了问题,会不会是雷大铭知道警方要查他,所以临时把许敬元的尸骸挖走,故意放下几块狗骨头在那里羞辱咱们?"

"这个可能性不大。我看过学校操场,这次挖动之前,操场上没有其他被挖开过的痕迹。"马力思索道,"会不会是窦武提供的线索有误?"

毛乂宁摇摇头:"这就更不可能了,按他在视频里交代的内容来看,当年许敬元的尸体是他和雷大铭一起动手埋掉的,这么重要的事情,按理不可能记错。"

马力从办公桌后面站起身,一边踱着步子,一边问:"那为什么按照他指点的位置却挖不到尸体呢?"

"这也是我百思不得其解的地方。"

"如果找不到许敬元的尸体,这个案子就很难深入调查下去。眼下的当务之急只有赶紧找到许老师的尸体。"

"行,我回头再跟大家一起把线索梳理一遍,看能不能有什么新的发现。"毛乂宁站起身,刚要拉门出去,忽然止步回头,"对了,吴政委那边你最好还是多留个心眼,提防一下,他这个人的性格我比较了解,我觉得他肯定不会就此罢手,说不定还会使出什么其他幺蛾子来。"

马力点头道:"行,我知道了,我会注意的!"

第二十一章　惊现白骨

自从雷大铭亲自接管安福里拆迁项目之后，工作效率明显增强，早上将尚未签约的村民，包括上次被窦武打伤的葛春秋在内，全部被叫到村部协商谈判，对村民们提出的补偿金要求，雷大铭当场拍板答应，工作人员立即拿出拟定的拆迁合同，填上谈妥的补偿金额，让村民当场签字摁手印。

上午十点多，几十辆大卡车开进村里，协助村民搬家，到了中午，全体村民已经带着行李在过渡安置房里住下。下午，推土机、挖掘机和自卸装载机进场，一时间村子里机械轰鸣，尘土飞扬，几十幢旧房子很快被推倒，满地的断砖残瓦、建筑垃圾被装载车一车一车拉走，挖掘机开始将地面刨开，安福里整体地势偏高，按照施工要求，整个工地需要向下挖掘两米多深，挖出的泥土将被回填到村子后面的一个大湖里。

挖掘机司机小年坐在高高的驾驶位里，一边吹着口哨，一边操纵着长长的机械臂，将地底下潮湿的泥土挖起来，然后抬起铲斗，将泥土倒进旁边自卸装载车的车厢里，装满之后，又一踩油门，很快将泥土拉走了。

也不知道挖了多少车土，小年忽然注意到被自己翻出的泥土里有些白色的竹竿，一开始并没有在意，直到后来他抬起铲斗，突然从里面滚落出一个骷髅头才被吓了一跳。他赶紧停车，跑过去一看，确实是一个白森森的骷髅头，又爬上装载车车厢，捡起那些白色竹竿看看，哪里是什么竹竿，分明就是白骨。他急忙把施工队队长老伍叫过来。

老伍看看地上的骷髅头，又看看装在车厢里的几根白骨，惊讶道："这可是人的骸骨。这里是不是坟地？"小年左右看看，摇头说："不是，这里好像是一户人家的猪圈。"老伍皱眉道："从猪圈下面挖出人骨头来，可有点不正常啊。"

小年打了个激灵:"不会吧,伍哥,你可别吓我。要不报警吧?"

"如果贸然打电话把警察招来,拖慢了工期,我怕老板会怪罪咱们。"老伍想了一下,"你让司机把这一车土先原地卸下来,你们先去别的地方挖吧,这里保持原状,我打电话问下老板看怎么处理。"

等小年将挖掘机开走后,他脱下手套,掏出手机拨通了老板的电话:"喂,雷董,是我,工地上的老伍啊,对、对……您不是交代我要在施工现场多盯着点儿,可别挖出什么奇奇怪怪的东西吗?我一直在这里盯着呢,刚才还真挖出一些不干净的东西。"

"什么东西?"电话那头的雷大铭刚刚睡完午觉,人还有些迷糊。老伍说:"是一具骸骨,人的骸骨!"

"骸骨?"雷大铭愣一下,"在哪儿挖到的?"

老伍是本地人,对安福里的情况比较了解,拿着手机往周边瞧瞧:"这个地方嘛,应该是葛春秋家的猪圈下面。"

"葛春秋家?"雷大铭从床上一惊而起,"就是他老婆叫周小艺的那个葛春秋?"

"对,就是他们家。"

雷大铭倒抽一口凉气:"这老头,还真被他说中了!"他想起昨天晚上在舅舅的车里,老头子叮嘱他赶紧答应葛春秋的补偿要求,尽快搞定拆迁的话,看来这句话大有深意啊!"谁?您说被谁说中了?"老伍问。原来是他刚才不经意间,把在心里嘀咕的话对着电话说了出来。雷大铭忙道:"没什么,是个风水先生,他说这次施工可能会挖出什么不干净的东西,要我小心一点,所以我才叫你在工地上盯着的。"老伍"哦"了一声,表示理解,他知道老板平时确实很相信这一套。

"老板,要打电话报警吗?"他试探着问,"我怕把警察招来会拖慢工程进度。"

雷大铭说:"工地上挖出尸骨可是大事,不能为了赶进度就隐瞒不报,说不定这里面还隐藏着什么命案呢。你直接报警吧!"

"好,我听您的。"老伍得到老板的指示,正要挂电话,雷大铭又问,"你准备打哪个电话报警?"老伍道:"110啊。"

雷大铭说:"110接到报案后,要将警情层层传达下来,太耽误时间,你直接打辖区派出所电话吧。"老伍说:"这里没有派出所,几年前就已经并入城区公安分局管辖范围了。"

"哦,这样啊,那就直接打城区公安分局电话报警吧。"雷大铭说,"我手机里正好存有他们值班室的接警电话,等下发短信给你,你直接打这个电话就行,他们离工地近,出警迅速,可以少耽误一点时间。"

老伍说:"行,都听您安排!"他挂断电话,按老板发过来的报警电话直接打到城区公安分局。分局刑警队副队长吕进贤很快就带人赶到现场,大家将土堆一点一点扒开,把里面零散的骨头全部清理出来,从泥坑里又拣出了一些细碎的骨头,最后跟那个骷髅头组合在一起,竟然拼凑出一副完整的人体骨骼来。

吕进贤问:"这些骨头都是从这个坑里挖出来的吗?"老伍点头说:"是的,这个地方原本是一个猪圈,工人把上面的砖墙推倒,把水泥地板打烂,往下挖了一米多深就挖出这些来了。"

吕进贤又问:"这里原本是谁家的猪圈?"

"是葛春秋家的。"老伍用手比画着说,"现在站立的地方原本是他们家两层小楼的位置,挖出尸骨的地方,正是紧挨着他们家屋子搭建的一个猪圈,再往后就是一片菜地了。"

"葛春秋?"

"对,他老婆叫周小艺,他们有一个儿子叫许星阳,还有一个女儿叫许雯雯,不过已经疯了好多年。"

"周小艺?"吕进贤仰头看天,像是在思索什么,"这个名字听起来很耳熟啊。"

老伍道:"这个周小艺,她原本的老公叫许敬元,是光明高中的老师,十五年前失踪了,一直没有找到人,后来她就跟葛春秋结婚了。葛春秋好像是她的初中同学,两人以前就很熟悉。"

"哦,你这么一说,我倒是想起来了,许敬元失踪案也算是轰动一时了。"吕进贤看着地上的尸骸,皱起眉头,"你刚才说许敬元还有一个儿子?"

"是的,许老师出事的时候,他儿子才八九岁吧,这一转眼过去十五年,当年的小毛孩已经长成大小伙了。"老伍借回答问题的机会,大发了一通感慨。

吕进贤让人拉上警戒线，把挖出尸骨的泥坑围起来，然后对旁边的法医说："先把这具尸骸带回去，再找许星阳要个 DNA 样本，跟尸骸做个 DNA 比对。"老伍在旁边听得一呆："警察同志，你们该不会怀疑这副尸骨就是当年失踪的许老师吧？"吕进贤朝他看一眼："要不然呢？"

警方找到许星阳，取了他几根头发回来，跟挖出的白骨做了 DNA 比对，比对结果出来后，证实死者跟许星阳之间存在亲子关系。吕进贤立即派人将已经搬进过渡安置房居住的葛春秋和周小艺带到城区公安分局，并将夫妻二人留置在不同房间分别讯问。

周小艺听说拆迁队挖出了亡夫许敬元的尸骨，甚至埋尸地点就在他们家猪圈下面，不知道是受到惊吓，还是太过伤心，面对警方的讯问，只知耸动双肩掩面抽泣，回答不出任何问题。警方只好把突破案情的希望全都放在了葛春秋身上。

葛春秋自然也是大吃一惊："这、这怎么可能？许敬元的尸体怎么会在我们家猪圈下面？是不是搞错了？"吕进贤把头仰得高高的，用居高临下的目光看着他："这么说来，你不知道那里埋有尸体？"

葛春秋两手一摊："我哪里知道，那个地方本来是一块菜地，我跟小艺结婚后才把那里隔离出来，紧挨着咱们家楼房后墙盖了这个猪圈，每年养两头猪，一头卖钱，另一头当作年猪，过年的时候宰了吃肉，根本没有想过许老师就埋在那下面。"

吕进贤道："这么说许敬元失踪的时候，那里并不是猪圈，而是一块菜地，对吧？"见到葛春秋点头，他又接着道，"既然那是周小艺家的菜地，而且又挨着她家那么近，如果别人在那里杀人埋尸，她和她家里人不可能听不到动静，不可能不知情，对吧？"他说一句话，就问一句"对吧"，葛春秋根本没有仔细思考的时间和机会，只能顺着他的意思点头说："嗯，好像是这样。"

吕进贤围着他走一圈，忽然站在他前面，盯着他说："除非是自己家里人干的，这才说得过去。"

"自己家里人干的？"葛春秋抬头看着他，一脸茫然，"警察同志，你这是什么意思？"

"我的意思很明白。"吕进贤说，"我听说你跟周小艺是初中同学，又同住一条村子，两人从小到大关系都挺好，用青梅竹马来形容也不为过。十五年前你和周小艺早就勾搭成奸，所以合谋杀死她丈夫许敬元，将他埋在自家楼后菜园里，然后再让周小艺报警说她丈夫失踪了。几年之后，等到风平浪静，你们就结了婚，终于由一对露水鸳鸯变成合法夫妻。后来你们怕许敬元的尸体被人翻出来，干脆就在他的埋尸之处盖上了猪圈，这样一来，只要你们自己不说，就永远不会有人发现他的尸体，也永远没有人会知道你们的杀人罪行，是吧？"

葛春秋是个老实得有些愚笨的人，直到听到这里，终于明白他的意思，急得连连摆手："不不不，警察同志，我、我是在许敬元失踪好几年之后才想着要跟小艺组建家庭的，许敬元的死跟我没有关系。"

"那你的意思是，周小艺才跟她前夫之死有关系？"

"不不，我、我也不是这个意思。"葛春秋一时间进退失据，心里一着急，更说不出一句囫囵话来。

吕进贤步步紧逼，上前一步，站在他面前用犀利的目光盯着他："那你是什么意思？十五年前许敬元被杀，尸体就埋在你家楼后菜地里，刚才你也同意了我的判断，这事不大可能是外人干的，极有可能是自家人做的，是吧？"葛春秋点点头，但很快又发现自己中了他的话术圈套，赶忙摇头："哦，不不，不是……"

吕进贤道："至于凶手，按照警方的推测，只有三种可能，要么是周小艺，要么是你葛春秋，要么就是你们二人合谋，除此之外很难再找到其他合理的推测了。"

"不不，不是我，"葛春秋下意识地摆手，"我跟许敬元的死没有关系！"

"那就是周小艺杀的！"

"不，不，也不可能是她！"

"你又不是她，怎么知道不是她杀的人？"吕进贤表情严肃地盯着他，"我刚才已经说了，关于凶手只有三种可能，如果跟你无关，那就只能是周小艺杀的。你也知道警方对付那些拒不交代自己罪行的犯罪嫌疑人有很多种办法，只要稍微对她上点手段，我相信周小艺作为一个女人很快就会招供的。"

"不不，你们不要打她，她、她身体不好，受不了这些折磨……"葛春秋发出哀求的声音。

"可是警方要破案,必须得用一些手段啊,除非你能说出杀许敬元的凶手到底是谁,这样你老婆就不用受审讯之苦。"

"我、我……"葛春秋好像自己做了亏心事似的,低下头去答不上话。

"说!"吕进贤突然揪住他的衣襟,把他整个人从椅子上提起来,然后推着他往后退,一直退到墙边,用力将他抵在墙壁上,嘴里吐出的狂热之气直接喷到了他脸上,"许敬元到底是你杀的,还是周小艺杀的?"

葛春秋本是个老实巴交的汉子,哪里见过这般阵势,吓得浑身发抖,差点尿湿裤子。吕进贤手上力气特别大,拳头抵着他胸口,压得他几乎喘不过气,有那么一刻,他觉得自己真的会被吕进贤这样弄死在小小的审讯室里。"我说我说,求求你们不要打我,也不要打我老婆,我什么都告诉你们。"他挣扎着说,"是、是我杀的,许敬元是我杀的!"

吕进贤这才松开手,把他扶到椅子上坐下:"这就对了嘛,人是苦虫不打不行,人是木雕不打不招。到了这间审讯室,再厉害的犯罪嫌疑人,只要给他稍微上一点手段,没有一个不老实交代的,你自己主动说出来,就不用受皮肉之苦,对你对我都有好处。"他在葛春秋对面的审讯桌后边坐下来,"说吧,你是在什么时间什么地点用什么方式杀死许敬元的,为什么要杀他,作案动机是什么,通通说出来。"他朝旁边对着电脑打字的助手看一眼,小声道:"机灵点,什么该记什么不该记,就不用我教你了吧?"年轻警员没有出声,只是微微点一下头。

"杀、杀人动机是什么,我也不知道。"葛春秋显然还没从刚才的惊恐中缓过神来。

吕进贤一拍桌子道:"自己为什么杀人,心里难道没数吗?你是因为喜欢周小艺,跟她勾搭成奸,想要跟她长期在一起,所以必须得搬走她丈夫许敬元这块绊脚石,对吧?"

"对对对,"葛春秋脑子里一片混乱,顺着他的意思说,"就是这样,就像你刚才说的,我想跟小艺好,可是她丈夫是横在咱俩中间的障碍,所以十五年前的那一天夜里,我趁许敬元在外面喝了酒回到家……"

"十五年前的哪一天夜里,把时间交代清楚。"吕进贤把手里的茶杯"当"的一声重重落在桌子上。

葛春秋吓得一哆嗦："十五年前……当时学校已经放寒假，应该是那年的一月二十五日，我打电话给小艺，无意中听说她老公许敬元去学校加班，可能要晚一点回家，于是我趁着天黑埋伏在他们家门口，等晚上许敬元回来的时候——当时他正好在学校喝了点酒，走路有点发飘，浑身上下也没什么力气，很好对付，于是我就跟着他，从后面把他给杀了，然后将尸体拖到他们家后面的菜园里，挖个坑把他给埋了……我跟小艺结婚后，总觉得尸体埋那里不安全，怕有一天会被人挖出来，所以又在上面加盖了一个猪圈……"

"嗯，你交代得很好，但是有一个地方还没说清楚。"吕进贤引导他，"我听说那天晚上你从电话里知道许敬元会晚一点回家，觉得这是个好机会，就跑到他家里去跟周小艺幽会，结果刚到门口就被提前回家的许敬元发现，你怕奸情败露，所以就对他动手了，对吧？"

"这……"葛春秋犹豫一下，但看见他的目光像冷箭一直射向自己，激灵灵打了个寒战，连忙点头，"是，是，是这样的。"

"这样一来，整个事情就说得通了。"吕进贤对他如此配合的态度感到很满意，接着问，"你杀人的时候周小艺有没有出来帮忙？"

葛春秋赶紧摇头："没、没有，这全都是我一个人的主意，许敬元也是我一个人杀的，他的尸体也是我一个人挖坑埋掉的，她没有参与。"

吕进贤打断他："不行，这里不能这么说，你在她家门口杀人，又在楼后埋尸，肯定会弄出些动静来，她不可能不知道。这里应该改成，她其实在屋里听到了响动，从窗户里往外瞧了一眼，看见你在杀人，她虽没有出门参与，但也没有出声阻止，对吧？"

葛春秋摇头摆手："不，不是这样的，"看到吕进贤的眉头皱起来，他又忙着解释，"当时她确实听到一些动静，也在窗户里朝外面看了，不过那时我把许敬元的尸体拖到一边，自己也在黑暗中躲起来，所以她什么都没有看到，对这件事情完全不知情。"

吕进贤自然看得出他是在极力保护周小艺，也不再深究："如此说来，这个案子从谋划到实施，再到最后埋尸，都是你一个人干的，周小艺并没有参与，对吧？"

葛春秋点头道："是的，这些都是我一个人干的，我可以对天发誓言，我绝没有说谎骗你们,你们要抓就抓我,这事跟小艺一点关系都没有,你们早点放她回去吧,她身体不好,每天都在吃药,如果被关在这里不能按时吃药,她、她会出事的……"

"这个不用你操心,一旦调查清楚,认定你是杀人真凶,且是一个人单独作案,她自然就可以解除留置回家去了。"

"我这不都已经交代清楚了吗?"

"不,你还忘了一件最重要的事情。"吕进贤说,"那就是凶器。当时你用的是什么凶器?这个凶器现在在什么地方?"

"凶器嘛……"葛春秋想了一下说,"是我平时用来杀鱼的一把尖刀,当时我在他背后连捅几刀才将他彻底杀死……这把刀几年后被我用旧了,刀口都卷了,便当废品卖掉了。"

"胡说八道!"吕进贤气得一拍桌子站起来,"什么尖刀?我们法医检查过死者的头骨,他明显是被人用铁锤之类的东西重击后脑而当场毙命的。"

"对对对,我忘记了,我确实是用铁锤砸死他的。"葛春秋马上改口,"我记起来了,我用的凶器不是尖刀,而是一把铁锤。"

吕进贤对旁边的记录员说:"把刚才尖刀那一段删除,直接写他是用铁锤杀的人。"看到记录员在电脑里按他的要求修改了后,他的目光才又重新转回到葛春秋身上:"这个充当凶器的铁锤,你后来是怎么处理的?"

葛春秋一怔:"怎么处理的?我、我忘记了!"

"好好想想,一定要找到凶器才能定案。"

葛春秋低头想一下,很快又抬头道:"哦,我、我想起来了,我杀人后发现铁锤上沾着好多血迹,怕被人发现,就丢在了三仙湖里。"像是怕吕进贤听不明白似的,他又解释说,"就在我们家菜园后的省道那边,有一个湖,叫三仙湖,附近村民在湖边用木头搭了一个跳板,平时在上面洗洗衣服,或者挑水浇菜之类的,当时我就是在这个跳板上洗手,顺手就把铁锤扔在了旁边的湖水里。"

"你确定你没有记错,凶器扔在了跳板附近的湖面?"

"这回肯定不会记错了。"

"那行,今天的审讯就到此为止,谢谢你的配合。"吕进贤让他在口供上签自己的名字,然后给他上了铐子,叫人将他带下去。

审讯结束后，吕进贤立即带人去到三仙湖，在靠近葛春秋家菜园不远的省道边，果然看见有一个用木头搭在水面上的跳板，两个妇女正在跳板上洗衣服。施工队从安福里挖出的泥土，都被拉过来填在了这个湖里，占地好几公顷的大湖已经被填平一大半，剩下靠近省道的这一边暂时还没有被填起来。

几名水性好的警员跳进湖里，潜入两三米深的湖底，在靠近跳板周围的淤泥里摸了一阵，居然还真的找到一把生了锈的木柄铁锤。如此一来，葛春秋锤杀许敬元案的杀人动机、口供和凶器便都齐全了。吕进贤立即将犯罪嫌疑人葛春秋收押进看守所，准备结案送检起诉。而周小艺因为未涉案，在城区公安分局留置室关了一天，到傍晚时候就被放出来了。

周小艺被两名警员送回住处，问警方为什么丈夫葛春秋没有一起被放出来时，才知道经过突击审讯，葛春秋承认许敬元是他杀的，他已经被警方当成杀人凶手抓起来了。

"不，这不可能，"周小艺拉住两名警员，"他不可能是杀害敬元的凶手，绝不可能是凶手！"警员说："如果他不是凶手，许敬元的尸体怎么会埋在你们家楼后而不被人知道？况且他已经亲口承认人是他杀的，连他扔在三仙湖里的凶器都已经找到，你还有什么可为他辩解的？"另一名警员进一步说："本来吕队还怀疑你也跟这个案子有关，不过好在葛春秋一个人承担下来，没你什么事，所以才放你回家的。"

"这、这不可能，他绝不可能是杀人凶手，你们肯定搞错了！"她还想拉住两个警察替丈夫辩解，但两名警察显然已经有些不耐烦，甩开她的手，回到警车里扬长而去。

"老天爷啊，为什么会这样……"周小艺瘫坐在椅子上，好半天才缓过神来，立即拿出手机给儿子打电话。

许星阳急匆匆从饭馆赶回家，听妈妈哭着说完昨天施工队在家楼后猪圈里挖出白骨，今天葛叔叔就被当作凶手抓起来的经过，吓了一跳："爸的尸骨找到了？居然就埋在咱们家猪圈下面？"

周小艺说："我刚从警察那里得知这个消息的时候，也不敢相信这是真的。"许星阳想起昨天傍晚有警察拿走他几根头发，说是要用来做 DNA 鉴定，他当时没有细问，警察也没跟他说清楚缘由。现在看来，警察就是通过他头发上的DNA确定了那具尸骨是他父亲的。他问:"是刑警大队的毛警官负责办的案子吗?这么大的事情,我怎么完全没听他提起。"

周小艺摇头说:"不是毛乂宁,毛乂宁在市公安局刑警大队,这次抓你葛叔叔的是分管咱们这一片的城区公安分局刑警队一个姓吕的副队长。"许星阳"哦"了一声:"难怪了,原来葛叔叔是被分局的人抓走了。没事的,妈您别着急,我给毛警官打电话问问情况。"

他给毛乂宁打去电话,毛乂宁大吃一惊:"什么?你爸的尸体找到了?为什么没有人通知我?"许星阳说:"这我就不知道了。我也是刚刚才听说这个事情,我妈说这个案子是城区公安分局办的,葛叔叔也是被他们抓走的。"

"他们说葛春秋是凶手?"

"是的,还说葛叔叔已经招供,承认我爸就是他杀的。不过我妈认为他肯定遭遇到了刑讯逼供,算是屈打成招。"

"我也认为无论如何葛春秋是凶手的可能性不大。"毛乂宁激动地说,"而且许老师的尸体居然是从你家挖出来的,这也太不可思议了!"

"毛警官,现在该怎么办啊?"许星阳看看坐在一边抹泪的母亲,有点手足无措。他的亲生父亲十五年前被杀,十五年后继父又被当成杀人凶手抓起来,如果他母亲一时接受不了这个现实,再出点什么事,这个家就真的完了。

毛乂宁从办公桌后面站起身:"你别着急,我先打听一下情况,有什么消息再跟你说。你放心,从你说的这些情况来看,分局那边这么草率地认定你继父是杀人凶手肯定涉嫌程序违法,在这样的情况下得到的供词不会有任何法律效力。"

他又在电话里安慰许星阳几句,挂断电话后,直接去到队长办公室。马力显然也吃了一惊:"分局那边是什么意思?明明知道刑警大队正在调查许敬元的案子,发现他的尸体居然也不告诉咱们一声,而且这么急匆匆地认定葛春秋是杀人凶手,开什么玩笑!"

毛乂宁道:"我听许星阳说,是分局那边刑警队一个姓吕的副队长负责办的这个案子。"

"吕进贤?"马力愣了一下,"他是吴政委读警校时的同班同学,这人能当上分局刑警队副队长,听说吴政委在背后帮他使了不少暗劲。"毛乂宁恍然:"这样一来,事情的前因后果好像就说得通了。"

马力知道他心里在想什么,说:"先不要胡乱揣测,我打电话到分局问问情况再说。"

他直接把电话打到城区公安分局负责刑侦的副局长老张那里。张副局长说:"确实有这样的事情,因为分局刑警队鲁队长在外地办案未归,所以安福里施工工地挖出无名尸的案子是副队长吕进贤主办的,目前已经证实尸体就是十五年前失踪的许敬元,而且嫌疑人葛春秋已经到案,经审讯,他对自己十五年前杀害许敬元的罪行供认不讳。现在局里这边正在做一些补充侦查,相信很快就可以结案,准备送检察院审查起诉了。"

马力说:"老张你们这案子办得可有点草率啊,这个案子还存在着诸多疑点,而且跟市局正在调查的窦武命案有莫大关联,我个人感觉,许敬元命案肯定不会是你们现在调查到的这么简单,要不你们把这个案子转到市局刑警大队来,跟我这边手上的案子并案侦查吧。"

张副局长说:"我倒无所谓,案子给刑警大队我还正好省点心,但是吕副队肯定不会同意的,你知道他跟市局吴政委关系不一般,平时我也得给他几分面子。"马力说:"那行,我不为难你,我另外再想想办法,只是需要你签字把案子移交过来的时候,你别给我卡着就行。"

放下电话,他问毛乂宁:"分局怕刑警大队抢走他们的功劳,不肯并案侦查,你说该怎么办?"

毛乂宁两手一摊,一副事不关己高高挂起的表情:"你是队长,你想办法呗,目前调查窦武和雷大铭的案子,不就正好卡在没有找到许敬元尸体这个短板上吗?现在既然已经找到尸体了,总不能真的把它放在分局那边,咱们在这边干瞪着眼什么也不干吧?而且葛春秋到底是不是杀死许敬元的凶手还存疑,可不能放任那个吕副队胡来啊。我觉得事情已经很明显,这个吕副队肯定是得到了吴政委的暗中授意,要把杀害许敬元的罪名强行安到葛春秋身上,这样一来雷大铭和孔伟德就安全了。"

"我能想出什么办法来?虽然我是市局刑警大队的大队长,吕进贤是分局刑警队副队长,我职级比他高,但刑警大队跟他们不是明确的上下级关系,最多是在业务上指导他们,不能直接给他们下命令,他把案子攥着不放手,我也没办法。除非……"

"除非什么?"

马力朝他眨眨眼:"除非你去找市局的尹副局长出马,让尹局直接打电话给吕进贤的上级领导,这样一来,他就不能不松口了。"

毛乂宁说:"我一个基层小刑警,越级去找尹副局长不适合吧?"马力瞪他一眼:"你少给我装了,当年你替尹副局长挡过刀,你跟他私下里的关系铁得很呢,别以为我不知道。这个时候只有你去把尹副局长搬出来才能管用。你跟尹局说,只要吕进贤肯把案子移交到刑警大队,跟窦武的案子串并侦查,咱们可以给他在专案组挂个副组长的头衔,等案子破了,立了功,自然也有他的一份。"

"嗯,这个办法不错。"毛乂宁道,"既然这样,那我就勉为其难地去找尹局想想办法吧!"

他离开刑警大队,去另一幢大楼里找到尹副局长的办公室,敲门进去。尹副局长看见他,很是高兴,亲自起身给他泡了杯茶。坐下来喝了口茶,毛乂宁表明了自己的来意,尹副局长一拍桌子说:"这个吕进贤,太不像话,明明知道市局正在查这个案子,发现了许敬元的尸体居然也不上报一声,竟然把这事给一手包办了。他到底想干什么?"

毛乂宁不想在尹副局长面前提及吕进贤跟吴锐的关系,只说:"我估计他是想抢功劳吧,毕竟许敬元失踪案闹得沸沸扬扬,影响极大,如果能在他手里把这个悬案给破了,绝对算是他刑警职业生涯中的高光时刻。"

尹副局长点着头说:"那行,就按你们说的办,我马上给分局打电话,让他们把案子移过来。"

"谢谢尹局,那您可是帮了大忙了。"毛乂宁双手合十,连声道谢。尹副局长一笑而道:"不用谢我,大家也都是为了工作嘛。怎么,吴政委那边还在找你的麻烦吗?"

毛乂宁摇头道:"没有了,我跟他的恩怨已经成为过去式,他现在是单位里的二把手,也不屑给我穿小鞋了。"尹副局长道:"他徒弟不是还在刑警大队当着队长吗?"

"您说马队啊?您放心,他跟他师父不是一路人。"

"那就好。"尹副局长拍着他肩膀说,"总之有什么麻烦,记得来找我,我给你撑腰！"

　　毛乂宁心里一热："好的，谢谢尹局关心！"

第二十二章　化验报告

第二天，许敬元的尸骨被移交到市局，被分局那边当作疑凶抓起来的葛春秋的涉案卷宗，也全部转到了市局刑警大队。马力立即组织毛乂宁等人对葛春秋涉案情况重新展开调查。

葛春秋从看守所出来，再次被带进审讯室，面对两个审讯他的警察，本来已经心灰意冷，想将昨天供述的内容重复一遍交差了事，但主审警员毛乂宁告诉他："你的案子现在已经转到市局刑警大队，不再由城区分局的吕副队长负责，我不知道你昨天在审讯中经历了什么，但我一看就知道你昨天的口供根本经不起推敲，如果许敬元真是你杀的，他的摩托车怎么会出现在春水河边的芦苇丛里？窦武为什么要冒充许老师性侵唐缨，并故意将许老师的皮鞋留在河边？这一切都说不通。"

葛春秋呆住了，昨天在那个吕副队长逼迫下认罪的时候，他只想着怎么能自圆其说，交代清楚自己的"罪行"，好让吕副队长不去折磨妻子，根本就没有想到这些疑点。这时被毛乂宁提出来，他也抬着头，一脸茫然地看着毛乂宁："那你们的意思是……"

"你不用看我们的意思。我们只想要查明真相，不会强迫任何人认罪，更不会搞刑讯逼供那一套。所以你在这里只要说真话就行了。"

"如果我说的真话跟你们想要的结果不同，你们会不会打人？"葛春秋小心翼翼地询问。

毛乂宁不由得笑起来："我刚才已经说了，这里从来不搞刑讯逼供。"

"那你们会相信我说的话吗？"

"只要你说的是真话，我们没有理由不相信啊。"

葛春秋感觉眼前的警察跟上次那个凶神恶煞般的吕警官完全不一样，

顿时松下一口气："警察同志，我实话实说，许敬元不是我杀的，昨天我之所以会承认杀人罪名，全都是被逼的。"

他告诉警方，许敬元的死，还有他的尸体被埋在他家楼后猪圈下面的事情，他根本不知情。昨天吕警官把他抓起来后，对他连逼带吓，说如果他不承认许敬元是他杀的，就要对他动刑。上次他被拆迁队队长窦武一拳打倒在地，差点丧命，生怕这个吕警官再把他打一顿，那他的小命只怕就要交代在审讯室里了。而且他更怕吕警官去折磨周小艺，周小艺的身体比他还差，更经不起任何折腾。他看得出来，这个吕警官认准他是杀人凶手了，如果自己不肯承认，他肯定不会轻易放过自己。所以最后，他只好哆嗦着按照吕警官的提示编了一套谎话，交代了自己的"罪行"。

"你的意思是，昨天的口供都是在吕警官的逼迫下做出的，并不是你自己想说的真话？"见对方点头，毛乂宁又问，"你跟许敬元之死没有任何关系，是吧？"

"是的，许敬元出事的时候，我跟小艺之间没有做过任何见不得光的事情，只是普通的同学关系而已。因为她丈夫出事，紧接着她女儿雯雯又疯了，我见她一个女人家带着一个八九岁的儿子和一个疯女儿过活实在太艰难，就三番五次地到她家里帮忙，她对我心存感激，也渐渐产生了感情。几年后等到法院宣告失踪人口许敬元已经死亡后，我们才结婚成立新的家庭。"

"许敬元的尸体埋在他们家楼后，这个情况你了解吗？"

"不了解。我也是被抓到城区公安分局，听那位吕警官说了情况才知道的。也因为他是警察，要是别人跟我说件事，我是肯定不会相信的。"

"你觉得周小艺知道这个情况吗？"

"她肯定不知道啊，她要是知道丈夫的尸体就埋在自家菜园里，还用得着满世界去找他吗？"

毛乂宁看着他问："那许敬元的尸体为什么会埋在你们家，你自己有什么线索吗？"

葛春秋摇头说："完全没有。他的尸体怎么会埋在那里，什么时候埋进去，到底埋了多久，我什么都不知道。"

毛乂宁站起身，在他面前踱着步子："好的，我相信你说的都是真话。现在还有最后一个问题，希望你也能够老老实实地回答。"

葛春秋见这个警官说话客客气气,一点也不凶,放心不少:"警官您尽管问吧,只要是我知道的事情,我一定老老实实告诉你们。"

"那位吕警官根据你的假口供,居然真的在三仙湖里找到了所谓的凶器,这个你作何解释?"

"咳,这个事情啊纯属巧合。"葛春秋拍着大腿说,"那把铁锤是小艺家里原本就有的,我结婚住进她家里之后,经常拿着那把铁锤干活。有一回我看见湖边的木头跳板有些松动,担心小艺去湖里洗衣服的时候出危险,就拿了钉子和铁锤去把跳板重新钉牢。结果钉完钉子洗手的时候,不小心将铁锤掉下水去了。当时是冬天,我怕冷,就没敢下去捞,本来想等到来年夏天下湖游泳的时候顺便捞起来。可是后来把这个事情给忘记了,那个铁锤就一直沉在湖底。昨天我一开始跟吕警官说我是拿着尖刀将许敬元捅死的,他说不对,应该是用铁锤砸在他后脑勺上,将他锤杀的。我只好改口说我用的凶器确实是一把铁锤。他非得逼我说出铁锤凶器放在什么地方,我一时编不出来,突然想起当年铁锤掉进湖里的事,就顺嘴告诉他说铁锤被我扔进三仙湖了,想不到他能耐还挺大,居然真的把那把铁锤从湖里捞上来了。"

毛乂宁点头道,"嗯,法医和痕检人员都看过,根据许敬元后脑骨伤判断,他应该是被一把圆头铁锤砸死的,但是你掉进湖里被吕进贤打捞上来的那把铁锤,一头是方形一头是尖形,不可能是杀害许敬元的凶器。"

葛春秋惊喜地说:"警官,原来你们什么都调查清楚了?那可真是太好了,这回你们相信我不是杀人凶手了?"见到毛乂宁点头,他高兴得几乎要哭起来,"那你们是不是可以放我出去了?我老婆身体不太好,我得回家照顾她。"

"当然可以。"毛乂宁站在他面前,垂首鞠躬道,"另外,我们对于您昨天在分局那边遭遇警方粗暴对待,表示歉意!"

葛春秋连忙摆手道:"没事没事,都是那位姓吕的警官干的事,跟你们无关。其实我认识您毛警官,我经常听星阳提起您,说您是个好警察。"

毛乂宁搓着手笑道:"好警察称不上,我只是想尽职尽责把许老师的案子调查清楚,一来对得起头顶的警徽,二来也不枉许老师当年教我一场。"

带葛春秋办好手续,送他离开后,毛乂宁拨通了许星阳的电话。许星阳得知葛春秋已经洗清了嫌疑被放回家了,十分感激地说:"我妈昨天担心葛叔叔担心得一夜没睡觉,要是葛叔叔真有个什么三长两短,估计我妈很难撑下去。"

"原本以为只要找到尸体,案子就可以破了,但没想到尸体居然埋在你家,这下案子更加复杂了。"

"是啊,我真是做梦都没想到事情会这样。凶手这一招实在太绝了,所谓最危险的地方最安全,我妈那时天天在菜地里翻土种菜,也绝对想不到一米多深的泥土下竟然埋藏着我爸的尸体。"

"尸体发现的位置颇具迷惑性。警方根据窦武的口供,认定许老师是在学校工程指挥部里被害的,埋尸地点是在学校操场,但是那天挖开操场后你也看到了,只挖出几根狗骨。难道窦武骗了警方,行凶现场不在学校,还是他在学校杀人后移尸了?但为什么窦武在视频里完全没有提及这一点?是他故意不提,还是说整个移尸过程他没有参与,完全不知情……"

"我相信姐姐当年的调查思路没有错,凶手就是在学校的工程指挥部将我爸杀害的。我现在在康复中心看望姐姐,医生说她情况有点好转了,我再问问她当年的事,要是她能回忆起化验报告藏在什么地方就好办了。"

毛乂宁叹了口气,许雯雯疯了这么多年也没见好转,估计这一时半会肯定提供不出什么有用的线索,但嘴里还是说:"那行,你有什么消息再通知我。"

"好的,我会的。"许星阳收起手机,在康复中心门卫处做了登记。他来到许雯雯住的病房,却发现她不在,护士说:"哦,你找许雯雯啊,刚才有人来探望她,带她到外面花园里散步去了。"

难道是妈妈过来看望姐姐了?许星阳半信半疑地朝花园走去,远远地看见身穿病号服的姐姐披散着头发,坐在树荫下的石凳上,旁边有一个年轻男人,正拿着一盒布丁蛋糕递给她。许雯雯从小就喜欢吃布丁蛋糕,从对方手里接过后毫不客气地往嘴里塞。那个男人在她身边坐下,默默地看着她吃蛋糕,脸上带着一丝忧伤的笑意。

许星阳多看了那人两眼,男人大约三十多岁年纪,面皮白净,戴着眼镜,一副文质彬彬的样子。许星阳从未见过他,但是他知道姐姐最喜欢吃布丁蛋糕,应该是跟姐姐比较亲近的人吧。他加快脚步走过去,叫了一声

"姐姐"，许雯雯完全不认得他，只顾埋头吃蛋糕。

那个男人站起身："你就是雯雯的弟弟星阳吧？"许星阳愣了一下："您是哪位？怎么知道我的名字？"

那人笑了笑，露出洁白整齐的牙齿："我以前听你姐姐说起过你。我叫程寻。"

"程寻？"许星阳感觉到这个名字有点耳熟，"哦，我想起来了，很久以前你打电话到我家来找姐姐，当时她不在家，是我接的电话。"

程寻笑笑说："是的，那时你还很小吧，居然记得这么清楚。"许星阳试探着问："你是我姐姐的同学？"程寻点点头："是大学同学，也是她以前的男朋友。"

许星阳没有觉得意外，他从当年姐姐给程寻回电话时的表情中已经猜到了这层关系，只是时隔这么多年，程寻居然还记得来看望姐姐，这份情谊倒是难得了。

程寻看看正坐在石条凳上吃蛋糕的许雯雯，又恢复了那种淡淡的忧伤表情，他往旁边指一下："坐吧！"许星阳就在姐姐身边坐下来，帮她揩一下嘴角边的蛋糕屑，又把手里的一瓶矿泉水拧开盖子递给她："喝点水吧，慢慢吃，别噎着！"

等许雯雯喝完水，程寻回忆着说："当年还在读大学，我跟你姐姐恋爱了，我住在省城，每次去学校上学和放假回家，我俩都同路。有一年寒假，我们都留在学校跟老师为一个项目做田野调查，后来雯雯接到家里的电话，说她爸出事了，她急匆匆坐飞机赶回家。谁知她这次离开，就再也没有回过学校。当时我打电话问她家里到底发生了什么事，但是她不肯告诉我，只说自己会处理好。我也是后来从一个离你们家较近的同学那里才知道她爸爸失踪了。"

许星阳点点头，想起当年在家里接到程寻的电话时，父亲才失踪没几天，姐姐当时忙进忙出，连程寻打她手机她也没接到，当时他年纪小，不知道姐姐在外面忙些什么，现在想来，姐姐应该是找到了跟父亲遇害有关的一些线索，正在一个人调查真相。他那时候年纪小，根本不懂事，竟然帮不上她一点点忙，想来那时的姐姐该有多孤独和绝望啊！

程寻告诉他，后来突然有一天，许雯雯给他打电话，说她有一样极其重要的东西，放在江通市某某超市入口的第几号储物柜里，开柜密码是他的生日，如果她今天天黑之前没有再给他打电话，就请他一定要赶过来将这件东西取走代为保管，并且不要交给其他任何人，也不要让任何人拆开看里面的内容，日后她有机会自会找他将东西取回。他问是什么重要的东西，为什么不可以交给警察，许雯雯在电话里喘着粗气说时间来不及了，而且她现在也不知道到底该不该完全相信警察。话未说完，她就匆忙挂断电话。他担心她会出什么事，等了一会儿，再将电话回拨过去，电话已经无人接听。直到天黑他也没再接到她的电话。

他知道一定有什么突发情况，于是立即按照她交代的话，连夜从省城赶到江通市，在那个储物柜里看到一个文件袋，封面上印着"江通大学司法鉴定中心"几个字。他意识到是一份特别重要的文件，于是将它放进书包连夜带回省城，锁在抽屉里妥善保管着，等着许雯雯找他取回去。可是一直等到寒假过去，大学开学，也没有等到许雯雯的消息。他打电话到她家里，家里人说雯雯已经失踪好几天，一直没有回家，他心里升起一种不祥之兆。他怀着一丝希望去学校，觉得许雯雯可能一个人提前到校在等他，但是一直到学校开始上课，他也没有见到许雯雯。后来他再次打电话到她家里，许雯雯的妈妈告诉他雯雯出事了，说她疯了，正在精神病院治疗。他当时惊呆了，第二天就向学校请假赶到光明市，在精神病院里看到许雯雯时，她已经瘦得皮包骨头，而且表情木然，完全认不出自己。他抱着她大哭了一场。

后来大学毕业他回到省城工作，又到光明市来打听过许雯雯的消息，听人说她的疯病一直没有治好，家里人只能天天将她锁在屋里。他心里隐隐作痛，终究还是没有勇气登门看望她。再后来，他在省城结婚生子，到现在孩子都已经八岁。因为最近全家办理了移民，他很快就要去美国洛杉矶定居，临行前收拾行李时翻出当年他按照许雯雯的电话指引在超市储物柜里拿到的那个文件袋，觉得无论如何，是该物归原主了，于是给许雯雯家里打了电话，家里人说雯雯这段时间在康复中心接受治疗，他便买了她最爱吃的布丁蛋糕来看她。虽然她仍然认不出他，却还记得自己最爱吃的蛋糕。瞧她吃得这么开心，他心里满是酸楚的味道。看她的病情仍然没有好转，正有些犹豫，不知道该将当年那份文件交给谁才好，正好这时候，她弟弟来了。

"既然你来了,正好让我了结了这桩心事!"程寻从提包里拿出一个泛黄的牛皮纸文件袋,郑重地交给许星阳,"里面的文件我没有拆开看过,想来应该是跟你父亲失踪案有关,你自己看看吧。"他转过身,搂住许雯雯的肩膀,轻轻拥抱她一下,在她耳边说声"再见",然后转身,大步离开。许雯雯像是感应到什么,停止了吃蛋糕,痴痴地望着他的背影,目送他越走越远。

等程寻离开后,许星阳打开文件袋,果然如他所料,里面装着DNA鉴定报告,一号检材是光明市公安局密封的血样一份,二号检材为光明市公安局密封的许敬元DNA样本一份,最后的鉴定意见里写着:一号检材与二号检材DNA样本分型一致。也就是说,这份化验报告证明了警方从光明高中工程指挥部墙壁上提取的血迹是许敬元留下的。

他拿着这份迟到了十五年的化验报告,回头看向姐姐,她正痴痴呆呆地坐在石凳上,冲着不远处的一只小鸟傻笑。许星阳心中百感交集,当年姐姐拿到这份化验报告之后便被窦武盯上了,她知道这些人肯定是奔着化验报告来的,于是情急中将文件袋锁在路边超市的储物柜里,本以为等自己脱身后,可以从男朋友手里将报告拿回来,谁知她就此落入窦武的魔爪,受尽折磨,再也没有机会亲手拿回这份报告。

想到这里,泪水止不住地流下来,为父亲,为姐姐,也为这份迟到十五年的化验报告。他将姐姐送回房间后,立即拨通了毛乂宁的电话。毛乂宁兴奋起来:"真是太好了,这下总算可以确定许老师是在学校工程指挥部遇害的了。"

许星阳问:"你现在在刑警大队吗?我把化验报告送过去给你。"毛乂宁点头道:"好,我在单位等你。"

离开康复中心后,许星阳直奔公安局,亲手将化验报告交给了毛乂宁。

毛乂宁看完报告单,立即敲开队长办公室的门,他把化验报告放在马力面前的办公桌上,激动地讲述它的来历。

马力看完报告后也点头道:"以前警方认定许敬元是在学校被杀,完全是基于窦武的口供,现在有了这份化验报告,就算是有确凿证据了。证据虽然迟到了十五年,但还是能帮上大忙,咱们一定要用好它,不能让那个女孩白白受这一场苦。"

两人正发着感慨，桌上的电话响了。"行，我们马上到！"挂断电话后，马力告诉毛乂宁："有个关于许敬元系列命案的案情分析会要在市局会议室召开，几个大领导都要参加，市局那边叫我带着案子的具体负责人过去开会。你跟我一起去吧。"

"大领导开会，我去不合适吧？"毛乂宁有些犹豫。马力说："你就是这个案子的具体负责人，领导们还要听你汇报案情最新进展，你不参加谁参加？哎呀，别磨蹭了，赶紧走吧！"马力拎起衣帽架上的警服，一边往身上披，一边快步走出门去。

市局办公地点在旁边的另一幢大楼里。两人穿过机关大院来到市局大楼，推开五楼会议室的门时，发现屋里坐了不少人，都是局里的头头脑脑，像是副市长兼市局局长鲍正龙、政委吴锐、尹副局长等大领导都在，而且鲍局长旁边还坐着一个头发花白的清瘦官员，表情严肃，居然是市委宣传部部长章玉书。马力和毛乂宁不敢出声，赶紧找了两张空位坐下。

主持会议的是鲍正龙，他往会场扫一眼，清清嗓子："人都到齐了吧？那咱们就开会。今天会议的议题，主要是讨论许敬元命案，以及由此牵扯出来的一系列案子，除了公安系统内部的同志，还请了市委常委、宣传部部长章玉书同志列席会议。章部长最近一直在收集和监测由许敬元系列命案引起的社会舆情，我这次是特意邀请他来讲讲这方面的情况，好引起大家重视。下面有请章部长给大家讲几句。"会议室里响起了三三两两的掌声。

章玉书推推眼镜，坐正身子说："知道公安的同志任务紧工作忙，我就不说废话直奔主题吧。我这次过来，主要是跟大家通报一下宣传部网信办近期监测到的两起跟公安工作有关的重大网络舆情。第一起是光明高中操场埋尸事件，因为公安的同志曾经在光明高中操场上挖掘被害人尸体，当然事件的最后结果我们在座各位都已经知道，并没有挖出到，但是事情经过现场围观群众拍下的照片和视频传播之后，在网络上引起轩然大波，不明真相的吃瓜群众纷纷转发，谣言四起，有的说光明市警方在操场上挖出了一具干尸，正是十五年前失踪的许敬元老师，有人说亲眼看见许老师的尸体被挖出的那一刹那，突然变成一条凶狗蹿出来，要找杀他的凶手报仇，更有甚者，有人造谣说在学校操场下面挖出了十多具尸骸，都是十几年前学校莫名失踪的女生，她们都是被色狼校长迷奸杀害后埋在操场底下的……总之什么离奇古怪耸人听闻的假消息都有，我们网信办的同志四处辟谣，才勉强把这波网络舆情压下去。

"谁知前几天，第二波网络舆情又出现了，说是十五年前离奇失踪的许老师的尸体竟然在其自家楼后猪圈里被挖出，其妻与现任丈夫当年勾搭成奸谋害亲夫，公安办案不力，竟然将奸夫淫妇两名杀人凶手一起释放，帖子被本地新闻论坛头条推出后，有很多微博大V都进行了评论和转发，并且很快上了热搜，这回网民是一边倒地指责甚至谩骂警方不作为，不知道收了凶手多少黑钱，才会黑白颠倒故意放走凶手，甚至还有网民联名请愿要严惩放走凶手的黑警。这一波舆情来势汹涌，光靠宣传部辟谣和删帖已经没有办法控制了，省里的领导也被惊动，昨天接连给我打了两次电话，告诫我说网络舆情要是控制不好，那可是要出大事情的。

"我也不知道你们明明已经抓到了杀死许敬元的凶手，为什么又把他给放了，也许其中有你们警方的考量，但我想说的是，网络舆情猛于虎，如果公安这边再不破案，再不向老百姓公布案情真相，到时候酿成重大网络舆情事故，咱们宣传部可是兜不住，还得你们公安这边站出来顶着。所以我来这里没有其他目的，就是想拜托在座各位，既然现在已经被推上了网络舆情的风口浪尖，那就请各位一定要多加努力，尽快破案，早点平息汹涌的社会舆情。"

鲍正龙说："多谢章部长今天百忙之中抽空来参加会议，也算是给大家提个醒，或者说得严重一点，是给公安的同志发出警告，关于许敬元的案子，十五年前就闹得沸沸扬扬，这次被重新翻出来，加上现在网络发达，社会舆情发酵得更快，如果不尽早破案还老百姓一个真相，万一闹出什么重大事故，上面追责下来，在座各位谁也跑不了。"

吴锐是单位二把手，当然得跟着发言表态："鲍局，章部，其实许敬元这个案子吧，并不复杂，我听城区分局的人说，他们接到报警后，第一时间就锁定了杀人凶手是葛春秋，他是许敬元妻子周小艺的现任丈夫。葛春秋也亲口承认是他与周小艺勾搭成奸，为了能和周小艺厮守在一起，所以对许敬元动了杀心，用一把铁锤将其杀害，甚至分局刑警队吕进贤副队长已经在三仙湖里找到他作案后扔掉的凶器，按照正常程序，很快就可以结案。谁知这时候市局刑警大队的马队长和毛乂宁非得要分局那边把案子移交上来，与唐缨命案、窦武命案并案侦查。并案也就算了，只要能抓紧时间破案，案子在分局和市局也没有多大区别，谁知刑警大队全盘推翻了分局的调查结论，将疑凶葛春秋给放了。老百姓一见警察不问青红皂白就把杀人凶手给释放，自然群情激愤，到处在网上发帖骂咱们是黑警，再加上一些别有用心的网络大V跟着带节奏，新一波网络舆情就这么被炒起来了。我看这事，刑警大队这边得好好追究一下当事人的责任。"

"有这么回事吗？"鲍正龙扭头看向尹副局长，"老尹啊，刑侦这一块是你分管的，这个事情你知情吗？"

"这事我知道，也是我亲自打电话让分局把案子并过来的。"尹副局长并不慌张，据实汇报，"如果将葛春秋认定为凶手，案子会有许多解释不通的地方，本着疑罪从无的原则，刑警大队才将葛春秋先放回家去的。他们正在加紧调查，案子目前已经有一些进展，相信很快就会有结果。"

"认定葛春秋是凶手，有什么地方解释不通？"吴锐接住他的话说，"葛春秋的杀人动机、口供和作案凶器都齐了，你还要什么解释？我看有些同志，摆明了就是想抢人家分局的功劳，十五年前的旧案折腾这么久都破不了，结果人家分局刑警队上来三下五除二就给搞定，我看刑警大队一来是觉得面子上不好看，二来不想这个功劳落进别人手里，所以就……"

"吴政委，您这话就说得不对了，且不说刑警大队是不是真为了面子，为了抢功劳才要求并案侦查，单就认定葛春秋是凶手这件事情疑点那么多，您作为一个老刑侦，就真的闭着眼睛什么都看不到吗？"说话的是毛乂宁。按理说这种场合，还轮不到他这个基层警员站起来发言，但是他听了吴锐的话，心里的气不打一处来，不顾马力在旁边给他递眼色暗示他千万沉住气，他"呼"地站起身，顾不得现场领导对他投来异样的目光，用比平时说话大数倍的音量说道，"首先如果葛春秋真的是凶手，那停放在河边的许敬元的摩托车、窦武冒充许敬元性侵唐缨并故意留下许敬元的一只皮鞋，该怎么解释？另外，还有一个最大的疑点，"他举起手里的化验报告，"我手中有份DNA检测报告，检测的样本是十五年前从学校工程指挥部墙壁上提取到的血迹，足以证实许敬元是在学校遇害的，而非葛春秋口供中所言,是他躲在许敬元家门口将其杀害。而且你说到凶器,吕进贤在三仙湖里打捞起来的铁锤,一头是尖的,另一头是方的,而许敬元脑后致命伤是用圆头铁锤重击所致。这些疑点,随便拿出一条来,都足以推翻你那个警校同学吕进贤在你的授意下做出的葛春秋是杀人凶手的结论。"

毛乂宁赶紧将化验报告传给各位领导看,并义正词严地介绍报告的来历。一瞬间,吴锐没想到关键时候毛乂宁会亮出这个撒手锏,他在卖力地克制颤抖的身体。

尹副局长看完报告后点头对鲍正龙说:"鲍局,有了这份报告,基本可以确定许敬元是在光明中学的工程指挥部里遇害的了。"

马力也站起身说:"是的,各位领导,有了这份报告,继续把谋杀许敬元的罪名强行推到葛春秋头上显然不适合。"

"我看不对吧,这份报告就算能证明许敬元是在学校指挥部被杀的,那也跟雷大铭扯不上关系啊。"吴锐立即提出反对意见,"你们提供的窦武的自首视频我看过,很显然他是因为贪污公司工程款被雷大铭追查后,为了报复公司董事长才故意将其拖进这个案子的。我觉得现有证据可以证明许敬元是窦武杀的,但不能证明雷大铭牵涉其中,警方不能放过一个坏人,但也不能随便冤枉一个好人,鲍局您说对吧?"

毛乂宁揶揄道:"吴政委,您可真是墙上一兜草,风吹两边倒,刚才还说已经认定葛春秋是杀人凶手,现在又改口说现有证据可以证明许敬元是窦武杀的,到底哪句话才是可以让人相信的真话呢?"

吴锐道:"我没有改口啊,我干了那么多年刑警,以我的经验来推测,这个案子的凶手在学校杀人,在十几公里之外的安福里埋尸,一个人肯定干不了,必须得有同伙,所以我觉得这个案子是葛春秋和窦武合伙干的。窦武因为许敬元举报他做的学校操场翻新工程不合格,而对他产生杀机,葛春秋因为与许敬元是情敌关系,想要对他取而代之也是情理之中的事情,所以这两个人一拍即合,决定联手除掉许敬元。他们先在工程指挥部里杀人,然后葛春秋负责把许敬元的尸体拉回周小艺家楼后菜园埋尸,窦武则将许敬元的摩托车扔到河边,再冒充许敬元性侵唐缨,造成许老师被唐缨踹下河淹死的假象。这样一来,案子中最大的疑点,为什么凶手要在学校杀人,却又将许敬元的尸体埋在他自家楼后,就解释得通了。"

毛乂宁见他这一通胡说八道，居然还博得会场一些人点头同意，不由得又好气又好笑："吴政委，你这个推断纯属胡扯。我调查过，葛春秋和窦武之间没有任何交集，怎么可能两人联手作案？还有，在许敬元出事之前，葛春秋与周小艺之间并没有过多交往，两人是在许敬元失踪数年，法院依法宣告其死亡之后，才结婚成立新家庭的。你说葛春秋杀许敬元，显然动机不足。还有最最重要的一点，这起旧案子之所以会被翻出来重新立案调查，转折点就是葛春秋提供的一条线索，案发当晚他在河边放鱼笼时，看见有一个人光着一只脚从冰冷的河水里爬起来，但是这个人不是许敬元，说明他不是溺水而死的。由此警方才能顺着他提供的这条线索，调查当年性侵唐缨的真凶。如果葛春秋跟窦武是一伙的，他替同伙打掩护还来不及，怎么会将这么重要的线索公布出来？"

"那也有可能是两人先合谋杀人，然后又窝里斗，双方闹翻了，所以葛春秋才故意放出一点线索，让你们去调查窦武。也许是他想借警方之手除掉窦武呢？"

"放屁！"毛乂宁实在忍不住，重重地一拍桌子，差点把坐在他旁边的政工室余主任的茶杯给震倒了。他隔着会议桌指着吴锐，"你一会儿说葛春秋是凶手，一会儿说窦武是凶手，现在又说是两人合谋作案，连人家窝里斗故意向警方透露作案线索这样的鬼话都说出来了，你不觉得这太扯了吗？我问你，你说的这些狗屁话，哪一句经得起推敲，哪一个字是有证据支撑的？"

"你……"吴锐显然没有料到他一个小小的刑警，居然敢当着这么多领导的面对自己出言不逊，脸上顿时有些挂不住，"查找证据不正是你们刑警大队应该干的事情吗？怎么推到我这个政委身上来了？"

"目前这么多线索，全都指向了雷大铭，你凭什么替雷大铭开脱，说他跟这个案子没有关系？你自己说说，你到底收了人家多少好处，这么卖力地替他脱罪？"毛乂宁这一团怒火已经在心里憋得太久，今天终于趁这个机会一吐为快，"十五年前如果不是你从中作梗，许敬元的命案早就破了，也用不着现在还在为这个案子浪费警力物力，而且又多添了两条人命！"

"毛乂宁，你给我把话说清楚，你哪只眼睛看见我收受雷大铭的好处了？我就是以一个老刑警的身份分析案情，就事论事，你犯得着上升到人身攻击吗?"吴锐也一拍桌子站起来,像一只斗红了眼的公鸡,恨不得冲上去啄对方一口,"我承认当年我在刑警大队当队长的时候没有重用你提拔你,你就是对我心怀不满,抓住这个机会报复我诬陷我,但是我当年为什么那么对你,你心里没有一点数吗?诸位,既然今天把话说到这里了,我也不怕自揭当年我当大队长时的家丑。大家知道这份化验报告是怎么来的吗?就是他当年将刑警大队物证室保存的血样偷出去交给许敬元的女儿,让她拿去找社会上的鉴定机构鉴定的。严格来说,这份证据的来源有问题,是不能够被采信的。当年他犯下如此大错,我出于爱护下属的一片公心,没有将这事上报,只是在内部进行了批评教育。正是因为有了这个前车之鉴,所以后来我一直没有重用他,更不敢让他独当一面负责办理什么大案要案。他觉得我在警队里给他穿小鞋,打压他,所以对我怀恨在心,一直在找机会报复我。"

"我这么做还不是你逼的?当年从现场提取到的两份血样,你只拿了一份去送检,说什么两份血样都是同一个地方提取的,样本内容肯定是一样的,化验结果也是相同的,所以只拿一份去送检就行了,结果闹出了送检血样是狗血的笑话。而另一份血样扔在物证室没有人管,如果不是我偷偷拿出来让许雯雯自己找单位送检,大家今天能看到这份化验报告吗?"

"你违反纪律,将涉案物证偷偷外传,造成不可挽回的恶劣影响,你还有理了……"

"行了,你俩吵够了没有?"鲍正龙实在听不下去,气得把手里的茶杯一扔,一杯热茶全都倒在会议桌上,"居然在会议室里骂起街来了,你们眼里还有我这个局长吗?内部人看见就算了,章部长就坐在这里,你们是想让宣传部的领导看笑话吗?"

"公安的同志脾气火暴,我理解我理解!"章玉书尴尬地站起身,"鲍局,该传达的我都传达了,你们内部开会分析讨论案情,我就不旁听了,市委还有个会要开,我先撤了!"他跟鲍正龙握一下手,拎起公文包快步离开了会议室。

"你们看看你们一个个像什么样,做领导的没个领导样,做下属的没个下属样,"鲍正龙指指吴锐,又指指毛乂宁,一副恨铁不成钢的表情,"行了,今天的会就开到这里,你们相互扯皮的事情我不跟你们计较,赶紧回去办正事，一定要全力侦办，争取早日破案，别让宣传部的人再批评过来。你们觉得没什么，我这张老脸可挂不住。散会！"他刚宣布散会，吴锐就狠狠地朝毛乂宁这边瞪一眼，"哼"了一声，拉门走了。

从市局办公大楼往刑警大队走的路上，马力说："老毛，今天你这火暴脾气可真把我吓一跳，如果不是鲍局坐在那里，估计你都要冲上去跟吴政委直接干起来了。"

毛乂宁挠挠头："刚才确实冲动了些，不过我真的忍他很久了，谁不知道他在这个案子上一直极力包庇雷大铭和孔伟德？以前的事情过去了也就算了，可是现在这个案子重新翻出来，闹出这么大动静，他居然还想像十五年前一样插手案子，替真凶脱罪，我毛乂宁已经不是十五年前的那个毛头小子了，这次一定要跟他硬刚到底，我就不信他有这么大能耐，真能一手遮天了！"

马力搂着他的肩膀说："行了，您老人家消消气，咱们办正事要紧。既然化验报告已经证实当年墙壁上的血迹是许敬元留下的，那咱们还是去学校工程指挥部再看看吧。"毛乂宁说："也行。只怕时间过去十五年，就算房子还在也瞧不出什么了。可是不亲临案发现场看看，我这心里也不踏实。"

第二十三章　收网行动

马力和毛乂宁再次来到光明高中时已经是下午四点多，幸好校长梁芳华出差没有在学校，毛乂宁暗自庆幸，这个梁校长得理不饶人的嘴功他已经领教过，如果听说警察再次找上门，不知道又要对他们说出什么难听的话。

学校保卫科熊科长接待了他们。听马力道明来意之后，熊科长想了半天才勉强记起来："哦，你们说的这个工程指挥部，应该是食堂旁边那个小杂物间吧？"因为他才来学校工作四五年时间，对学校之前的布局不是很了解。

毛乂宁回忆一下说："对，我十五年前出现场来过一次，就是在食堂附近。"熊科长说："就那对了。"带着他们从学校综合办公楼走出来，斜穿过操场，沿着花坛旁边的小路往前走不远，能看见靠近食堂的围墙边有一间低矮的小平房。毛乂宁点头说："就是这里了。"

平房的大门是锁着的，熊科长自己没有带钥匙，打电话叫仓库管理员开了门。"我都不知道这里以前还做过什么工程指挥部，"熊科长推开门，一股灰尘落下，他一边挥手扇着，一边说，"我调到这个学校工作的时候，这里已经是一个杂物间了。你们进去看看吧。老吴，开一下灯！"他找了半天没看见电灯开关，只好回头叫仓库管理员。管理员老吴说："这里的灯泡早就坏了，因为很少有人来，没有换新的。"他递上一个手电筒，"就用这个吧。"

毛乂宁接过手电筒，撤亮后往屋里照一照，只有十几平方米大小的屋子里，乱七八糟地堆放着许多被拆了主机壳的旧电脑、老式的显示屏和缺胳膊少腿的电脑桌，只剩下中间一条小缝隙勉强可以走人。老吴站在门口解释说："这里放的全是学校电子阅览室淘汰下来的旧电脑和桌子。"

毛乂宁一边小心地抬着脚步，以免踩到杂物，一边用手电四处照着，脑子里回忆起当年第一次来到这间房子的情景。他用手电光朝旁边墙壁上晃一下，告诉马力："许敬元的办公桌大概就放在这个位置，在办公桌靠近的墙壁边，警方提取到两份血样。"当时马力不负责这个案子，所以没来过现场。他跟着毛乂宁的手电光往墙壁上看看，墙壁到处都是黑乎乎的，屋里遍布蜘蛛网，还有老鼠屎，完全看不出当年作为工程指挥部的模样，更不可能瞧出命案留下的蛛丝马迹，但不知道是心理作用，还是现场气氛使然，他总觉得这间小屋里透着一种瘆人的味道。

　　他用手电光比画着，跟马力大致讲了一下十五年前案发现场的场景，马力边听边点头："我看过当年的卷宗，里面有现场照片，也大致明白是什么情况，只不过当年都没有在现场勘查出什么作案痕迹，现在只怕更找不出什么线索来了吧。"

　　毛乂宁点点头："我也不是要找什么线索，主要是想熟悉一下现场，唤醒当年的记忆，毕竟这么多年过去，当时的情况在脑海里已经很模糊了。"

　　从杂物房出来，毛乂宁将手电还给老吴，又跟马力在操场上转了一圈。今天是周末，学校有几个班在补课，操场上偶尔有三两个穿蓝白相间校服打闹而过的学生身影。上次被他挖开的操场地面早已回填和修补完毕，无论怎么修补，还是一眼就能瞧出来。现在想来，当初急匆匆挖开操场有些草率，但也是必要之举，虽然没有任何收获，但至少证实许敬元的尸体并没有像窦武说的那样埋在学校操场里。

　　两人正在操场跑道上走着，迎面碰见了上次那位老校工。老校工老远就跟他们打招呼："警察同志，又要来挖操场了吗？这次想挖什么位置，你们告诉我，我保证能给你们准确定位。"

　　毛乂宁尴尬一笑："大爷，咱们今天不挖了。"老校工倒是很热情，上来跟他们握手说："上次多亏你们挖开操场，要不然我还真没办法找到我们家黑子呢。我已经把它的尸骨收好埋在了学校后面山头。学校食堂做饭时候香气会往山上飘，这样它就可以闻到饭菜的香味，不会饿肚子了。"毛乂宁回头看看马力，两人都苦笑起来。

　　当走到操场后面时，因为刚才听老校工提到了学校后山，两人特意往那边边认真瞧了一眼，却发现山边正有两台挖掘机在作业。两人吓了一跳，以为又有什么人要来挖操场，快步走过去一瞧，原来挖掘机是在挖掘从操场通往后山道路两边护坡上的土方，十来名头戴安全帽的工人正在工地上忙碌着。路口停着一辆白色公务车，车边站着一位官员，正背着双手看着工地，像是在视察工作。

"这不是章部长吗？"马力惊奇地说。

章玉书显然也看见了他们，抬手跟他们打招呼："两位警官，这么巧，又见面了？"毛乂宁解释道："也没什么特别的，就是想过来再走访一下情况。"章玉书显然知道警队的规定，点点头，没再往下问。马力往护坡工地上指一下："您这是……"

"这道防护坡啊，还是十多年前建成的。当时我还在教育部门当领导，这个项目是我负责督导的，因为对工程建设我也是个外行，工程验收通过之后才发现这个防护坡建得有问题，一到下雨天，就会有泥巴石头滚落，甚至还有发生塌方的危险，这条路是学生从宿舍通往操场的必经之路，对孩子们的安全造成了很大威胁。后来我虽然想补救，但我不是单位一把手，不能拍板做主，再后来我调离教育局到宣传部工作，不在其位不谋其政，对这个事情更是想管也管不着了。"章玉书手捂胸口，看上去十分痛心，"但是这道有安全隐患的防护坡一直是我的一块心病，直到去年还有石块滚落，把一个孩子的腿给砸伤，真是罪过啊！"

毛乂宁听到这里，朝操场方向望一眼，心里暗想：十五年前那次工程留下的后遗症，只怕不止这道防护坡啊！

"那您现在这是……"马力看着章部长问。

章玉书说："按照市委年初拟定的计划，今年要在全市范围内完成一百件民生实事，实实在在解决老百姓'急难愁盼'的问题，正好有学生家长联名写信反映光明高中后山护坡存在安全隐患问题，我就责成教育部门将这个防护坡修护项目当成今年必须完成的一件民生实事报了上来，并且每月向我汇报一次进度。这不听说项目已经开工了嘛，所以特地过来了解一下情况。正好借着这个机会，把十几年前留下的后遗症给解决掉，也算是了却了我的一块心病。不知这算不算以'公'谋'私'啊！"

"如果每个领导干部都能像您这样以'公'谋'私'，那真是老百姓之福啊！"毛乂宁由衷地感慨道。

章玉书脸上的表情变得沉重起来:"是啊,咱们领导干部一定要慎重,往往一个小小的错误决定,就可能留下无穷无尽的后遗症,甚至会给自己的人生留下难以抹去的污点!"他站在领导角度发出的这一声感叹,让马力和毛乂宁一时难以接上话来。

这时公务车司机走过来,朝着章玉书耳语两句,章玉书点点头,叫来正在施工现场监督的工程质量监督员,严肃地向他交代几句,然后对着两名警察挥挥手:"我还要到下面乡镇督导工作,两位忙着,我先走了!"

目送他乘坐公务车离开后,马力说:"这位章常委一向官声不错,我听小道消息说,他很快就要高升了。"毛乂宁道:"我跟他有过一点接触,现在像他这样一心为老百姓办实事的官员已经不多了!"

两人离开学校时,已经是傍晚时分,毛乂宁说:"走吧,别回单位吃食堂了,晚上我请你吃饭。"马力听得一愣:"今天怎么还跟我客气上了呢?"毛乂宁哈哈一笑:"我想起在市局开会的时候指着吴锐骂他的场景,突然觉得特别解气,就想晚上好好喝一杯,庆祝今天出了心头这口鸟气。"

马力挑了挑眉毛:"按照纪律条令,工作日是不能随便饮酒的啊。"毛乂宁操着大嗓门:"废话,我这不是跟你这个大队长报备吗?"

马力笑道:"有你这么事到临头口头报备的吗?"毛乂宁不屑一顾:"我先口头报备,事后再补手续。"

"那行吧,要喝你一个人喝,我可不能陪你,要不然咱俩都得挨处分。"马力一脸无奈的表情,"走吧,你想去哪里喝一杯?"

"我带你去一个地方,去了你就知道了!"毛乂宁把车开上城区主干道,拐了几个弯,来到石花路,找到好煮意饭馆,在路边停下车。"这间餐馆是许星阳他大伯开的,许星阳在这里做厨师,听说他做的菜还不错,所以我请你来这里吃饭。正好上午许星阳把化验报告交给了我,我也想找机会跟他简单说一下他父亲案子的最新进展。"两人边说边走进店里,服务员小爱急忙迎着两人,给他们安排座位。

两人在小桌边坐下,点完菜后又问:"许星阳在吗?"小爱说:"他在厨房里忙着呢。"毛乂宁点点头:"行,等他忙完你让他出来一下,就说有位姓毛的警官在外面等他。"小爱这才反应过来两人是穿便装的警察。

许星阳很快炒好几个小菜亲自端出来,一边给他们上菜一边说:"马队长,毛警官,你们怎么来了?"马力哈哈一笑说:"老毛说你在这里做厨师,非要拉我来尝尝你的手艺。"许星阳不好意思地笑了:"都是些家常小炒,不值得你们特意跑过来吃的。"

毛乂宁从旁边拉过一张凳子让他坐下:"我们不是特意跑过的,原本就是想找你,顺路过来这里吃晚饭。"许星阳又立即站起身:"你们找我有事?"毛乂宁说:"也没什么特别的事,上午你将化验报告交给我,我们看了都觉得这个证据非常重要,至少直接证明了你爸是在学校遇害的,所以城区分局的人说葛春秋在你家门口杀了你爸,显然是说不通的。现在困扰警方最大的疑问就是,你父亲在学校被杀,又是怎么埋尸到你们家楼后菜园里的?"

"这个问题我们考虑了很久,"马力也看着许星阳说,"按照窦武的说法,许敬元在学校被杀害,尸骨被埋在操场下面,可为什么它却从你家楼后的猪圈下面被挖出来?你是怎么看待这件事的,有什么线索吗?"

许星阳摇摇头说:"我也觉得挺奇怪的。可惜当年我爸遇害时我年纪还小,具体情况我也记不太清。我问过我妈,我妈说事发那天天气很冷,我们很早就上床睡了,可能因为睡得太熟,没有听到楼前楼后有什么异常响动,所以我爸的尸体是怎么埋到那里去的,她也完全想不明白。"

"既然这样,那只好由警方慢慢调查了。"毛乂宁朝他笑笑,结束了案子的话题,然后问,"你们这里有酒没?我今天已经向领导报备了,想喝点酒。"许星阳朝正在柜台里边算账的大伯看看,许长坤立即走过来,脸上带着笑意:"有二锅头,可以吗?"毛乂宁点头说:"行,您给我来一瓶吧。"

这天晚上,毛乂宁因为心里痛快,多喝了两杯,马力一边喝着白开水,一边坐在饭桌对面相陪。

毛乂宁说:"你这人真没劲,连陪我喝杯酒都不行。"马力道:"等这个案子破了,咱们跟警务督察科报个备,我一定好好陪你喝一杯。"晚上八点多,两人吃完晚饭,付了账,马力开着车,先将毛乂宁送回家,然后才自行离去。

第二天毛乂宁拎着早餐到单位上班,刚坐下就看见办公桌上放着一封信,邓钊说信是早上邮递员送过来的。他拿起来看看,是一个三十二开的牛皮纸信封,上面的收信人地址和姓名写的是刑警大队的地址和毛乂宁的姓名，但下面寄信人一栏却空着。

他觉得有点诧异，将早餐扔在桌上，撕开信封，里面装的是一沓照片。拿出来一看，照片像素好像并不高，拍得也有点模糊，但勉强能看得清。第一张照片，拍的是一个男人左手拖着一条黑狗，右手拎着一把铁锹，有点吃力地往前走着。前面一眼望去，尽是坑洼不平的泥土，四周的灯光并不太亮，照片左边角落里显现出一棵侧柏树，树边停着一辆挖土车。

毛乂宁愣住了，隐约觉得照片里的环境有点熟悉，咦，这不是光明高中的操场吗？只是地面的泥土坑洼不平，应该是学校操场正在翻新扩建施工时拍下的。照片右下角还有自动显示上去的拍摄时间，仔细一看，果然是十五年前的照片，具体拍摄时间是当年一月二十五日晚上九点十八分。这不正是许敬元出事的那个晚上吗？再看看照片上的那个人，虽然只拍到侧脸，但多看几眼便越发觉得熟悉，此人正是当时光明高中的校长孔伟德。

他一时间没有太看懂照片里的意思，就接着往下看第二张。第二张照片里，孔伟德将手里拖着的黑狗扔在一边，那狗倒在地上，应该已经死了，他拿着铁锹正埋头挖土。第三张照片，他已经在地上挖出一个坑，并且跳了进去，像是想从坑里刨出什么东西。第四张照片就很明显了，他从泥坑里拖出一具尸体，第五张照片拍摄的是他将黑狗埋进泥坑的动作。在第六张照片里，孔伟德拖着那具尸体走向停在不远处的一辆黑色小车，第七张照片拍到的是孔伟德将尸体塞进车尾厢……

后面还有好几张照片，通过这些断断续续的镜头，毛乂宁搞清楚了后面发生的事情。孔伟德用自己的小车载着尸体离开学校，驶出市区，开上春水河大堤，最后停在了安福里后面的省道上。停车的地方，一边是三仙湖，另一边是菜地，菜地那边隐约能看见一幢二层小楼，正是许星阳的家。孔伟德下车后，拿着铁锹在楼后菜地里挖个坑，将车尾厢里的尸体扛过去，埋进坑里。最后在三仙湖边洗了手，才开车离去。

孔伟德从操场上挖出来后又埋在菜地里的尸体是谁的，不用说也能明白，是许敬元的。看到最后，毛乂宁还原出了十五年前的埋尸真相，当时孔伟德用一具黑狗的尸体，替换掉窦武和雷大铭埋在操场上的许敬元的尸体，然后独自一人将尸体运到安福里，趁着寒夜无人的机会，悄悄埋在了许敬元家楼后的菜地。这些照片应该是用手机拍摄的，十五年前拍照手机刚刚兴起不久,像素并不高。

他又将信封检查一遍,信封正面贴着邮票的地方盖着收件邮戳,日期显示是昨天,信封背面盖着投递日戳,正是今天的日期。从邮戳内容来看,收件的是市邮政局。但实际上满大街都是邮筒,寄信并不一定要直接去邮政局,也就是说想由信封上的内容查找到寄信人信息是很困难的。而且现在最重要的任务,也不是刨根问底去查找寄信人是谁。他拿着照片,跑进马力办公室:"马队,我知道许敬元的尸体到底是怎么从学校跑到他家菜地里去的了!"

"什么?"马力被他来势汹汹的样子吓了一跳。

毛乂宁将手里的照片递过去,马力疑惑地看他一眼,接过了照片。看到前面几张的时候,他脸上的表情还没什么变化,越往后看,神情就越发凝重,看完最后一张照片,他理解了毛乂宁的神情为什么那么激动:"我去,这照片记录得也太详细了,这算是全程跟拍啊!"

毛乂宁兴奋道:"是啊,十五年前窦武和雷大铭合谋杀死许敬元,并将他的尸体埋在学校操场。但是等他们作案完毕离开学校后,孔伟德觉得他们这样处理尸体并不安全,于是又悄悄回到学校,将许敬元的尸体挖出来,并将在学校里溜达的一条黑狗打死,用狗尸代替人尸埋在操场泥坑里,而他却开车将许敬元的尸体拉到许敬元家楼后菜地深埋起来。他埋尸的时候已将近夜里十点,这时候许敬元的家人都已经熟睡,没有察觉到任何动静。"

马力回忆道:"难怪那天开着挖掘机去挖学校操场的时候,雷大铭紧张得几乎崩溃,但孔伟德却显得十分淡定,原来他知道尸体根本就没有在那里,就算警察把整个操场翻转过来也不可能找到许敬元的尸体。"

毛乂宁接着分析:"雷大铭应该是从孔伟德那里得到了某些信息,因此加快了安福里的拆迁工作,并且很快就从周小艺家猪圈下面挖出孔伟德埋下的尸体,于是他们利用这一点大做文章,把杀人罪名推到葛春秋身上,以为这样就可以摆脱自己的杀人嫌疑。但是他们没有想到咱们最后能拿到许雯雯拼死保住的 DNA 化验报告,确证许敬元是在学校遇害的。"

马力右手紧紧握拳,用力往左手掌心里一砸:"如此一来,整个案情就清楚了。"

"有了这些照片作为证据，孔伟德参与杀人埋尸的罪行基本可以确定了。"毛乂宁指指桌上的照片，抬头看着队长，"怎么样，既然案情已然明了，是不是该收网了？我觉得咱们可以兵分两路，同时将雷大铭和孔伟德控制起来，如果不同时抓捕的话，我担心会走漏风声，导致另一个嫌疑人跑掉。"

马力犹豫一下说："还是先请示一下尹局吧，毕竟孔伟德现在是教育局副局长，如果处理不好，可能会给刑警大队破案带来麻烦。"他给尹局打电话说明了案情，尹副局长又请示鲍局长。最后鲍局的回复是："同意采取收网行动！"

马力接到命令，挺起胸脯说声："是！"挂断电话后，正要跟毛乂宁一起带队出发开展抓捕行动，警员李毕突然跑进来："马队，外面来了两个纪委的同志，说是要找……"他犹豫着看向旁边的毛乂宁，"要找毛警官！"

"纪委的同志？"毛乂宁一愣，"找我？"

马力上下打量着他："老毛，你没做什么违法乱纪的事情吧？怎么会被纪委的人盯上？"毛乂宁两手一摊："我也不知道啊。"马力说："走，去看看。"

两人走出办公室，老齐朝旁边接待室努努嘴："纪委的人已经把邓钊叫去谈话了。"两人的心悬了一下，扭头往接待室走。

两名身穿白衬衣打着领带的男子正坐在接待室的沙发上，其中一个年纪较长，一脸严肃，应该是领导，旁边的年轻人手里拿着笔记本，做出随时记录的样子，应该是他的助手。邓钊则坐在他俩对面的沙发上，现场气氛有点严肃。

毛乂宁的心咯噔一下，不知道纪委的人是何来意，咳嗽一声说："两位同志，我是毛乂宁。"两名"白衬衣"立即站起身，又看看他身边的马力，脸上带着一些疑问。毛乂宁忙说："这位是刑警大队的大队长马力。"马力忙朝两位"白衬衣"抬抬手："原来是纪委的同志办案，不好意思，我回避。"

中年"白衬衣"笑起来："马队，不用回避，咱们也正想找您呢。""连我也要找？"马力一脸茫然。中年"白衬衣"说："我是市纪委第一纪检监察室主任袁超明，这位是我的助手小曹。"分别跟马力和毛乂宁握过手之后，他又把目光转向邓钊和毛乂宁："毛警官，邓警官，前段时间你们是不是给纪委联名写过一封举报信?"

毛乂宁与邓钊对视一眼,这才想起通过章玉书向纪委转交举报信的事情。邓钊连忙点头:"是是,确实是有这么回事,当时我们正在调查实验中学倒墙案,觉得案子的水很深,正想深入调查下去,但教育局那边却想把案子压下去,说是他们要内部调查处理,所以我跟我师父毛警官才给纪委写信……是不是给你们添麻烦了?"他小心地问。

袁超明说:"不麻烦,不麻烦,我们感谢你们给提供纪检线索还来不及呢,怎么会嫌麻烦呢?我们接到你们的实名举报,然后又看了《光明晨报》仇记者写的那篇报道,我们非常重视,按照举报信里提供的线索,我们发现实验中学新宿舍楼及围墙建设工程在项目招投标过程中存在暗箱操作的黑幕。首先是教育局分管基建的副局长孔伟德跟相关工作人员暗中打招呼送好处,让他亲外甥雷大铭的公司违规中标,然后又在施工过程中偷工减料、以次充好,并且贿赂学校校长及工程质量监督人员,做出了豆腐渣工程也没有人管,最后导致围墙坍塌,闹出人命。事故发生后,他们怕被追责,孔伟德又指使学校校长成功一个人站出来自首顶罪,孔副局长甚至还向成校长承诺,等风声过去后,再给他安排一个与现有职务相当的新职位。

"再顺着这些线索深挖下去,发现孔伟德和雷大铭之间存在大量权钱交易,孔伟德通过大搞暗箱操作,甚至是送礼送钱拉人下水的方式,让雷大铭的公司承揽了近些年来全市教育系统所有的建设工程。当然,雷大铭也没有亏待这位亲舅舅,不但让他在自己公司持有干股,还多次向他输送利益,光送给他的好处费就多达三千万元,同时他们通过送钱送物,邀请去高档休闲场所消费,甚至直接安排夜总会小姐特殊服务之类的手段,拉拢腐蚀多名公职人员,甚至包括警务人员,为大铭集团的各种违法行为大开绿灯。基于目前已经掌握的线索和证据,我们觉得可以展开收网行动了。但又听说公安部门也在调查雷大铭的案子,怕纪委的工作和警方的行动会有冲突,所以我特地赶过来,一来是向毛乂宁和邓钊两位举报人简单通报一下情况,二来是想跟警方协调行动方案,以免造成各自为政甚至出现工作失误的局面。"

马力听到这里,用肩膀碰一下毛乂宁:"你还给纪委写过信?怎么没听你提起过?"

毛乂宁不好意思地笑了:"我也不是故意瞒着你的,上次我跟邓钊调查实验中学倒墙案的时候,觉得这个案子还有很多疑点,本想继续深入调查,你却突然不让查了,要把案子定性为安全生产事故,让教育系统内部调查处理。我当时还以为你跟那些人同穿一条裤子,心里不服气,所以就跟邓钊联名给纪委写了封举报信,把案子的详细情况和我们心里的疑点都写进去了,想不到纪委的同志如此重视,真是有点出乎我的意料。"

"其实在收到你们的举报信之前,我们也陆续收到过其他人反映孔伟德和雷大铭这对舅甥的一些违法线索,纪委已经对他们展开了一些前期调查,但因为线索比较模糊,一直没有什么结果。就在这个案子卡壳的时候,正好接到你们的举报信。你们提供的线索非常翔实,证据也充分,提出的几点怀疑也合情合理,对纪委的调查工作起到了非常大的推动作用。"袁主任说到这里,忍不住又握住毛乂宁的手,再三表示感谢。

"既然纪委的同志来了,那我也说说刑警大队调查到的一些情况吧。"说着,马力向两名"白衬衣"简单介绍了许敬元命案以及后来牵扯出的一系列案件,然后又说了这些案件中雷大铭和孔伟德的所作所为。

袁主任听完后点头说:"这么说来,孔伟德和雷大铭不但牵涉行贿受贿权钱交易,还可能涉嫌故意杀人?"

毛乂宁说:"是的,现在就是这么个情况,刑警大队也正准备对这两名嫌疑人采取行动呢。"

袁主任说:"那太好了,我跟领导请示一下,干脆纪委和公安来个联合行动联署办案吧。"他走到一边用手机打了个电话,回来后说,"书记建议咱们共享线索,联合办案,分头行动,各个击破。具体来说就是先分头行动,你们负责抓捕雷大铭,我们负责带走孔伟德,然后分头开展审讯,有什么情况及时向对方通报,后面的工作再视实际情况另行安排。你们看这样行不?"

马力也跟尹局请示了一下,最后说:"没问题,那就这么决定了。我们现在去大铭集团抓捕雷大铭,你们去教育局找孔伟德,咱们随时保持联络。"两名"白衬衣"起身说:"没问题!"

送走纪委后,马力和毛乂宁立即召集人手,携带配枪,分乘两车警车,直奔南宁路大铭集团。集团前台小姐表示雷董正在公司十八楼会议室开会,为了防止她给雷大铭打电话走漏风声，马力留下一名女警员在一楼看着这位工作人员，其他警员都跟他一起，乘电梯直上十八楼。

警方推门闯进会议室时，雷大铭正在主席台上挥舞手臂，给台下的一百多名下属训话，见到警察登门，他一阵愕然，举起的手臂僵在半空中。毛乂宁出示逮捕证后，邓钊很快给他上了铐子。在一众下属的目瞪口呆中，雷大铭被两名警员架着胳膊，从现场押走。

雷大铭被带回刑警大队后，审讯工作却遇到了阻碍，面对警方的提问，他不是装聋作哑，就是一问三不知，要不就是对任何指证都矢口否认，摆出一副比窦娥还冤的样子。

马力有些着急，毛乂宁却劝他不用着急："这家伙现在还没有认清形势，以为他舅舅能量巨大，还会像以前一样找人捞他出去，花钱出力保他平安。"马力问："那怎么办？"毛乂宁说："再等等，纪委那边应该很快就会有消息传来。"

果然没过多久，袁主任就打电话过来说："孔伟德刚被带到纪委，人就直接崩溃了，彻底招供。他既承认了与亲外甥雷大铭贪污腐败，也承认自己跟许敬元命案有关联，但并非主犯。当年因为许敬元对待工程质量过于较真，总是坏他的好事，所以他也跟雷大铭他们一样，对他恨之入骨，只是他多留了一个心眼，没有直接参与杀人，而是利用自己跟许敬元比较熟，让他没有戒心地喝下了掺有迷药的'醒酒茶'后陷入昏迷，后面杀人埋尸的事都是雷大铭和窦武做的。虽然他没有直接参与，但却一直躲在暗处观察。后来看见他们把尸体直接埋在了学校操场，一来觉得夜里突然开动挖土机，发出异响，事情很容易败露，二来他在这里当校长，觉得校园里埋着尸体太不吉利，所以他边偷看情况边暗骂雷大铭和窦武是蠢猪。等着两人离开学校后，孔伟德将正在校园里溜达的一条黑狗逗引到工程指挥部用铁棍打死，将许敬元的尸体调包成狗的尸体，然后再将许敬元的尸体运到他家楼后菜地里悄悄埋了。这样一来，就很难有人找到许敬元的尸体，找不到尸体，这桩人命案就永远破不了。但是他做梦也没有想到，他在冬夜里转移尸体的经过居然被人跟踪拍摄下来，甚至在十五年之后，这些照片还落到了警方手里，成了他否认不了的罪证……"

毛乂宁将孔伟德招供的视频播放给雷大铭看，雷大铭好像被人当胸打了一记重拳，心里最后的一丝希望破灭，整个人瘫软在审讯椅上。雷大铭的心理防线彻底崩塌，他用戴着手铐的手揩着额头上的冷汗，磕磕巴巴地说道："我说，我说……"

据雷大铭招供，他所有的工程项目都是通过给舅舅送钱拿到的，两人官商勾结，如鱼得水，把生意做得风生水起。关于许敬元之死，确实是他和窦武动手杀的。因为许敬元这个工程质量监督员太称职，成了他发财路上的绊脚石，所以他早就对许敬元动了杀机。那天晚上从教育局领导手里看到许敬元写的举报信，更是恼羞成怒，杀机大炽，当晚就跟窦武用锤子将昏睡中的许敬元杀害，然后让窦武开动挖土机，将尸体埋在了操场下面。第二天他带领施工队进场，在学校操场上浇灌水泥，铺设跑道，将许敬元的尸体彻底封埋在水泥底下。

谁承想后来许敬元的女儿带着警察在工程指挥部找到他们没有擦干净的血迹，他慌了神，急忙找舅舅孔伟德求救，孔伟德就请自己的熟人吴锐帮忙，希望警方不要对此立案调查。当时他通过舅舅做中介，给吴大队长送了十万元现金和两瓶茅台酒。后来吴锐把血样拿去化验，结论是溅在工程指挥部墙壁上的血迹是狗血，这个案子就此被他强行压下。为了报答他，雷大铭又给吴锐办了贵宾卡，请他去自己经营的帝豪桑拿城消费了几次。后来许雯雯拿着另一份血样重新做鉴定，吴锐通知他说自己不好出面，一定要他想办法阻止许雯雯，雷大铭便派窦武带人抓走许雯雯，原本是想从她手里抢到化验报告，谁知这姑娘异常坚强，死活不说化验报告藏在什么地方。

十五年过去，唐缨在夜总会里查到了窦武的身份，孔伟德担心那个本已湮没多年的旧案被翻出来，只好让窦武杀了唐缨。后来感觉形势不妙，怕事情闹大把他也牵扯进来，只好弃卒保车，让窦武站出来独自承担杀人罪行。窦武不同意，雷大铭便利用他儿子小斌威胁他顶罪，然后派人将他从天台推下，营造他畏罪自尽的假象。又派两个手下冒充警察从窦武妻子手里套出窦武生前录下的，对他有致命威胁的视频U盘。他原本以为这样一来，自己就可以高枕无忧万事大吉，彻底跟许敬元命案撇清关系了。

谁知窦武还留了一个心眼儿，那段通过定时邮件发给女儿窦悦珠的视频，让雷大铭和窦武合伙杀人的罪行暴露出来。

警方开着挖掘机去学校操场挖掘许敬元尸体的时候，他几乎吓得当场尿裤子，但最后挖出的竟然是几根狗骨头，可真是大大出乎他意料。后来他听从舅舅的建议，全部答应了安福里村民的补偿要求，加快了项目的拆迁进度，当挖掘机从葛春秋家楼后猪圈里挖出许敬元的尸骨时，他才隐约明白这是舅舅下出的一局好棋。孔伟德告诉他，要他让工地上的工人把报警电话打到城区分局，其他事情不用雷大铭管，他已经请吴锐安排好一切。果然这个案子被城区分局接手后，很快就认定葛春秋是杀死许敬元的凶手，如果不是后来市局刑警大队横加插手和许星阳突然拿到的化验报告佐证，他们嫁祸于人的计划就成功了。

从孔伟德和雷大铭的口供里，坐实了市公安局政委吴锐贪赃枉法包庇罪犯的罪名，马力立即给尹局和鲍局打电话，两位领导都同意对吴锐采取抓捕行动。但是当马力带人闯进吴锐办公室时，早已不见其人，其他同事说吴政委大约十分钟前匆匆出门了。

毛乂宁调看停车场的监控，发现十来分钟前吴锐开着自己的轿车匆忙驶出局机关大院，因为开得太快，前保险杠还蹭到了路边的水泥花坛。"马队，看他这慌里慌张的模样，怕是要出逃啊。"

马力立即将吴锐的车牌号码发给各个出城高速路口收费站，请求他们协助。半个小时后，从城区去往省城方向的高速路口收费站传来消息，他们截住了吴锐的车。

第二十四章　隐秘杀机

　　十五年前光明高中历史教师许敬元失踪案，以及由此引发的一系列杀人案，在警方坚持不懈的调查下，终于告破。包括光明市明星企业家、大铭集团董事长雷大铭，时任光明高中校长、现任市教育局副局长孔伟德，时任刑警大队大队长、现任市公安局政委吴锐，以及其他一大批涉案人员，或被警方立案侦查，或被纪委带走调查，案件牵涉之广，影响之大，为光明市有史以来之最。随着时间的推移，与案件有关的各种新闻报道逐渐占据报纸、电视和网络新闻头版头条，一些涉案细节也得以曝光，在光明市引起轩然大波。一时间，有关案子的各种离奇事件，成了街头巷尾市民茶余饭后的谈资。

　　大约一个月后，许星阳从刑警大队领回了父亲的尸骨，火化之后在城西公墓重新安葬。他们家也用拆迁安置费在市区买了新房，许雯经过一段时间的治疗，病情有所好转，已经认得出自己的妈妈和弟弟，全家都感到十分欣慰，决定用剩下的拆迁费充当医疗费，让她在康复中心继续接受专业治疗。

　　这天下午三点多，好煮意饭馆中午用餐的高峰期已经过去，店里没有客人，一直在厨房忙着的许星阳难得有了一点空闲时间，跟服务员小爱坐在店里对着手机聚精会神地看着。许长坤从后面悄悄凑上去瞄一眼，两个年轻人居然在看婚纱款式。他故意咳嗽一声："你们俩凑在一起看什么呢？"两个年轻人的脸顿时红了，小爱收起手机，许星阳忙说："没、没什么，随便看看！"许长坤哈哈一笑："没事没事，你们继续看，我到柜台里边算账去了。"

　　就在这时，一个四十来岁年纪，戴着黑框眼镜的中年人犹豫着走进饭馆，站在门边问："我找许星阳，请问他在这里吗？"许星阳站起身迎上去："我就是，您是来吃饭的吗？这个时间点可有点晚了。"那人摆手道："我、我不是来吃饭的，我找你有点事。"

许星阳忙从旁边抽出一把椅子："有什么事？您坐下说。"小爱很快给客人端上一杯茶。那人在椅子上坐下，推推眼镜，看着许星阳说："星阳，你不认得我了吗？"许星阳一愣，茫然地打量对方，看相貌，似乎有点眼熟，但一时想不起在什么地方见过，他说："不好意思，您是……"

对方说："我姓姚，姚亦荣，也在光明高中教过书，跟你爸爸做过同事。"许星阳终于记起来："哦，您是姚叔叔，我想起来了，您跟我爸一起去春水河边钓过鱼，当时我也在。"

对方呵呵一笑："当时你可真是个调皮孩子，一脚踢翻鱼篓，把姚叔叔好不容易钓到的几条鱼全部倒进了河水里，当时你爸气得差点要揍你呢。"

"是吗，还有这样的事？"许星阳挠挠头，"这个我记不得了。"

"是啊，那时你还小，也就七八岁的样子吧，时间过去这么多年，不记得也很正常。"姚亦荣的表情慢慢黯淡下来，"你爸爸出事之后，我又在光明高中工作两年，后来被调到二中教书，这之后就一直没有见过你了。"

许星阳抬头看着他："姚叔叔，您找我有事吗？"

姚亦荣说："是有件事情，我想不太明白，所以打听到你工作的地方后过来问问你。"他从口袋里掏出一张《光明都市报》，翻到法治版，上面刊登着许敬元案的长篇报道。应该是两三天前的报纸了，这篇报道许星阳也看过，对父亲的案子也写得比较详细。姚亦荣指着报道中的一段话，"你看看这里！"

许星阳低头看看报纸，上面引用了父亲当年写给教育局领导的举报信中的一段话：

学校操场和后山防护坡，事关学校万千师生安全，本应按照相关建设标准做到最好，但黑心施工方却偷工减料，以旧充新，蒙混过关，刚刚建好的防护坡一场大雨即坍塌好几十米，石头从山上滚落，险些砸伤我校园学子。此次未现学生伤亡，尚属万幸，谁敢保证下次还有此等幸运？百年光明高中，全市最高学府，竟然出现如此豆腐渣工程，实乃我辈之耻，在此我恳请上级领导严厉彻查此事，揪出隐藏在教育队伍里的蛀虫，严惩涉事承包商，还光明高中师生一个安全的生活和学习环境，还咱们光明市教育事业一片风清气正的蓝天！"

报道里说，这段话是凶手窦武向警方转述的，当年窦武看到许敬元写的举报信，对这一段话尤其印象深刻，甚至日后他做噩梦，梦见许敬元向他索命的时候，许敬元还会在梦里向他宣读这段义正词严的话语，所以时隔多年，仍然记得清清楚楚。

"姚叔叔，这段话有什么不对吗？"

"内容倒没什么不对，"姚亦荣说，"可是这段话其实是我说的啊！"

"是您说的？"许星阳一时间没有明白他的意思。姚亦荣回忆道："十五年前，雷大铭和窦武在学校翻新操场的时候，不光你爸，学校很多其他老师也都看出了其中的猫腻，但他们慑于校长孔伟德的威严，都敢怒而不敢言，当时我才二十出头，正是血气方刚的年纪，难忍心头愤慨，于是提笔给教育局写了一封实名举报信。在信的最后，就写了报纸上这段话。"

许星阳猜他可能是小题大做，说道："您跟我爸爸举报的是同样的人同样的事，会不会正好两人写的举报信内容都大致相同呢？"

姚亦荣的神情有点激动，连连摇头道："如果说内容大致相同，倒是可以理解，可是我反复看过报纸上这段话，几乎跟我举报信里的原话完全相同，最多只有个别字词有出入。就算是两个人同时就同一件事写举报信，也不可能如此大段的话都完全相同吧？"

"那您的意思是？"许星阳也迷糊了。姚亦荣怕他误会，忙摆手说："我没有要抢你爸爸功劳的意思，只是觉得这件事情太过蹊跷，想找你问问到底是怎么回事。"

"这个我也不太清楚，我爸当年写的举报信我并没有看过，这些内容都是警方根据窦武的口供写出来的。会不会是警方搞错了呢？"正疑惑着，许星阳突然想出了主意，"要不这样吧，姚叔叔，您先坐一会儿，我打电话问问主办我爸案子的警官，看看到底是怎么回事。"

他起身走到饭馆外面,给毛乂宁打了电话。毛乂宁也十分意外:"哦,竟然有这样的事?这位姚老师,他真的说那段话是他写的?"

许星阳回头看看正坐在屋里喝茶的姚亦荣,点头说:"是的,他说得很肯定。""这倒是一件蹊跷事。"毛乂宁思索道,"你让这位姚老师在饭馆等一会儿,我这就过去跟他当面聊聊。"

大约二十来分钟后,毛乂宁带着邓钊赶到好煮意饭馆,许星阳居中给几个人做了介绍,看毛乂宁坐下,姚亦荣从口袋里掏出两张泛黄的稿纸递给他:"我当年写的举报信草稿,一直夹在书里保存着,今天也带过来了,你们看看。"

毛乂宁接过稿纸,稿纸天头印有"光明高级中学文稿纸"等字样,上面用黑色墨水写满了字,因为年代久远,字迹有些变淡,但并不影响阅读。

姚亦荣在旁边解释说:"这个是我当初写的草稿,我修改过后,另外用学校的文稿纸誊抄一遍才寄去教育局的。草稿虽然写得稍显潦草,有几处修改痕迹,不过内容和格式与正式寄出的举报信是一样的。"

毛乂宁低头看看举报信,开头是这样写的:

尊敬的教育局领导:

在这里,我要向你们实名举报光明高级中学操场改扩建项目中存在的巨大黑幕。校长孔伟德与其亲外甥雷大铭两相勾结,狼狈为奸,大搞暗箱操作违法违规招标投标,在施工过程中偷工减料以次充好,制造豆腐渣工程,并且不按承包合同约定和学校相关财务制度,超预算给付工程款。其详细情况如下:

中间细数了雷大铭与校长孔伟德相互勾结,偷工减料,置学校操场建设工程质量和师生安全于不顾,大赚昧心钱的种种恶行。最后一段文字,就是报纸上刊登的这段内容。这封举报信的大部分内容都写在第一页稿纸上,第二页稿纸只有最上面两行有文字,然后就是落款,工工整整写着"姚亦荣"三个字,时间是十五年前一月的一天。他又把信纸翻来覆去看了,颜色泛黄,折痕明显,一看就知道有些年头,不可能是现在做旧的。

他一时看不出什么头绪,又把信纸递给邓钊,邓钊比他看得更细心,最后一段话还跟报纸上的文字一一对应着读了一遍，发现除了个别字词稍有不同，其余文字全部相同。

毛乂宁问姚亦荣："您这封信，当年是直接寄给教育局的吗？"姚亦荣点头说："是的，我是直接寄到教育局办公室的。"毛乂宁显然也不太明白这到底是怎么回事，最后收起稿纸和报纸说："要不这样吧，姚老师，这几张纸我先留下，回头去教育局调查一下，如果是直接寄给他们的举报信，可能他们会有登记甚至是存档之类的，我看看能不能是怎么回事，能不能帮您解开疑惑。"

姚亦荣急忙起身握住他的手说："那就太谢谢你们了，警察同志！"等他离开饭馆之后，毛乂宁师徒俩也跟着走出来，驱车直接去往教育局。等到他们俩再次回到好煮意饭馆的时候，天色昏暗，已经是傍晚时分。

许星阳听小爱说两位警官又来了，急忙从厨房跑出来询问情况。邓钊摇头说："没有什么收获。据教育局办公室的人说，只要是寄到他们单位的举报信，都会有专人登记，并且存档，后面还会附上处理意见之类的，以备日后查询。但是他们查阅了当年的记录和档案，没有找到姚老师写的举报信，也没有任何收信登记信息。"

"那就是说他们没有收到这封信了？"许星阳有些失望。

毛乂宁说："也不能这么认为，他的信如果没有寄到，那章玉书又怎么能拿着这封信去学校调查情况呢？"

许星阳明白他的意思："你是说这封信被章玉书收到了？"毛乂宁点头道："很有可能。我问过了，当时办公室工作的分管领导就是章玉书，寄到局办公室的信被他看到并拿走，是完全有可能的。因为举报信被他私下拿走，所以办公室收发员没有看到，便没有登记，更没有原件存档，这样一来就说得通了。"

许星阳又疑惑了："就算是被章玉书拿到学校去调查，这封信也是姚老师写的啊，后面有他的署名呢，怎么最后会变成我爸写的举报信了呢？"

毛乂宁揉着太阳穴，看样子十分头痛："这也正是让我疑惑的地方，一定是什么地方出了岔子，才出现这种阴差阳错的乌龙事件。我明天去宣传部找章玉书问问当年的情况，他现在已经是市委常委，宣传部部长，不是咱们警方说找就能找的，得请示领导，跟宣传部那边先沟通好才行。"

"章玉书现在都已经是市委常委了吗?"正在旁边柜台里埋头算账的许长坤听他们提起章玉书,忍不住感叹了一句,"他这官可升得真快啊!"

毛乂宁点头说:"是啊,听说他很快就要提拔到上面的地级市一个实权单位做主要领导。我跟他打过交道,他这人一向官声不错,步步高升也是意料中的事!"他发了一通感慨后,转头对许星阳说:"天不早了,单位食堂估计也关门了,你炒两个小菜,咱们就在这里把晚饭解决了。"

许星阳点头说:"行。"

晚饭后,店里客人渐少,许星阳忙完厨房里的活,又出来陪毛乂宁坐了一会儿。他问:"毛警官,那个给你们寄照片的人找到了吗?"毛乂宁摇头说:"还没。我也想找到这个人,好好感谢感谢人家,如果没有这个人提供的照片作为证据,警方不可能这么快锁定孔伟德。"许星阳"哦"了一声,说:"这个人倒也挺奇怪的,既然提供了照片,为什么就不肯露个面呢?"邓钊说:"无外乎两个原因,第一是人家不愿意出风头,只想做无名英雄,第二是怕遭到报复。我们对此也表示理解,不过还是会继续寻找,希望能早日找到这个人。"

晚上八点多,毛乂宁和邓钊离开餐馆,小爱打扫一下卫生也准备下班了,许星阳脱下围裙想送她回家,许长坤却叫住他:"星阳,你迟一点走,我有点事情想跟你说。"许星阳疑惑地留下来。

晚上九点,小爱下班走了,许长坤把店门关上,让许星阳搬来一把凳子坐在自己面前。许星阳见他脸上的表情忽然变得严肃起来,不知道发生了什么事情,挺直腰杆坐在他前面,等着他开口。

"星阳啊,大伯有一件很重要的事情想跟你说。"许长坤沉默片刻才开口。这位大伯父平时对自己十分和蔼,很少有这般一脸严肃的模样,许星阳忐忑地看着他,不知道他到底要说些什么。许长坤往他脸上瞧瞧,又半仰着头,看着墙壁上的白炽灯,一只蛾子正在灯管边飞来飞去。他缓声道:"这个事情说来话长,还得从我跟你爸小时候说起。"

许长坤和许敬元小的时候一直跟父母住在龙湾村乡下老家。少年时期,许敬元读书勤奋,成绩优异,从小学到初中一直都保持在班级前几名,他还立下志向,一定要读高中考大学,最好是能考上北京大学。而许长坤因为脑子笨,一拿起课本就头痛,所以学习成绩非常一般,读完初中就辍学了，父亲叫他去打工挣钱补贴家用，供弟弟上学。当时许长坤才十五六岁，在周边地方打短工，挣了钱就拿回家交给父亲。他父亲则在乡里的一条小街上摆摊卖水果，零零碎碎有些收入。一家人经济拮据，生活清苦，马马虎虎地过着日子。许长坤虽然觉得父母对自己不公平，但也无可奈何，谁叫自己学习成绩不如弟弟好呢。

后来在许敬元念初三时，他父亲摆摊时遇见一个在水果摊上偷水果的小混混，两人在街上发生争执，最后动起手来，他父亲个子大有些蛮力，竟然把小混混打伤住进了医院，乡派出所很快以伤人罪将父亲抓起来。家里听说这件事，顿时慌了手脚，不知道该怎么办才好。这时候许敬元年纪虽然不大，却很有主见，他说乡派出所所长是自己学校一位同年级同学的父亲，于是借着这层关系，提了些礼物直接去找他求情。没想到这招还真管用，派出所所长收到他的礼物后，没几天就将父亲放了出来。

但是经过这件事情，许敬元开始变得沉默寡言。当年中考，他不知道什么原因竟然没有参加，后来重读一年初三才考上高中。许长坤对这件事十分恼火，因为弟弟无缘无故耽误这一年，等于又得让他辛辛苦苦多在外面打一年工供他念书。他对弟弟的怨恨也就是从那个时候开始就有了，直到多年以后他多次得到弟弟的帮助，这个心结才被解开，这当然是后话了。

那时候成绩好的初中生毕业时都会首选报考中等师范学校，因为只要考进中师学校，读完三年中专，毕业后可以直接安排到小学当老师，吃皇粮，领国家工资，减轻家里的经济压力，好处是实实在在的。以许敬元的成绩，如果去考中师，自然是一件轻而易举的事情，但是许敬元的理想不在于此，他就是要读高中，上大学，希望有比当老师更好的前途。可惜时运不济，他上了三年高中，最终却高考落榜，没能走进大学校园，后来只当了一名民办学校的教师。结婚之后，他就跟父母分家，在安福里买地建房，搬出去住了。

而许长坤却一直在乡下老家务农，后来父母相继过世，就跟弟弟来往得少了，再后来，他老婆孩子出车祸，儿子被当场撞死，老婆被倒翻的三轮车压伤脊椎瘫痪在床，家里的生活一下子陷入困境。虽然得到了弟弟的一些帮助，但毕竟是杯水车薪，解决不了根本问题。后来有一天，他收拾家里的小阁楼，阁楼上堆放着弟弟当年上学时留下的课本、作业和试卷之类的东西，他把这些东西清理出去，准备当废纸卖掉，却无意中从一本初三课本里翻出一张中考准考证。他看一下上面的时间，正是弟弟上高中的前一年。他不由得愣住，弟弟那年不是因为特殊情况没有报名参加中考，复读一年才考上高中的吗？那这张弟弟弃考那年使用过的中考准考证又是怎么回事？

他拿着准考证细看了两遍才发现端倪，原来这张中考准考证贴的是弟弟的照片，但姓名却并不是许敬元，而是"章玉书"这个陌生的名字。也就是说，这一年中考，弟弟并不是没有参加，而是代替这个叫章玉书的同学考了一场试。他觉得这个事情太蹊跷，后来私下里问了弟弟才知道，他在这一年当了"替考"。当年他们的父亲被乡派出所抓去，许敬元去找派出所的时候，才知道这是这位姓章的派出所所长给他下的一个套。

原来这个章所长的儿子章玉书是许敬元学校里同年级但不同班的同学。这个章所长以前就找过许敬元，想让他代替自己的儿子章玉书参加中考，帮他儿子考进中师，这样他儿子将来就可以当老师，也算是有了一份稳定而体面的工作。他儿子成绩非常一般，只有请学霸许敬元替考，才有把握读中师。他说只要许敬元点头答应，其他事情他都会打点好，保证不会出现任何纰漏，也不会影响他第二年参加中考，另外他还会给许敬元一笔不菲的复读费和辛苦费。但是许敬元拒绝了。所以章所长故意找碴将他父亲抓起来，等许敬元提着礼物找上门的时候，他趁机要挟，如果他不答应，就要送他父亲去监狱，他致人轻伤，至少也得坐三年牢。许敬元迫于无奈，只好点头答应。父亲放出来后，这一年中考他拿着章所长准备好的印有章玉书名字却贴着他照片的准考证进入考场，替章玉书考上了中师，而他自己却因为缺考，不得不复读一年。当时只是觉得有些气愤，所以这张准考证一直没有丢掉，就夹在了旧书里。后来他自己也忘记了这件事，没想到这准考证又被哥哥翻了出来。他跟哥哥说这张纸已经没有用，扔掉就行了。

但是许长坤并没有照弟弟的话去做，他悄悄把这张准考证留了下来。因为这个时候，他已经打听到准考证上的这个章玉书，当年读完中师出来，分配到乡镇小学当老师，后来又调去教育局上班，现在已经成了教育局副局长，经常看电视里本地新闻的他，偶尔还能在电视里见到这位章副局长的头像。他甚至还跑到教育局附近去转了一圈，亲眼看见章玉书在那里上班。掌握到这些情况后，他动起了歪心思，将那张准考证复印了几份，拿出一份复印件在背后写了一行字：请将一万元现金于这个周日下午三点放到你们单位后面小巷里第三个垃圾桶，否则就公开这张准考证！他将这张复印件寄给了章玉书。到了星期日这天下午，他抱着试试看的心态去到教育局后面那条无人的小巷，果然在第三个垃圾桶里找到一沓用塑料袋包裹好的百元大钞，数一数，正好是一万元。他没想到这钱来得这么容易，高兴坏了，当即用这一万块钱还了给老婆买药治病欠下的外债。

几个月后他故伎重施，先后两次给章玉书寄去复印的准考证，同时也分别从垃圾桶里拿到了三万元和五万元现金。有了这两笔横财，他家里的经济情况大大得到了改善，他本不是贪心之人，知道见好就收，而且也明白这么做是在敲诈勒索，万一章玉书报警，那他是要被警察抓去坐牢的，所以就把剩下的几张准考证复印件都收起来，再也没有用过。后来他弟弟许敬元出事，他也没有跟别人提起过准考证的事。

最后许长坤说："星阳，大伯刚才听你跟毛警官说起举报信的事情，又提到了章玉书的名字，我突然想起了准考证的事。我心里有些忐忑，你们说的这些事情，甚至包括你爸爸的命案，会不会跟我拿着准考证敲诈章玉书有关系呢？"

"竟然还有这样的事？"许星阳大吃一惊，看着大伯，语气中带着埋怨，"这么重要的事情怎么不早点告诉我？"

许长坤嗫嚅道："我、我是觉得这不是什么光彩的事，怕说出来后警察会来抓我，另外你爸爸出事的时候，我也不晓得这中间会牵涉到章玉书，所以没把你爸的事跟那张准考证挂上钩。"他看看许星阳，犹疑着问，"星阳，你真觉得我给章玉书邮寄准考证复印件的事情，跟你爸的案子有关？"

许星阳皱起眉头道："是不是真的有关，这个我也不好判断，最好还是告诉警察，让他们去调查。对了，那个准考证还在吗？"许长坤点头说："还在的，不过在老家阁楼上，没放在餐馆这边。""这样吧，您今晚回乡下取一下准考证，明天我拿去给毛警官看看。"

许长坤拉住他的胳膊，苦着脸说："星阳，如果被警察知道我曾经找章玉书勒索钱财，他们会不会抓我去坐牢啊？到时候你可要在警察面前替我求求情！"

许星阳又好气又好笑，说："您放心，您这也算是主动交代，警方会从轻发落的，况且您说的这些都是十六七年前的事情了，说不定早就过了追诉期呢。"

第二天上午，许星阳来到刑警大队，将许长坤昨晚告诉他的事情转述给毛乂宁，又将准考证交给他。

毛乂宁接过准考证，上面确实贴着许敬元少年时的黑白照片，但考生姓名一栏里写的却是章玉书的名字，上面还有当时育才中学盖的印章，虽然纸张有些泛黄，但字迹还能看得清楚。毛乂宁拿着这张准考证，紧锁的眉头渐渐舒展开来："这样一来，整个事情就说得通了。"

许星阳问："什么事情说得通了？"

毛乂宁没有直接回答他，只是告诉他："姚亦荣写的举报信，最后怎么署上了你爸的名字？这个问题我昨晚想了一个通宵。今早又跟马队讨论过，然后又去看守所提审过雷大铭和孔伟德，他们虽然只记得举报信的大致内容，但能肯定那就是姚老师草稿纸上的这封信，笔迹也是差不多的，所以当年写举报信的人确实是姚亦荣，但是这封信在被雷大铭他们看到之前，被章玉书篡改了写信人的名字，把姚亦荣改成了许敬元。其实这一点并不难做到，举报信的内容绝大部分集中在第一页纸上，第二页纸只有最上面两行文字，接下来就是举报人署名和日期，章玉书只要找一张光明高中的稿纸，把第二张纸上的文字重新抄写一遍，将姚老师的名字变成你爸的名字就行了。"

"他为什么要这么做呢？"

"一开始我们也无法理解，想不出他这么做的理由。但听你刚才提供的线索，一切就说得通了。"

"你的意思是……"

"没错，真正想杀你爸的人，是章玉书！

"章玉书不断收到许敬元替他参加中考的准考证复印件，心里一直认定是许敬元在敲诈勒索他，殊不知这件事其实是许敬元的哥哥干的。许敬元手里的那张准考证，对他来说无异于一个定时炸弹，随时都有引爆的可能。只要许敬元将当年替考的秘密公之于众，他靠弄虚作假考进中师的事情也会随之曝光，到时候不但副局长的职位做不成，在官场再无立足之地，甚至身败名裂，再也难以翻身，要想彻底摆脱这张准考证对自己的威胁，唯一的办法就是杀了许敬元。

"他很可能打听到了许敬元在光明高中当老师，又恰巧在单位办公室看到姚亦荣寄来的举报信后，心里生出一个绝妙的借刀杀人的计划。他先是截取了这封信，找来光明高中的稿纸，将姚亦荣的举报信篡改成了许敬元写的举报信。也有可能他并不知道许敬元在光明高中工作，但他跟光明高中校长孔伟德关系不错，见到有针对孔伟德的举报信，就未经单位工作人员登记私自将信拿走，想交回给孔伟德私下处理，结果来到学校却发现许敬元在这里工作，于是临时改变主意，拿了学校一张稿纸，将姚亦荣写的举报信，改署了许敬元的名字。"

毛乂宁接着往下推测："无论是哪一种可能，总之他最后都把这封许敬元'写'的举报信，交给了孔伟德和雷大铭。我们审讯孔伟德和雷大铭时，他们都说章玉书把举报信给他们看时，他们都十分惊慌，曾问计于章玉书，章玉书当时对他们说：你们得赶紧想个办法让他闭嘴！还威胁他们说：幸好这封信被我截留了，要是捅到局长或者是市领导那里，那你们俩还不得把牢底坐穿啊！"

"想个办法让我爸闭嘴？"许星阳有些愕然，轻声将这句话重复了一遍。毛乂宁点头说："是的，你也觉得这句话有问题对吧？一开始我并不知道章玉书涉案，所以没作他想，但现在看来，他这句话带有明显的暗示！

"领悟到章玉书的暗示之后，雷大铭就明确表示，一定要让许敬元永远闭上嘴巴，他知道自己的阴谋已经得逞，但还是有些不放心，所以晚饭后假意开车离开学校，实际却很快折返回来，悄悄躲在暗处观察着，目睹了雷大铭和窦武杀人埋尸的过程，后来孔伟德用狗尸替代人尸，将许敬元的尸体转移到安福里的经过，自然也没能逃过他的眼睛。他跟踪在后面，将事情经过全都用手机拍下来，并且将这些照片保存至今。"

许星阳有些不解，"既然如此，章玉书这官位来得这么不干净，也算是案子的间接参与者，那他不是更应该夹紧尾巴悄悄做人，为什么要把那些照片向警方曝光呢？"

"因为他想早点结束这个案子啊。"旁边的邓钊抢着回答。

毛乂宁点头道："小钊说得很对，章玉书应该一直在关注这个案子，而且他跟鲍局关系不错，很可能掌握着警方的调查动向。先前雷大铭和孔伟德把杀人罪名都推到窦武和葛春秋身上，如果警方能以此结案，不但对雷大铭和孔伟德有利，对他章玉书来说也是一件大好事。只可惜警方识破了雷大铭和孔伟德的诡计，随着调查的深入，他们二人身上的疑点越来越多，已经被警方列为重点怀疑对象。章玉书怕警方再调查下去，牵扯到他身上就麻烦了，所以干脆在警方尚不知道许老师的尸体为什么出现在他家菜地的时候，干脆将十五年前自己跟踪孔伟德拍摄到的照片匿名寄给警方，让警方拿到有力证据，早日将雷大铭和孔伟德抓捕归案。只有这个案子了结，警方不再继续往下深挖，他才是安全的，他当年借刀杀人的阴谋才不会被曝光。其实他的计划几乎就要成功了，警方确实打算就此结案，只等将雷大铭和孔伟德送检起诉，这个案子在刑侦阶段的工作就算完结了。这位一脸正气的宣传部部长，竟然在暗地下了一盘这么大的棋，真是出人意料啊！"

邓钊碰一下许星阳的胳膊："多亏姚老师和他的举报信草稿，让师父觉察到其中另有玄机，才会顺着这条线索往下调查。"

毛乂宁说："昨天拿到姚老师的举报信草稿后，我隐隐觉得这件事可能跟章玉书有关联，但是一切线索都还连贯不起来。星阳，你刚才提供的线索算是整个链条中最关键的一环，瞬间就将整个证据链连接起来了。"

"这么说来，我爸爸的死，真的跟这个章玉书有莫大关系？"许星阳一脸将信将疑的表情。

"是的，我相信自己的判断，这应该是目前最合理的推理了。"

"师父，那咱们现在就去抓捕章玉书吧！"邓钊有些兴奋。毛乂宁瞪他一眼："你高兴得太早了，章玉书是什么人？市委常委，宣传部部长，副处级干部，不是咱们两个小警察说抓就能抓的，这事得跟领导请示过后，才能展开行动。"

他跑进队长办公室，把情况上报给马力，马力直接打电话向鲍局请示，鲍正龙犹豫了片刻说："动一个市委常委，恐怕市委书记说了都不算，还要请示上级。在掌握确凿证据之前，还是先不要惊动书记⋯⋯要不这样吧我先给章常委打个电话，说我们发现许敬元当年写的举报信是被篡改过的，顺带提一下准考证的事情，以核实线索的名义接触他一下，看看他的反应再说。"

"这样也好，"马力犹豫了一下，"不过这样一来会不会打草惊蛇，万一他真的跟许敬元命案有关，知道警方要去找他，提前逃走了怎么办？"

鲍正龙说："这个我早就想到了，我跟市委保卫科打个招呼，宣传部办公大楼不就在市委大院里吗？我让他们保卫科的人盯着点，如果看见章玉书离开，就立即通知我。"

马力说："那行吧，我等您的通知。"

大约五分钟后，鲍局回过来电话："我已经跟章部长说了，他说他在办公室等你们，你们赶紧过去吧。"

"好！"马力立即带着毛乂宁等人赶到市委大院，门口站岗的保卫人员看到警察，心领神会地冲着他们点点头，意思是章玉书还在大院里，没有任何异常。

一行人走进宣传部的办公大楼，乘电梯上到八楼。部长办公室的门紧闭着，敲敲门，屋里没有回声，用手扭动门锁，已经从里面锁上。问了旁边走过的工作人员，他说章常委一直在办公室里，没有出去，"他办公室的门本来是开着的，我听见他在屋里接了一通电话，立即就将门关上了，然后就没再见到他出来。"

毛乂宁扭头朝队长看看，马力意识到情况不妙，果断道："破门！"

邓钊听到命令，立即退后几步，朝着紧闭的房门用力蹬了几脚，只听"哗啦"一声，大门被强行踹开，众人闯了进去，跟在后面的工作人员首先惊叫起来，章玉书已经用皮带将自己吊在头顶的吊灯上面，一把凳子翻倒在他脚边。

马力大吃一惊，立即搭着凳子，跟邓钊一起将章玉书从皮带上解下来。毛乂宁一眼瞧见旁边的办公桌上放着一封没有封口的信，拿起来抽出里面的信纸，上面第一句话就写着：人生污点，毕生之耻，今天终于得以解脱！我有罪，我认罪……

马力将章玉书平放在地上，用手朝他鼻子前探一下，喊道："他还活着，快打120！"

图书在版编目（CIP）数据

凛冬之罪 / 岳勇著. — 北京：北京联合出版公司，2024.6
ISBN 978-7-5596-7587-3

Ⅰ.①凛… Ⅱ.①岳… Ⅲ.①长篇小说－中国－当代 Ⅳ.①I247.5

中国国家版本馆 CIP 数据核字 (2024) 第 077826 号

凛冬之罪

作　　者：岳　勇
出 品 人：赵红仕
策划监制：王晨曦
责任编辑：高霁月
特约编辑：李　晴
美术编辑：陈雪莲
营销支持：沈贤亭

北京联合出版公司出版
（北京市西城区德外大街83号楼9层　100088）
北京联合天畅文化传播公司发行
上海盛通时代印刷有限公司印刷　新华书店经销
字数 290 千字　890 毫米 ×1240 毫米　1/32　9.625 印张
2024 年 6 月第 1 版　2024 年 6 月第 1 次印刷
ISBN 978-7-5596-7587-3
定价：59.00 元

版权所有，侵权必究
未经书面许可，不得以任何方式转载、复制、翻印本书部分或全部内容。
本书若有质量问题，请与本公司图书销售中心联系调换。
电话：010 - 65868687　010 - 64258472 - 800